车辐于1942年寄送给郭沫若的拓片

题王晖棺青龙图

纸本 一九四二年，与于右任、沈尹默合书（作者寄郭沫若原图，现保存于北京市郭沫若纪念馆）

释文：

芦山城东四五里，乡人发得汉墓趾。墓铭简短记故人，王晖昭伯上计史。建安十六岁辛卯，九月下旬秋亦老。翌载林钟辰甲戌，长随落日入荒草。地底潜行二千年，忽尔飞来入我手。诚哉艺术万千秋，相逢幸有车瘦舟（注：车瘦舟即车辐）。能起死人肉白骨，作者之名乃未留。曾读雅州樊敏碑，碑乃建安十年造。石工堂堂列姓名，曰惟刘盛字息惨。为时相隔仅七载，况于芦山同健在。想此当亦刘家龙，惘然对之增感慨。西蜀由来多名工，芦山僻邑竟尔雄。奈何此日苍茫甚，山川萧条人物空。

车君瘦舟拓赠并膡以函云，为飞将军乐以琴小传，十一月曾去西康芦山乐氏故里一行，于县东门外四五里许，得见乡人无意中发掘出建安十七年上计史王晖之石棺。棺之两旁有浮雕，为飞龙飞虎，两端亦有龟蛇相缠之浮雕及王晖之简短墓志。雕工精细，甚有艺术价值，因于灯下题此长句。计建安十七年距今已千七百三十一年矣，与樊敏碑同出芦山，相隔仅七年，疑此亦石工刘盛所刻也。 民纪卅一年十二月十五日 郭沫若题

附注：

拓片上有于右任题识：

"殿前欢·题汉石棺王晖志 沫若先生得此志，既为题咏，复嘱余作跋，人事匆匆久未报命。前数日，在追悼法人罗曼罗兰会中听先生演讲，归而成此，即以奉正。 郭先生，石棺志难成，三年冻结迟负命。昨夜三更西南见大星，今何幸，照透了文人病。才知道光明是你，你是光明。 三十四年四月 于右任"

沈尹默题诗：

"王君晖记建安年，一旦雕龙出世间。欢喜题诗同郭老，千秋无改汉河山。尹默"

题王晖棺玄武像

纸本 一九四二年与沈尹默合书

释文：

龟长于蛇固有说，只今思之意惘然。二物同心据相爱，绸缪不解二千年。憎到极端爱到底，总以全力相盘旋。曾见罗丹接吻像，男女相拥何缠绵！巨人米克郎吉乐，壁画犹传创世编。视此均觉力不逮，目目相向入神玄。龟如泰岳镇大地，蛇如长虹扛九天。天地氤氲实如此，太极图像殊可怜。爬虫时代久寂寞，忽见飞龙今在田。谁氏之子像帝先，徒劳仰慕空云烟。　郭沫若

附注：

拓片上有沈尹默题诗：

"昔闻巨蛇欲吞象，今见蛇尾缠灵龟。四目炯炯还相向，恩嗷怨欨孰得志。物非其类却相迕，蛇定是雌龟是雄。于兴相违世间事，悠悠措置信天公。　沫若老兄属题　尹默"

洞 见 人 和 时 代

| 车辐作品系列 |

车辐 著

往事杂忆

四川人民出版社

补记我的朋友车辐（代序）
——巴波[1]

车辐还活着，而且活得很自在，很自得，活得滋润，活得开心；活得像从前，从子夜到昧旦时分还在笔耕，用时下的名词就是爬格子，或为文换稿费略补家用，或与友人如我回信。近来海内外写他的文章不少，我读到的就有陈道谟先生的《老友车辐散记》，刘传辉先生的《一抔黄土缕缕情深》，陈阵先生的《美食家车辐》，王大壮先生的《记"老顽童"车辐先生》，香港"广角镜"刘木子写他还赠他一个外号"开心果"，等等。这些作者有教授、作家、画家，他们从各不相同的角度介绍和评价了车辐。这些文章中还同时表述了世人（多为大名人）对车辐的名号，现照抄一段如下：

"新中国成立前，有人说他是'成都通'，吴祖光向陈若曦介绍他时说：'他是成都的土地爷。'小说家何洁赠他一个名号'监斋菩萨'，因为他是四川烹饪协会理事。'戏怪'魏明伦说：'北京老活宝是黄宗江，四川老活宝是车辐。'"再加上前面提到的

---

[1] 巴波（1916—1996），原名曾祥祺，重庆巴县人。黑龙江省文联作家，曾任黑龙江省作协副主席、名誉主席、民盟中央文化委员等职。

"美食家""老顽童",等等,名号着实不少。一寻思,觉得这些名号,有的只知其一不知其二,只见表面不见内涵,有的似是而非,有的只反映了一个侧面,由于这些原因,拜读之后受到启迪,"补"的念头油然而生。既动了"补"心并以此为题,狗尾续貂也好,攀附骥尾也好,反正是"补"。

一

新中国成立前陈白尘给车辐一个名号,同辈中不少人由此叫他"车娃子"。

在四川的汉族中,"娃子"有点昵称的味道。寻常百姓家给儿子取小名,老大就叫"大娃子",老二就叫"二娃子",或冠之以姓,姓赵的就叫"赵娃子"等,这是何等的亲切朴实。当时,成都有个妇孺皆知的唱扬琴的李德才就叫"德娃子"。车辐当时是新闻记者。那时候,除了特务、宪兵、袍哥这些凶神恶煞以外,还有些惹不起的人物,如"国大代"(表)、"立法委"(员)、"新闻记"(者)……四个字只称三个字,显然是贬义。至于"新闻记"又分为两大类,一类属于"国大代"型,一类属于路见不平敢于拔"笔"相助型。比如外县有被损害被侮辱者,当然无权无势,上省城(成都)打官司,懂得门道的就要宴请新闻记者,早述冤情,然后见诸报端,这种舆论不能小看其发生的正效应作用。这种招待会,所谓宴请,当然有顿饭吃,往往是二三流的西餐馆一顿菲薄的西餐,吃只是个"意思"。这种场合少不了车辐。

补记我的朋友车辐（代序）

名记者嘛，妙笔能生花，又敢于仗义执言。再加上车辐是很有造诣的扬琴票友，理所当然就得了这个美名："车娃子"！加之陈白尘一喊，就更有名了。李德才是"德娃子"，车辐是"车娃子"，都属于"响当当的"红得发紫的知名人士，大概这是车辐一生春风得意的鼎盛时期。

再说这些封号，如"土地爷"。车辐这一辈子没有当过带"长"字之类的官，连吏也称不上，因此，"土地爷"这个封号就不很贴切。车辐虽是省曲协的艺术顾问、省烹协的理事等，烹饪协会不去说它，就是那个正儿八经的省曲协，也不过县处级单位，曲协是群众团体，常务理事属于"社会职务"，无一厘一丝的含金成分，更比不上"土地爷"享有的旺盛香火。不过"土地爷"管得宽这一特点，又与车辐的为人近似。车辐的朋友遍布三教九流。论文化层次，他与郭沫若都有书信交往，与巴金也有联系；王朝闻送他一部十四大本的《选集》；已谢世的叶圣陶当年五十大寿，成都有关各界举办大会为之庆祝，还有一桌酒席，是陈白尘先生主持的，在座就有车辐。文化层次最低的，比如少城公园（今人民公园）把门的，什么饭馆跑堂的，什么菜馆的店小二之类，车辐都有朋友，点头之交就更多了，真有点"土地爷"的风范。

二

四川有句俗语"十处打锣九处都有他"，用这句话来形容车辐颇为恰当。

那年,毛主席到重庆和蒋介石谈判,签订了"双十协定"。人们在庆幸之中,紧接着就发生了沧白堂事件,紧接着又发生了较场口事件,国民党中央社还发了是非颠倒的新闻。成都进步力量闻讯举行了

1979年5月巴波(中)到成都,唐良友(左)、章诒和(章伯钧女儿),在人民公园合影留念

集会,游行示威抗议。游行队伍是文化界打头,成都高等学府的广大师生殿后,各单位各学校都有自己的横幅。然而车辐发现,从整体上看却缺少一个表示这次抗议示威主题的领头的横幅。车辐就近在街上自掏腰包买了红布,做成大横幅,上书各界抗议之类字样。游行队伍由华西坝进城,经过闹市到达少城公园集会演讲。沿途喊的口号是:"严惩较场口血案的杀人凶手!""打倒中央社!"车辐这样干岂不增加了自己的风险?不能不说,车辐这一活动有点"土地爷"管得宽,而且是有政治风险的管得宽。

三

就是这个车辐,陈道谟先生文中说:"但不知怎么的,他却一直被放在冰柜里,整整被冷藏了二十余年之久。"这有点艺术夸张,如真放在冰柜里,早就成了冰棍。至于读到这种艺术夸张

时，我一点没有吃惊或意外的感觉，因为我有思想准备。

最使我至今难忘，而当时又无话可说的一种感觉，是新中国成立后和车辐的第一次见面。1952年，我们赴朝慰问志愿军。我作为记者参加活动，到了朝鲜前线，经过中宣部同意，又以作家身份深入生活。我得知同行的车辐却不是这些身份，也不是四川慰问团的正式代表，说准确点是"德娃子"李德才唱扬琴，"车娃子"车辐是为之拉胡琴的伴奏员。这说明车辐之多才多艺，总有用武之地。

这让我心里总觉得不是滋味。论资历，车辐抗战期间是"成都文协"理事，我是第一候补理事，我们纯属民选。这个"文协"在解放区叫"文抗"。1949年在北京召开的第一届全国文代会，据我所知，"文协"理事是当然代表，但那时四川还没有解放，"成都文协"理事包括车辐在内，一个个都在东躲西藏，以免国民党的末日疯狂。他那时躲在川剧"四大名旦"周慕莲的家中，当然无法去参会。如果全国文代会等西南全境解放之后召开，车辐是理直气壮的当然代表。车辐虽多才多艺，但他的正业，他的成就，还是"耍笔杆子"，杂文、特写，都是他的拿手好戏，必然成为全国作家协会的会员。没想到他为之奋斗一生（除了有些坎坷以外）的革命理想，在无数先烈前赴后继取得决定性胜利以后，也就是新中国成立以后，车辐的"副业"变成了"正业"，在曲协捧上铁饭碗，成了李德才的伴奏员。

我很坦率地问他："啷个搞起的？"车辐很严肃地说："能让我出来为志愿军服务，我就非常感谢组织上的信任了！"

所以说，读到冷藏冰柜，我有思想准备，这就是缘由。

第二次见面是1956年，我路过成都，车辐邀约了曲艺界的头面人物，如李德才、李月秋等共计一桌为我洗尘，来了一个"罗汉请观音"，这是车辐在抬举我。当时我借住省文联，得知著名作家××从川北乡下回来，行客拜坐客，理当去晋见，谁知碰了一鼻子灰，他说他没有时间，就是这么一句话，我跨进门槛的脚又跨了出来。同一地点，同时发生的两种对待，两相比较，我觉得车辐没有当官最好。我也敢断言，车辐就是当了官，他那一双小眼睛也不会长在脑门子上的。如果说，车辐是曲协的工作人员，有"权"把这些曲艺界的头面人物请来掏腰包请我，我不认为是"权"在起作用，而是"情"在起作用。有另外的事实为证：我不知怎么心血来潮，表示了想看川剧名丑陈全波的《滚灯》。第二天，原来叫"悦来茶园"的戏院就挂出了陈全波演《滚灯》的粉牌，让我大饱眼福，观看了陈全波在板凳上的绝活。此事足以说明，车辐虽无权无势，凭他的人缘，能让戏院改戏，也说明人间自有真情在，这个真情，谁说也奈何不得。

四

人称"戏怪"的魏明伦说，"北京的老活宝是黄宗江，四川的老活宝是车辐。"这只能说是一家之言，不能不补几句。

四川有句老话："山多出杂木，人多出怪物。"四川人口一亿多，这个大数字，才出了一个"戏怪"，这比例实在太少太少。

补记我的朋友车辐（代序）

"戏怪"编的戏，写的杂文，都够味，我佩服。所谓够味就是四川味，直言之就是麻、辣、烫！至于他称黄宗江和车辐为"活宝"，我总觉得有点不对味。所谓"活宝"，是地地道道的四川话，是对一类喜剧人物称谓。据我的经历，无论一个群体大小，不管文化层次高低，总有"活宝"这类人物。要解释"活宝"之所以为"活宝"，还找不出适当的比喻，比如"十三点"，不对。"二百五"，不对。"人来疯"，也不对。总之是这个群体有了"活宝"就不寂寞了，人们谓之曰："耍活宝"。"耍"，四川话，玩也，戏弄也。"活宝"就是这么个地位，一个不大令人恭敬的地位。黄宗江和车辐，我们都有点关系，我有根据说，"活宝"对于他们两个都不准确。先是名演员后是大导演的谢添，曾书赠车辐"鹤发童心"四字，我觉得这个"童心"对车辐和黄宗江都是再准确不过的了。的确，黄宗江与车辐有许多共同点：能写、能编、能演、能唱、能说会道、妙语连珠，用四川老话说"真能冲壳子"！用北京现代话说"最能侃大山"，这就要有些功底——多才多艺，知识渊博，思维敏捷，生活深厚，见多识广。

话说有一次车辐在北京饭店陈若曦的房间侃起张大千来，连话剧大师曹禺都听得津津有味，到了该回家的时候，还要请车辐到他家去继续侃。想得出，所侃者，不是油腔滑调，逗个乐子，插科打诨之类低级浅薄庸俗之类的东西。的确，人群中有了黄宗江、车辐在，气氛就活跃了，但能"活跃"气氛的人不等于"活宝"。这两人还有个共同之处，凡是祖国的大好河山，都有他们的脚印。单说车辐，无论他在退休前退休后，都没有资格享受公费旅游的待遇。却能一会儿北上一会儿南下,且年年如此,足以证明他有个"关系网"。常常有人求他去,而且一切免费。车辐本来有个助人为乐的脾性,遇到这样的事当然不好推脱了。

行文至此,又不得不从头说起。车辐既然是成都的老作家、老新闻记者,20世纪30年代共同战斗过的同仁有不少到了延安圣地,新中国成立后,又有不少人身居高位。现在改革开放搞活,四川有的是土特产,比如酒,除了五粮液、泸州老窖、绵竹大曲这些早就名扬海内外,还有这样那样的酒想要出名。要出名,首先要宣传;要宣传,首先要打进北京。又比如川菜享誉全世界,四川各市、县有点头脑的官员、厂长之流,就打主意赚北京人的钱,这种投入见效快。要打进北京首先需要宣传。还有的画家要打进北京开画展,这也要宣传。诸如此类,都得恭请车辐领路进京,借他的老友关系去请知名人士莅临,以求宣传的轰动效应,这些颇为"活跃"的社会关系,却是"活宝"没有的。

这些"定论"车辐的文章中,有人认为车辐是个"乐天派"。为什么是"乐天派"?不管如何摔扑滚打鼻青脸肿,都能笑口常开,这与"活宝"更无关了。

五

在这些名号中还有欠缺。车辐有个癖好,爱照相,说具体点与人相会时,不论新交旧好,都留个影,叫个"照相迷"吧!每有所得必赠我一份,合影者大多是知名人士。如:巴金、刘开渠、陈白尘、王朝闻、谢添、小丁、方成、白杨、刘晓庆……恕我不能一一列举。还有拔尖儿的川菜特级厨师，川剧的名演员（老、中、青的坤角都有），还有服务员等，总之是各色人等均有，把这些照片分类，就会发现：一类是白发，一类是红颜，而且以两人合照居多。白发对白发，无关宏旨；白发与红颜，只要一张，在旧社会就会天翻地覆。如今与这样多的白发红颜拍双人照，车辐既非显贵，又非巨贾，为什么有这么多人乐意与他合影？

这又得从车辐的为人补起。写车辐的文章中有人提到，打倒"四人帮"以后，全国文联访川代表团到了成都，四川省文联举行欢迎大会，旧地重游的陈白尘先生发言时，谈起一件往事：抗战时期，以应云卫为头头的"中华剧艺社"在成都安营扎寨搞演出活动。这个剧社成员，大多是当时的影剧明星，有白杨、秦怡、叶露茜、谢添、张逸生、金淑芝，有与金山同演《夜半歌声》同时出名的施超，有主演过很多出名话剧的演员、诗人江村，还有剧社一个女职员彭波。施超、江村和彭波三个年轻人都因贫病交加，患了那时候为不治之症的肺病，1944年中先后死在成都。那时候，没有火葬场，死后得埋，得有墓地，三个外乡人举目无亲，哪来墓地？又哪来买墓地的钞票？好在成都有个管得宽的车辐，用时下流行的语汇说，真够哥们儿义气，把这档子事包揽下来，把这三个亡人和车辐的祖母大人墓安葬在一起。据说，白尘先生谈到这里，感情颇为激动，停顿了一会才继续讲下去。可惜这一揭发，我不在场，不知道会场是啥气氛，也就无可奉告。据说，车辐这个义举，在场的人上上下下只有车辐自己知道，因此这个义举还值得一补。

粉碎"四人帮"以后，车辐好像从冬眠中醒来，写了不少文章，如《评巴金的生平和创作》(1985年2月《博览群书》)、《刘晓庆外传》，等等，就有稿费这笔进账，他趁别人出路费请他进京帮忙之际，抽空自费来到哈尔滨看我。当然我们也就海阔天空东拉西扯大谈往事，即用四川话摆龙门阵是也。扯到施超等安葬在他祖母大人墓地时，我一下记起一件心酸往事，我有个搞过军运、"匪运"的共产党人朋友黄大成，他的夫人小江（名字想不起来了）为了追求真理，和他成了夫妻，贫困生活使小江得了肺病，以至谢世。为了安葬她，我找了车辐，他慨然应允。就是说小江也葬在车辐祖母大人的墓地里，车辐一听此事，愣了一下，眨巴着小眼睛反而问我："有这回事吗？想不起来了！"通常是贵人多忘事，车辐不是贵人忘的是自己做的好事，两者有本质的不同了吧！自己做了好事居然想不起来了，天下能有几个？周海婴编的《鲁迅、许广平所藏书信选》500多封名家书信中，就有1937年"车辐致许广平"一封，提出"先生遗物乃至海婴健康，务望永久珍护"。写信这件事他也记不起来了。想必就是诸如此类的原因就产生了众多名人、明星与之合照现象。

与这个现象密切相关的是，有许多知名人士一到成都，都要去车府看望车辐，车府只能说是斗室，较大的一间房子摆了他结婚时的楠木双人床，还可以放一张饭桌，车辐书房就更是斗室了，他的儿媳妇说是"扯荒坝"（指杂乱无章），他自己说是"狗窝窝"，一张单人床，一张写字台。

总之，不管你是不是知名人士，进屋打个转身都不方便。后来省文联盖了新宿舍，分配给车辐三屋一厨，这就宽敞多了。为什么老有名人权威登门及至外国文艺界人士去看望？好些事都是对等的，车辐与名人权威的对等，很显然不是官位、职称、知名度，不能不说这是难能可贵的。

六

拜读写车辐的文章中，有人提到车辐是"一级研究员"。就这么一句，太简单了，得补。

先得说车辐有个新闻记者的职业习惯，算是缺点，就是坐不住。只要有约，召之即来。据说，他这个坐不住的特点，又使他免了1957年的灾难。成都大鸣大放闹得不可开交的时候，这位十处打锣九处在的车辐却云游在外，既没有参与，也就没有鸣放，省文联还算实事求是，尽管有一封胡风催稿信，却没有把他归进5%去。我的四川老乡加朋友，不论资格多老，几乎95%被戴上了帽子，车辐能安然无恙，熟人知道后都认为是一大奇迹。虽然坐不住有此一利，但耽误写作，不能不说是一弊。粉碎"四人帮"后，他写了《李德才的扬琴艺术》，王朝闻为他写了序，这是专业性强、读者面窄、保存民族文化遗产的一本好书。根据他的生活底子，驾驭四川话的力度，比起当代和现代的李劼人等来，他完全有条件写出更多的长篇。

这并非套话，请想一想，一个省文联的曲协群众团体，捞不着什么职称。省文联没有任何行当可以定为研究员或副研究员的资格。然而,偏偏车辐老兄退休之后成了"一级研究员",看来什么事情落在车辐身上都有"戏剧性"。但说穿了又不奇怪,原来四川的省一级领导肯定了车辐的成就,从社科院拿出一个一级研究员的名额,戴帽下达省文联,然后一切照章办理,申请、填表、评委评定,得到评委多数认可,于是车辐一步登天,成了"一级研究员"。从落实政策说,有关领导值得称赞。此一盛事,不才之所以要补的原因还在于,车辐的编制在省文联,这个"一级研究员"却没有和"一级研究员"待遇挂起钩来。

不管怎么样,车辐这个"一级研究员"是组织对他的肯定,这比什么都珍贵了。

补得太长了,只好打住。

目录

第一章 过去的成都及其他

家与天恩老店　　　　　　　　003
"诰封"的悲喜剧　　　　　　006
我的青少年时期　　　　　　　008
抗日战争中的《四川漫画社》　015
成都最早的电影　　　　　　　019
天才木刻工人胥叔平　　　　　023
神童子与满天飞　　　　　　　026
成都沈家大公馆　　　　　　　036
丁聪的《花街》　　　　　　　039
老成都爱放风筝　　　　　　　042
谢无量　　　　　　　　　　　046
江村　施超　　　　　　　　　049
不曾褪色的情思　　　　　　　051

观老照片有感	061
"不准演出"的演出	063
刘开渠来成都	066
丁聪、吴祖光在"五世同堂"	080
张大千、齐白石来成都	087
关山月入蜀	092
张天翼在成都	099
我所认识的冯玉祥	101
我的一帮老成都哥们	105
陈白尘和《华西晚报》	121
软刀子 拖辫子 祭亡灵	128
稿费与失落感	130
乌鲁木齐	132
三起三落回成都	135
抗战中重庆漫画界的一些活动	139
中越边疆行	142
成都人的"随缘自适"	148
杂谈遗体告别	151

第二章　食者与成都美食

旧时成都的包席馆子哪几家最早　　155
周慕莲谈黄吉安　　157
且说吃些什么　　163
贵阳"程肠旺面"　　168
谢添未了成都缘　　171
成都人吃茶　　174
请李济生吃家乡味　　180
美食家李劼人　　183
李劼人先生食的艺术　　187
张烤鸭，成都的烧鸭子　　193
钟灵与酒　　196
巴老喜吃家乡味　　200
成都花会凉粉及其他　　204
话说"谭豆花"　　206
去"嚼"张大千　　209

·往事杂忆·

第三章　我和戏剧曲艺界朋友

梅兰芳会见"梅兰芳"　　215
台上做戏，台下做人　　218
周企何扬琴鼓板　　224
曾炳昆和四川相书　　229
曲艺杂谈　　232
流沙河与曲艺　　247
杂忆侯宝林大师　　252
俞振飞"不动肝火"　　256
初识傅三乾　　258
王朝闻戏曲美学观简析　　260

第四章　我眼中的文化名人

"惧协"主席争夺战　　269
华君武谈漫画　　271

嬉笑怒骂皆成文章	273
方成老而健老而乐	278
步履神州作画图	281
新凤霞的写作与绘画	287
叶浅予杂忆	293
百岁相约在广州	300
吴茵与成都花茶	304
"东方第一老太婆"吴茵	307
被误诊致残的新凤霞	314
读新孀遗作:《我叫新凤霞》	316
秦怡从来不觉老	318
白杨、秦怡重游成都	321
为冯亦代、黄宗英补礼	324
好个黄宗江	327
黄宗英笔耕不辍	331
"刘三姐"黄婉秋	334
"拼命三郎"凌子风走了	336

《鲁迅、许广平所藏书信选》及其他	342
学者毛一波二三事	348
应云卫九十冥诞纪念	353
萧军重访成都	357
关于艾青题字及其他	361
沙汀与乡土文学	365
痛悼陈白尘逝世	371
茅盾手稿与丁聪画的《阿Q正传》	374
给王朝闻带个口信去	382
钟灵与"中国人民银行"六个字	385
罗淑、巴老友情人格的力量	388
出版家范用	392
我收藏的一张珍贵照片	395
情系陈若曦	
——第一次拥抱礼	397
著名声乐家郎毓秀	401
好花开处近重阳	407

流沙河杂记	411
怀念版画家张漾兮	417
点点滴滴道真情	425
画家伍瘦梅	427
马悦然二三事	430
赵完璧百岁诞辰	434
黄苗子谈吴祖光的诗	436
陈翔鹤与沈从文的友谊	438
巴老的赠书	445
周文在成都片段	
——纪念周文同志诞辰80周年	447

第一章 过去的成都及其他

家与天恩老店

我的老家在成都西东大街天恩店,是一家百年以上老店,清代来省城赶考的学子多住于此。后因家道中衰,我家祖辈把这家老店"大当"给北门上李家(巴金家里的一族)。"大当"是卖给对方不卖死,留存一小部分尾数,卖契上写明:将来子孙发迹,可以凭约取回;无力取回,留存"大当"的一笔尾数,则由买方退给卖方后人。这是祖先为后代儿孙想得周到的地方,然而后人使他们完全失望了。

因为家中无人,店子给亲戚去经营。我家居后院,有小小园林及书房,挂有对联:"养鱼一寸二寸;种竹三竿两竿。"堂屋有金字大匾,隶书"懋德堂",无处不显示,我家是"书香门第",其实是破落了的假排场。

进店的头门砖墙上正中,用红砂石刻了四个大字——囊萤世泽,无非是说明我家的祖先车胤是个穷苦的读书人,其实也是瞎扯淡。《晋书·车胤传》上说:车胤"博学多通,家贫不常得油,夏则练囊,盛数十萤火以照书,以夜继日焉"。千百年来这个生拉活扯编造的故事,谬误流传,甚至成了典故,很少有人怀疑它

·往事杂忆·

1939年6月11日，日本飞机轰炸成都：照于原西东大街（现盐市口）天恩店被日本飞机轰炸成残墙断壁的家门口

的真实性。特别是姓车的，更加迷信，例如：我在20世纪30年代写文章就用了"囊萤"的笔名。今天看来，那就糊涂特甚了！

清代康熙皇帝在1721年3月亲自作了实验，证明囊萤根本不能照读。《东华录》卷24记载：这一年康熙68岁，对大学士们说：他曾经"取（萤）百枚，盛以大囊照书，字画竟不能辨。此书之不可尽信者"。

现代科学证明：使用台灯照明，也不能低于15支光，把几十百来个萤火虫装在白布袋内，不到1支光的1%。即使能照木刻本的大字，也绝不能"夜以继日"地读下去。

封建社会，流传很多"劝学"以及修身的故事，如鲁迅先生早已指出二十四孝中的"王祥卧冰"等不可信的故事。今天我们应当学会用科学头脑去看问题了，不能再糊涂了。

书归正传：我出生于天恩店，稍长，就在店子里听到打扬琴、弹琵琶、月琴的盲艺人卖唱，扬琴打得悠悠扬扬，如"将军令""南清宫"等曲牌，十分好听。使我最感兴趣的是钻进布笼笼内说相书的曾炳昆，滑稽笑人，使得人人心快。每天晚上我都要到店子里去听这些玩意儿，它启发我幼小心灵的快愉，后来我也学说了片段相书，哼几句"西宫夜静百花香，钟鼓楼前恨更长"的琵琶调。白天，还有木偶班子来演唱，对象都是住店里的过往客商。这些来自民间的艺术，它给人以享受，也给人以教育，我未发蒙前的一部分历史知识就是从听评书听扬琴得来的。

抗日战争爆发后，1939年6月11日，日本帝国主义的飞机轰炸成都，天恩店全毁，仅后院我家住的地方，还未为烈火吞噬，萧军当时来成都编《新民报》副刊，要我写一篇我家被炸记，我写了《家居在火场》登载该刊。

抗战胜利了，我为中华文艺界抗敌协会会友叶圣陶、黄药眠、陈白尘、尹叔聪等，在一片瓦砾场的后面我那残破的家，举行饯别之宴，却有"白日放歌须纵酒，青春结伴好还乡"的情趣，他们还一一为我题了惜别字句。

新中国成立后减租退押，天恩店全部地皮及后院由李家变卖去退押，人民法院仲裁：李家退我十三石米作为"大当"余数的了结。我家算是意外之意外，得了一笔大数，以三石米还旧账，十石米买了川剧大名家萧楷臣学道街的房子，后来其他单位划地建筑，遂被迁出城，居九眼桥畔与薛涛为邻。

"诰封"的悲喜剧

我家供奉"天地君亲师"神龛上的左侧,还供奉有"诰封"一朱红漆的架子,有两级,上下放黄绫缎子包裹着尺余长的"诰封"两个字,好不威严神圣!小时候听家人说:"诰封"是祖辈从北京城皇帝那里请来的,到成都北门外迎恩楼下去跪接"诰封",然后吹吹打打,放起鞭炮,运到西东大街天恩老店家中。从此我家得到"特殊荣宠",俨然是"书香门第";并在神龛上悬挂一个大匾,黑漆金字,隶书"懋德堂",着实威风。但因此花的银子太多,从此家业一蹶不振。

过年了,要打扬尘(即今之大扫除),神龛上一切东西可动,唯"诰封"不能打开,用拂尘掸去掉外面的灰尘就是了,既为皇帝所赐,自然是神圣不可侵犯。那么"诰封"究竟是怎么一回事呢?

诰封始于晋代,是皇帝给予官员本身及其妻室、父母和祖先的荣典,办法上历代各不相同。清代给官员本身称为"授",曾祖、父母、妻室、存者称"封",已死为"赠"。五品以上用皇帝的诰命授予,称为"诰封"。

我家并无官禄,我的伯父为了要与"诰封"名实相副,也为了过过官瘾,变卖了家产,又花了无数银两,捐得川南洪雅县县官,后来发疯跳衙门里的堰塘死去,官倒矣!

待到我读私塾时,对于"诰封"仍然是不敢乱动,受的教育是"慎终追远"那一套。及长,知道的事渐多,也吸收了一些科学的唯物思想;加上几分好奇心与年轻人常有的冒险精神,便手痒心跳地想犯犯"禁"。有一年腊鼓频催,又到"打扬尘"时,我就提心吊胆、左顾右盼地,竟至把黄绫缎子封着的"诰封"打开了——一看,什么也没有!只有两根木棒。——这岂不是开了大玩笑么?本来是以一种好奇心去打开,却成了一种意外的奇趣:咋搞的?我的祖辈们!

我家的店子是有百年以上历史的老店子,当我长大成人时,街上犹有七八十岁的老街坊,从他们牙缝里有时漏出一些有关我家的"小道消息":说我家祖辈吃喝玩乐,把一份家产弄光,为了对付当家执事的上一辈,就异想天开地想出一个迎恩楼去迎接"诰封"的事儿出来,搞了这么一出多少带点喜剧意味的闹剧。

《红楼梦》十三回:"(尤氏)唯恐各诰命来往,亏了礼数,怕人笑话。"以贾府家底之雄厚,犹怕人笑话,而我家前辈,九牛一毛,却硬着头皮去弄个"假大空",以致越陷越深,最后使那"捐班"的洪雅县大人去跳了堰塘,一命呜呼。

· 往事杂忆 ·

我的青少年时期

我4岁时死了父亲，依靠母亲养我，孤儿寡母相依为命，夜里我在床上想到死去的父亲，哭出声来，母亲还以为我"发梦癫"，叫我几声，我便忍住哭声悄悄地睡去。失去父亲的我，幼小的心灵带着创伤终于活下来了。

7岁发蒙读私学，读《三字经》《百家姓》《龙文鞭影》《声律启蒙》等一直读完《四书》。那时读书，老师又不讲解，学生也不敢发问，问了老师也回答不了，全是注入式，硬塞在脑子里，全靠幼小脑子记住，可以背书，背通本，每天背书有六七本之多，一气背完，尽管读得多，背得流畅，书的内容却不懂得，等于白读。比如读《三字经》，里面有"窦燕山，有义方，教五子，名俱扬"，只晓得他有5个儿子而已。《龙文鞭影》里："尧眉八彩，舜目重瞳"，为什么眼里会有两瞳儿？感到很奇怪，但也不敢问，问了老师也回答不了。我就在这样糊里糊涂的注入式教育中换了几个老师，后来被送去读"官学"大成学校。那是成都一家有名的"钢板紧"，管教极严，以孔子思想办学的"四川最后一家孔家店"，建有大成殿，把孔子当成神一样供奉，每月初一、十五学生们要穿马褂,向"大成至圣先师"孔子的牌位进行礼拜,十分严肃,不得东张西望,如有违规,轻则记过,重则打手心,实行体罚、施行野蛮式的教学。进了课室还要听"视思明、听思聪……"训词,搞形式主义那一套。校长徐子休的讲课尊之为"讲经",

1929年,读培英中学时留影,中坐者为作者

那是绝对严格的讲课,不得发问,不得有丝毫被他认为"越轨的动作",如果违反,徐子休手拿板子喊你站出队列打手心,甚至罚站、罚跪。总之徐校长讲经说"法",十分威严,谁也不敢冒犯。

有钱有势之人的儿子,不好教育的,都朝大成学校送去,图个"钢板紧"管得严,不问其他。有个孙师长的儿子与我同班,在学校耍霸道,不依校规,欺侮同学,但从不受惩罚,直到事情闹大了,才不得不斥退,可隔不上几天,孙师长的儿子又回到大成学校来。有个军长的副官李铁夫,他告诉我说:"军长每到年节,孔子诞辰祭孔,都要送几百个大银圆给徐子休,由他亲自送去。"军阀们有的要为大成学校送礼,表示支持"四川最后一家孔家店",要以"孔圣人"思想代替一切。我偶然看到军阀们的儿子,我的同班同学的不规矩行为,因为年幼无知,说了出去,监学老师问我,我如实以告,老师反说我打胡乱说,造谣生事。叫我趴在板凳上受打板子的惩罚。我横了一条心,不听从,不愿挨打,就这样我就被学校挂牌辞退了。

我回家痛哭一场,母亲看着我,只有难受!我哭她也哭,我哭的是受委屈,她哭的是孤儿寡母无依无靠,任人欺凌。这件事给我很大的打击。学校本是以传圣人之道支撑门面,他们官官相卫,以所谓"圣人"之道,培养他们孔门弟子,为他们那个社会服务,到头来还是落落以终。

以后我进了省师附小,沙汀也在这个学校就读。不久,听说一个姓卢的女生的爱人同几个同学被认为是共产党,被当局枪毙在中莲池了,今天新南门大桥右侧的雕塑像,就是当时死难的烈士像。又听说国民党的兵用大刀在南门外砍死学生,一时成都为恐怖的血腥屠杀所笼罩,家里于是叫我不要上学了。但听同学说,被杀的省师学生都是学问很好的学生,是共产党,人们谈论时都有一种敬佩的心情,当时还听说到列宁、雨果、卢梭等人的大名,都不甚了了,总觉得他们都是世界上了不起的人,值得尊敬的人,要说个什么道理我也说不清楚,我亲身体会到的是:那时四川为封建军阀统治,他们横行霸道,杀人如草芥,欺压老百姓,刮地皮,奸淫妇女,欺行霸市,为所欲为,老百姓的日子很不好过。我在彷徨中偶然读了邹韬奋主编的《生活》周刊,从此

车辐青年时喜锻炼（1937年）　　　车辐穿礼服照（1937年）

与进步书刊结缘，并在不知不觉中加深了对旧社会的认识。

那时的成都，封建军阀与帝国主义勾结，战祸不断，广大的劳苦人民生活在水深火热之中。我家在西东大街百年历史的天恩店的后面小院子里，军阀们打内战，他们的军队把店子当成他们的驻营地，一住就是一年半载，来一批走一批，使店中人陷于绝境；军队开走时，又把店内家具用品搬走一空，如水打过一般。我的母亲又被石青阳的军队拉去北校场军营勒索，我也被送到亲戚处躲藏起来，弄得家破人亡，使我这幼小的心灵痛上加痛。我还看见军队在街上随意拉人，把穷苦人民用绳索拴成一串串，拉去当兵。他们捉到逃兵，便用军棍大打板子，直打得两腿血肉横飞。这种场面真叫人惨不忍睹。反动派对无辜人民的罪恶活动，很自然激起我这个十来岁小孩子的不满与忿恨！眼前家破人亡，内战频繁，加之反动派的"安内攘外"妥协投降政策，日寇大举入侵，全国人心惶惶。那时我已辍学，在社会上无所事事，只好去泡茶馆，唱川戏，看川戏班子、玉清科社，并认识了马玉晴、姜玉曲，唱得最好的玉福等，我好像发现了另外一个新天地。每天看完戏，回到店子已快打三更了，进到屋子，点燃菜油灯，再读书到夜半才睡去。妈妈也不管我，我过着自由自在的生活。这时，我又开始学吹笛子，吹洞箫，拉胡琴……人小心灵，全凭听功，学会了自己安慰自己的一套，津津有味。学唱扬琴，那是以后的事了。与此同时，我认识了新闻界、文艺界几个穷朋友，我读到一些进步的报纸和文艺刊物，如丁玲他们办的《北斗》及《拓荒者》《莽原》等一些刻制得很精美细致的揭露了蒋介石的"围剿"和反动政府腐化的油印宣传品。在无路可走时，被正义的声音、正直的友人们引上另一条自己认为可走的道路。友人余果却送我鲁迅先生的《而已集》《三闲集》以及《铁流》与《毁灭》等翻译作品，我如饥似渴地勤读，这样视野更宽广了。慢慢地，我走上光明大道，这时我从平心的《社会科学十二讲》到艾思奇的《大众哲学》，进一步又读到李昂吉耶夫的《政治经济学讲话》，普列汉诺夫的一些著作等，像入了迷似的读不懂也硬读过来，反正装了一脑子的东西。读不懂的就不去说了，读懂了的，如《自然辩证法》中一些篇章，都与我从社会科学读来的一些文章配合研究，成了自己做学问的一些基础。同时也把过去脑子里装进去那些封建的、腐朽的、落后的"圣人"之道、"夫子"之道,清洗了一些、摒弃了一些。尽管还理解得比较幼稚、肤浅,甚至是朦胧的,但我一直走下去,自认为路子走对了,产生一种自信,"屈首受书破衣裳"。我的求知欲一天天地大起来,要买的书多了,可家处困境,母亲不给钱了。正在这个困难时刻,我遇到一个救星——我的大表叔,他是我母亲娘家的亲戚,是个矮胖子,人很和善,穿着很讲究,南京缎的长袍,外加团花背心,纽扣上有翠玉金链子的挂表,苏式瓜耳皮帽子,一看不是富翁就是大商家有钱的人。这样阔气的亲戚,我家每次请客却没有他,我感到有些意外。他是老辈子,关心到我的读书、买书没钱等困难,他来我家有时从身上摸出两个大银圆给我,我惊喜得好像突然发了大财,捡到金娃娃了!(那时一个银圆要换铜圆十二吊,一吊大铜圆换十个小铜板,两个小铜板买一碗素面吃,一个小铜板买一个椒盐锅盔。我历来不懂算,只记得这个数字,可以想见当时一个银圆的价值了)我接过大表叔的钱,先买我想了几年要买的世界兴地学社出版的中国地图,我儿时就喜欢地图,这于我长大成人做记者大有好处!那时上海的《良友》画报五角钱一期,我可以买回五个月的了,还买了《辞源》、石印的《康熙字典》等工具书,真是乐不可支。母亲抽上大烟,家中也时有来打麻将牌的亲友,幼小的我,可以说是在鸦片烟盘子、麻将牌桌子那样的恶劣环境中长大的,但它们于我无缘,各有所好,我在"一床明月半床书"中过来了。大表叔他究竟是什么样的人呢——后来我渐渐知道了他的历史。从乡下来的亲戚口中,知道他从小爱赌,打得一手好麻将,打过四圈,他就可以将每个麻将牌的竹子背面认得清楚,究竟他怎样认得清楚,谁也无法说明,于是就显得很神秘了!他又最会推牌九、摇大宝、当宝官,可谓无赌不通。从一个乡下的无名小子混进城里来,混了一个大家当,开了一家商店,安家养口,日子过得挺顺畅。他每来我家,都要给我几元钱,必说:"拿去买书,不要乱用!"话不多。可以说他是旧社会赌博场中一个了不起的人,他们那一套道法的"赢家",使我想起传说中石达开的诗句:"大盗亦有道,诗书所不屑。黄金若粪土,肝胆硬如铁。策马渡悬崖,弯弓射胡月。人头作酒杯,饮尽仇雠血。"高尔基说过:"生活在无数矛盾的黑暗里。"我也总算从那个"矛盾黑暗里"的社会走过来了,我所经历的、看到的,不是我所追求的。但生活总是现实的课本,它教育了自己,从中学得的有益的部分,要好好地把握,永无止境。

我的一家

· 第一章　过去的成都及其他 ·

抗日战争中的《四川漫画社》

随着七七事变的爆发，日本帝国主义全面入侵中国，中国人民的抗日民族战争拉开了序幕。那时，成都新闻界和文化界的热血青年，深感在国难当头、民族存亡之际，应该用手中的笔宣传抗敌救亡，争取民族自由。在这种严峻的局势下，一个自发的民间抗日美术团体——四川漫画社成立了。其成员有版画家、进步报纸《国难三日刊》和《新民报》的编辑张漾兮，著名漫画家、《新新新闻》"每周漫画"的编辑谢趣生，艺专教授苗渤然、梁正宇，报社编辑蒋丁引，邮局职工兼报刊编辑龚敬威，时任《四川

作者在新中国成立前一起共过事的新闻界朋友，从左至右：（前排）乐以钧、尹叔聪、龚敬威，（后排）巫怀毅、车辐、谢宇恒

·往事杂忆·

1945年抗日战争胜利后,《华西晚报》同仁送陈子涛去上海时合影。从左至右:(前排)黄源、张永烈、陈子涛、张漾兮、翁耘圃;(中排)车辐、陈炜、刘慕宇、吴明修;(后排)陈佩昌、李次平、巴波、汤远烈

日报》《民声报》和《四川风景》编辑的我,木刻家乐以钧,美术评论家洪毅然,老报人巫怀毅、江宁、冯桢、牟康华等。

四川漫画社在抗日战争中充分发挥了积极作用。他们利用成都的各大报纸,配合抗日文字,在引导抗日民众的情绪、鼓舞军队的士气方面做了大量的宣传工作。

1938年元月,为了更好地配合抗日民族战争,四川漫画社在成都春熙路举行了一次规模空前的"救亡漫画展览会"。这是成都第一次出现的街头大型画展。展览共展出作品160幅,分漫画和木刻、水粉、水彩、素描等两大部分,后一部分是义卖作品,其收入用来救助入川难童。作品的内容丰富多彩,有打击日寇的,有讽刺汉奸的,有揭露发国难财的,有反法西斯主义的,还有歌颂抗日军民的。在观众的题词簿上有这样的留言："看过之后，使人油然而生同仇敌忾之心！""每幅画都是射向敌人的炮弹！"著名演员白杨参观后留言："抗战一定胜利，日帝一定死亡！"著名作家周文、沙汀、杨波、陈翔鹤等写了文章，赞扬这次漫画展览。

由于印刷条件十分简陋，当时漫画的印刷质量很差，为了解决这一问题，漫画家们找到了成都有名的刻字工人胥叔平。胥叔平在漫画家们的帮助下，掌握了画面上的网点、阴影等的雕刻法，把漫画的神韵刻了出来，达到了锌版制版的水平。由于他的雕刻技术精到，抗日战争中丁聪来川，他俩合作刻出了《阿Q正传》木刻漫画24幅。

四川漫画社除了进行以上抗日救亡的宣传活动外，还为"全国漫画宣传队"在武汉出版的《抗战漫画》供稿，同时还应"中苏文化协会"的要求，选送了社员的10幅作品，参加在莫斯科举行的"国际反法西斯漫画展览"。

后来，国民党推行"消极抗日、积极反共"的反动政策，特别是皖南事变之后，四川漫画社被迫停止了活动。

车辐作于20世纪30年代（成都漫画展）

谁说我们川军是专打内战的？你看！这次在战场上不是把日本鬼子的头打破了么？

全面抗战爆发的第二年5月4日，中国青年记者学会成都分会成立了。它是中共地下党领导下新闻文化界统一战线的抗日救亡组织。成立不久，会员人数即达100多人，张秀熟担任学术指导。学会宣传团结抗日，反对分裂倒退，发起为前线义卖募捐。当年12月，全体会员同《大声周刊》工作人员一起到东校场慰问即将出发奔赴前线杀敌的1500余名川军将士。

1938年11月19日，学会在青年会篮球场（春熙路北段）举行欢迎大会，欢迎从重庆参加国民参政会后来成都的林伯渠、吴玉章、王明，他们在会上发表了有关抗战的重要讲话，宣传要以抗战、团结、进步三件事为基础，求得真正的统一，去争取抗日战争的胜利。随后与学会成员合影留念。

从左至右：（前排坐照）王达非、萧稚芩、王明、吴玉章、林伯渠；（后排立照）从右至左：车辐（王达非、萧稚芩之间者）、黄是云、张漾兮（黄是云后排右者）

成都最早的电影

成都最早放映电影在1900年。成都图书局傅牧村先生留学日本归来，带回一台手摇电影放映机，几部新闻纪录片，先在局内放映，成都人见稀奇事，不胫而走，向傅牧村接洽放映者多，于是为各衙署、公馆私宅放映，每次取费20元或30元不等。

那时电影称为"电光戏"或叫"活动电影"，成都人喊"电灯影儿"，后来才统称为电影，那已是20世纪初的事了。当时还没有故事片，只有纪录的片段镜头，如《农夫割麦》《园丁浇花》《飞机起飞》《轮船过海》《大海波涛》等纪录短片；有时也出现情节简单的滑稽故事片，全靠打打闹闹，供观众取笑，惹起观众极大兴趣。当时没有银幕，只用一块白布做档子（即银幕），四方形。放映之前，先要在档子上泼水打湿，据说是防止电火，以

20世纪30年代的车耀先

免发生意外。放映多在露天坝子里，观众以一种好奇心理，有生以来第一次去看电影。

1921年在华兴正街老郎庙内悦来茶园（今锦江剧场），每晚川剧戏毕后加映电影，以广招徕。放的内容也是短片，如风景、奇闻、男女谈情、拥抱接吻。成都人第一次看到接吻，感到惊奇，却被电影吸引住了。其实这类镜头，是外国人平常生活习惯，不足为奇的。但是少见多怪的成都人便惊奇不已。相应的也使悦来茶园的川剧生意好起来，大家图个戏后去看"洋婆子接吻"。不久，成都基督教青年会在春熙北段青年会后院坝公开放映露天电影，才开始有了故事性较为完整的片段，出现最受人欢迎的卓别林的片子以及后来的《寻子遇仙记》等，全都是无声的黑白片，观众只是感到好看、逗趣、稀奇，使男女老幼都知道卓别林这个电影大师的名字。

20世纪20年代初期，成都绅士张镜清从上海买回电影放映机一台，租得一些故事片，在青年会体育室开设了成都第一家新明电影院，陆续放映了好莱坞一些故事片，如《卡德奇案》《黑衣盗》等，深受欢迎，有的达四五十本，每本演完留下悬念，使观众非看下集不可，因而生意也大为兴旺。最初的电影男女分坐，院内设有军警维持秩序。

如总府街智育电影院（今王府井百货），由川剧戏园改建而成，女宾坐楼上，男宾坐楼下堂厢。那时全是无声片，影院请有翻译，智育电影院请的姓何的老师，他以一口成都话翻译得清清楚楚，如演卓别林的《淘金记》，大风将一座木屋吹走，吹在悬崖上惊险异常，何老先生解说道，"这好似时来风送滕王阁"，引发出观众笑声，取得很好的效果。智育电影院还在放映之前由北京请来的京韵大鼓赵大玉和演双簧、说相声的戴质斋、曹宝义表演，约半小时后正式放映电影，因此生意越来越红火。智育电影院还卖有一种铜牌观影证，可凭证入院观看，获得收入不少。

因放映电影收入不菲，以后少城公园（今人民公园）内的川剧万春茶园也改成电影院了。春熙路的春熙大舞台紧邻的一个大茶楼也改建成电影院，但因放映机、影片均为二手旧货，放映时常断片，经营不良而停业了。

抗日战争时期外国电影全靠空运来蓉，因国产片不能与之竞争，致好莱坞电影充斥影院，如《人猿泰山》《魂断蓝桥》《青山凄兮翠谷寒》等。那时是默片时期，全靠字幕说明，如今彩色有声片一来，完全改变了观众的视野，在视觉艺术上增加无比的光彩。最初来成都有声电影中的《璇宫艳史》为希佛莱主演，既歌且舞，声光并美，连美声音乐家郎毓秀也受其影响，其后《出水芙蓉》，全浴衣美女水中起舞，肉林水花，使观众入迷。当时顺成街新起的蓉光电影院，以其新的手法扩大宣传，新闻界及一些大学生参与评论，每有新片上映，报纸上必有影评，甚是热闹。著名的影评家有万绍烈、叶春凯、《新民晚报》的杨更生等，还有一位资深的老报人龚敬威，对电影很有研究，保存了许多有关资料；智育电影院的钟某编辑成默片时的说明书，几大本，洋洋大观。

过去成都电影院虽为好莱坞电影充斥，但抗战前夕，苏联电影来蓉演出的《宝石花》，为华语对白，最受欢迎，特别是以日

抗战初期在重庆，中央电影摄影场为前线将士募集寒衣公演，其中还记得一些人的姓名，如前排（从左至右）×××、江村、魏鹤龄、露曦、×××、×××、×××、施超、石羽等

本帝国主义在苏联东部地区进行侵略，遭到苏联红军的打击，战胜日本的《大张挞伐》，可以说破了电影出现以来的最高卖座率，车耀先办的《大声周刊》辟专栏宣传，成都进步文化界人士为之撰文。这些都成为成都电影史上珍贵文献资料。再如，轰动一时的中国故事片，昆仑影片公司出品，蔡楚生、郑君里导演，白扬、陶金主演的《一江春水向东流》，由新明、智育两影院同时上映，观众看后坐在原位子上不走，要求再看，再行补票，由于内容哀感动人，揭露反动当局的黑暗罪恶、荒淫无耻的生活，引起当时民不聊生的共同感受，放映时唏嘘之声响闻四座。该片得到最高的票房价值，连映多场，为进步电影取得胜利的成果。

天才木刻工人胥叔平

胥叔平是一个刻字的工人,几十年来他献身于刻字刻画的工作,只要经过他铁笔刻画过的作品,那就是一件很完美的艺术成品。他使很多艺术家惊奇,认为是成都市自有刻字以来,他的手艺当居第一。

成都人喊刻字的叫"刻字匠",对于胥叔平,谁也不会把"匠"字加在他的头上,人们都是以绝顶的天才艺术家去看待他,尊敬他。

我认识胥叔平,是在抗战初期四川漫画社成立的时候。"川漫"是由成都一些艺术家,为了神圣抗战而集合起来的团体,发起人有张漾兮、苗渤然、谢趣生等。当时我以小卒的姿态加入,常常听到他们说胥叔平。后来有很多画稿要找他刻,便认识他了。人很和蔼,说话有点口吃,轻言细语,那时候他的头发已成了草上霜白过大半了。他的老家在川北盐亭(与成都名漫画家谢趣生同乡),家在县城内经营普通商业,过着刻板而没有生趣的生活。1913年,他从偏远的川北来到成都,投奔他舅父,在他幺叔处找着他的归宿,拜他幺叔为师——从家门走向社会,他开步走就是作刻字学徒。他这一生被命运规定在刻字画上面了。

那时他的幺叔在北门戴书街（现在的线香街）开一家刻字的名叫"德一社"的店铺，他在这里苦学三年，打下了很好的木刻基础。

毕业后，入聚昌印刷公司，做工人三年，这时候他已拿工人最高的薪额，可以在木钉子上不先写字底子刻老五号，新五号字，争取了时间不说，并且他刻得非常之准确，与铜字模铸出的字体一模一样。这一个技术得着后，他在各报馆刻字都是以第一流熟练工人姿态出现。前面介绍过，他为人和蔼，虽是处处得高额薪金，却一点也无矜骄气息，始终是忠实于他的工作，专注不懈。

后来他进了教会上办的华英书局，在这里面工作了八年之久，这一段时间，从刻字到刻画，技术突飞猛进。很多美国寄的圣经插图，用钢笔画的或铜蚀版、锌版制就的作品，他都一一按照原作刻下来。比如说钢笔画的锌版，他就可刻出来丝毫不走样，而且保持了原作的精神、钢笔画的笔趣。可以这样说，他不是在复制，简直是在创作。

当时成都第一流大印刷厂如球新印刷局、美信印刷局都争聘他，这时候，他能在老五号字中刻四个字，而且是刻在锌铸的字钉子上。

他做过很多报馆刻字房的工作，直到抗战后，因为物价飞涨，生活难度，他才在布后街1号自己开设白鸥室刻字铺。刻过丁聪作"阿Q正传"画集，还刻过张漾兮、谢趣生、高龙生、汪子美等人的作品。他自己又造了套色版云笺六十多种，三色版以上的套色，不亚于鲁迅先生编的"北平笺谱"，以及成都名裱褙铺诗婢家主人郑伯英制的版谱二集。

除了这些古色古香的作品外，他又翻刻了麦绥莱勒·柯勒惠支诸大家作品，虽为复制，他却保存了原作精髓。

他是成都报纸上刻木刻漫画的开山祖师，那时候成都的制版条件不够，画家们作的面积较小的漫画请他刻，他运作铁笔就成了烂锌铜版的代替品，并且可以在木版上面加刻锌铜版的网模，与烂锌铜版上的网模无异。

他刻钢笔毛笔的字与画的一丝儿不走样还不算稀奇，最为精妙的是可以按照原作已缩成制锌版的小尺寸同样刻出，印在纸上，而使你无法分辨出木刻与锌版。

还有更惊人的手艺是：他能在一方木头上不分上下筋路向四方八面刻字，运用铁笔自如。后来他也为人镌章，在金石方面下功夫了。

几十年他仅收了七八个弟子，都没有多大成就，仅有一个弟子能凭手在五号字上刻两个字，然不及他本人能刻四个字远矣。

这枚印章是在1952年参加赴朝慰问团赴朝鲜前夕，胥叔平特意为作者刻制的（1.4厘米×1.4厘米）。

·往事杂忆·

神童子与满天飞

新中国成立前成都有两个看相的"名人":一是在东门城隍庙(今下东大街)内的满天飞;一是在少城公园(今人民公园)茶馆内的神童子。

先从满天飞说起。他每天下午3点过钟,就在城隍庙内坐西向东的吊楼屋檐下看相(外省人叫相面)。去找他看相的人都是一些当时所谓下层社会里的下九流人物:如东门一带肉架子上的刀儿匠;饮食行道下午走班歇气的大师傅、幺师弟;大慈寺山门前剃头挑子上的剃头匠;车甘蔗卖的、倒糖饼的、挑甜水面担子的诸色人等。每天下午到时候人们就把满天飞围得紧紧的,十分热闹。他像有什么东西吸引着人,你不去听他东说南山西说海便罢,你若到他扯的场子去试听一下,你就准会被他三寸不烂之舌像漂胶一样把你胶粘着;或者像铁钉一样把你钉着,行走不得。被钉着的人实际上就成为他扯场子的围观者,按照他们的行话叫做"扎墙子"。

市面上有句互相告诫的话:"相不伸手"。说的是凡遇着看相的,不伸手,就不会被他说进去;一伸手,那就只有自甘受宰了。

第一章　过去的成都及其他

有一位搞社会调查的学者,穿西装登革履,进得东门城隍庙,信步走到满天飞扯的场子外围。此时满天飞正拿着看相人的左手在施展他的魔法,他满不在乎地瞟了一下学者,马上对正在看相的人说:"你老弟不要小看你穿的油蜡片(集邋遢污渍于一身),打光脚板,你看你脸平额方、地库(下巴)饱满,老师看你这个手艺人将来要发大财,坐几天拱杆杆轿子,比那些假斯文穿西装的,挂打狗棍(手杖)的要神气得多。老弟,命中注定:三十年河东,三十年河西,命不由人,相由天成,穿得再好,哄不倒人。"他这几句话,就活活地把那位学者钉在原地不动了:走也不是,不走也不是,只好呆呆地立在那儿,装着若无其事的样子听下去,——听下去就正中下怀,你西装阔人就做了他的"墙子",江湖上的术语叫"拉猪",拉来暂时利用。

满天飞是个光头,岁数五十开外,是个烟灰,但一丝儿也不显烟容,扇一把烂折折扇,穿葱白布旧长衫,上面烧了几个烟洞洞,拖一双鱼尾巴鞋子,大拇指已从鞋尖处伸了出来。可他半点也不觉得寒碜,自我感觉良好,精神饱满,他要在下午两三个钟头之内集中全部精力,找他一天烟饭两开的生活钱,还他永远还不清的烂账。值此一刻千金之际,"愿者鱼儿上钩",被钓着的你还跑得脱么?

他又拉着一个看相者的手,十分鄙夷地说:"你这副长相,屁钱都不值,不说你今天出钱找老师看,你就给老师敬几盒烟钱,老师也喊卖膏药蚀本——不贪。"

看相的人被触动了,很不好受,欲走不能,因为他拉着手,

"拉猪"拉定了,既拉着看相人,也拉着(无形的)西装革履的学者。

他这番话对于爱看热闹的人很有魅力,使他们感到极大的兴趣,被拉者十分尴尬,眼看要把来钱的买主触怒了,可是满天飞将话头一转,用手在看相人的耳根上一指,嘴里不断发出啧啧之声,放大了嗓子说:"你们来看哟!看哟!我的天王老子,就凭你这个嫩闪闪、肉笃笃的耳垂——"他又十分伶俐地用两根被烟熏黑的指头去抬一抬,从鼻孔里发出一种矜骄赞美的语气说:"哽!你老弟将来全靠这一对耳垂升官发财,买田置地,老师保险你娶两个婆娘还嫌少哦!城隍菩萨呀!我满天飞看了半个多月的相,才遇到你这对富贵耳朵,给你老弟道喜,你将来是全福全寿。"实际上,他前几天还用类似的语言骗过别人哩。

每天只消有几个人向他伸出手去,他一天的生活就够开销了,吃了干酒烧大烟,乐在其中矣。

他偶尔也到成都市附近的场上去赶热闹,只要他在城隍庙内他的"扯谎坝"出现,三言两句把场子扯起后,总有几个他的熟买主前来找他,等着他指点命运,带来"福音"。当然,在那个悲惨的社会里,真正的幸福落不到他们头上,然而于绝望的境地中,看看相,也许可以得到一些安慰,求得心灵上的好过罢了!

满天飞为别人指点命运,他自己的命运呢?

成都夏秋之交多绵雨。有时候连下几天封门雨,满天飞无处可飞,生活也就成了问题,"我满天飞癞疙宝穿盔铠——登打不开了,"他忧郁地望着灰暗的天空,自言自语地叹道。

如果说满天飞是下九流中之最下者,神童子则是下九流中之上等人物。此人身材不高,成都人喊的"三板板人",其貌不扬。他年近50,头戴瓜皮小帽,身穿蓝布长衫,脚穿工字牌袜子,朝圆鞋,像一个小店子里头的账房先生。他的长衫子下半身烧了好几个烟洞洞,一望而知又是一个鸦片烟鬼,就卖嘴皮看相这门行道来说,他比满天飞"飞"得高得多。

纸烟随时叼在嘴上,抽的是美国的骆驼牌、吉斯菲尔,英国的大炮台、开卜司登、三五牌等,他比满天飞吃得杂,但比满天飞吃得高级。

神童子就外表看来,一点也不神气,甚至带一副小市民庸俗气,有时阴司倒阳的无精打采(大概是烟瘾没有过足),走几步路偏偏倒倒,风都吹得倒。他埋头走路,很少正眼看人,就是他在给人看相时,也满不在乎地只是斜起眼睛瞟对方几眼,他这个有点"神"的动作,正如评书艺人的"卖关子",或川剧演员在舞台上安的"花口",各自有一套勾人本领。他显得很"郸",因此在别人眼里就愈加莫测高深。

每天,当神童子出现在少城公园的浓荫、绿荫阁、枕流、鹤鸣、射德会、荷花池几个茶铺,这一桌喊"神童子"过去,那一桌喊"神童子"过来,霎时间一个貌不惊人,平庸得出奇的"烟灰扒扒",一下子生意兴隆,应接不暇,但他一点也不矜持,仍然是有气无力,烟瘾未过足的样儿。

他坐下来,给人看相,死死盯了对方一眼,旋即向别处看去,一面猛吸几口烟,似乎要把烟一下吸入肺腑去,如不是呼吸需要,他连一丝儿余烟也舍不得吐出来哩。

他被另一桌茶客请了过去,这一桌坐着五个人,其中两个年约60岁,一瘦一胖,其余三人中年以下,身体结实,五个人一色穿的阴丹士林布衫子,神童子一看就明白大半,"你们哪位看?"他漫不经心地问。

那位瘦长个,留平头,皮肤有点癞痢的人,操着江浙口音说:"给我看看。"

神童子打量他一下,用手在他后颈窝摸几摸,说:看手相吗?看全相?"全相。"

"好,看全相取好川(四川造币厂银子成分重的银圆)十元。"神童子眼巴巴地盯着茶桌子上,不再去看他们了。

"多了吧?"

"少一个也不行;你不是挣几块钱的人,你老人家是太平洋海边边上一条龙,你能呼风唤雨,五湖四海任你老人家'海'(四川音平声动词)玩,你咋个跑到四川这个角角头来'海'玩来了?四川山注之地,养活不了你这条龙。你这个颧骨,两峰对峙,有权而不当官,有钱而不露相。说你在朝,你又在野;说你在野,你又参与国家大事。你是两面光,八方拿钱。你要是地库再饱满一点,我看你要当财政部部长了,你是龙宫里头的龙王,打个哈欠也要进钱啊!十块钱看个相,对你说来,好似毡上拔毛。"

几句话就把对方牢牢地钉住了,对方虽然故作镇静,但也掩饰不了内心的惊诧,他们彼此交换了一下眼色,仿佛说:这神童子硬是"神"哩。这时候的神童子却不动声色,伸手从他们的法国香烟盒里拿出一支纸烟,又把他们用的美国朗森打火机打燃,只顾自己吞云吐雾了。

瘦子乖乖地取出十个"好川",放在神童子手里,说:"你看我会不会出意外的事情?"

"出啥子事情哟。圣天子百神保护,盟军已在诺曼底登陆,直捣希特勒柏林老巢,你不久就龙归大海,恭喜发财。"

轮到胖子看了。神童子照样摸了摸他那肥得流油的后颈,然后斩钉截铁地说,照样取十元。

胖子伸出手来,神童子不紧不慢地说:"他那条龙瘦,你这条龙肥,龙无肥瘦之分,福在大江大海,你的天庭开阔,有气度;地库饱满,载福泽,人说你是及时雨宋江,我说你是玉麒麟卢俊义,虽无禄位(做官),却似八仙过海里的汉钟离。四川养活不了你们,你不想钱,钱要来堆你。有名有利,名满天下,不会有好久的日子了,龙归沧海,各得其位。"

胖子听了,心里不禁暗暗叫绝,便也送了神童子十个银圆。

神童子有一定文化水平,由于职业关系,他爱看当时出版的《良友》《文华》《时代》《美术》等画报杂志。从报刊的画片照相上,他早就认识了上海的封建把头、青帮的头面人物、十里洋场上的地头蛇黄金荣、杜月笙以及虞洽卿、王晓籁等。在抗日战争中,这班家伙来到四川,同样干着搜刮民脂民膏、大发国难财的勾当,这些来龙去脉,只消当时爱看报纸的人,都能知道。今天找神童子看相的,那瘦猴正是青帮头子杜月笙,那肥猪是江浙财

《良友》图画杂志创于1926年2月,月刊。由张沅恒、周瘦鹃编辑,良友图画杂志社发行。主要内容:国内外明星、小说、漫画、军事、时事新闻、名人肖像等

阀王晓籁,另三位是随员。虽然都化了装,可哪里瞒得过神童子的眼睛?神童子看准了对象,于是大鼓如簧之舌,玩两"龙"于股掌之中,亦真算得上是艺高人胆大了!

从前西御街、祠堂街、玉带桥、玉龙街一带,旧书店林立。烟瘾过足的神童子,最爱钻书店,于他业务有关的书,他都饱览无遗,如三军(二十四军刘文辉、二十八军邓锡侯、二十九军田颂尧)联合统治成都时,各军办的军官训练班、学习班的同学录,是他特别要收买的,他拿回去,在鸦片烟灯下,把营团以上的军官默记在心头;每天又在茶房酒店、公园内外,从各方面对证研究,从正面、侧面打听被他列为重点人物的隐私,这样日积月累,在他脑子里储存的"活资料"也就蔚然可观。

严格说来,看相人必学的《柳庄相法》《麻衣相法》之类的书,只不过被他当作敲门砖,必要时随便拈来运用几下,麻倒对方,更关紧要的还是他储存在脑子里的活资料。他在烟瘾过足时

常夸耀说:"凭老师的本事,刘幺爸(二十四军军长刘文辉的外号)那边来的官儿们,只要他伸手,准跑不脱我神童子这双慧眼。"然后又补上一句:"行不行,看五行,相书上规定了的,你麻得脱么?"

一次他给二十四军一个垮杆团长邓铭枢看相。邓本不相信看相那一套,他天天上公园坐茶馆,从来就没有找过神童子。事有凑巧,这一天倾盆大雨中,浓荫茶铺楼上只坐着他们两个人,垮杆团长百无聊赖,便叫神童子给他看看手相,借此打发时间。神童子按照规矩,看了手相,摸几下骨骼,忽然说道:"你肚脐下面两寸地方,右边长了一个朱砂痣,对么?"

邓铭枢心头为之一震,不自觉地从口袋里摸出五个银圆;神童子毫无表情地把银圆揣在荷包里,然后展开一系列攻心战,句句话击中要害,最后两句结束语是:"你这个朱砂痣幸喜得没有长端,长端了你就去当二十四军军长了。生死有

《文华》月刊画报创刊于1926年2月,月刊。总编辑是梁鼎铭,好友艺术社出版发行。主要内容:新闻、美术、散文、漫画、名人肖像等

命，富贵在天，少将团长，也是人上之人，够你一辈子享福受用了。"说完站起身来，径自下楼去了，只剩下垮杆团长还在楼上呆呆的沉思……

神童子这一绝招一下子就在少城公园传开了，于是他的生意越发兴隆。后来有人问他："你咋个晓得他肚脐眼下右边有颗痣呢？"

他一本正经地回答说："没得打虎手，不敢挂壮士牌，相书上规定了的，不敢乱说。"

《时代》画报创刊于1930年4月，半月刊。由叶浅予、鲁少飞、郑光汉编辑，中国美术刊行社出版发行。主要内容：旅游、服装、漫画、名人肖像、军事、艺术等

原来邓铭枢是二十四军刘文辉的团长，卸职多年，在成都作寓公（指家在外地，但在成都又买有房子长期居住），他是个有名的"风流"人物，又常常同军阀们鬼混，闹热场中总少不了他。他又会吹牛，是茶馆里的常客。这样的人物，早已在神童子的心目中挂了号，职业性的敏感，使他不放过这位垮杆团长的一切。

邓最爱到大塘子去泡澡，神童子也有这个癖好，因此，他很自然看到邓的全身乃至脐下二寸处的朱砂痣。他就把这一特征

在脑海里储存起来了。大塘子那些擦背的，差不多都爱找神童子看相，神童子尽管爱财如命，但对这类人，却送看左手，分文不取，因而同他们混得很熟，他从他们那里打听某些名人、有钱有势者身体上的一些特征，牢牢记住，等到用得着时，非常自然地点出来，使对方目瞪口呆，收到意想不到的效果。神童子能够把杜月笙、王晓籁、邓铭枢之流的钱轻而易举地说进自己的腰包，也不是偶然的，他对他的骗人的事业付出了不少心思呢！

新中国成立前，那些自己不能掌握命运的人，那些饱食终日灵魂空虚的人，那些愚昧无知被侮辱与被损害的人，可以说都是神童子的好买主，他本人则是灵魂的麻醉师，封建迷信的散布者。

新中国成立初期，他们的种种迷信活动及其骗术，都坦白交代了。看相行业早已绝迹。然而，值得注意的是，这些骗人的家伙，近来似乎又死灰复燃，间或于街头巷尾出现，毒害那些无知的人们。这个行道中高明者如满天飞、神童子之流，戳穿了尚且尔尔，则等而下之的他们，还能信么！

成都沈家大公馆

成都暑袜北一街68号（今邮政总局斜对门、永兴巷西口）新中国成立前为沈家大公馆，从公馆大门进去，连续几重四合院，左右还有客厅廊房，书斋寝室之类，配套齐全。大院东南角有假山，靠风火墙建筑，可以登高眺望。院落相间有花圃、花厅，后花园有荷花池、水榭。布局讲究，是南式建筑，工坚料实，完全可以同苏州园林相比，总共有厅堂房屋近一百间。

公馆的主人为重庆和成银行襄理（即现经理）沈子衍，沈家老祖宗是从江苏宜兴迁来成都，并在草堂以南龙爪堰乡下修建有宜兴沈家祠堂，共产党人、作家杨波在抗日战争初期荫蔽于此。

此处当然也成了党组织活动的地方。

大公馆中沈子瑞是京剧票友，时有京韵皮黄嘹亮于舞台歌榭间，银行界宴饮不断。还有一位沈家长辈，也是银行界上层人物，将唱京韵大鼓红极一时的戴岚霞纳为小妾，金屋藏娇了。

公馆大而名声更大，无非是有钱人家吃喝玩乐而已。——这是事物的一面，可还有另一面：沈子衍去重庆任职，沈家又与重庆大银行家吴晋航是亲家，他全家迁去，留下偌大一个沈家大公馆，住了一对小夫妻，大公爷沈伯谋（荫家）在华西协和大学念书，思想进步，参加了民先队（即抗日民主先锋队），积极地参加救亡活动，担任了成都各大学组织的抗敌宣传第三团团长。1938年2月这位沈家大公馆的大公爷参加了共产党。有时候党支部就在大公馆内开会，公爷还把后花园的花厅让给川康特委的领导人韩天石、郑伯克、于江震、张文澄等住过。公爷夫人余莲隐负责接待，管吃、管住，还管把门望哨的一揽子事情。这位年轻漂亮的少奶奶也是党员，尽忠职守。四川省工委和川康特委利用公馆内后花园的水榭，办了多次党员训练班。1938年冬省工委扩大会也曾在这里开过会，沈子衍全家搬到重庆去了，沈家大公馆只住了沈伯谋、余莲隐几个人，开会时他夫妇在公馆大门把关望哨，会议照常进行，简直像个小解放区。

1940年3月13日反动派在成都制造所谓"抢米事件"，枪毙了共产党人朱亚帆，大搞白色恐怖。大公爷下半年返回华西协和大学读书，从事革命救亡活动，引起特务注意而被绑架。公馆未被查封，连他的夫人余莲隐也未被逮捕，这说明特务们的嗅觉还没有嗅到沈家大公馆曾是党的活动场所。

沈家大公馆的后花园向东一面与永兴巷地方军人潘文华的公馆毗邻，潘多次想把沈家大公馆合并，因碍于沈家是吴晋航的亲戚不好下手。新中国成立后两个大公馆修建永兴巷招待所，而全部拆除。现在只剩下暑袜北一街68号大门了。

沈家大公馆的大公爷被绑后，由其父用金钱买通特务机关放了出来，他夫妇也搬到重庆去了，在重庆民族路他父亲开的白玫瑰餐厅当"经理",并以此为掩护,经常在经济上给共产党很多帮助。他的夫人与南方局担任组织工作的于江震联系上,为共产党做了不少工作。十一届三中全会后他夫妇恢复了党籍,现在汉口市汉阳江边定居,沈伯谋研究唯物主义历史观,余莲隐从事绘画。

  大约在1940年的一个晚上,我同版画家张漾兮到沈家大公馆,为即将去延安的王朝闻送行。为他化装,扮成一个戴旧博士帽"跑单帮"的商人。新中国成立后他回成都要看看沈家大公馆,哪还有什么大公馆,只有68号旧门面了,物是人非,但沈家大公馆在抗日战争前几年中,为党的地下活动奉献了不少,斯文一表沉默寡言的大公爷与形象庄重而美丽的少奶奶,善于利用敌人不注意的条件,灵活而大胆地开展了抗日救亡、争取民主的各种活动。

  今天68号的门前人行道,改为临时卖茶的地方,每天有几桌老成都、老茶客来过茶瘾、冲壳子、摆龙门阵。当他们听到沈家大公馆的往事,带着敬佩的表情,抬头看看68号门牌,那里面却什么也没有了,姑且当作上阳白发人去"静坐说玄宗"吧。

· 第一章 过去的成都及其他·

丁聪的《花街》

丁聪来成都是在1943年春天。那时张骏祥导演、耿震和张瑞芳主演吴祖光新写出的剧本《牛郎织女》，他们请漫画家丁聪为该剧设计服装。小丁为话剧设计服装由来已久，抗战时在上海就很出名了。他来成都，就住在我们《华西晚报》报社的编辑部。我们两个意趣相投，一见如故。

丁聪来成都作了不少以抗战为内容的漫画，还作了以成都社会为主题的长卷《现实图》以及不少反映地方风俗、民间生活的速写与

丁聪《花街》

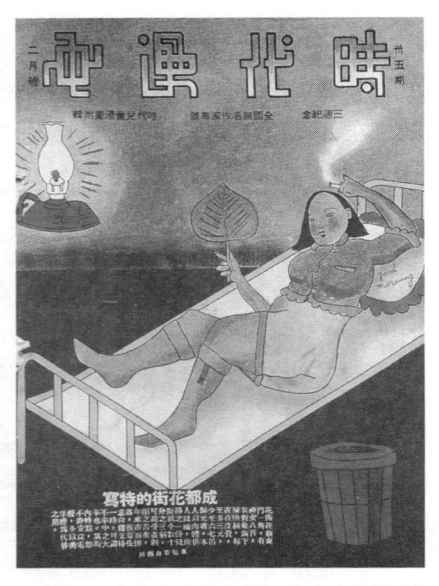

素描。《现实图》画出了反动统治下的"前方吃紧、后方紧吃"的现实,官商勾结国外势力囤积居奇,操纵物价飞涨,造成饥饿的人群在死亡线上挣扎;"教授教授,越教越瘦",从上层到下层,人民无以为生,统治者贪污腐化,连摆地摊求得苟延的也活不下去了。这幅长卷在大后方展出后轰

20世纪30年代上海出版发行的《时代漫画》

动一时,也使反动当局恨之入骨,可是丁聪仍握住他的笔,继续对黑暗的社会底层进行挖掘和揭露。他拿出时间,去成都有名的"花街"采访。成都人把"花街"叫做"心花街"。若问在什么地方?人们只知道在新东门城墙脚边那一带地方,街口站有军警,防止街内被侮辱与被损害的妓女逃跑;街内没有电灯,点菜油灯或煤油灯,以防受害的妓女触电自杀;那些被强迫、拐骗来的妇女传染上梅毒,腿上贴着膏药,流着脓血,可是她们仍得倚门卖笑,解开衣服,露出胸乳,面部没有表情地让男人们去抚摸、挑选。从十二三岁的小女孩到人老珠黄的中老年妇女组成的人肉市场、人间地狱,都在小丁的笔下暴露出来,真可以说是:"一面是

严肃的工作,一面是荒淫与无耻!"吴祖光看后沉痛地写道:"想一想今天中国人的命运和'花街'的妓女有什么两样呢……"

丁聪和吴祖光在成都生活了一年多,他们看到年轻姐妹们在受苦难而自己却全然爱莫能助,终于无限怅惘地离开了这个令人心酸落泪的地方。1944年夏天,他们筹了一笔钱去游都江堰和青城山,在山上遇见了国画大师徐悲鸿。彼此都是名人,不用介绍,一见如故。徐大师看到丁聪的几幅作品,极力夸奖丁聪的素描功力深厚,并且要了几幅作品,其中就有《花街》,被《时代漫画》作为封面。

·往事杂忆·

老成都爱放风筝

　　旧时成都人放风筝，习惯上是在大年后第二天。这一天人们都上城墙去"游百病"，说是游了可驱邪、少病痛，这当然只能是一种愿望而已。不过这一天围城四十八里旧成都城墙上却热闹非凡，小吃杂耍并存，红男绿女摩肩，成都人爱放的风筝，在这一天真是"高风吹玉柱，万籁忽齐飘"。（司空曙）——从这一天起，一直要放到清明节后。时有顺口溜记其事："杨柳青，放风筝"。

　　二月间赶花会，在二仙庵左侧楠木林外乱葬坟一带，是放风筝的集中地点。崇庆州运来的皮纸糊的风筝，形式多为蝴蝶、金鱼等，做得粗糙，多为赶花会的儿童们买去。这种外地来的风筝，价钱便宜，小巧玲珑，但却不易放上天，故成都有谚语云："风筝没有放起，跑烂了鞋底。"也有一些风筝挂在电线杆上的，当局还出了告示，禁止在城内大街上放风筝。但告示由他告示，放风筝者仍照放不误，电线上仍常有断线的风筝。

　　"民国初年"在花会上举行一年一度的放风筝比赛，《锦城竹枝词百咏》有诗反映当时情景："青羊宫接二仙庵，花满芳塍水满潭（百花潭）。一路纸鸢飞不断，年年赛会在城南。"

春风拂拂，成都的城墙上、河边、桥头、空旷的地方风筝到处都可见："微和澹荡锦官城，柳色青青天气晴。三校场中宽敞好，儿童逐队斗风筝。"（光绪时无名氏《成都竹枝词》）成都四大校场，只有北校场历来为驻兵的地方，没有人敢去放风筝。

外县来的民间艺人做的风筝，是以大批出售，一般为蝴蝶、金鱼、老鹰、鲇巴郎、燕子、大雁、美人等等。有的在鱼眼部装上能旋转活动的竹哨，起放风筝时，凌空可听到哨子发出来微弱的响声。这一工艺上的改革，使批发风筝者为之惊奇而竞相争购，要多卖几文钱。当时牧马山秦皇寺一带做的带鸣响的风筝，最为卖得。

民国以后还有风筝市，卖风筝的摊子。那是季节性很强的生意，过了清明节就收拾了。

旧时真正做得好、工艺程度很高的风筝，在成都市内有好几家，也很有名气。如东门北马道街鐔罐窑一家纸扎铺做的风筝，他们的蝴蝶是手工彩绘，形式大方。金鱼的鳞甲也是一笔一笔地画出来的，较之外地来的用木板印的鳞甲就细致可观得多了。还有一种绢做的鹰，改纸糊风筝为绢制，工艺上也是一个进步，彩绘细致。

北纱帽街一家纸扎铺叫"利得来"，做的十八罗汉、蜈蚣、美人手提花篮，工序更加繁复而考究，他安的斗线四平八稳，顺风而起，最受风筝迷的欢迎。就是最简单的"王"字风筝，它最要紧的地方，也还是在于安斗线上，这是平衡整个风筝的关键。

不然风筝放到半空中就会栽筋斗，往往一栽到底，而"掩面救不得"。

油篓街有个叫陈子良的，专做美人风筝，用薄绫或绢做美人穿的套裤，风筝大得来要两个人抬，当时要卖银圆六元钱一个，自然也只有有钱人家才买得起。那时候十四个银圆买一石大白米，一个美人风筝，几乎要花上五斗米的价了。科甲巷纸扎匠做的凤凰风筝，两腿竟是空的，有立体感，这立体感也是风筝作法上的一个进步。做的蜈蚣不能单放，要用其他风筝带上去。

东顺城街"蒋草纸"，开的纸火铺，其做的风筝有凤凰、金鱼等，工艺程度高，尤善于彩绘。凤凰色彩斑斓，本身就是一件艺术品。最有名的是做三十二节又长又大的蜈蚣虫风筝。好风筝易惹起人的注意，那年辰（即那个时候）专门有一帮人惹是生非。他们用绳子拴石头，叫"打撩镖石"，甩向天空去搅在蜈蚣的绳子上，搅着绳子，便拉下去据为己有，真可算巧取豪夺于天上了。因此打架生非之事，时有所闻。

小科甲巷还有一家杨道成纸扎铺，平时做朝扇，精于绘画，大年初一后他的风筝就挂出来了，以美人鱼、蜻蜓、鲇鱼做得最好。卧龙桥还有一家专做鲇鱼风筝的，用墨绘制，有深浅，鱼背色浓，尾腹淡到全白，眼珠还可转动。

放风筝的不限于年轻人、小朋友，中年、老年乃至全家出动放风筝的也大有人在。当年皇城坝有一冯姓回族老教师，打北派拳的，七八十岁了还放风筝。"一叶风筝忽上升，轻浮竟遇好风乘。任他高入青云路，牵引无非仗宝绳。"（陈宗和《续青羊宫花会竹枝词》)吟哦这般生动的词句,能不令人追忆当年碧空放筝的快活情景?

风筝的大发展,还是在新中国成立后。特别是在山东潍坊举行国际风筝大赛,中外风筝艺术交流,制造出花样百出观赏性很强的新式风筝,更是开一代雄风,展无限情趣,呈百花齐放光景。走,看今天成都放风筝去。

谢无量

20世纪30年代，我在成都会府一家古玩玉器商店看到谢无量先生为其题匾，书碗大的颜鲁公字体，气度雄俊，苍润沉淡，可见先生功底厚，来路不凡，有人评为："行草为一代之冠。"

林山腴谓："南海而后，断推无量了，海内何人足雁行啊！"

抗战中寄居成都，书法综南北，碑帖并取，法度端严，妙造深微，一变而为有创造性的"孩儿体"，以其对当时浑浊社会，走笔作书，大而化之，不择笔墨，不用浓墨，不盖图章，但必取润格。他以卖字为生，焉能不取？这一点，我认为比今天书画家们干脆得多了。我们今天的有限工资，怎能抵挡无限索取甚至勒索，这情况一定要尽快改变，订出润格，开画展也要卖画，美协、画家共同想出办法来！我们是现实主义者，不讲假"清高"。

抗日战争胜利前，谢老与林山腴、刘君惠、高少儒、名医王百岳等有诗酒会，一个时期轮流在吕维贤、王百岳家中饮酒唱琴，我则以四川扬琴出之，谢老以七绝为赠：

车子能歌兼幸酒，

王孙卖药不为贫。

锦官花重春将晓，

又见樽前两俊人。

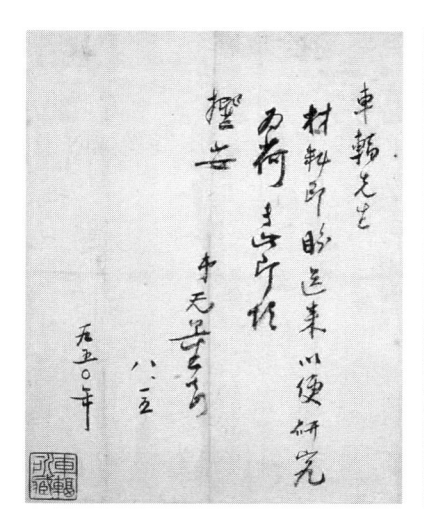

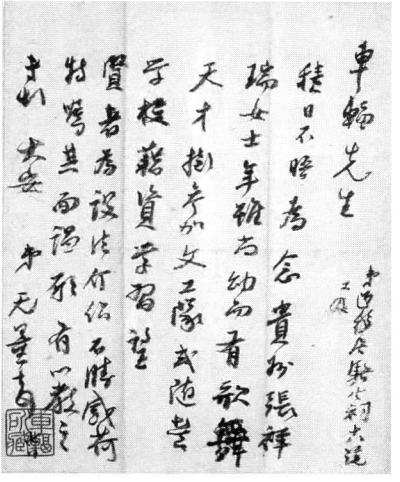

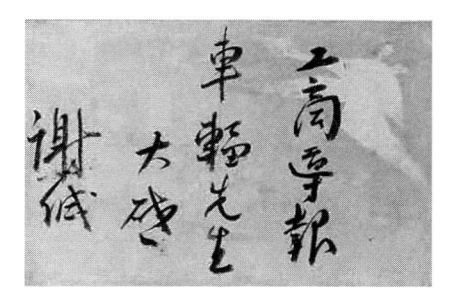

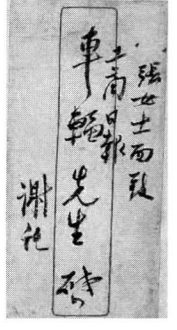

谢无量书信手迹

书法以浓墨正草，且盖了印章。

解放初在骆公祠街（今和平街）严谷声家对门谢寓所内学习，有谢老、林山翁、严谷老等，我为召集人跑路，谢老当时给我二信，墨宝保存至今，弥足珍贵了。

新中国成立后我上京，几次会面，一次与他长谈对李商隐的一些看法，认定玉溪生摆脱不了政治漩涡，是个悲剧、极有才情的人物。我均作了笔录。20世纪60年代初他已患病，谈及他的著作《马致远与罗贯中》有他自己的精辟独到处。

在北京人中，他谈得津津乐道的是在北京饭店的川菜主厨、新津人罗国荣。罗常将自己拿手好菜送去，请他品尝，他们的友谊在笔墨之外，味道之中，这情景如唐代郑谷诗："鹿门病客不归去，酒渴更知春味长。"

江村　施超

抗日战争时期，活跃于重庆、成都影剧坛著名话剧演员、诗人江村和电影演员施超，因贫病交加，当局的压迫，分别英年早逝于1944年5月23日、10月26日，去世年龄各为28岁、31岁。当时由《华西晚报》副刊编辑的陈白尘和记者车辐，将二位安葬于成都外东包江桥车辐祖坟墓地，郭沫若题了墓碑："诗人江村，剧人施超之墓"。二君逝世60周年了。又值中国电影100周年，抗日战争胜利60周年前夕，累述生平，用为纪念。

江村，江苏南通人，1938到重庆成为中国电影制片厂演员，参加了夏衍编剧《白云故乡》演出。并与张瑞芳、郑君里、孙坚白等演出抗战话剧，曾在《雾重庆》《屈原》《雷雨》各个剧目中饰演重要角色。他又是一位进步诗人，为抗战的人民捧送民主与自由。后来他拒绝演"战国派"话剧《蓝蝴蝶》，受到特务的监视和打击，病中被迫离渝来蓉，终因贫病交迫，肺结核恶化去世。丧事由顾而已、陈白尘、王东生、车辐送葬地安埋。重庆《新华日报》《新民报》、成都《华西晚报》以及各地报刊发表郭沫若、阳翰笙、刘念渠、史东山等祭文。

施超，福建闽侯人，20世纪参加上海联华电影公司，先后主演《狂欢之夜》《壮志凌云》《夜半歌声》等。后随上海业余影人剧团入川，在《长空万里》中与白杨、高占非、王人美、金焰、魏鹤龄、章曼萍、李纬等共同演出。他积极参加《阿Q正传》《屈原》等剧，来成都演出《大宋英烈传》时，当场咯血倒地，不久病逝医院，由应云卫、陶镜寰、陈白尘主持丧事，葬于车辋祖茔墓地。

　　新中国成立后，上海电影制片厂曾派丁然来成都找到车福，同到成都东郊包江桥去找施超、江村墓地，据当地人说："大跃进"时，早已夷为平地了。郭老题的墓碑同样也不见了。回忆往事并不如烟，已有文字记载散见当时各报刊。

·第一章 过去的成都及其他·

不曾褪色的情思

幼小时要到灌县城（今都江堰），谈何容易。我是1914年生，成都到灌县在1924年才开始修建公路，当时我听说：在公路未修好之前，灌县、唐昌一带的有钱人家，要到省城里来，前两天要在家做起酒碗供奉祖先，向祖先"通明"：保佑这次到成都，平安来去，没病没痛，不遭棒老二抢（那时温江刘家壕的土匪，以及土匪头子"吴机关枪"等杀人、放火、抱童子，弄得路断人稀）。总之，无处不说明那时候"蜀道之难"。郫县、温江城里七八十岁没有到过成都的，大有人在。

在军阀土匪混杂不分的黑暗世界里，一个十来岁的孩子，还敢想去60多公里以外的灌县城么？

未修公路前只有鸡公车、滑竿两种交通工具，而且都是要两天才能到达。遭不遭抢劫，那就要碰运气了。当地学生是穿黑色咔叽布制服，不遭匪抢也可能遭拉兵的拉去。遭遇时，学生说："我们是官学堂读书的呀！"拉夫的丘八上去两巴掌退了他们神光说："学生穿短的，少给老子发二尺五（军服的代称），捆起走。"

20世纪30年代初，我同一个毛根朋友（即从小一起长大的），从成都出发，步行两天，到了灌县，首先看到城外郊区一座城门式的高楼上，悬挂一个大匾，上写"雄镇都江"四字，平地起了高山，更显得关山气势雄壮。到了灌县已疲倦不堪了，又爬上"天下幽"的青城山。在天师洞看见彭椿仙大炼师坐在大殿上梳理他长过背脊的头发，神态自若而慈祥。我们沿途也听人说"'棒老二'（土匪）不抢青城山朝山的香客，彭当家打了招呼，拿过言语的"。又听说彭通袍哥，对于那些穷得铤而走险去抢人的"老二哥"，常年在外"避豪"（注：避难的意思），不敢回来的贫苦的人家，过年过节都有帮助，还有说得更神秘的：山上抬滑竿的都是匪人，他们就是不抢朝山香客。

住了几天，跟彭当家搞得很熟了，我答应给他送报纸杂志，他也将张发奎（北伐时称为"铁军"的一位将军）到常道观大殿前同他以及其余几个人的合影给我。他知道我同天师洞附近山中香积寺一位江姓的老和尚是亲戚，对我也就更不见外了。另外，还送我一张他本人的照片，结发道袍，身胖而结实。

1942年作者应友人乐以钧之邀，去他家乡芦山县写抗日空军英雄乐以琴的传记，却意外得到芦山汉代王晖石棺拓片。将此拓片带回成都寄送至重庆天官府七号郭沫若名下，他惊异回信说：此在抗战中，若在外国当是惊人发现……

我回成都后，把成都的报纸不断寄给天师洞彭椿仙大炼师，当时只有一个想法：把文化带点给山上去吧。我去住了两天，一张报纸也未看见，连他们道家的书也找不到一本，那时的青城山是光秃秃的没有半点文化的山。

当时易心莹也同我成了好朋友，我把一位地下党员介绍到青城山天师洞去住。1982年3月，看到《灌县志》编辑部编的《灌县风物》中写有《天涯何处去招魂》，子题是《青城山上的友情》的一篇文章，那篇文章有的地方写得不确切，现根据杨波（本名杨树东、忠县人。地下党员，领导成都文艺支部）来信作了详细说明：①"我是1939年2月，你介绍我到青城山天师洞养病，送一只老母鸡，住到8月回成都，周文介绍到文协成都分会工作。"②"我上青城山后，你叫我给《新民报》写一篇通讯报道，由你介绍发表在四五月份成都《新民报》，题目为《青城山天师洞》，着重介绍彭椿仙的德政。"③"县委将我划在中和场党小组，两周去过一次组织生活。县委又介绍九个文艺青年，初中毕

2005年4月25日车辐抵芦山参观，在王晖石棺旁默默地回忆当年到芦山时的情景

·往事杂忆·

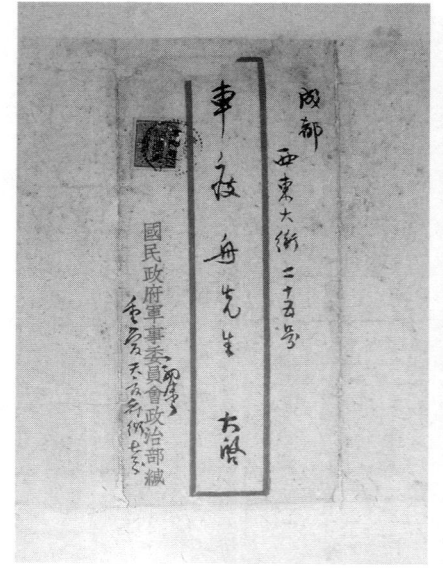

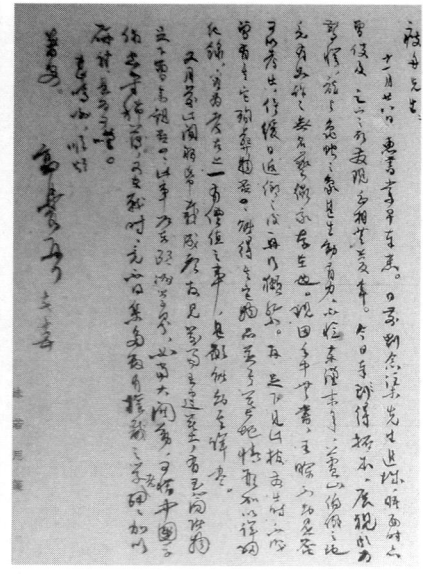

郭沫若给车瘦舟的信1（一九四二年十二月十五日）

释文：

瘦舟先生：

十一月廿八日惠书业早奉悉。日前刘念渠先生进城，晤面时亦曾谈及足下之所发现，正相共庆幸。今日奉到得拓本，展视颇为惊愕。龙与龟蛇之象甚生动有力，不臆东汉末年，芦山偏僻之地竟有如许之无名艺术家存在也。现因手中无书，王晖不知是否可以考出，俟缓日返乡之后再行猎祭。再足下见此棺发出时不识曾有其它殉葬物否？能得其它物品并与墓地情形加以详细记录，实为考古上一有价值之事，甚愿能知其详尽。

又月前此间报纸载成都发见前蜀王建墓，有玉简诸物，足下曾参观否？此事如在欧洲学界，必当大哄动，可惜中国学术空气稀薄，又在战时，竟不得集多数有权威之学者细细加以研讨，甚为可叹。

专此鸣谢，顺颂

著安

郭沫若再拜
十二、十五

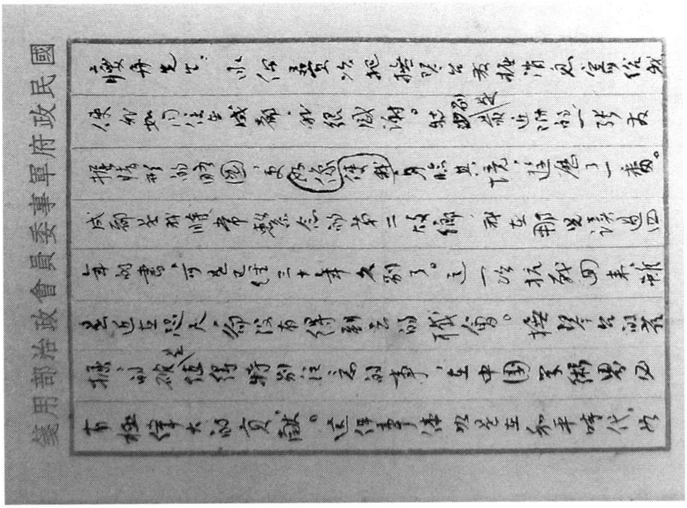

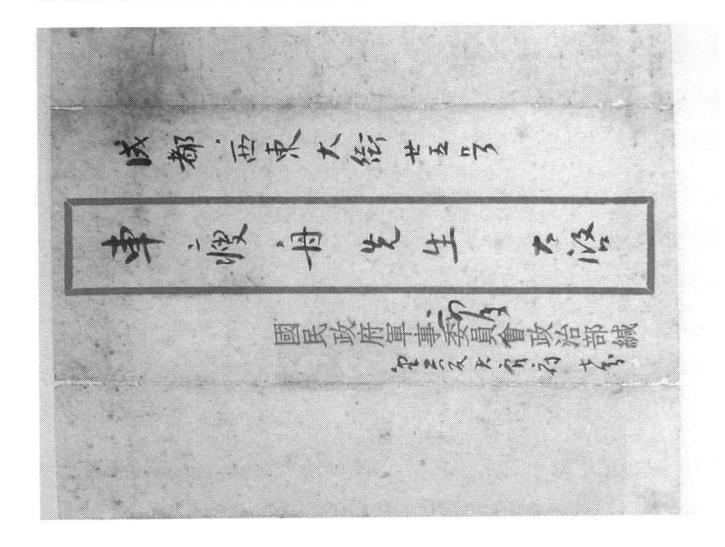

· 第一章 过去的成都及其他 ·

郭沫若给车绍身的信2（一九四三年正月廿六日）

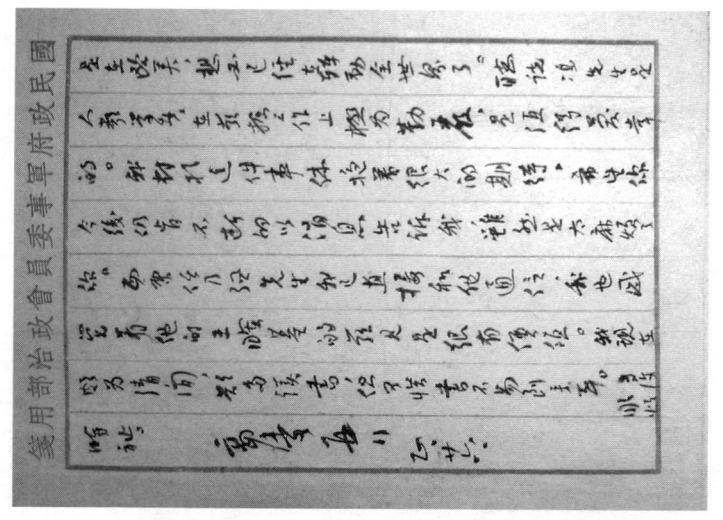

郭沫若给车瘦舟的信3（一九四三年正月廿六日）

释文：

瘦舟先生：

承你迭次把抚琴台发掘消息寄给我，使我如同住在成都，我很感谢。特别是最近附的一张发掘情形的略图，更使我好像身临其境，游历了一番。成都是我时常系念的第二故乡，我在那儿读过四年的书，可是已经三十年久别了。这一次抗战回来，虽是近在咫尺，却没有得到去的机会。抚琴台的发掘，的确是值得特别注意的事，在中国学术界必有极伟大的贡献。这件事体如是在和平时代，如是在欧美，想必已经轰动全世界了。听说冯先生是人类学者，在发掘工作上极为勤严，是值得庆幸的。我对于这件事体，抱着很大的期待，希望你今后仍肯不断的以消息告诉我，虽然是太麻烦了你。西康任乃强先生我已直接和他通信，我也感觉着他的王晖墓的发见是很有价值。我现在颇为清闲，欲多读书，但可惜书不易到手耳。

专复

顺颂

时祉。

郭沫若再拜

正、廿六

业，到天师洞找我，要办文艺刊物，经费他们出，文章他们写，叫《文艺堡垒》，我回成都，一切总务由钟绍锟（笔名：水草平）处理，印刷由我找《华西日报》印，一共印500份，9个青年带回灌县正式出版发行，被国民党查封，并要逮捕他们，他们逃跑了，到了成都找过我，以后不知去向……《文艺堡垒》成员，他们跑出后未回去，其他8个人也失去行踪，这件事在县志上可以记载一笔。"④ "我与彭、易二人，与易接触较多，他常陪我山前山后，山上山下，边说边走，但是政治上未暴露过，思想未交流过，只是一般朋友而已。易有爱国主义思想；有一客人叫'花和尚'，说不定他是汉奸，他去盯过梢。"⑤ "我回成都时，彭给我和你一人500克茶叶，我回成都将报刊都送他们一份，他们就挂在壁上，有《新华日报》《群众》，你寄易心莹转。"⑥ "1941年1月17日蒋介石宣布解散新四军；3月我就撤退到川南威远县……许多事情，已经过去几十年，一时很难回忆清楚。彭当家说你情长，你可以作你私人交往回忆。"

从杨波来信中说明一个问题：石在火不会灭。有共产党的领导，静静的群山，滚滚的江流，地下火在沸腾，在燃烧，而灌县那九位革命青年（实际上当不止此数。）点燃火炬，照亮了青城、岷江，使之发生光彩，为壮丽祖国河山增色，都江堰市啊，你永远使人起敬。前人走过的路，铺成了今天的金光大道，当我陪同美国留学生、作家何洁、骨科专家李枝华等踏上青城山山道时，感想更多了。我们不是正踏着前人奉献过的足迹前进吗？

1979年杨波带病由上海回来，唯一的愿望就是要到青城山去看望他的老友易心莹。杨波身患六七种病，随身带了多种急救药品，在老友胡春圃、施幼贻教授相劝之下，又怎么敢让他去呢？况且听说易当家也死了。

至此，杨波闷闷不乐。一个共产主义者，一个道教信徒，在抗日战争中结成了友谊，却得知他去世了而不能相见，故我写出"天涯何处去招魂？"一文。

尽管反动派迫害热血青年，《文艺堡垒》被禁止发行，但灌县的火种是扑不灭的，他们秘密潜行，暂时转移到成都。1940年7月1日，又在陈道谟（芜鸣）寄居成都的家，少城仁厚街成立了"挥戈文艺社"，取我国古代神话"鲁阳挥戈退日"的传说。意指赶日本帝国主义出国门。当然，它是在进步的文艺思潮影响下，发出它的光与热。主要成员都是灌县人：徐季华（许伽）、陈道谟等；也还有成都的安安（安旗），郫县的赁常彬（赁杲天）、敖学祺、谢宇衡（陈汀），崇庆县人胡文熹、陈敬等。每月出版《挥戈文艺月刊》《挥戈副刊》、不定期的在《成都晚报》出过《诗与散文》专栏，一本诗集《诚实的歌唱》。

他们的刊物办得生气勃勃，展示了为民族抗日战争而奋勇前进的精神。当时中华文艺界抗敌协会成都分会会员曹葆华、水草萍（钟绍锟）、洪钟、车瘦舟等为他们写稿，何其芳同他们联系着，给予热情和鼓励；还参加了刘振美主持的成都市文艺界联谊会，响应《华西晚报》社的呼吁，为贫病老作家张天翼捐献稿费。张天翼当时隐蔽在郫县城外鲁绍先家，鲁家还隐蔽过张漾兮、巴波等。

"挥戈社"聚集了天南地北为民族争存亡、为人民争自由的文艺工作者,为反动派所不容。不到两年,便被解散,社员们在政治上受到威胁,陈道谟等被国民党反动派特务组织列入黑名单(见1981年第14期《成都市文史资料选》中邵平自述。)——前面说过:石在火不会灭,以后,"挥戈社"社员,或加入了共产党及民主党派,或流亡他乡从事教育工作。各自在战斗的岗位上发热发光。今天他们都是白发苍苍的老人了,仍在发挥余热,高歌"算来人共梅花老,屡历冰霜未改容"。

种什么花,结什么果。今天,为了弘扬西蜀文化,老将新将一齐出马,以其厚朴清新的风格,独辟蹊径,办起《青城文荟》来。无古不成今,有源才有流。从宝瓶口喷射而出的,不是明月,就是太阳,至少是跟着太阳走的孺子牛。

说到源远流长的翰墨缘,老作家碧野抗战中来过青城山下荫唐中学教书糊口,老舍先生曾去看望过他,他也上青城山去看望过"丘八诗人"——爱国将军冯玉祥。几年前碧野专程由湖北来都江堰市青城山,访老友见故人,看到新中国成立几十年来成都平原变化之大,说:"奇迹只有共产党领导下、在社会主义新中国才有可能出现。"在都江堰市访问期间,他还赶写了一本谈创作的书稿。他说:在故地写新书,才更有纪念意义。

翰墨缘千丝万缕,1945年冬我去重庆,在天官府郭(沫若)老寓所求得单条一幅,上写"王晖石棺出土于芦山县,于建安十六年,去樊敏碑相距仅六年耳,字体多相似,殆为刘盛所作"等语。1981年在都江堰市发现,奇迹出现,我正欲一睹真容时,却被他人卖给了都江堰市文管所。

　　后感谢纪方明老人以照片见赠，使我失而复见，总算有个着落。也为都江堰市多增一件文物，姑以"失之东隅，收之桑榆"视之，何不裱褙出来，公诸同好，为壮丽河山添一分光彩，岂不美哉！

观老照片有感

近读今年第三期（1999年6月）《四川烹饪》所载陈伟华先生《爱喝酒的叶圣陶》一文，勾起了我对叶老的一段回忆。

1943年11月15日，由中华文艺界抗敌协会成都分会发起，文艺界人士在成都新南门外江上村"竟成园"餐厅为叶圣陶老人庆祝50大寿。当时正在四川作抗日宣传巡回演出的中华剧艺社部分艺员，在其领头人应云卫、贺孟斧、陈白尘等的率领下也兴致勃勃地前往参加。对此次活动，已故老作家李华飞先生留有如下一段记述："1943年叶圣老50大寿，文协负责人陈翔鹤等八方奔走，把大家动员起来。《华西晚报》记者车辐对烹饪有研究，加之他与'竟成园'老板相熟，便由他交涉办了十来桌席，有鸡鱼鸭肉，且蒸炒烧炖俱全，为祝寿生色不少。当天李劼人先生还在餐前致词祝贺，并留影纪念……气氛十分热烈，为成都文艺界几年来少有的一次'会师'。"（见《李华飞文集》下）

现在我回忆，那次为叶老祝寿的确称得上文艺界著名人士的大聚会。因为抗日战争中期那一段，成都文艺界经常聚会的地点一般都选在祠堂街的"努力餐"或总府街的"四五六"。而在当

·往事杂忆·

时的文协送往迎来的宴饮中，尤以去"努力餐"为多，如在此之前宴请沈钧儒、老舍等名流。这次为叶圣老祝寿的活动，除上面李华飞文字记述外，还留下了这张值得纪念的老照片。如今事隔半个多世纪，照片中健在者已不足三分之一了。

照片（从左至右）前排为谢冰莹、？、叶至善、叶圣陶、叶夫人、叶志美、程梦莲、程丽娜、车辐；第二排为王少燕、？龚仪宣、尹叔聪、沈扬、陈白尘、张逸生、赵慧深、金淑芝、陈翔鹤、李华飞；第三排为劳洪、耿震、李束丝、李济生、白堤、洪钟、方白非、陶雄、？；第四排为贺孟斧、陈思苓、？、？、谢每予、陈仇；第五排为王冰洋等；后排为刘如、杨忠岫、应云卫、杨村彬、刘开渠、？、孙跃冬、钟树梁等（注：有"？"者，姓名记不清）

"不准演出"的演出

全面抗战初期，上海影人剧团成立。主要成员有名导演沈浮，名演员白杨、谢天（后改为谢添）、杨露茜（后改路曦）、燕群、刘莉影、吴茵等。该团的负责人为名导演蔡楚生、剧作家陈白尘及孟君谋。他们于1937年10月到达重庆，12月底来成都演出。

影人剧团入川，是由电影界制片人夏云瑚负责接来的。他在四川熟人颇多，善于理财，是一个倾向进步的爱国文化商人，对于抗日救亡的文化事业，很是热心。剧团入川的车船食宿费用，由夏包干，每位演职员每月还发十元钱的生活费。演出后若有盈余，还可共同分账。

信息闭塞的成都，哪见过这些大名鼎鼎的电影明星和话剧演员？当上演《流民三千万》海报一贴出，轰动了九里三分的古城。不少戏迷、影迷奔走相告，加上报纸宣传密切配合，使成都剧院影坛惊喜若狂。成都观众以亲睹演出为快事幸事，把剧团住的旅馆（智育电影院旁边，今王府井百货）挤得水泄不通。一些人买了白杨的照片，请她签字留念。

・往事杂忆・

三座大山压榨下的成都，封建势力根深蒂固，一片乌烟瘴气。军阀、官僚、土豪、劣绅，向来视艺人为玩物，依仗权势，对演员任意欺凌侮辱。绰号"严猫"的成都警备司令严啸虎，见影人剧团入川，没有什么靠山，犹如送到口的耗子，哪肯放过。立即命令狗腿子到剧团传话说："严司令官请白杨吃饭。"

1936年2月首次演出《日出》之特刊

对来到成都这个恶劣环境，影人剧团早有估计并定出对策。先由沈浮、陈白尘、孟君谋三人起草拟定了《生活守则》，经全体团员通过执行。《生活守则》规定："团员除集体行动外，个人不得参加社交活动"。"严猫"送帖子上门，剧团便拿出《生活守则》上规定的条文谢绝了。

"严猫"碰了一鼻子灰，恼羞成怒，立即叫来副官孙岳军等为他出谋划策，要给剧团一顿"杀威棒"。警备司令部稽查处的打手、狗腿子徐子昌等，准备大打出手。少时三刻，一声令下，几个狗腿子气势汹汹跑到总府街智育电影院门口，贴出一张严啸虎的《查封告示》。告示诸语大意是：查《流民三千万》布景上有红太阳出现,值此抗战军兴之日,日寇穷途末路之时,居然日之出矣。日之既出,何言抗日?该剧团明目张胆为日寇张目,因此予以查封,限令三日之内一律离开成都云云。真是欲加之罪,何患无辞!

"严猫"这张是非混淆、黑白颠倒的"查封告示",无异是三千板子一面枷,欲置抗日救亡战士于死地,使其生活马上陷于绝境。当时陈白尘已去汉口,为此,他曾向武汉中华全国戏剧界抗敌协会递交了义正词严的抗议书,痛斥"严猫"的野蛮行径。抗议书曾转交有关部门,但远隔千里,地头蛇"严猫"是不买账的。让"严猫"意料之外的,是这张查封令引来了成都人民的极大愤怒,街头巷尾到处都是对他的嘲笑、怒骂和指责。夏云瑚又通过他的老丈人——川军中一位退休师长出面斡旋,严啸虎迫不得已,只好装聋作哑,允许上海影人剧团改名为"成都剧社"在成都公演。为了宣传抗日,为了满足成都人民热切希望看戏的要求,全团演职员只好同意不以原来名字刊登广告。当大家都以新取艺名参加演出时,人人啼笑皆非,感慨不已。尽管如此,成都人民终于观赏了上海影人剧团宣传抗日的精彩演出,并留下了深刻的印象。

·往事杂忆·

刘开渠来成都

刘开渠是1938年底偕其身怀有孕的夫人程丽娜,历尽艰辛经湖南、贵州来到成都的。未到之前,程丽娜先给她的同学、好友张茂华发了一封信,告诉他们到的时间,需要她来接。

到了成都,举目无亲,在人群中看了又看,哪里有她的同学张茂华呢?当时她大腹便便,头昏脚软,几乎站不稳了,刘开渠搀扶着她,稳定她的情绪,拖着艰难的步子,找个旅馆住了下来。——第一次到成都就使他们失望了。

"天无绝人之路"。他们的面前,突然来了张茂华,上气不接下气地说:"我接了你们两次,两次都扑空了!"当即叫了黄包车迎接到她家居住下来。患难中的友情,幽静的庭院,——宾至如归。

很久没有看报了,刘开渠买了几份报纸,突然在《华西日报》上看到"赵其文"三个字。他惊奇了,最初他不相信这个赵其文就是他北平的文艺好友,人有同名共姓的嘛?但又急急地拨了电话,打到报馆,查问赵其文。

不问不知道,一问吓一跳!赵其文者,就是《华西日报》的编辑也，兼编副刊。还在进步的协进中学教书。编辑、教书都是为了生活、为了掩护，实际上他是地下党员。

挚友相见，无话不谈，赵其文还告诉他，沉钟社的陈翔鹤、作家周文都在成都，还联系了一批志同道合的文艺工作者，成立了中华文艺界抗敌协会成都分会。这里面有写《死水微澜》《暴风雨前》《大波》三部曲的李劼人，翻译左拉《卢贡家族的家运》的林如稷，从德国回来的刘盛亚，以及有成都文坛"三波"之称的卢剑波、穆济波、毛一波（后侨居美国）。还有诗人曹葆华、周太玄、谢文炳、萧军、萧蔓若、牧野、陶雄、沙汀以及常来常往的何其芳等。赵其文是搞组织工作的，给刘开渠背了一大串作家名字。程丽娜虽然第一次见赵其文，可并不感到陌生，为赵其文的诚挚、热情而对他敬重起来。他夫妇像失群孤雁回到雁队一样，决定在成都留下来，和好友们在一起，为神圣抗战共同奋斗。加之成都这个古老的城市有些像北平，生活安定、气候宜人、物产丰富，与前方比起来，这大后方毕竟是安静的，刘开渠可以从事他的雕塑艺术工作。

他在沅陵曾先后收到徐悲鸿与熊佛西的信，都希望他来成都，愿介绍他为山东藤县抗日阵亡的王铭章师长做雕像。当时因相距太远，未置可否，今天已到了这个"二十里中香不断，青羊宫到浣花溪"的锦城，为抗日殉国的王铭章将军塑像事就在他脑子里浮动，跃跃欲试。

恰巧赵其文来看他，刘开渠就把这件事对老友提出来商量。不凑巧，徐悲鸿已离开，算好熊佛西还在成都任戏剧学校校长，校址在西门外20公里的郫县。时不我待，于是他们坐黄包车去会到了熊校长佛西先生。

熊佛西把刘开渠介绍给王铭章师长生前所在的川军"王铭章塑像委员会"，并签订了合同，写明：为王师长做一个骑马像，承包费一万四千元，先付一半。

他很高兴，又可得到雕塑工作了，他全身心地投入塑造这位抗日英雄的形象，要尽力体现中国人不畏强暴、不怕牺牲抗击日本侵略者的高大形象。尽管当时物价在涨，敌机不时轰炸，他的创作构思中更加强了要塑出中国人的胆、民族之魂、希望之光。塑像设计有三米多高，王铭章将军骑在战马上，挥动右手，指挥将士向日本侵略军冲去。像座下面左右各有一块浮雕，再现了抗日战士在英勇战斗，为民族献身的精神和动人情景。

成都会府有一家寿像阁，主人蔡缉武，专门为死人做小型造像，确也做得逼真，他的店门柜台上放有一个小型玻璃框，里面塑造了清朝官员的坐像。二次大战中美军也去找他做过塑像，年轻的美军坐在他的小店中，蔡缉武就对着塑造起来，也只有三十三厘米多高。但是，要做三米多高的骏马大塑，在成都可以说是有史以来没有过的事。过去南门三巷子关帝庙的关公以及庙门站将，也不过两米高，且都是泥塑。现在刘开渠要做这样大型的铜像，一切工作条件、器械设备等等，都要从头做起，事无巨细，要白手起来。当然他一个人是忙不过来的，巧在他的一个操着浓重川南口音的学生王朝闻来了，立即当了助手。王朝闻抗战后来到成都，在少城公园（今人民公园）民教馆当一名馆员，生

· 第一章　过去的成都及其他 ·

活清苦，穿一件灰白粗帆布的风衣，冷得双手插在荷包里。他貌不惊人，当洪毅然介绍说他这位同学曾在上海作地下斗争时，成都美术界几个朋友对他敬重起来。当汪精卫从成都飞昆明转河内投靠日本侵略军当大汉奸时，王朝闻就在民教馆内雕塑起汪精卫同他的老婆陈璧君两个大汉奸的跪像来，像西湖岳王庙中跪着的大汉奸秦桧夫妇一样。塑好后在公园内展出，轰动成都，万人空巷地去参观，不少人向汪、陈二逆咒骂，并吐口沫，起到了反对妥协投降、坚持持久战的作用。与之同时，在成都机械学校工作的杭州艺专雕塑系毕业生梁洽民也来当了助手。后来还来了外县小学美术教员罗材荣，他的岁数比刘开渠大，可穷得没有结婚，刘开渠很同情他，每月送他一百块钱。到了暑假他也不走了，工作紧张，反正需要人，留下就留下吧。

人多手多，很快就把王将军的骏马像塑造好了，大家在欢庆中通知王铭章塑像委员会，来了该会主任，是个军人，看了塑像倒没有什么话说，可是他私下向刘开渠提出免费为他一个亲戚做个塑像——如世俗的做买卖一样"买一送一"；并暗示刘可以把王将军的像订费提高些。忠实于艺术的刘开渠多方考虑后，向这位军人婉转地说明：塑像要花大量时间和精力与金钱，更不是马上可取，不像写字与中国画那样可以一挥而就。刘老祥和地、多方打比喻地向那位"主任"解释，怎奈秀才遇到兵，那兵要出封建耍横军人那一套，指手画脚，要改这里改那里。艺术家的涵养好，总是详为解释，对他那些胡缠胡扯的要求，婉言拒绝。其中折腾而又折腾，弄得艺术家情绪不好。——挨到1940年春暖花开

069

时，铜塑像才终于完成。

其后房东要增加房租，否则就要逼着搬家，正在为难时，巧遇他在法国的一位女同学在少城包家巷有空地，他们不失时机地搭好工棚，展开工作。可是有一次敌机炸弹炸中了他的工作室，他住的屋子也被炸毁，当场炸死两个工人。于是只好到程丽娜的哥哥那里去借宿，全家省吃俭用，在极度困难中，程丽娜也把结婚时母亲给她几件随身的赤金首饰全部卖了，才把历尽磨难的王铭章铜像在少城公园（今人民公园）立起来了。

抗日殉国民族英雄的高大形象立起来了，可是雕塑艺术家刘开渠先生却山穷水尽，再也不能经受什么风浪了。

有一天，有人来请刘开渠为刘湘做一座骑马像，刘不在，工作室的工友告诉了程丽娜：罗材荣去见了来人，私自把塑像工作接下来，还说："刘先生忙得很，找他做要等很长时间，订费也高。如果你们让我做，我要的钱会公道，做得也快。"于是这个工作就由罗材荣拦截去了。

最初刘开渠不相信，哪会真的出了犹大么？又一天他同程丽娜准备出门，罗材荣回来了，说是在家里坐一坐，等个朋友来，他们也根本未在意。出门走了半条街才发现没有带钱，便回去拿钱，正碰见罗在紧张地量塑像座子的尺寸，这时，刘开渠才完全明白了。

事实上罗材荣不具备独立做像的能力，工具也没有，东拼西凑，终于凑出一个刘湘的铜像来，立在当时成都热闹中心的盐市口。文艺界看后哗然！美学家洪毅然说："你不能说不像，但呆若木鸡,不是味道。"张漾兮更激动地说:"这是丢人!有刘先生在成都,能让这种怪现象出现么?"《新新新闻》"每周漫画"主编谢趣生也幽默地说:"最后的晚餐让他一个人去吃吧"。连忠厚长者国画家林君墨也认为太不像话了。当艺术被人出卖玷辱了成都时,人们对这尊塑像作者的忿怒就可想而知了。我们四川漫画社一批朋友在商业场二泉茶楼谈及此事,主张在报上揭露,谢趣生和洪毅然主张我动笔,那时我年轻,血气方刚,当然也明白了是与非,于是我就提笔写了文章,在《新新新闻》发表。——这件事刘开渠是记得的,四十余年后我们在北京见面时谈及此事,刘老先生犹在点头微笑中,程丽娜夫人还为我画了梅花。当时她在成都春熙大舞台唱京剧时,我是台下一位忠实的听众,特别欣赏她的《四郎探母》。

1941年秋,由昆明迁到重庆的艺专校长吕凤子来信邀请刘开渠再次出任教授、雕塑系主任,还郑重地礼聘了程丽娜去教素描。他们为了解决生活问题,下决心全家迁往重庆,住在青木关松林岗的山坡上。这段时间,我同他通信较勤,信都保存下来,可惜在"文革"中被抄去了。我现在仅存了两封郭沫若给我的信,关于成都王建墓、芦山县王晖汉墓的信,今存于成都王建墓博物馆(现永陵博物馆)。

1942年夏天,四川省教育厅厅长郭有守给刘开渠去信,说成都市要为纪念川军出川抗日阵亡将士做一座无名英雄像,信上说明:成都市政府没有多少钱,希望雕塑艺术家半尽义务。

刘开渠最初不愿意做,厌恶他们,贪污、腐化、无知。他

·往事杂忆·

1982年12月，笔者在北京刘开渠（左）家中与他女儿米娜（中）合影

从法国回来十多年，为生活所迫，大部分雕塑都是为他人作嫁衣裳，自己要想创作，反而做不成。有些订约方，不懂得雕塑是创造性艺术，在工作进行中擅自来出主意，指手画脚，不按他们的"馊主意"，他们就耍蛮横，甚至毁约。弄得我们的艺术家十分伤心，有段时间真不想做雕塑了。但，退后一想，这是什么时候？是日本帝国主义侵略军杀我同胞，毁我田园庐舍之时，作为一个中国人，有中国艺术家的良心与正义，面对这些凝聚着血泪仇恨的主题——长沙大火，南京屠杀，成都被炸，和灾难深重的祖国；北斗星升起于北方，中国有了希望，有了坚强抗战必胜的信心，艺术家就要塑造出代表中国人民冲锋向前、杀敌报仇的英雄形象。刘开渠思绪万端，终于下定了决心，又回到成都，他首先得到中华文艺界抗敌协会成都分会的会友们的热情欢迎，"涸辙之鲋，相濡以沫"，文友们在新南门外锦江之滨的"竟成园"

举杯为他接风，为了重来成都塑造无名英雄像干杯。——当时这些文艺界送往迎来的事，都落在我的头上，作记者，人年轻，跑跳得起，又是本地人，同几家餐馆又熟；不特此也，连文艺界的红白喜事，也包办下来，如法国文学翻译家林如稷结婚，我便在"荣乐园"为他定了十几桌；1943年11月15日成都文艺界为叶圣陶祝50大寿，也在"竟成园"隆重举行。

刘开渠这次回成都，托了好多人，才找到成都市参议会两间房子作工作室，和两位同学一起准备雕像的泥和木头骨架等，待到把像的大模堆好，两位同学回重庆学习。剩下他一个人工作。没有模特儿，也请不起模特儿，于是刘开渠自己当模特儿，持枪跑步向前冲锋，体会抗日英雄向日本侵略者冲杀的勇敢形象。"无名英雄"像表现一个抗敌战士，身背四川土产的竹编斗笠、身穿短裤、脚穿草鞋，两眼怒视前方。刘开渠白天站在木架上工作，夜里开灯去看艺术效果，有时去开灯，又遇着停电，何况有时还要跑警报，真正辛苦。

快要塑完"无名英雄"像时，有一天，突然有人敲他工作室的门，可他正在凝神于这雕塑艺术时，忘其所以。门敲了又敲，他才去开门，啊——原来是徐悲鸿先生，徐说："我到成都后，朋友们都在谈您在塑像，所以我就来了。"徐看后评价是："很成功，应向您祝贺，为成都市留下一座艺术雕塑。"

1944年"无名英雄"像塑立在成都东门城门广场中央。万人尊仰。今天迁移在东郊二环路万年场，在新市区建设中心，显出气势雄壮。令人鼓舞！

程丽娜为在工作上帮助丈夫,带着三个女儿来到成都,一个时期她患痔疮,去找成都有名痔瘘医生黄济川,等医好,也囊空如洗了。刘开渠另外做了几个私人头像,才把因物价飞涨贷的账还清。塑像做完,参议会要收回住址,居住又大成问题,这时留法的郭有守让刘开渠一家大小住进督院街原教育厅右侧的空房子。郭有守是教育厅长,在厅长之衙门住地为艺术家安身,这在当时是少有的。他同他的夫人杨云慧是中华文艺界抗敌协会成都分会会员,刘开渠在《雕像艺术生活漫忆》一文中提到,"在整个抗战时期,成都的进步文艺界活动,都是在党的领导下组织的"。郭、杨二位不是不知道,但团结起来,共同对敌,仍是首要的大事情。这事情在今天看来,仍是令人钦佩!

苦难中刘开渠意外地得到另一种令人兴奋的会见:在"已凉天气未凉时"的一个夜晚,有人在轻轻地敲门。刘开渠开门看见一个中年人,穿着中山服,粗黑的双眉,眸子炯炯有光,刘开渠:"您是……"似曾相识,但又一时说不出来?

来客微笑地送上一张名片,竟使刘开渠大惊!忙伸出手去:"你是恩来先生。"他早年在法国留学时就听不少留学生讲过周恩来在巴黎勤工俭学的故事。面对眼前对坐的富有传奇色彩的中国共产党领导人,他有些惊喜。他直率地提出要求:"我想到延安去。"周回答他:"欢迎您去。不过您家在成都,孩子也太小了,如一时不能去,留在成都多和文学艺术界人士一起,为抗日做些工作也好。"——他们这次会见后,刘开渠在以后四十多年的岁月里,一直因一种信念与道义的胶合力量,使他在1980年76岁时加入了中国共产党。

当然，另外还有一种力量鼓舞他，就是在文艺界拥有的信任与赞誉，给这位艺术家增加了"敢于直面惨淡人生"的勇气。——当无名英雄铜像立在成都东大门后，文艺界老前辈叶圣陶先生带着他的儿子叶至善亲自走访刘开渠，还写了一篇《无名英雄铜像——纪念"七七"的艺术品》刊登在叶老主编的《开明少年》的创刊号上。文章赞扬了塑像："他是大众凝结而成的人，他是代表大众精神的人……他是士兵……士兵之外，贡献出所有心思和力量的人，他们同样是志在消灭敌人，争取胜利……所以一个士兵的像可以代表大众……全身充满了力量，但不太泄露，表明出大众的潜力无穷……都是含蓄在那铜像里的所谓某种精神。因此，一般评论都说刘先生那无名英雄像是一件成功的艺

1990年11月，作者在京拜访刘开渠老友，我们认识已六十多个年头了。从左至右：刘开渠、车辐、车玲（车辐的大女儿）

术品。"

无名英雄像受到广泛的好评，成都市政府在1944年又请刘开渠重新雕塑一座孙中山铜像。为什么要重雕塑呢？因为原来的那个孙中山像，是根本不懂雕塑的人作的，连外形也不十分像，站立着呆板得很，连当时成都北门城隍庙泥塑十殿的水平都及不上。刘开渠认为塑造孙中山先生像是一件大事，特别是在这座有两千多年历史的古城的市中心——春熙路的中心广场，他精心考虑后又征求各方面的意见，终于设计出一座坐像，孙中山先生坐在雕花椅上，一只手放在扶手上，另一只放在腿上，一只脚略向前伸，显得潇洒自然，更显出伟大人物在生活中的平静状态，把像座改建低些，以便和坐像协调。

在窄小的、被油烟子熏得漆黑的厨房里，刘开渠开始塑造起孙中山的雕像。这时大后方物价飞涨，做塑像必需的石膏粉同步上涨，比签订合同时涨了好多倍，而投机取巧的商人施展囤积居奇的手段，竟使价格一日数涨。没有办法，刘开渠只有自己买生石膏来亲自加工。生石膏和卵石一样，一块一块的，要把它打碎，于是他们全家动员，他夫人程丽娜、大女儿微娜还不到7岁也跟着大人耍起小锤子来，把石膏捶成粉末，再过箩筛，然后放进锅内热炒，等到水分全蒸干时，粉末满屋飞扬，程丽娜眉毛头发皆白，面部似一个粉白的戏脸壳，老作家陈翔鹤那时在东大街克胜银行以当一名职员作掩护，一溜就到他们的工作室去看他们，一看丽娜全身皆白说道："怎么，艺术家开起夫妻面粉厂来啦？"

中华文艺界抗敌协会成都分会部分会友在竟成园餐厅欢迎会友刘开渠来蓉留影纪念。从左至右：（一排）刘苊如、陶雄、谢文炳、刘开渠、牧野。（二排）杨忠岫、陈翔鹤、罗念生、车辐、洪毅然。（三排）苏子涵、黄碧野、王余杞、？

程丽娜说："是呀，用特等面给您蒸馒头吃吧！"

泥塑做好了，把调好的石膏浆包在泥塑上，待到凝固后便得出阴模，这一天，在拆泥塑下面的垫砖时，石膏阴模忽然倾倒下来，正砸在程丽娜左手腕上。只听得她惊叫一声，顿时脸色苍白，刘开渠忙去搬开阴模，把她手腕抽出来，幸亏腕上带有一块大手表垫着，表壳砸碎了，却减缓了冲力，得以保全手腕，要不然腕骨非砸碎或骨折不可。刘开渠当时心里很难受，他想到自从她嫁给自己，吃了多少苦，受了多少累，何况生儿育女，害病生疮，比一个男人受的苦更多。心里很是过意不去。流亡八年颠沛

·往事杂忆·

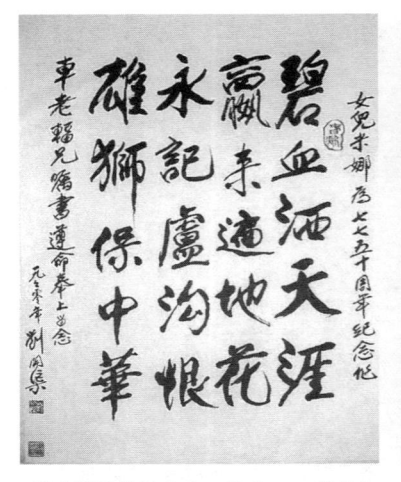

刘开渠写的楷书（84厘米×63厘米）　　1942年刘开渠在成都创作抗日将士的雕塑工作室

困苦的生活，西南的潮湿，使得她周身是病，由于风湿使她手骨节有些变形了。20世纪90年代初我去看她，还叫我女儿为她按摩治病。

刘开渠在成都共住了6个年头，塑造了坐像、立像、骑马像以及头像共40多个，在做无名英雄铜像时，郭有守曾引张群去看过刘开渠的工作室，这位国民党的高官出于好奇信步就去了，他看到艺术家繁重的体力劳动和精神消耗；听郭有守介绍借贷和挪下一个像的订费去做上一个塑像的窘状，频频点头，也许他的脑子里想到"何不食肉糜"的故事来？刘开渠谈到做雕塑必须参考模特儿的一些技术上的细节时，张群感到新鲜，张群主动把自己的上衣全脱，裸着上身让雕塑家观摩，这使刘开渠对他留下深刻印象，觉得他对雕塑艺术还是理解的，不同于一般虚伪的、爱摆架子的官僚（见纪宇著《青铜与白石》书中记载）。我在1990年11月去北京闲谈中曾问过刘开渠："有这回事么？"他说："有这回事。"

今天，刘开渠大师塑造的无名英雄像复制后，重新建立于东郊二环路万年场街心花园，他亲笔题写"川军阵亡将士纪念碑"，屹立于面貌一新的蓉城。

丁聪、吴祖光在"五世同堂"

吴祖光在抗战中来川,他说:"以城市来说,我们不能忘记成都。"因为,成都是大平原的精华所在,满城的绿树浓荫,小溪流水,都能够叫人轻易捕捉到逝去时光的踪影。人们乐于接近表面的浮光掠影,他的话头一转:"谁愿意深入到腐朽中去的?到过成都的人有几个去过'花街'?"

他读过高尔基的《底层》,他是一个剧作家,要深入生活,他们几个人一拍即合,略略化点装,拿着芭蕉扇,走进了成都有名的人肉市场"花街"。他看了一些形形色色、惨不忍睹的人间地狱的生活后问道:"你们看见了没有?你们听见了没有?你们想到过没有?她们就是你们的母亲!你们的姐妹!你们的同胞手足啊!"——这简直是"天问",问得人毛骨悚然。因为有了这样深入生活观察所得,也可以说是生活的积累,他才能在20世纪70年代中创作出《闯江湖》那样催人泪下的剧本。不是把张大嫂、二奶奶、三幺姑看得流泪,而是感动了著名演员、作家黄宗英,老作家萧乾,甚至曹禺。

他来成都一年,就在五世同堂街《华西晚报》编辑部大院

· 第一章　过去的成都及其他 ·

里那个简陋的水阁凉亭上写了《林冲夜奔》和《少年游》。《林》剧写官逼民反，英雄惜英雄。同时也可以看出吴祖光思想倾向上的变化，当然这个变化也为嗅觉灵敏的人们闻出气味来。

我每天上午必到这个水阁凉亭以东一排房子的《华西晚报》编辑部，写完

丁聪为车辐画像

了稿，顺步就到凉亭上同他与丁聪闲聊起来，丁聪那里图片、艺术品多，也有很大的吸引力。他又是陈白尘编《华西晚报》副刊《艺坛》的美术编辑，咱们很自然就聊在一块儿了，不仅是工作上的聊，生活上也聊进去了，如去找成都的小吃凉拌兔肉、生煎包子等。一次沈扬问我："你们到哪儿去？"我说："吃花酒去——"沈扬睁大了眼睛问："吃花酒？"鄙人答曰："一点也不错，去吃花生米子下干酒啊！"当时，我们的经济，只能吃干酒，有钱时才敢去吃两杯大曲，大曲比干酒贵三分之二。

《林冲夜奔》，在情节集中与选材上，显示出"神童"吴祖光的功力，收到明快简捷的戏剧效果。剧本主要写两个人物林冲和鲁智深，他们性格迥异。林冲是堂堂英雄受到压抑，忍辱忿怒，表达了报国无门的义愤；鲁智深宣泄了愤世嫉俗的心声，以肝胆

081

照人，危难相扶，义无反顾。这样的好戏，可被国民党审查机关嗅出了这个戏的所谓"反骨"，以"题材不妥"为"罪名"，禁止上演和出版。横遭扼杀、无理迫害，可以想得到作者吴祖光当时的心情。他在1944年《新年私愿》里写道："这一年却也是我的凶年，《正气歌》被一再'审查'，阉割得不复成形。《风雪夜归人》被'不准发表'、'不准上演'。《林冲夜奔》被禁，'出生而不能问世'。只有《牛郎织女》邀天之福而健在。譬如我一年生了四个孩子：一个成了残废，两个无病而终，现在只有一个女儿跟着了我，我真正孤独而寂寞呀。"才27岁的吴祖光尽管他"孤独而寂寞"，可并未放下他的笔，于是他又写出了《少年游》，寄托他离开八年的故都北平；他写完这个剧本也由成都回到重庆去了。这里要附一笔：同他们一起来成都的陈白尘，抗战以来写了九个剧本，被判禁刊、禁演的达五个之多，不公开禁的一种，清清楚楚地看出反动派利用新闻检查、扼杀自由与民主。陈白尘愤怒地说："我厌恶审查制度，我痛恨审查制度。"我们前人的路是这样走过来的，战斗过来的，一步一个血印。

《林冲夜奔》与《少年游》这两个剧本他是怎样写出来的呢？就是在具有浪漫主义情调、东拼西凑拿舞台布景的景架拼凑而成的破屋中，他同丁聪两人一间木板板床，一个小小书桌，又被丁聪的书刊杂物堆积占去了一大半，此外屋内没有多余的地方可以供他二人活动了，英雄无用武之地么？不然，不尽然，我们的剧作家随便坐在小板凳上，伏在床板上，无论酷暑严寒、雨打风吹，照写不误，他在这样极其狭窄的屋里、极端困难的条件下，终于完成了这两个剧本。

在同样艰难困苦的情况下，丁聪也在那零乱的小书桌上严肃认真地创作起《阿Q正传木刻插图》来，首先他从鲁迅先生原作《阿Q正传》入手，不知翻阅了多少遍，因为是插图，他去找插图幅数最多的明刊十二卷本的《三国演义》，他发现我们中国那些无名木刻家的作品"真有磅礴伟大的气派"！他一再想方设法去遍寻明、清代各种《三国演义》的版本，我也将我珍藏的一本画得很好、昌福公司的一部《三国演义》卷首的人物插图借给他看，那上面的曹操与历来的画法迥然不同，画得那么瘦削，面似骷髅，身子骨瘦如柴，手捧玉带还剩出一大空围，夸张了曹操整个形象，当然也看出作者的态度，虽然有着历史上遗留下来的倾向性，但作者的构图设计是一反过去肥大身躯的富贵像，要不是穿戴的宰相袍带，简直就把曹丞相处理成饿瘦了的乞丐了。

丁聪陷在苦思中，当然他看了上官周、陈老莲等；另外我多次看到他沉凝于《死魂灵百图》、法弗尔斯基到英国那些细致刀法的木刻。他身居安静闲适的成都，心没有安静下来，夜以继日地埋头于《阿Q正传》木刻插图中，终于完成了二十四幅阿Q像，茅盾看后评道："小丁的《阿Q正传》故事画一方面表现了他个人的个性，又一方面是打算表现《阿Q正传》的整个气氛来的。构图大胆而活泼，叫人想起了小丁的全部风采。二十四幅画，从头到尾，给人感觉是阴森而沉重的。这一感觉，我在读到其他的阿Q画传时，不曾有过。我是以为阴森沉重比之轻松滑稽更能近于鲁迅原作精神的。在这一点上，我看到了小丁是怎样努力打算将

《阿Q正传》的整个气氛表现出来的。"

在成都期间,他还画了揭露当时成都社会形形色色的丑恶面的《现象图》,为此,他去看了"花街",我还陪他去成都市中心顺城街的安乐市(现在的红旗商场),这是一个以疋头、百货、纸烟、金银为主的综合市场,其中疋头受山西帮的操纵,其他各立帮口,在抗战大后方成为一个投机倒把、囤积居奇集中表现的地方。他看后了然于心中,终于画出了精雕细镂、用漫画手法夸大了人物形象的一幅长卷,杂文家叶丁易为他这幅杰作写了《现象图歌》,歌中有句:"展卷昂藏一报人,蒙目塞口徒具神……尘中幢幢如鬼影,肩挑手皆流亡人……死伤幸免来后方,街头求典当衣裳,欲迎显著摇手扼,徽章罗列官而商,挽臂有女母乃娼?掩鼻而过伤兵旁……不然且去安乐寺,偌大乾坤袖里藏,黄金美钞囤积足,肥头胖耳多脂肪……呜呼!现象百孔复千疮,收卷掩涕心惶惶……现象如此不可长,群起改革毋彷徨!"画卷明显地画出屈从于帝国主义、军火商的光

1995年10月吴祖光(左)与车辐会于成都望江楼崇丽阁下

头,这光头与官僚资本的勾结,他们脚踏终年劳累饿得骨瘦嶙峋的农民,暗地与囤积居奇的吸血鬼勾结;壮丁被拉去打内战,运来大炮和"盟军"的杀人军火,荒淫与无耻、贫穷与饥饿、内战与反内战,大后方一切混乱现象,发人猛省,它预示了未来人民的力量,给人以振奋。叶圣陶老人为丁聪的画填了《踏莎行》一首词:"现象如斯,人间何世?两峰鬼趣从新制,莫言嬉笑入丹青,须知中有伤心涕。无耻荒淫,有为惕厉,并有此土殊根蒂,愿君更画半边儿,笔端佳气如霁。"

不仅此"笔端佳气",他的面庞儿随时也是笑眯眯的,哪怕是在最困难的时候,速写、素描,为人画肖像,几乎是来者不拒。他还爱好摄影,他说:"我非常珍爱我的影集,因为它忠实地记录着我一生的创作和生活。这其中有一张照片是我最珍爱的,它曾两次失落,两次失而复得。

"我珍爱它,因为照片上同我合影的人都已逝世了,而其中有我最敬爱的人。"——这个最敬爱的人就是当时的孙夫人宋庆龄。

1943年10月,话剧《家》在成都公演时的海报,该海报的设计者为丁聪

"八一三"上海沦陷后，丁聪同上海许多文化界人士撤退到香港，后来与叶浅予、张光宇、陈烟桥、黎冰鸿等许多画家一起举办《抗日宣传画展》，轰动香港。一天，衣着整洁、仪态大方而慈祥的宋庆龄来到，她仔细看了每一幅画，鼓励大家紧握战斗的笔为争取抗日战争胜利而奋斗，并买了丁聪一幅《流亡图》。临走时孙夫人还同丁聪、木刻家陈烟桥合影。1941年香港沦陷，党组织派人把他们撤退到大后方，走时太匆忙，丁聪一切东西丢失了，其中使他最心痛的是与孙夫人的合影。到了重庆后，他们一群战斗过的青年美术家常到孙夫人家去看望，经常在她家吃饭，而且自己动起手来做饭烧菜，好不热闹。孙夫人笑容可掬地走过来对小丁说：我送你一样东西——"原来是他同孙夫人、陈烟桥三人在港《抗日宣传画》大厅里的合影，从此，他把这张照片随身带着作永久珍藏，且加印了若干张，分别保存，生怕再丢失了。"

　　吴祖光同丁聪在成都，在当时的大后方，一同生活，一同工作，对他的评语是："丁聪兄有着极为高贵的品质，他狷介耿直，同情弱者，正气凛然，疾恶如仇；虽然他平素待人和蔼可亲，但是从不人云亦云，随波逐流；在对人对事的是非关头，他是一贯泾渭分明，有所不为的……就是这个小丁，表里如一、肝胆照人。"

张大千、齐白石来成都

张大千

张大千抗日战争中期来成都，住骆公祠（今和平街）藏书家严谷荪家。后院为贲园书库，乃二十多间房屋，为大千家属及随行弟子、侍从人员全部四十余人居住；还将院侧客厅改建成画室，特为大千做一张巨型楠木画案，大千以一丈二尺玉版宣画成的《西园雅集图》、大幅《墨泼荷花》《杨贵妃戏猫图》等精品，均在这个楠木画案上完成的。《杨贵妃戏猫图》在南门文庙后街女子师范学校大厅展出，艺术界人士无不钦佩，当为张大千人物仕女中的代表作，过了半个世纪，至今尤能记忆，难以忘怀！

大千住贲园，宾客盈门，画家云集，其中有一位罗希成，以古董收藏家、鉴赏家进住严谷荪家（严为整理古籍，凡有特长的名家，均热情接待，如成都长于拓印的曾佑生老先生，文学家叶圣陶先生，均住他家）。

罗希成见张大千，推崇备至，毕恭毕敬，大千作画时喜与人聊天，罗百般奉承，应对自如，就在这段时间内，严谷荪贲园

刘既明老人特意为作者画的这幅水墨竹，喻为竹节清高以互励友情常在（138厘米×69厘米）

所藏的宋版《淮南子》，宋版《淳化阁双钩字帖》不见了，当时根据情况，认为罗希成所为，但拿不出证据，乃向警局报案，请了成都各报记者，说明被盗一事向社会公开。当时我任《华西晚报》采访主任，出席这次记者招待会于布后街荣乐园。

事情公开了，"司马昭之心"不言自明。大家很自然地联想到：几年前在岷江上游盗窃永明造像的罗希成，罗为了掩盖他的恶行，串通成都市警察局侦缉队队长汤国华，将严谷荪长子严用之拘捕，毒计未能得逞，这件盗案居然下落不明。

1950年初，由文艺处组织成都文艺界几位人士一起学习，计有谢无量、严谷荪、林山腴等，由我作联络人，这时候严谷荪老人告诉我："这部被盗的《淮南子》，在军阀罗泽洲家发现，可惜缺少了一本！"罗希成偷得此书移赃于其本家罗泽洲处，以为可以靠军阀保险，孰知新中国成立后，一切真相大白。

· 第一章 过去的成都及其他 ·

罗希成在抗日战争中，曾在城东五世同堂街开办了罗希成博物馆，与《华西晚报》毗邻。当时就有人说罗希成是四川的罗振玉——贲园大盗案。轰动锦城！

大千去敦煌，得严谷荪资助，后来在成都举行敦煌画展，严老亦多方奔走，甚至不惜变卖家产。在成都画展中出力的人还有在春熙西段开国际相馆的（抗战胜利后迁到上海南京西路大光明电影院隔壁）摄影家高岭梅，以及大千内江同乡的书法家萧翼之，中央银行杨孝慈等各方面人士。新闻界对大千的画展的宣传一致给予好评。有一次他到成都北郊昭觉寺居住作画，一群记者如《大公报》的杨纪及作者同去看他作画，并由他请吃了明湖春的葱烧海参和由庄师傅做的银丝卷、三大菌烧鸡翅、乐山

张大千女儿张心庆，新中国成立前就读成都华美女中，那时作者（右）任教于华美女中，师生相见摄影留念。1994年初夏合影于成都大慈寺茶园

张大千与女儿张心庆1963年7月摄于香港

豆花儿等菜。伴他作画的门徒中，我见到刘力上。

贲园距川剧三庆会剧场很近，大千喜看川剧，尤爱看名丑周企何及其夫人筱鹤卿的戏。叶浅予来成都，常同张大千看川戏，还特为周企何画有扇面《请医》等戏装画，周企何视为珍宝。20世纪80年代方成来成都，我陪他去看望周企何，他曾取出大千挽筱鹤卿一联给我们见识见识。大千为周企何作了不少画，有斗方、中堂、扇面、对联等，周企何一直保存到"文化大革命"来到的时候。

齐白石

20世纪20年代中叶，齐白石被四川军阀王瓒绪接来成都，住南门文庙后街王的公馆。馆内布置宁静幽雅，花木繁茂，适于白石老人安居作画。

王瓒绪自许"儒将"，喜玩古瓷器及书画，他本人以军阀势力发家，有权有钱，买的古书字画又多为赝品，蒙着几个食客，为他鉴定书画古玩，半吊子（指似懂非懂，半罐水的意思）的食客与古董商勾结，使王买了不少赝品，王闷在葫芦中，一呼百应，俨然像是一个识者行家了。

齐白石到来，王以其藏画求其鉴定，齐即指出其真伪，赝品居多，王愕然不悦。于是半吊子"儒将"形象，一变而现出军阀脾气来，他们之间产生了距离。

以后，由王的狗头军师献策，搞一个金蝉脱壳之计，由王出面，挑出赝品，请齐白石在假画上题词。齐受此横逆，几至昏厥，以后即称病推辞。殊不知王一计未了，二计又生，竟使出军阀本色，向白石老人提出：愿出重金，仍坚持请在假画上写几笔，并求盖章，言下大有非办到不可的样儿。

　　白石老人受此凌辱，坐卧不安，园林也显得暗淡了。画家刘既明与另一画家均偕其夫人同去看望齐白石，并请去吃陕西街成都有名的川菜馆"不醉无归小酒家"，刘既明点了葱烧鱼、蒜泥白肉、肥肠豌豆汤、红烧舌掌等，白石老人甚为赞美。不久，齐白石辞别王乘舟东下，如脱牢笼一般。他来四川，原打算上青城、去峨眉，结果一处也没有去。

关山月入蜀

郁达夫早于1939年在《神车》杂志上发表专文，对刘开渠的雕塑称赞道："他的雕刻、线条、阴暗、轮廓，没有一处不显示了他特有的力量和性格。"

刘开渠的"性格"是执着于对祖国雕塑艺术的正确认识。他说过："有人认为现在的中国雕塑'西洋化'，这是很大的误解。雕塑是我国一门历史悠久的艺术，曾经产生许多使世界震惊的作品。秦汉以前的雕塑写实，接近生活，气魄雄伟，如秦代的兵马俑……现代中国雕塑是恢复中国秦汉以前的现实主义传统，而且从题材、内容到形式都逐步走向多样化，虽然吸收一些西方艺术的特点，但绝不是'西洋化'……现代中国雕塑是在探索和创造具有中国特色、中国气派的现代雕塑。"他很赞同鲁迅先生的"拿来主义"，只要于我有用，就拿过来，化他为我，有何不可？他说："我穿西装，还是中国人。"刘老毕竟是艺术家，穿衣也很随便，有时内穿衬衣打领带，外面却套件大棉褂，形成棉褂内面着西装。

抗战中他在成渝两地就待了八年，他对四川人的看法是："善于吸收新鲜的东西，人们一听说我会塑造铜像，就不断有人来请。那时吴作人、关山月都在成都，都穷，可是群众爱来买他们的画，我们对四川人都很感激，四川人重情义。现在讲改革开放，其实四川以前就很开放，不排外。"

这里刘老谈到关山月，值得写上一笔：他同他的夫人李小平从桂林，经"地无三里平"的贵州入川，搭的是广东同乡人开的大卡车，山路崎岖曲折，一路上几乎十里就可看到一部出事汽车，东歪西倒横卧路旁，或掉进深沟四脚朝天，人的死伤，也就不计其数了。还有那些亡命之徒、沟边大王、烟瘾发登（慌）了的土匪，他们拦路抢劫，杀人越货，这一对患难夫妻一路上饱尝过各种滋味，千辛万苦总算是到了重庆，经西北写生画家赵望云的介绍，来到成都，住督院街、走马街拐弯处的法比瑞同学会二楼，音乐家马思聪、油画家吴作人、美术评论家庞薰琴等，都住在这里；后来余所亚和师兄黄独峰、黎雄才也住进来了，天南地北的口音，好不热闹。对街不足百米之遥，便是教育厅，里面早住了刘开渠、程丽娜夫妇，为了节省，关山月便到刘开渠处去搭伙食。同是为了反对日本帝国主义侵略，颠沛流离，会聚于成都这座古城，都是穷书生，命运相同，思想相通，要求民主自由，反对包办抗战，甚至包而不办，让凶残的日本侵略者快打到贵州边境的独山，他们同仇敌忾！大家都是中华文艺界抗敌协会会员，互相关心，互相帮助，"涸辙之鲋，相濡以沫"，一家有事、大家支援。马思聪要开音乐会了，整个同学会的人全都动员起来，为他跑路、办事、推销入场券。他的夫人没有新衣服出场，庞薰琹的夫人连夜用旧料翻新为她做了样式新颖美观的旗袍。开幕之夜他夫妻要上台表演，李小平就为他夫妇当保姆，代管他家的小女孩。

当时马思聪常来五世同堂街《华西晚报》编辑部宿舍同贺孟斧、陈白尘、应云卫等时有往来，他还听过我在李次平（李衡）屋子里自拉自唱四川扬琴，我唱的"苦平一字"，他

在自己的一片小天地中，享受着明媚的阳光……关山月（中）、关怡（女儿）及孙子（右）三代人在独院中小憩。摄于1993年6月22日的上午

一听便说："这是二度转调，民间无名的作曲者是了不起。"马思聪的演出之夜，我同编辑部几位同事，送上一个彩扎的大花篮，为我们的音乐家发消息，写评介。

除文艺圈子外，关山月还结识了几位朋友：一个是齐鲁大学著名病理学家侯宝璋，此人一出医院，就去祠堂街、西御街、玉带桥等地逛旧书店、买字画，买到就请关山月鉴定，后来叫他的儿子侯励存跟关山月学画；另一个是华西大学英籍教授、由

庞薰琴介绍认识的沙利文，他来研究中国美术史，并向关山月学画，关亦拜他为英语老师，后来他将关山月的画介绍到伦敦美术杂志上发表。再一个是教育厅厅长郭有守，四川资中人，留法、英，并得剑桥大学博士学位。他对抗战时流亡入川的文化人多有照顾，张大千、吴作人、戴爱莲、徐悲鸿、潘天寿、常书鸿、马思聪等的展览会、音乐会，更得力于他的支持。郭有守曾与梁漱溟合作，创办南充民众教育馆，请丰子恺为巴中一私立学校写校歌，在国民党里他是一位开明的人。抗战胜利后他出任联合国教科文组织特别顾问。中华人民共和国成立，他关心新中国的建设，曾劝告留学生回国参加工作。1966年他摆脱监视回到祖国，陈毅元帅安排他到祖国各地参观。1978年1月20日脑溢血病逝于北京。

1942年关山月在成都举行第一次画展，吴作人同郭有守联袂前往参观，他对关山月的画很欣赏，看后回家把郭有守的夫人杨云慧也说动了，还邀约华西坝上五大学一些中外人士去参观。这盛况在报纸上刊载出去，产生了轰动效应，以致热心的吴作人也把四川省政府主席张群约去参观了。郭有守当时也随侍在侧，陪着张群看了一遍，张群通过郭有守要了关山月一幅大写南瓜。——有过这样一段偶然的翰墨缘，郭有守对关山月生活上一些关照就加了分量，在那样一个冷暖人间、官僚气味四溢的旧社会，郭有守肯超越势利结交些文艺界人做朋友，也算是难能可贵的了。

关山月入川后，忙于到名山大川去写生作画，画展后有出无进，岂不坐吃山空了？事实上恶性的通货膨胀，直接影响到他一家的生活。我记得，就在那样窘迫的情况下，关山月在督院街二楼上仍然是带着一副祥和的面容，好像除了作画而外，不知其他。漫画家谢趣生说他"敢于直面惨淡的人生"，木刻家张漾兮接下去仍引鲁迅先生原句"敢于正视淋漓的鲜血"。一天，我们在他那楼房中会见了叶浅予，我求他为我画一张速写像，他用夸张的漫画手法为我画了，可是在后来被人抄家抄去了。

　　祸不单行，在端阳节前夜，关山月夫人突然病倒了，到黎明前已不能下床，呼吸困难，就在这样危急时刻，连送医院叫车子的钱都没有了。危急中惊动了法比瑞同学会中的邻居，救人第一，人们用毛毯将李小平抱起，七手八脚就抬进医院急救去了。经检查是严重肺积水，要马上动手术，住院还必须先交清住院费、手术费等，分文莫有的关山月真急坏了！——天无绝人之路，不知道侯宝璋这位医学权威从哪儿得知消息，赶来医院，出面签字担保，才顺利地解决了问题。在抢救李小平的日子里，邻居们伸出了患难相扶的热情之手，音乐家马思聪出钱买药，吴作人送去了奶粉，出乎意外地郭有守代张群送去了两瓶鱼肝油丸，这也许是一幅大写南瓜的回报吧？郭有守也送了一份厚礼。在那人情冷暖、世态炎凉、等级划分又那么高低之中，也算是不可多得的人情味了。那一群邻人朋友们，一直成为关山月、李小平的挚友。他夫妇对人诚恳，尤重情感，他在1981年4月来成都举行画展，四川美协派人去机场迎接，龙月高告诉我："他一下机就要会会周企何、车辐。"1990年杨守年（画家，笔名阿年）去北京，他又将关振东著《关山月传》签名赠我。

关山月画展开幕第一天,想不到张大千也来了。事前他曾去登门拜访,请他来画展指导并陈上请柬。当时张大千已名满天下,他们仅仅是在公开场合见过几次,关山月质朴内向,未必能引起大千记忆,因此对他是否能光临画展,实难预料。不料开幕之日,胡须浩然的张大千居然来了,关即迎入会场,他一听山月口音便问:"你贵处是广东?"关山月回答"是"。

"我的祖籍也是广东,康熙年间才从番禺搬到四川内江来的,已经几辈人了。"大千像同他多次见面一样,随便而大方,把一种拘泥的空气一下就挑开了。"我们是同乡啊!"关感叹道。

"同乡又同行。"大千的语气更加亲切了。看完画后他问:"最高的定价是多少?"

1981年春,关山月在成都见到多年老友们,大家在省展览馆大门前合影留念。从左至右:吴一峰、李小平(关夫人)、?、朱佩君、关山月、李少言、张采芹、周企何、车辐、黄次威等人

"一千元，我估计不会有人买。"他们走到一幅山水立轴前，张大千仔细看了画，然后在红订签上写上了"张大千订"五个字，一时轰动会场。这当然是作记者的一手最好的材料了，消息在几家大小报同时发出，也就轰动了全成都市。一个连锁反应的情况出现，即重订这幅画的有多起。关山月得到一笔可观的数目，有了这笔数目，他才下决心去西安、兰州举行画展，并同他的好友及同道赵望云、张振铎沿河西走廊出嘉峪关、入终年积雪的祁连山（一个时期成为他作画的主要题材）。穿戈壁、去敦煌，得常书鸿的帮助，关山月酣溺于古老的敦煌艺术宝库中，到废寝忘食的地步。他自己总结他在抗日战争期中从成都去西北的回忆："我流浪过，我逃过难，逃难的经验给我流浪的勇敢、教我不怕路长、不怕在路上忽然遇到贫困，启示'我行万里路'的决心，所以敢于西经沙漠而叩敦煌之关，北至海疆而览海灵之秘，这都是由桂而黔、由黔而蜀，一步步养大了自己的胆子而准备后来的长途旅行。"承受朔风大野的锻炼，艺术家的良心与正义，最后关山月走上他理想的光明大道，那是他人生旅途中必然的结果。

张天翼在成都

作家张天翼同志最近病逝北京,终年七十又九。

这位著名老作家,曾于1945年——抗日战争胜利那一年的6月,在成都西门外,成都与郫县交界的小场分两路口鲁绍先的家隐居下来,到1947年7月离开。

当时,张天翼患三期肺病,陈白尘托巴波为他找个安身养病之所,提出两个要求,住地在政治上要安全可靠,还要有人在生活上照料。

巴波用尽心思把他在成都地方的亲友逐一排队,具备这两个条件的不是没有,要好中选好,特别是政治上可靠,只有鲁绍先了。他说:"鲁绍先思想进步,和我们是生死之交。他祖辈是地主,住地很偏僻,这些是最好不过的掩护条件了。"

端阳节前几天,一乘滑竿,抬了病势垂危、化名"张一之"的张天翼,由陈白尘、巴波从城内五世同堂街《华西晚报》白尘的临时住地,送到两路口。

那时,鲁绍先正准备结婚,他把光线充足、空气流通的新房让给了张一之先生居住,而他自己则搬进了没有窗户的小屋去了。他当时也不知道那就是鼎鼎大名的张天翼，他只当作巴波的好朋友，既是巴波的好友，当然也是他的好朋友了。

病人要吃牛奶，乡下哪去找牛奶？只有去买了一头母羊，每天挤奶给他吃，川西坝子有的是四季不断的新鲜蔬菜，在主人精心照料之下，张天翼病情日有起色，在两年多的时间里终于养好了病。

鲁绍先每月进城，到李劼人先生处去领一笔钱，专为张一之先生养病用，党组织援助贫病作家也送过钱去。沙汀、陈翔鹤等都下乡去看望过张天翼。1947年，张天翼告别郫县两路口时，不再坐二人抬的滑竿了，而是坐的成都平原上特有的鸡公车。

我所认识的冯玉祥

1945年——抗日战争胜利那一年12月,中华文艺界抗敌协会总会在重庆张家花园会址举行文艺晚会。我兴致勃勃地从观音岩走下张家花园的下坡路,看见前面走着一个身体魁梧、举止闲适的彪形大汉,近看此人,并非别者,乃鼎鼎大名的冯玉祥。

老早我就看见过这位传奇式的人物。1938年冬中华文艺界抗敌协会成都分会成立时,重庆总会派他同老舍来参加成都分会的成立。他穿一身土家机布短棉袄,五个横扣的布纽子,脚上是布鞋,异常的朴素,除了他异于常人的高大身材外,谁能想到他是民国成立以来风云一时的人物?

当成都分会李劼人先生把我介绍给冯时说:"这位是车辐。"他说:"车夫?开汽车的?还是拉轱辘车的?"一时引得哄堂大笑。这第一次接触,便让我知道此公还颇有幽默感——此后的接触中,不断地有所发现。

事隔七年,又在去张家花园文协总会的下坡路上,看见这位著名的人物,当然他不认识我了,我也用不着去毛遂自荐。于是我跟在他的后面,试图观察一下这位显赫一时的风云人物。

他老了些，仍然是土布之衣，可拄了一根手杖——四川人叫"打狗棍"。漫步似的走下石阶，后面跟了一位穿制服的警卫人员。我在他们后面走着，只听得冯玉祥一面走，一面在哼什么调子，从鼻孔里发出来有节奏的声音，一听就是北方情调的东西。那时我才30多岁，又加之长期的

20世纪90年代初，胡絜青老人从家中取出瓷寿星赠作者，祝愿大家健康长乐

记者生活，很想挨近这位大汉子，去听个清楚。但中间隔个警卫人员，我只得用等距离的步子，漫步着去偷听了。

是夜，张家花园文协总会的晚会由陈白尘、胡风主持。会上每个人都要表演一个节目，老舍唱了一段京韵大鼓，他的文章写得很好，驰名中外，可嗓子并不高明，鸭婆嗓，但是京味很足。当时他在重庆，偶尔也同山药蛋等相声艺人合演相声，在文艺界传为佳话（侯宝林大师在写相声史，他来信要这方面的史料，当然，这是应当占据一格的）。

后来轮到冯玉祥了，他态度从容地说："我来唱一段我们保定的民歌。"说完即放开嗓子唱起来，他唱的正是刚才我在路上听他哼的，声音宽宏，但是，是低八度，走矮韵的地方，却也唱出

"河边的眼泪"(见《冯玉祥自传》中之一章,抗日战争前在林语堂办的《宇宙风》发表,)那种北方乡土味道来。

1942年9月,中华文艺界抗敌协会成都分会,在青年会欢迎冯玉祥、老舍、王冶秋、叶麐(叶因故未到)四位会友。冯玉祥穿的布制服,仍然是很朴素的,老舍先生手拿折扇和布雨伞,冯说:"老舍先生爱说相声,你看他到哪儿都离不了扇子。"老舍回答:"如将军令下,说相声不用扇子,我可以遵命照办。"冯莞尔一笑:"谁敢给老舍先生下命令,你那支笔横扫千军呐!"——他们这一段谈话,不也就是一段很好的相声逗捧么?

他来川西还到过"天下幽"的青城山、灌县都江堰、二王庙等地,每到一处,他都爱题字勒石。这位"基督将军"在武的方面给蒋介石吃掉了,是否另寻别路走文的道路?这就有待于史家

1942年9月9日,冯玉祥、老舍、王冶秋等莅蓉。成都分会召开欢迎大会,并在春熙路基督教青年会后院与冯玉祥等合影留念。照片前排左起第五人身材高大者为冯焕章(玉祥)、第六人为老舍、最末着长衫者为作者

去论述了。

　　中华文艺界抗敌协会是在抗战时期发挥过重要作用的爱国统一战线组织，于1938年3月27日在汉口成立。大会选出了冯玉祥、老舍、胡风、郁达夫等为常务理事。它团结了全国一大批文化艺术界精英和积极分子，在大后方向日本侵略者作广泛而勇猛的斗争。一时间，除沦陷区外，全国各大城市纷纷响应，成立分会。在中共南方局推动下，成都文艺界进步力量冲破国民党省党部的一再阻挠，也于1939年1月成立了成都分会，由川大教授叶石荪任会长。

　　20世纪80年代初，有关方面在青岛召开老舍研究会。我特地带上这张合影照前往。老舍夫人胡絜青、女儿舒济凝视摩挲着这张40多年前记录下的抗战活动镜头和老舍壮年的英姿，嘘唏感慨不已。

·第一章　过去的成都及其他·

我的一帮老成都哥们

　　成都有我一帮20世纪30年代的文化界老友，至今仍每月两次茶会相聚。这里面有龚敬威，报纸专栏作家，谈戏有板有眼，为人幽默。他进人民公园，不出示门票，人问之，答曰："我就是长得像门票。"邓穆卿，20世纪30年代《新新新闻》编辑，而今投笔从"壶"，但宝刀不老，常为《龙门阵》撰稿。巫怀毅，20世纪20年代就成为"暴（报）徒"了，新中国成立前抱水烟袋坐茶馆，优哉游哉，喜读沈从文的书。钟绍锟，写诗的笔名是"水草平"，沉默寡言，斯文一表，纵然笑，也只是微笑。谢宇衡，抗战中就写文章，现为成都大学教授。这次听说白杨来成都，带了几百元来公园茶会上找，存心请老友白杨去大嚼一台。人未找到，钱也被小偷扒去，只有望长空而叹息了！还有20世纪30年代老记者王民风，多病，有时拖着无可奈何的病体来赴茶会。同我一样耳重听，自号"半聋道人"，来坐一会儿就告辞了，意思是给大家说：见一回少一回了，大家都是七老八十的人，因此常有"常恨此生知己少，何堪老来哭人多"的感觉。

　　还有另外一批哥们，是新中国成立前《工商导报》（今《成都晚报》前身）的老报人：原来的采访主任王家甝、编辑段星樵、经理程泽昆；记者范今一、孙文元、高成祥等。当年都是年轻小伙子，拼命抢消息，随口能背一百个电话号码。今天大都成了白头翁，垂垂老矣。茶会照例"碗内开花"，另外还有个规定：每个人的生日，他这一份免了，由大家来个"罗汉请观音"。这个会上缺席最多的还是我，哪去了？古有明训"读万卷书，行万里路"，趁还能跑几天，在快拉大幕之前，多看看祖国壮丽河山，也就心满意足了。一帮老哥们聚会，谈宇宙之大、苍蝇之微，妙趣无穷。有人最怕说死，有人无所忌讳。我则说，生前对社会没有贡献，死后将遗体捐献华西医大，供医学解剖之用。移风易俗，少给活人添麻烦，彼此都好。拜拜！

他在主席面前跷二郎腿

前《工商导报》今《成都晚报》一些老"暴（报）"徒们，藕断丝连，每月除第一个礼拜五兴致很高地茶会大慈寺外，还又增加一个会期定在每月20日。仍然实行绝对平均主义，从茶钱到酒钱，按脑壳点，大家都很自觉。但也有例外：如原《工商导报》经理张西洛，新中国成立后就到北京去了，现为全国政协委员，也常在报上写文章，或将首都一些情况写给《晚霞报》，使得该报老编辑房子固好不快活。子固也是茶会的临时个体户，他吃的是"蜻蜓点水"，偶尔来一次，坐一会儿就走了。

张西洛几年回来一次，同人则必长叙之、欢宴之。定席喊菜的事，一定落在我的头上。一次香港《大公报》的廖公诚回来，恰逢张西洛也回成都，又来了台湾报界的阳子隽、程雪峰，以及《成都晚报》的姚守先等，以罗汉请观音之法，把廖、张二位请去吃个"二醉归一"，好不痛快也乎哉。张西洛盛赞成都菜又好吃，又便宜，在北京请不起客的哟！

又有一次，张西洛引了大名鼎鼎的周而复来，他们同《红楼梦》的英文翻译、名教授杨宪益同来四川视察。我同王家肅合演一出双簧，请他们去大同味吃了一台，由原竟成园的易正元主厨，点了大蒜红烧鲇鱼、贵州鸡、烧转弯、坛子肉等。王家肅拿出一瓶五粮液，杨宪益老教授先闻而后尝，尝之不足，而吮吸之，吮吸之不足，喝之吞之，吃起"筋斗酒"来。西洛也能吃两杯，仅仅两杯而已。周而复有礼貌地"举杯为敬"，据说他当年在重庆《新华日报》时，就以"举杯为敬"之法，谢绝一切吃酒。周而复是老报人，当年在重庆同反动派面对面地砍杀过来的。西洛喝了两杯后，我们同他侃起他过去的一段好机遇：1939年他们作为新民报记者，同中央社记者刘尊琪、扫荡报记者耿坚白去延安访问过毛泽东主席。那时他才21岁。毛主席在窑洞里接见他们，请大家围着长桌嗑瓜子，诙谐地说："国民党封锁我们边区，没有什么好吃的东西招待先生们，我们延安不比你们重庆。"毛主席把记者们写的问题摊在桌上，一一作答。这件事编进了《毛泽东选集》，题名是《和中央社、扫荡报、新民报三记者的谈话》。以后又接见过一次，签名送给每人一本《联共（布）党史简明教程》，并同大家合影留念。拍照时，张西洛挨坐在毛主席身边，竟然毫无顾忌地跷起二郎腿来。他说现在回想起来，真是汗颜无地了！但毛主席当时毫不介意。到1949年《新民报》主笔赵超构访问延安，写出了著名的《延安一月》，毛主席还问起超构，《新民报》那个"小张"呢？"小张"今年已七十开外，频频举杯，缓呷着五粮液，"恨不发如青草绿，笑成花似面颜红"。杨宪益品酒很有风度，不多说话，在过真瘾。

香港《大公报》记者廖公诚

提到香港《大公报》记者廖公诚，几年前回到成都，哥们又在锦江剧场茶园一聚。最近廖公诚和他的夫人，香港名美食家黄开福（宜宾人）又回来了。

来舍下通知我的是84岁的老记者阳子隽。子隽在抗战时间曾是中央社记者，那年美国副总统华莱士来成都访问，国民党派阳子隽陪同，一手包办，去灌县、去净居寺等地。他说："当时派我是有任务的。"又说："除奉陪而外，没有其他记者能跟得上去。"当时国民党的确是定有措施，至少在新闻采访上是由中央社独占了，其他新闻单位水都泼不进去。

我当时在《华西晚报》任采访主任，我从华西大学校长张凌高处得到消息，只是远远地跟在华西大学欢迎会上那些穿礼服的学者、绅士们的后面，看到陪华莱士的宋子文及一些显贵们，看个闹热而已。又一次在外东净居寺农科所听华莱士讲玉蜀黍，他在黑板上还画了杂交玉蜀黍的一些情况。阳子隽坐在前面，边听边记，我坐教室最后一排。华莱士的这堂讲课，教室里也只有我同阳子隽是记者，他是深度近视，也未看见我。我是以猎奇的眼光来看看，根本不可能发消息的。大约讲了两个钟头就完了。

廖公诚这次回来省亲，先在文殊院订了素席请成都老"暴（报）徒"哥们，作为"行客拜坐客"吧！除阳子隽，还有《工商导报》现在工商联的秘书王家鼐，《新新新闻》老编辑、现悬壶于市的邓穆卿、《西南旅游》银发垂肩的程泽昆，《中央日报》的程雪峰等。巧得很，巴老的弟弟李济生从上海来开会，也碰上咱哥们的茶会于大慈寺。11月25日是巴老90寿辰（农历甲辰年十月十九日诞生），我们在大同味聚餐饮酒时，举杯为巴老祝福，并托济生把我们的心意带给巴老。礼物中有人送朝阳饭店的荷叶蒸肉、二姐兔丁、夫妻肺片等。李济生小心翼翼带上飞机，当天晚上巴老就在武康路家中吃上了。

从文殊茶馆说到难忘的二泉

文殊院东面新开了一家高档清雅的文殊茶馆，主人寻踪请了我这个《我的一帮老成都哥们》的作者去品尝一番，使我大惊！它太像20世纪30年代抗日战争初在商业场内开设的一家极其考究的四方驰名的茶馆"二泉"了。那是约有两百平方米的茶铺。小方桌，黑漆桌面。小巧玲珑的茶漆木椅，江西瓷三件头的茶碗，那时用根本没有被污染的锦江河水鲜开后泡的三熏黄芽，香喷喷地沁人沁脾。使人难忘的那位掺茶师傅张师，态度和气热情，掺茶技术高明、每天晚上涌堂上客时，座无虚席。我们的张师穿梭插缝于茶桌间，笑眯眯地给你冲上热鲜开水。张师喊茶的声音很洪亮"来客三位，上三靠二"。"请坐呐，洪老师敬了。"洪老师乃美学术家，王朝闻的同学洪毅然。当时我们的茶哥们有美术界的水彩画教师苗渤然、木刻家张漾兮、漫画家谢趣生等；新闻界有抱水烟袋吃茶的巫怀毅、吴碧澄、《国难三日刊》的名编辑苏艾吾、《四川日报》的杜桴生（后来才知道他们是地下工作者）等。

二泉茶铺迎接南来北往的客，但物以类聚，人以群分，各式各样的饮者，河水不犯井水，一桌上有时坐着不同政治观点的人，目的在过茶瘾，何况"休谈国事"的条子又悬于壁上（在抗日救亡中"休谈国事"，岂不是咄咄怪事）。

"七七"抗战开始，一批批电影戏剧界知名人士来成都。1937年冬末，来了上海影人剧团，有白杨、谢添、张超、钱千里、魏鹤龄、吴茵、露茜等，住总府街智育电影院，二泉茶铺就在隔壁。谢添、施超等发现二泉，夜不虚度，施超在茶座上大谈其北平故都风光，口讲指划，给人印象很深。每夜二泉收堂时，热情的张师又为他们每人来上一盆热腾腾的烫脚水。他们说，成都太像北平，但成都有的北平没有，"一盆烫脚水，上床好舒服"。

二泉使外地来的文化人难忘。几年前我去上海，见到老友陶雄（那些年他被诬为周信芳的"黑军师"）正逢他八十大寿，酒席筵上，他对二泉赞不绝口。我说："请酒啊！"他说："喝茶，喝你们成都二泉的茶。"

消失了的二泉又以文殊茶馆崭新的姿态出现于新成都,一切使人满意,但总使人难忘那热情掺茶的张师傅。

驼子记者

20世纪30年代初成都几家报纸如《锦江日报》《成都新闻》等,除报馆本身有一两位记者外,还有社会上几位专给报纸写稿的"访事",报馆根据他们的来稿分成甲乙丙丁给稿酬,四百、六百到一吊钱(那时一个银圆换二十四吊)不等。他们有闻必录,社会上叫他们为"访员"。他们中也有抽鸦片烟的,穷斯烂眼儿。有一位叫徐仲林,人称"驼公爷",他写的稿子大概值四六百钱而已。

徐仲林要是不驼,他的形象还是很看得的!白皙的皮肤、长脸、牙齿白而整齐,脸色红润,他自我感觉良好,随时笑逐颜开。

他以新闻记者的身份,每月可拿到二斗五升的记者津贴米。他更以记者身份,明是去安乐市采访,实际上大做生意。后来坐上叮当叮当的私人黄包车,招摇过市矣。他看见华西坝上外国人坐黄包车,在脚杆上搭床毛毯,也买了俄国毛毯来搭上,显示阔绰。他的驼背是前胸突出,后背拱起,身长不足一米,但他坐在漂亮的黄包车上,却也显得威风。

当时记者的茶会在商业场的二泉,也有在春熙路的颐和园、东大街的华华茶厅等。"驼公爷"每夜要跑几个茶馆，做做黄金生意，打听打听行情。我们一帮人在二泉，他总是匆匆忙忙而来，有时他从皮包里掏出天成亨十足黄金的金戒指，还有金镯子示于人。他不算富翁，但在穷记者中显得富有，高人一等，反而我们成了侏儒。

一夜，他去了不久，突然地急急忙忙返回二泉茶楼，脸色苍白，神色张皇，气急败坏地盯着我们几个，问道："我刚才走后，你们几个离开过没有？"我们说没有，他迫不及待地说："你们既没有离开过，那我就要搜了。"

"你搜谁？"

"你们每一个人。"

有的喝茶，有的抽烟，不理他，大家一时无话可说，看他要做个什么。——静场了。

他呢，东张西望，颓丧了，又看看各人座位及其周围，最后在他自己座位的椅子脚下，他大叫一声："天呐！"他那金镯子却在椅子脚下套着，可能是他刚才走时遗落在地，为椅子脚脚套着，原封未动。他惊喜得叫天，那真是天之所赐，使他从失常中恢复过来，大家也为他高兴，但也对他的做法嗤之以鼻。以后他的发财道路越走越顺利，还去竞选区长。新中国成立后正如成都人说的一句话："米汤泡饭——官还原职"，他在一家纸烟店里规规矩矩地坐着卖他的纸烟了。

"驼公爷"已死去多年了，那个畸形社会出现的畸形的人和事，记者中他算是第一，但愿也是最后一个。

采访八路军招待会

在成都坐茶馆的"暴(报)徒",到重庆也照样坐高板凳茶馆,照吃不误。1945年12月抗战胜利后的重庆正在开政协会,国共在谈判。早上我在茶馆中碰见老友、成都《新新新闻》著名漫画编辑谢趣生。我们得知八路军办事处晚上7点在胜利大厅举行鸡尾酒招待会。那还有什么说的,我同趣生以一种极其欣喜的心情联袂而去。

走到胜利大厅门口一看,又惊又喜!左边站的是身穿黄呢军装,肩扛全金板两朵金花的中将衔的周恩来,其次是董必武、王若飞、邓颖超、吴玉章等。谢趣生摸出他《新新新闻》的编辑名片,我递上《华西晚报》记者名片,与他们一一握手。我们感到无比的兴奋!

进到里面坐在礼堂左边记者的席位,不久二星中将周恩来来了,他同重庆记者们很熟,有说有笑,很随和,但记者们很尊敬他。

会议在进行中,突然美国的五星上将马歇尔来到,记者们蜂拥上前,镁光灯闪耀着。我挤上前去,取出笔记本请马歇尔签名。我算抢到一个绝好的机会得到他的签名,来之不易啊!当天夜晚我就写了消息,把马歇尔的签名也装在信内、寄回成都报馆了,消息内容我写了会场气氛,会议宗旨——要团结不要分裂、要民主、要自由。

我想:我抢到的马歇尔签名和消息内容,总该是抢到"头版头条"了。那时年轻,有些自得,似乎踌躇满志了。

回成都到报馆一问,没有见报,去问总编辑,哪有什么信?我一下子愣住了,马上意识到邮电的检查——反动派撒下的网,一场空欢喜。假使我当初不邮寄自己带回来,尽管在时间上不算新闻了,但它仍然是不同一般的消息,何况还有五星上将的签名。年轻记者的失算,处处都是教训啊!但是,他们也有疏漏的时候,我同何子超登上枇杷山苏联大使馆去庆祝他们的国庆,看到前来祝贺的冯玉祥将军,当夜我写了一篇《闯鸡尾酒会》寄回成都走马街一家报馆发表了。

回成都在二泉茶楼与趣生谈了这件事,他说:"你当初为啥不发电报?"我答复他:"发电报他们照样扣,他们的新闻检查,无孔不入。"事实上谢趣生当年在《新新新闻》发表的讽刺、幽默的漫画,就被扣留不准发表,整得报纸"开天窗"。其实"开天窗"也是对他们新闻检查制度的一种抗议。

望江楼挖银子把地球挖穿了

前不久成都报纸上登载了"锦江埋银的疑案",引起了成都人的较大反响。回忆当年(1938年冬季)成都的报纸报道了"望江楼挖银子"的消息,一时传遍锦里。传媒所及,普及全川及省外。人人争说:望江楼下游河心中有张献忠埋的银子,并引出了歌谣"石牛对石鼓,银子万万五";于是便有石刻的石牛躺在望江楼对岸(今成都市田家炳中学附近),还记得那里的海拔标号为五百米。

望江楼门口的雷神庙，在抗战初期设立过临时的露天游泳池，少不了我这个游泳爱好者在这一带跳水、游泳，涨水时还与老报人张漾兮（已故木刻家）一同从这里游到琉璃场起岸，所以这一带的河道、水性、滩口也摸得较熟了。当然也就亲眼看见河中心挖银子的情形：枯水季节，最初是几个人（也仅仅是几个人）在河心搭了一个极其简单的竹棚棚，在那里用手工操作，有时也出现过汽车大小的发动机在那里转动中，年复一年。后来，有人看出那是骗钱的玩意儿，新闻界的报道也少了。《新新新闻》与马七师的关系深，谢趣生主编该报《每周漫画》，我们又是坐茶馆老茶友，每夜必到商业场二泉茶楼。趣生说话很幽默，他说："我们夜不虚度"，当然也就谈到了挖银子的事，从马七师谈到袍哥师长马昆山等人，由他们出面集资，"锦江淘江公司"确实收了不少银子，得了一笔钱。在抗日战争中，打着一切为抗战，"有力出力，有钱出钱"、挖出银子有利抗战等说法也就从集资者的宣传中散布出来。一个时候也增加了挖银子的人，不但未挖出一块银子，后来连人也不见了。就在这个时候，漫画家谢趣生以其犀利的笔，在《新新新闻》的"漫画周刊"上画出了讽刺幽默的两幅漫画，第一幅是"一个工人埋头荷锄挖银子"；第二幅是从地球圆顶一端冒出了那个挖银子的工人，他把地球挖穿了，冒出一个脑壳惶惑地问道：这是啥地方？

府南河工程伟大建设计划的实施，可真让我们欣喜，它加强了我们的信心，让我们更加热爱府南河，让子孙后代受福无穷。"锦江春色来天地"，"濯锦江边两岸花"。花——就在眼前，咋个不喜欢啊！

· 往事杂忆 ·

抗战中的文艺茶客

抗战初期省外的文学艺术界知名人士来川。我们的少城公园（今人民公园）"浓荫"、"鹤鸣"（今紫薇阁）两个茶馆中，平添了新来的茶客，其中就有诗人，穿团花马褂的曹葆华，抱一本英文书，拄手杖，一口嘉定土话凑成的青蓝官话。他后来去了延安。中央军校的教官张克林吹牛，大骂英国，断言这次要拿给希特勒打得抬不起头来。另外有一个京剧名票裴惕生，办了一家报纸，笔名心易，学鲁迅杂文笔法。他对张克林的言论却开门见山地说：大骂英国，实际上为希特勒涂金。

嘴角吊纸烟的漫画家谢趣生问裴："他是党军，你是行辕，一个领袖，大哥不说二哥。"这位名票反诘道："我在行辕，无非是委员长麾下一名吃听钱、穿黄马袍的闲官而已，要吃饭，要抗战，要来公园吃茶，如期而已。"裴惕生在成都过的"吃听钱"的生活，以后更加寥落，刚解放贫病而死。一天李宗林市长问我："裴惕生怎样？"我说死了！他说死得好！

另外有四川漫画社一帮人，旗帜鲜明，为抗战而画，成立于1937年冬，成员计有：谢趣生、张漾兮、洪毅然、梁正宇、苗渤然等，现活着的乐以钧、龚敬威、亚怀毅、车福等。他们吃茶的地方除少城公园外，也在市中心的益智、二泉、三益公等茶馆，偶尔"打平伙"吃一台，大家都穷，鸡鸭鱼均与哥们无缘。在报馆工作的每月领新闻记者津贴米二斗五，供家养口，实在有些可怜！有人说：卖得贱啊，"不为五斗米折腰"都打了对折！又有人说：在抗战中嘛，得迁就一些。漾兮忿怒地问：前方吃紧，他们在后方紧吃，又咋个说？漾兮的木刻就反映了抗战大后方的一方面是严肃的工作，一方面是谎言与无耻。他的作品中有饥饿的《公教人员的妻儿》、饿瘦了的母子在街头《告地状》。他还画了一幅油画，画的是张开血盆大口，两手沾满鲜红的血，像法西斯头子希特勒，也像"独夫民贼"的"窃国大盗"。他将这幅油画藏于老西门外谢家店他疏散的乡下。一天，这幅画不见了。画的谁？大家在不言中，可把漾兮夫人雷师母急疯了，从此疯下去，新中国成立后漾兮任教杭州艺专，把雷师母接去，她疯死在西子湖边。

叶浅予、张大千在成都

我认识叶浅予是在1945年端阳节前后，有一天我去督院街法比瑞同学会的楼上关山月处。当他知道我在《华西晚报》时，要我介绍一些成都文化饮食方面的情况。以后的会见，也就无所不谈了，他还为我画了一幅他擅长的速写，可惜我在几次搬家丢失了。

在同叶浅予交往中，我只知道他是以漫画、速写驰名中国，影响力遍及海外，可他为什么又画起中国人物画来呢？我只断断续续听他说：画速写、漫画用的炭笔、钢笔，出来的线条是直的，只有粗细浓浓之分，可不及中国画的线条、笔法、用墨等等，特别是线条的滋润、厚重，那才是中国画的特色。后来他到贵州，看到苗族妇女穿着打扮以及色彩等等都很美,很想表现她们,但用漫画、速写的画法,都无法表现,于是很自然地想起了张大千。于是他同他的夫人舞蹈家戴爱莲女士,一同来到古色古香的成都。

大千作画时喜欢有人在旁闲谈聊天,即成都人擅长的摆龙门阵,去拜访他的人也多,来来往往,他作画竟不受干扰;没有客人时,自有男女学生在旁看画问答。叶浅予是以画友关系去,两人无拘无束,在亦友亦师之间,敬而求道。他在张大千画案旁足足站了一个多月,学到不少手上功夫。他临大千的画,大千也临他的人物画,艺术交流,相得益彰。之后,他同戴爱莲去康藏,为异地异乡生活的美所感召,画了很多人物,这些人物画从笔墨、肤色到形象神态的刻画,都有着深厚的传统根基,是纯粹的中国画,有着强烈的地方色彩,民族特色,和东方文化独特的气质。他常说:中国画家要有中国文化的基础,即使吸收了外来的东西,也会化成我们民族自己的东西,如此这般,才能在生活中去发现和接近我们民族的美。

在成都这段时间,他同大千及其友人,常去华兴正街悦来茶园(今锦江剧场)看川剧著名表演艺术家周企何的表演。

叶老晚年迁入京西郊三环北路中国画研究院后,闭门作画,很少社会活动,每晨同漫画家丁聪一起散步,近年修了立交桥后,早晨就见不到老人的脚步了。先前他有打算,准备回浙江桐庐老家定居,有了这个打算,北京东坡餐厅主人张达得知,在欢迎黄苗子、郁风自澳洲归来,宴请谢添、吴祖光、王蒙、杨宪益、沈峻等时，居然把88岁的叶老请去了，且合影拍照，据说这是叶浅予老人最后一照。

老人在1995年5月8日病逝，终年88岁。一代宗师，艺术永存。

漫画家丁聪

"岂能尽如人意，但求无愧于心。"

"愿听逆耳之言，不作违心之论。"

这是我国著名漫画家丁聪为其友张达嘱题，也是他本人为人为事的真实写照。

丁聪，笔名"小丁"，其实并不小，现已年近九旬。

20世纪30年代即从事绘画工作。抗日战争时期，以漫画为武器，向日本帝国主义侵略军举起了枪；"八一三"上海沦陷后，他同众多的文化界人士撤退到香港，与叶浅予、张光宇、陈烟桥等画家举办《抗日宣传画报》，轰动海内外。1941年日本帝国主义发动太平洋战争，香港沦陷，在东江游击队护送下，他同文艺家撤退到大后方，在成渝两地紧握战斗的笔，为争取抗日战争胜利而奋斗，完成了驰名中外的《流亡图》以及《阿Q正传木刻插图》等。茅盾评道："我看到小丁是怎样努力打算将《阿Q正传》的整个气氛表现出来。"同时创作出揭露当时成都社会的形形色色的丑恶面的《现象图》。杂文家丁易为他这幅杰作写道："呜呼！现象百孔复千疮，收卷掩涕心惶惶……现象如此不可长，群起改革毋彷徨！"叶圣陶老人写道："现象如斯，人间何世？两峰鬼趣从新制，莫言嬉笑入丹青，须知中有伤心涕。无耻荒淫，有为惕厉……"

丁聪除了有漫画家的艺术风格、成就，他的人品也为人称道。同他一起来成都的战友吴祖光对他的评语是："丁聪兄有着极为高贵的品质，他狷介耿直，同情弱者，正气凛然，疾恶如仇；虽然他平素待人和蔼可亲，但是从不人云亦云，随波逐流。就是这个小丁，表里如一，肝胆照人。"新中国成立以来，前遭错划，后遇内乱，仍然步履从容，乐观如故，虽近九十高龄，仍紧握为人民服务之笔，严肃认真地工作。

陈白尘和《华西晚报》

中华剧艺社是在抗日战争时期建立于重庆的话剧团体，以民间职业剧团的面貌出现。由"中间"的政治面貌的电影话剧界知名人士应云卫任社长，陈白尘任秘书长，理事有陈白尘、陈鲤庭、张骏祥、贺孟斧、辛汉文、孟君谋、刘郁民、赵蕙深等。

这是在中共南方局直接领导下，阳翰笙根据周恩来指示，以另一个战斗姿态出现于大后方的艺术团体。中华剧艺社以其精湛演出，以排山倒海之势，从《屈原》《忠王李秀成》《家》等压倒国民党支持的《野玫瑰》，引起大后方民众的巨大反响，致使当局视中华剧艺社为眼中钉，派出打手，进行阻挠。

陈白尘在中华剧艺社成立后写出《结婚进行曲》，这是一出结构谨严、剧情复杂，歌颂青年妇女自谋职业，争取立足于黑暗的社会的悲喜剧。因揭露社会黑暗，几经当局的审查、刁难，到几乎不能公演的地步。后经演出者孟君谋巧妙地周旋、对付，终于在国泰大戏院演出，连演一个多月，特别在妇女界引起很大的反响，职业妇女认为这出戏说出了她们的苦衷。这个剧第二次公演时，被潘公展把持的所谓"图书杂志审查委员会"胡乱改动了剧本，声言要照改动本演出，才准上演，剧作者据理不从，该剧被迫停演。

中华剧艺社由《华西晚报》接来成都，我们同《华西日报》的记者和一批进步的新闻界人士一道去东门外牛市口车站迎接，把他们迎入五世同堂街两个报馆的大院住下。尽管当时物价飞涨，直接影响生活，但剧人、报人相处在一块儿患难与共，在南方局领导下，大家有共同战斗的目标。

抗日战争期中，车辐在《华西晚报》作记者。摄于1944年

以话剧为武器，以成都为基地，苦斗了三个年头。到了1944年，剧社搬到春熙北段三益公戏院，一部分人进住戏院的后台，陈白尘等仍留住晚报的大院里，为《华西晚报》编副刊。

1943年冬季，陈白尘同贺孟斧被张艾丁接到《成都晚报》去编文艺副刊，这个报同国民党的关系很深，先前有极其反动的席天慕为编辑，郑伯达为记者，社长姚守先则是国民党省党部一名官员。这事情为同院子住的杨伯恺知道，使得这位报界老前辈、地下党员、《华西日报》主笔勃然大怒。《华西晚报》的总编辑李次平生就一副火炮性子，照说杨伯恺的忿怒可以同他的性格矛盾冲突起来，可是这一次李次平却抱着他的苏白铜水烟袋、燃着长长的纸捻，慢吞吞吸起水烟来。我们知道，李次平要发气，可以打碎家具什物，像猛狮一样咆哮，可这次却变成一条温顺的小绵羊，为什么？服从于党的事业。杨伯恺赓即又去找陈白尘，劈头就说："你住在我们报馆里，却让别人拉去编副刊，这成什么话？我来向你道歉！同时请你参加我们的工作。"于是提出要求，陈白尘要为《华西晚报》编个文艺副刊，同时为《华西日报》编个文艺周刊，而

20世纪80年代末期，在南京，作者与陈白尘（坐者）合影

且要他立刻答应下来，他又说："晚报很穷，钱是没有的，只能供给你食宿，怎么样？"他的坦率、爽朗、诚挚的态度使陈白尘一口答应下来，但他那时还从未编过报。（见陈白尘《五十年集·记〈华西晚报〉的副刊》）

《华西日报》是在四川地方军人保持一定势力和地盘的成都出现；《华西晚报》在1943年冬，公开打出民盟的旗号，它的发行人是一位四川军人、民主战士罗忠信，经理是田一平（地下党员），它实际上是中共南方局直接领导下的进步组织。

陈白尘编的《华西晚报》副刊叫《艺坛》，丁聪画的刊头，占四开小报的二、三版，每天需要5000多字，月需15万字，连编《华西日报》的"文艺周刊"，则需20万字。最初是陈白尘单

枪匹马一个人编，一切从头学起。这个副刊从编辑到校对，从文书到会计，一手包干，工作陌生而繁重，苦况可想而知。他不断猛力地抽纸烟。中华剧艺社抽烟最有名气、抽得最多，一天可以抽一听（50支）的是应云卫，其次要数陈白尘了吧？陈白尘常在繁重的编稿之余，以"江浩""浩""皓"等为笔名，撰写文章。晚报几位外勤记者也为《艺坛》写稿。因为陈白尘太忙，有一段时间戈今、林兰（诗人丁又文）为他当助手，他对之如兄弟。陈白尘来编《艺坛》之前，正值中华文艺界抗敌协会成都分会改组，他同叶丁易被选为常务理事。成都分会的会刊《笔阵》在皖南事变之后停刊，正苦于没有阵地，《艺坛》的创立，成为成都文艺界求之若渴的战斗堡垒。大家如众星拱月一样，自觉地接受南方局的领导，如李劼人就说："我们以《新华日报》说的去办。"

从左至右：车辐、陈白尘和金玲夫妇合影

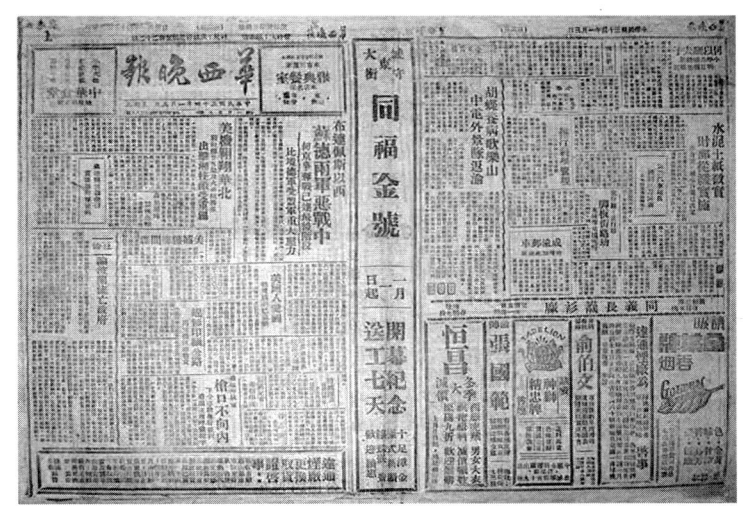

《华西晚报》

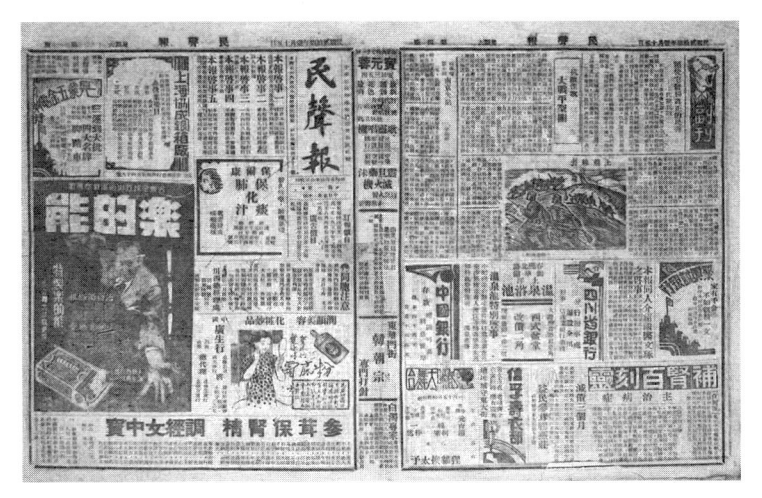

《民声报》

继之又得到郭沫若、茅盾、叶圣陶、夏衍等前辈不时给《艺坛》寄稿来，其中夏公几乎每月以"韦彧"的笔名寄稿。叶丁易三五天就写来散杂文。臧克家、邹荻帆、沙汀、艾芜、陈翔鹤、碧野、刘盛亚、张骏祥、吴祖光、贺孟斧、丁聪、荒芜、无以等，以及中华文艺界成都分会会员们，都是《艺坛》的支持者。陈白尘挑起了成都文协分会的重担，团结了爱好文艺的广大群众；以两报副刊为抗日战争期中西南大后方的宣传阵地，培养教育了一大批进步的文艺青年。与之同时，陈白尘还参加当时成都地区进步的学生运动，我们一跑到消息，他就在《艺坛》上刊出，并以短小有力的文章配合，向敌人发出有力的投枪，对妥协投降者予以揭露。

一次，李次平主编的第四版上揭露了四川大学夜校实际上是特务培养所。这一下捅了马蜂窝，他们纠集了狐鼠辈，捣毁了《华西晚报》。在这场暴乱之后，报馆宣布"被迫停刊"以示抗议！于是成都各界，特别是文化界、各大中学的学生纷纷声援、慰问，对国民党唆使特务捣毁言论机关这一法西斯暴行，提出义正词严的责问和抗议。群情激愤中，迫使反动当局让《中央日报》和《新民晚报》的负责人以"同行"身份出面调停，劝说《华西晚报》复刊了。1945年日本投降之际，有位作者发表了十几首竹枝词，内容是揭露国民党统治下四川某县一群贪官污吏的罪行。陈白尘用这十几首竹枝词提供的素材，构思了讽刺喜剧《升官图》。待到他动笔时，已是10月间了，陈白尘准备离蓉东下，突然传来他在成都被捕的谣言。做事仔细的田一平为安全起见，邀请陈白尘住他寓所的觉庐楼上，约半月之久，他写完《升官图》，且连载在陈子涛（为反动派杀害于南京雨花台）接编的《艺坛》，算是剧作家陈白尘离蓉前给成都人民留下一件宝贵的礼物。

·往事杂忆·

软刀子　拖辫子　祭亡灵

　　解放初，连齐白石这样的大画家也用起公元来题画款，开风气之先，用了公元丝毫也无损于他的艺术。可是就齐白石本人来说，这一做法的转变，是了不起的！他在旧社会几乎快活到一个世纪了，老人迎来了中华人民共和国成立，他那国画传统的根基，包括他题画的诗，成为他整个艺术思想体系，可谓根深蒂固，要想改变一点什么，谈何容易？可是白石老人终于用了公元，把那"天干地支"，甲乙丙丁，一股劲儿抛在脑后了。

　　解放初对于使用公元，大力宣传过，它是世界通用纪年，方便省事，不会因用"天干地支"，六十年一个甲子去推算，要落实哪个年代还要去翻《中国历史年代简表》。就这一件事说，白石老人是进步的，不迂腐。

　　不知从什么时候起，大概是开放以后吧？国画界不少人又袭用起"天干地支"，甲乙丙丁，好像非如此不足以示国画的"传统"，多么的舍不得千元百宋、金人玉佛，辫子尾巴。居然有人说："外国人喜欢嘛。"这使人想起鲁迅先生说过的，"现在也的确常常有人说，中国的文化好得很，应该保存。那证据，是外国人也常在赞美，这就是软刀子。"

　　作几幅画为了"外国人喜欢"或多卖几文钱，是可以理解的，但，一股脑子下去，愈陷愈深，拖着看不见的长辫子去吃软刀子，最后连你那点"国粹"也保不住了，怎么办嘛？——"仰慕往古的，回往古去吧……灵魂要离开肉体的，赶快离开罢！现在的地上，应该是执着现在，执着地上的人们居住的。"(《鲁迅全集》1925年5月5日《杂感》)不要看符号证章，尽管他们有最大自由窃取权利的方便，但时代总是前进的，既要保存中国优秀的传统文化之精髓，也要随时代之进步而进步，何况你那画距齐白石还远，祭起亡灵也捞不到多少美钞来。就说要讨买主的"喜欢"，你那画摹"新潮"，字变"前卫"，也是没出息的"探索"，适得其反，不过是一次性的易拉罐而已。

稿费与失落感

杂文家郑拾风在《稿酬我见》一文中说:"几年前某报组稿言明一篇文不过半千的短文,稿酬10元……记得当时开了句玩笑:'折成实物吧,每篇一瓶半五粮液如何?'如当时真以五粮液拍板到今天已价涨多少倍了!"

去年10月在北京站附近一家食品店去问了五粮液价,360元!精神产物,自不能与商品价值并列,稿费不是提成一千字30元了么?可是,且慢!给报纸写文章,而且是大报,一般要隔一两个月才收得到稿费,论价值,又贬低了一些,无怪有人说:"他们拿去做生意了么?"这是他们逼出来的气话。吃亏还是捏笔杆熬长夜的作者。

大报登载了,贬值的稿费拿到了,但"海外版"转载,一文不能,至于报刊文摘,谁也不依版权规定,落得个老九告状无门。一般作家要靠稿费生活,常常为斗米犯愁。——铁饭碗之可贵,在这些地方就展现出优越性了。

《诗刊》登载了林希呼吁"抢救诗人",说大诗人公刘前不久还是四壁空空,全部家产是几只纸盒;一首《你曾是我的舞伴》,

受到读者欢迎，后来译成外文介绍到国外，但是稿费仅仅是16元；流沙河在成都市曲艺团迎春的文艺座谈会上说："我是作家一级，车辐是研究员一级，自己掏钱买宿舍住房，哪怕是分期付款也拿不出来，骇人听闻啊！"

一般的作者，靠定额工资生活，纵有点稿费，已如上述就不去多谈了。一无积蓄，国外更无存款，命中注定发不了财，你叫他去发财，谨防把自己也蚀进去了。正如清代有名诗人黄仲则两句诗："十有九人堪白眼，百无一用是书生。"——好在还有铁饭碗可端，但报纸又说要砸烂铁饭碗，惶惑了！无怪诗人木斧在都江堰玉垒书会上说他有失落感。

失落感岂仅他一人么？

·往事杂忆·

乌鲁木齐

到新疆乌鲁木齐,必经过以炎热出名的吐鲁番与火焰山。火焰山就是《西游记》中描写唐僧西天取经经过的最热的地方。

它究竟有多热?根据当地的资料记载:最高纪录的室温达49.6℃,地表温度最高82.3℃,全年超过85℃以上的达一百天。——这样高的温度人们白天是无法工作的,当地农民只有在上有瓜藤遮盖的土窖中藏起来。尽管白天温度有如此之高,但一到晚上,气温却下降到5℃~6℃,要穿上棉衣了。昼夜温差大,有利于瓜果成长,有一二十斤重的西瓜,香蜜甜嫩的哈密瓜。因此当地有"早穿皮袄午穿纱,抱着火炉吃西瓜"的谚语。

温差大,时差也大,比北京差两小时,比成都差一小时。国庆节后,成都6点过天就快黑了,可乌鲁木齐太阳还未落坡。

河西走廊走完,进到新疆地区的戈壁滩,你只看到天地一线,真是"天苍苍,野茫茫",火车跑了大半天,看不到一户人家。站与站之间,就拉得更长了,"君不见走马川行雪海边,平沙莽莽黄入天"(岑参)。这确是真实的写照。

但天气也会突然转变,"轮台九月风夜吼,一川碎石大如斗,随风满地石乱走……风头如刀面如割"。根据1979年4月10日记载：一次寒潮，气温下降15℃，十二级大风刮来，百里风区，三十里大风口。风、沙、雪将电杆、信号设备吹倒、刮断，列车在大风口被吹倒九节，客车外绿色漆面被风沙刮去，使火车停运30多个小时，损失7000万元以上。今年5月18日到20日，又来十二级大风，积沙1.5米。

乌鲁木齐在天山北麓，准噶尔盆地的东南边上，海拔900米。它的正东耸立着终年积雪的博达峰，气候干燥，天天是大太阳。初到此地的人，皮肤容易开裂，多吃些瓜果，多喝些水，擦点护肤脂就可以适应了。

乌鲁木齐是个多民族的城市，有维吾尔、哈萨克、回、满、塔塔尔、汉等十多个民族。衣服装饰各异，穿着艳丽服装，戴着小花帽，或者扎着彩色头巾的，那是维吾尔族姑娘；戴着装有银饰、斜插羽毛帽子的，是哈萨克少女。她们能歌善舞，我们到乌鲁木齐，正值国庆节，听到人们弹着热瓦甫、冬不拉、吉他，唱着十分动听、别有韵味的歌曲。也许你完全听不懂唱的什么，但可以领略出歌的韵味情趣，表达出他们在节日里内心的喜悦。

乌鲁木齐市的建筑，带有强烈的地方风格、民族特点，一出火车站，分明可见。搭乘公共汽车，走一个小时到底，各式各样民族形式的高大建筑耸立，有伊斯兰圆顶式的宗教建筑，带有中亚细亚风格的异地情调，它的人民会堂、地质陈列馆、博格达宾馆、北京路上的各式新建筑，使我们从内地去的人感到异乡情调特别浓。法朗士说过一句有名的话："当其你到你从来没有到过的那个地方、那一个时候，就是增加你生命活力的时候。"何况今日各族人民团结在繁荣昌盛的大家庭里，确实令人兴奋不已！

三起三落回成都

上海，1990年12月9日15时30分。中国西南航空公司航班号4502飞机直飞成都，我们当然是准时到达机场恭候。从太阳偏西到日落黄昏我们乘坐的飞机还没有起飞，每个人真像热锅上的蚂蚁，等得不耐烦了！如以上海飞成都两个多小时计，已经白白地等了两倍于这个数字的时间。

荧屏上现出的老是"4502—延误"，延误的原因是成都大雾，不能降落。

人各有事，表现不同，有的心急如火，有的失望了，有的骂几句。骂谁？骂成都的雾？"天要下雨，娘要嫁人"，不以人的意志为转移，还是将就些吧！我是属于不温不火派，"既来之，则安之"，除此以外，有啥办法？

在这种情况下不要斤斤计较于时间，记它个约数就是了。大约在吃了晚饭天黑尽了时，飞机从上海虹桥国际机场起飞了，人们庆幸两个小时以后可以回到成都、回到自己温暖的家了。突然，机上广播出："成都大雾，不能降落，改飞广州。"机上一百多个人惊讶地叫了一声，有些像急捶的定音鼓。飞机上的广播就是命令，于是我们被载往广州，一切由航空公司安排食宿。

我同一位年轻的电子计算机专家共住一室，东方丝绸大厦。广州的温暖气候加室内空调，脱去层层衣服，俨然又是春天了。

一夜无话，第二天早餐后，又到白云机场，沿途所见，比我去年来广州又新建了不少高楼大厦。到候机室，人们关心的是荧屏报幕，仍然是两个字回答——延误。虽然羊城正是春天的气候，为何春天如此恼人？有好几位带着二三金戒指的生意人，在计算时间对于他们的损失；有的要出国省亲到成都去办手续；有一位定在11日在成都结婚，这位未来新郎走路步子由最初的快四步也拖到探戈舞去了，可以想象在成都等新郎的新娘以及男女双方家属的焦急情况。无锡包装专印厂年轻厂长十分活跃，9日起飞前他自信当天夜晚可以住到锦江宾馆，毫无问题，现在他沉默在角落里喝茶去了。一位很富有很俗气的女人老是骂她的丈夫，只因回不了成都就找男人出气。不少打扮得俊俏风流的太太小姐们，她们的微笑包裹着失望，谁也猜不出她们的心事，只听到一句话："回去先吃毛肚火锅。"十分得意的是两三位广东股票客，他们刚在深圳股票热的负面效应中捞到一笔为数不小的数字够他们挥霍。机上唯一一位德国人，他去成都讲学，语言不通，有些茕茕孑立，但他处之泰然，上下飞机随大流，他也不用焦心，有机上的服务员照顾他。

广州随处可见紫色花藤牵挂于房角墙上，在隆冬时节备感花城之美，老友萧宗环告诉我："这是广州的黄金季节。"10日中午，飞机从白云机场起飞了。飞了一个多钟头，我们以为可以回到成都了，突然，机上广播说："成都浓雾，垂直能见度低，改飞昆明。"全机乘客不约而同地叫出："啊哟！"我则想到昆明去看评书名家仇炳堂。

霎时天朗气清，远处雪山逶迤，约一小时后降落昆明机场。昆明气候实在太好，但它的候机室实在太差，特别是厕所，用一个大木板将尿槽边用水处覆盖着，这实在有碍观瞻，这儿也是国际航空通道啊！

蓦地见到省人艺老导演杨树声，他来昆明导演话剧已40天

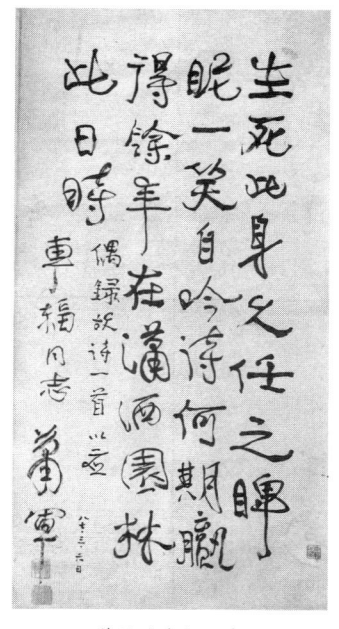

萧军为车辐题字

了，也是今天飞成都，他归心似箭比我更甚，也恰巧遇到倒霉的成都大雾。机场的接待既不热情又十分被动，飞机上机组人员也同我们一道塞进环城路旅馆，同甘共苦嘛。

11日——第三天早上端过桥米线来的招待员说：成都每年冬天都要遇到几次大雾，一下雾就是几天。

"请问最长的有几天？"

"有四五天的。"他这一说，我就更加释然了，一切从最坏处设想。又见杨树声夫妇，他们乘另一架飞机，彼此相视而笑，一半是苦笑，一半是祈求，求成都天气好转，我则拉伸于躺椅上，

泡上花茶，欣赏昆明的蓝天白云以及远处的"睡美人"的幽静山势。

午饭后仍平静，我刚合眼于蒙蒙中，突地人如潮动，向机场走去，鱼贯上机，这下该回到成都了！飞机一小时后飞临成都上空，仍有薄雾，能见度差，飞机在机场上空盘旋，似乎在寻找一个薄弱淡雾能够下降的地方。当人们看到地面建筑物时，一下子又被雾遮盖了，如堕五里雾中。一百多个乘客提心吊胆，突然——飞机往下掉落几次，遇到空气不匀，飞机下掉也是常事，可是这一回却掉落得太陡了一些，而且飞机倾斜特甚！女乘客中有人尖声尖气叫出声来，其声凄厉，愈下掉嗓门愈尖锐。此时此刻，说实话，我身上也出毛毛汗了。正在千钧一发之际，飞机滑向淡雾中恰恰看得见的跑道，机轮触地，全机皆活，欢欣鼓掌，莫可言状。

毛毛汗止，得庆生还，真要感谢驾驶员的高明技术。下机分手时，自贡市出差的女同志告诉我：你写吧，取个题目叫"三起三落"。好，遵命照办。

抗战中重庆漫画界的一些活动

抗战中漫画家沈逸千战地写生除速写外，也画了不少漫画针砭时弊，他备有专门画漫画的小簿子。为什么他要专门画在小簿子上，他是怕当时传说："陪都重庆十个人中就有一个特务。"为谨慎起见，他的漫画别具一簿，很少在公开场合拿出来，茅盾说过："沈逸千是抗战以来，文艺工作者中走路走得最多的一个人。"提醒观众要将沈逸千的大量作品作为抗战史料去看，从中体会深一层意义。

国民党向沈逸千提出来做官的要求，为他婉言拒绝，他特画了一匹马，并诗以言志："独嘶霜岩白，兀立朔风寒。有志凌云路，无心看锦鞍。"1944年9月30日沈逸千在重庆失踪，他的亲友多方打听，断定是国民党特务机关所为。

1945年3月15日叶浅予、张光宇、张文元、廖冰兄、余所亚、丁聪、特伟、沈同衡8人在中苏文化协会举行漫画展览，共有作品百余幅，轰动山城。冯玉祥将军去参观，看到张光宇作《窈窕淑女》大笑出声！阳翰笙看后在题词簿上写下："看后如吃七星椒一般，心里痛快得很！"特别是廖冰兄的《犬观》《逆行犯》《尊师重道》诸作，现实性强烈，战斗性泼辣，思想性明确，真可算这次漫画联合展出一大收获。同时对高龙生、汪子美的漫画《幻想曲》认为在技巧上有长足进步！《新华日报》评论指出："高、汪漫画展览，以讽刺漫画绘声绘色，揭开了重庆尾顶，让脸厚心黑的污吏和奸商、让物价压迫下的作家、教授、文化工作者和一般公教人员，让那些醉生梦死的人们，一齐现出他们的真正面目。"

老舍参观后在《新民报》撰文评论："漫画所以能自成一格，就是不甘心只用笔墨颜色去代'自然'之美作宣传，也不甘心只去捧有财有势的人。漫画是民主政治的好朋友。在一个使大家莫谈国事的国家中，恐怕连漫画也不会有生命了。"

不少参观者写下："痛快！痛快！"《重庆新民晚报》："这次展览，暴露了社会现实，揭穿人世布幕，尽管是'幻想'，却偏偏是现实！"

徐迟参观了文联社漫画木刻展览后说："廖冰兄追求图案化与完整性，正是他暴露了知识分子气的危险地方。"

张光宇的创作以《西游记》神话为题材，描写法西斯妖魔、反映现实社会经济黑幕的彩色漫画，其画作展《西游漫记》在中苏文化之家举行，廖冰兄看后在《新民报》发表评论："今日唐僧所遭遇的灾难，也许我们从牛角沱走到朝天门就遭遇得到。在这里（指重庆陪都）我们依然是痛苦不能呻吟、愤怒不能呼号，我们的嘴巴只有用来打哈哈，才不至于犯法。"

1946年1月9日重庆美术界进步人士丁聪、廖冰兄、谢趣生、王琦、刘岘等发起《陪都人士对政治协商会议的意见》签名。

11日叶浅予、张光宇、廖冰兄、高龙生、汪子美、特伟、丁聪、华君武、陆志庠、张乐平、张仃、胡考、张文元、宣文杰、黄茅等25位漫画家联合发表"全国漫画作家复会宣言",新设会址于重庆。同时叶浅予在《新民报》发表文章,赞赏了在重庆举行延安生活艺术展览的全部作品,都是老老实实的题材,给人们注入了朴素、苦干的印象。

廖冰兄的《猫国春秋》漫画展于3月间在中苏文化协会展出作品80余幅,内容多以表现一年来"惨胜"后的种种特权人物,腐化、黑暗、贪污、竞选斗争等种种现象,郭沫若、田汉以及当时在重庆的王若飞、秦邦宪、邓发和刚出狱的叶挺等都去参观。郭老在会场上题了有名的"倒题诗":"冰兄叫我打油,奈我只剩骨头。敬请猫王恕罪,让我倒题一首",落款为"逆犯郭沫若"。《新华日报》发表评论,认为廖冰兄这次作品能够多注意于问题的根本,从琐屑的社会部分发展到总的政治纲领,能够把笔尖从嘲弄弱者、无知者的可怜转向到强有势的压迫者和剥削者的集团讽刺,抓住当前斗争最突出最鲜明的一面去描写,这正是廖冰兄在《猫国春秋》漫画展里一个显著的特征。油画家倪贻德在《漫画时代》撰文写出:当逆流高涨时代,也正是漫画家廖冰兄大显身手的时代。他不轻易放过接收官员的贪污舞弊、腐化堕落,敌伪的逍遥法外,12·1昆明血案,2·10较场口的全武行,以及爱国游行……凡此种种社会现实题材,冰兄都不轻易放过,给以形象、赋予色彩。倪贻德教授有厚望焉,希望他使逆流逐渐消退,光明早点到来。

·往事杂忆·

中越边疆行

一、富饶的"黄金海岸"

我在广西南宁,想到中越边境上去,看看两国边境的风土人情。于是,便带着对和平和友谊的祝愿,也带着很多说不清的神秘感,偕同我的侄儿侄媳,开始了紧张繁忙的旅游生活,在中越两国的边城度过了一个"跨国元旦"。

元月一日,车到东兴。东兴是我国西南边陲的一个重镇,与越南芒街隔一条北仑河。这里地处亚热带,是广西最大的香料产地,种有25万公顷八角,年产3100吨;玉桂19万公顷,年产3200吨。它面临北部湾大海,海水养殖年产量645吨,珍珠200吨;海捕年产1.9万吨,真是富饶的黄金海岸!海边有红树林,是最好的"海底标本"。沿海有林带、沙滩、海堤,放眼望去,天蓝海碧,白帆点点,波光粼粼,蔚为壮观。东兴是我国与越南海陆相连的国门关口,边海防线长78公里,从公路、海道均可抵达越南的海防、河内、鸿基等城市。东兴至我国防城的二级公路又与"南防"路衔接,"南昆"路通车后,东兴将成为大西南通往东南亚的一个重要门户。

战争时期，东兴的人都搬到防城去了。战火停止后，这座边城便一日千里地发展起来，现在已被人称为"小香港"。原先的破烂街道已全部翻新，主要街道已拓为宽大的柏油路。植树绿化面积已有350公顷。现有工商企业四百多家，个体工商户已发展到三千家。各式旅馆已发展到百多家还供不应求，主要是去越南旅游的人多了。每天有数百艘渡船穿梭往来于北仑河上，远远看去，好像在办龙舟会一般。大街小巷，车水马龙，一派兴旺景象。入夜，去闹市溜达，处处霓虹灯闪烁，卡拉OK与美容发廊，鳞次栉比，相互争辉。在这边疆城市，居然还有不少"正宗川味"餐馆，我了解了几家，都说生意不错。还有几家正在筹备开业。最受欢迎的川菜是锅巴肉片、东坡肘子、水煮肉片、麻婆豆腐等。麻辣味颇受欢迎。广西有一种小辣椒，个头虽小，其威力远非川辣椒可比。只要在菜中放少许，便辣得耳鸣火星溅。这里的四川人也不少，身为异乡客，处处闻乡音，好不快哉！

二、友谊的桥梁在修复中

东兴市内有"中越友谊公园"，有高高耸立的"中越人民革命烈士纪念碑"，在浅山的高处建有"胡志明亭"。处处都使人感受到中越两国人民传统友谊的浓烈气氛。我国人民曾经在北仑河上修建了一座大桥，这是两国人民商贸和友谊交流的桥梁，在它上面，曾经往来交织着欢快的笑声！但在战争中，这座联结两国人民友谊的桥梁，在越南的一段，竟被越方炸毁了。现在我国正在援助修复完整。这既是修复一座大桥，也是对友谊的呼唤。

我看到了眼前的一切一切，也想到了过去的很多很多，我只有虔诚的祝愿"大桥"早日修复，再生。

北仑河水碧绿而清澈见底。河岸上芭蕉、菠萝、椰子等亚热带植物，被北部湾海风吹拂，缓缓摇曳，绿影婆娑，倒也赏心悦目，好像一缕清新的气息，飘进我的心中。北仑河是我国东兴与越南芒街的界河，两国的国门关口，有铁栏杆拦着，要验明证书才准通过。把守我国国门关口的民警，没有带枪，态度也很和蔼，平易近人。他们常常拦截住一些手续不全、非法出境的以及形形色色的犯罪分子。元旦这天，他们照常工作，把守国门，恪尽职守，令人起敬！

1月2日，得到东兴开发区工作委员会办公室的朱光东、李岳布等负责同志关照，验了身份证，办了出境手续，交了签证费，每人拍了三张照片，才由身着红色上装和超短裙的严梦雅同志送我们到国门，过了关卡，一直看到我们上了越南人划的小船，她才回去。我此时的心中，陡然漫起一缕陌生的感觉。

三、铁笼里的野生动物

北仑河既是中越的界河，也是两国的商贸要道，每天有几百艘小渡船穿梭往来。我们运往越南的有油毡、纺织品、啤酒、热水瓶、电筒、电池、肥皂、打火机、针织品、碗、鞋、柴油机、建筑材料、化工原料、农药、中西成药和水果，等等。在运往越南的船上，我看到一箱箱陕西苹果，一下子就想到我省的茂汶苹果，如果商贸部门得力，也可以运到这里来。

两国人民的贸易互惠互利，但必须有中间人牵线搭桥。他们买货物很重视牌子，比如自行车要"飞鸽"牌，缝纫机要上海的"蝴蝶"牌。牙膏喜欢多种，但最喜欢的是"中华"牌，两国人民在商贸中的联系，正推动中越关系向正常化发展。这种发展情况，正和我国国门东兴关口上悬挂的巨幅标语"中越两国人民传统友谊万岁"相呼应。

从越南运来我国的物品，有橡胶、大米、活牛、煤、金钱龟、水鱼、鱿鱼、青蛙、眼镜蛇、穿山甲等。有很多野生动物，在我国是受到重点保护的，可是他们正源源不断地运入我国卖钱。一笼笼猴子、五爪龙，运到芒街后，再转到南宁，或经北部湾从海上运去广州、深圳，卖给专吃生猛老饕们，价格高达几百元一份。红烧穿山甲、五爪龙就更贵了。看到铁笼子内猴子们的惊疑样，不久便要在席桌上活活地被砸脑吸髓，也吃得太残酷了。广州已在去年11月实施保护野生动物新规定：宾馆、酒楼、餐厅、招待所和个体摊档，不得收购杀害猴子，罚款金额最高为10万元人民币。而在两国国门关口、贩卖者却未受到阻挡，也许是为了维护两国人民的关系，成了非常棘手的问题。既有贩卖者，便有收购杀害者，那些贪吃生猛野味的老饕，和那些肆无忌惮地吃公款者，也仍照吃不误。而且上了市，谁也说不清是越南的还是中国的穿山甲、五爪龙。禁的禁，吃的吃，赚钱的赚钱，这便是目前边境上人们产供销平衡和自然生态平衡的矛盾。

四、悄悄开始边贸的艰难历程

中越边贸也曾有过非常艰难的历程。

这是我到越南听到的真实故事：

十年烽烟战火，把人打疲了，也打穷了。于是，在1300多千米的中越边境上，中越双方的一些边民悄悄地开始了贸易往来。但那时必须避开国门界口，只能在人迹罕至的、林木杂生的荒山野岭中偷偷行动。这些地方，不仅有野兽、毒蛇和吸食人血的大蚂蟥，而且遍地是地雷。最初搞边贸的边民，常有被炸死、炸残的。为了打通这条边贸之路，边民们自发排雷，也炸死了不少人。

鲜血和生命终于使他们总结了一条极其严格的"行路规则"：由一人在前面小心谨慎地探路，后面的人便一个接一个地踩着前面的脚印，一步一步地跟上。如果两人对过，必须侧着身子，大小便也只能就地解决，如果为了避羞，走出脚印之外，就可能被地雷炸得粉身碎骨。离弄尧不远有个"寡妇村"，过去几年就有三十多个男人被地雷炸死炸残。

最初的交易是以物易物，随着贸易规模扩大，现金交易占了主导地位。最初1元人民币可换几百越南盾，后来可换1800元以上的越南盾。我从身上摸出两角人民币，就换了100元越南盾。交易以人民币结算。人民币在越南人心目中和美元有同等地位。后来有了专做外汇买卖的人，他们几乎全是越南人，大部分是妇女。

在越南边境，随处可见越南小商贩，手捏一大扎越南盾，实际只值几元人民币。换成人民币后，主要是到中国境内买东西方便。

1月4日，告别芒街，再渡北仑河回到东兴，真像回到了母亲的怀抱，抑制不住内心的喜悦。

·往事杂忆·

成都人的"随缘自适"

要说四川的独特风味,还是要数"天府之国"这个地方。站在都江堰市的伏龙观、宝瓶口看下去,岷江之水,滚滚波涛,灌溉川西平原。人说:"这是一股银水,给川西人造福,休养生息,旱涝保收,冲积出川西平原一大片黑土肥沃地面,这样好的耕作条件世界上除了乌克兰,恐怕要算我们'天府之国'这块黑土地了。"诚然我国还有松辽平原的颗粒黑土地带、华北平原等,但它缺少了水,我们得天独厚,有都江堰的水利工程,二千年来就以自流灌溉润泽了川西平原,有史记载,我们就不必唠叨了。成都的历史情调,前人(外来的)已有赞美,陆游有"二十里中香不断,青羊宫到浣花溪",杜甫有"丞相祠堂何处寻?锦官城外柏森森"。在近代文化名人的眼里看来,张恨水说:"北平壮丽,成都纤丽;北平端重,成都静穆;北平潇洒,成都飘逸……孟知祥不如孟昶有名,就因他没有花蕊夫人。明皇无宫,薛涛有井,此成都之为成都也。"吴芸吉下了脚注:"蜀女如酒,蜀士如锦。"近代散文家何满子说:"抗战时来川三年,为自己生命中美好的年华,戏称自己为二川人。成都连竹林小餐的小广告都诙谐:鸡汤放酱油——自己吃亏,倘要滋味好,请用盐巴。"

曹禺说:"川剧亦庄亦谐,幽默泼辣,写得生动。看川剧不使人嗑闷,不是雾里看花,而像爆出脆生生的爆竹,道破人情世故。"希腊文学家罗念生说:"燕京像一个武士,虽是极尽雄壮与尊严,但不免有几分粗鲁与呆板;芙蓉城像一个文人,说不尽的温文,数不完的雅趣。"老舍说:"令人体会到,悠然见南山,那个'悠然'",吴祖光在汪曾祺编的《知味集》中写道:"多年来成都好友车辐先生保证不断供应给我的四川唐场豆腐乳和白菜豆腐乳,使愚夫妇感戴不尽,几乎成为我们每饭不离的佳品。"口之于味,有同嗜焉,既是佳品,何能独专?后来谢添也来要,我照样寄,顺水人情,一乐也。

在各种休闲娱乐形式中四川茶馆最具有地方特色,它与老百姓饮食与生活用水不可分离,流沙河有副对联"开放你饮拉罐水,守旧我喝盖碗茶"。直到今天,仍不可须臾离也。唯一的例证:我今年90岁了,每天必喝茶,大便通泰,怡然自得。成都的茶馆有茶、有座、有趣,它的功能不仅是为了解渴,有的为了便于人们享受到喝茶的情趣,得到一段时间的休息。川西坝子的慈竹成林,就地制成的竹椅子,有靠背扶手,可以看出成都茶馆是四川历史文化积淀的产物,由来久矣,既方便而又经济,适合于平原上人们的消费。新派的茶馆出现了,但它又与餐馆配套,与成都人吃法不同,成都人各自去寻找他们的吃茶地方。比如,有老两口在自家门口,早上摆个小桌儿,夫妻对碗品茗,自煮开水,各得其趣。一下子人行道规定不能占道,夫妻俩享一点暂时的清福被禁，他们就将小茶桌几移于门内，照吃不误。再比如，四川的扬琴由曲艺队被压缩到角落里山茶铺去卖唱，地点无固定，成了游击队，最后发给一次性的"补偿"，弄得他们无所依靠，最近在大慈寺内又集合起来卖唱，十元钱听一场两折戏，没有想到仍然坐满茶客，头发全白半白的铁杆听众，闭目击板，细听端详，自得其乐。

农历正月初七，成都人在"草堂人日我归来"的日子要举行诗会，在天寒风冷的日子里，纱帽街口刘三爸的儿子、媳妇大清早居然赶到杜甫草堂来走上一趟，似了心愿，寻找他们的春节的闲情野趣。他们一家经营着行将消失的红烧冒结子（疙瘩）的小食店，还有情趣"人日草堂"一游，没有去搓麻将，这情趣，这味道，实在是成都人独具的兴趣。当然，成都也有麻辣烫，对比之下有其格调高矮之分，《华西都市报》"文娱新闻"栏刊出"成都的新形象，休闲而快乐"。指出成都是一个生活质量较高的城市，它有新拓的红星路步行街、天府广场、古色古香的琴台路、艺术中心、龙泉的巴金文学院。府南河两岸的下棋人，他们的周围仍被"抱膀子"棋迷包围着，谁也不相让，有时甚至喧宾夺主，演出一场休闲观战中的小闹剧。作为成都市的银杏树，一到冬至，树叶变黄，在蓝天白云衬托下，仍然添生情调，它并不因林立的摩天高楼而减色，还为人歌颂，"算来人共银杏老，屡历冰霜未改容"。各得其趣，一种健康的情调。

杂谈遗体告别

我与肖宗英是老友,属于能够涮坛子那类老友之列,平时有说有笑,无话不谈。他死了,去遗体告别,一看见他的面孔,又黄又黑,黄得似害黄疸病的病容,黑得似黑人的皮肤,黑黄二色干枯如朽木,无光无色,十分可怕,把我对他活着时的形象完全冲走。当时又排在追悼者的行列中,无法走开,不是难过、哀悼,简直是恐怖与受罪了。从此我下定决心:绝不去遗体告别。

遗体告别仪式除少数例外,大可不必再举行了。人死发个讣告或通知,开个座谈会,大家随便谈谈死者生前贡献,他的优点,值得学习的地方。如果愿意说死者生前失误,只要不是恶意攻击,而有利于生者吸取教训,不妨谈一些,这算不得是在死者脸上抹黑。如果死者确是一个油盐不进的打手、六亲不认的见利忘义之徒、狂热的告密者,以及诸如此类的左派,也可不谈,这样比告别有意义得多。黄苗子在他写的《遗嘱》短文中提出他的主张,可作参考,他同几位来往较多的生前友好有个协议:趁大家都活着之日,约好一天,会做挽联的带副挽联,或带花圈,拿出来互相欣赏一番,这比死了人才开追悼会,遗体告别更具有现实意义。他郑重申明:"我坚决反对在我死后开什么追悼会,更不许宣读经过上级逐层批审和家属争执仍然言过其实或言不及实的叫做什么'悼词'。否则,引用郑板桥的话,'必为厉鬼以击其脑'。"

一切为了活人,在死者身上尽可能节省些,丧事从简,越简越好,不要活人顶着死人来死要面子,自己哄自己。

最彻底的办法,是将自己的遗体捐献,供科学实验。既节约而又节省时间,大家方便。

第二章 食者与成都美食

旧时成都的包席馆子哪几家最早

前些日，老友陈稻心来电话问我一些问题，而我因年迈无法马上答复，所以才在这两天翻阅了一些以前的资料凑成一文，算是公开作答吧。

关于旧时成都的包席馆子哪几家最早这个问题，我觉得还是应当以李劼人先生《旧账·上卷·乙部》所载为依据。这部历史资料是这样记载的：长盛园为当时（1836年）南城有名之包席馆，席点最好，而大肉包子尤著。由此看来，这长盛园属最早的包席馆之一。

荣乐园的创始人蓝光鉴（左74岁）与名厨谢伯泉（右71岁），车辐（后立者42岁）合影于1956年12月

正兴园，也是清末成都的一家著名包席馆，创办者为满族人关正兴，据说他生前曾经操办过满汉全席。他手下的主要厨师有满族的戚乐斋、贵宝书，汉族的周志成，游炳全等。当时的正兴园为川菜培养了一批技艺精湛的人才，如蓝光鉴、周映南、谢海泉、张海清、李春廷等。据清末傅崇矩《成都通览》载：席面讲究者，只正兴园一处，故官场上席均照顾之……正兴园歇业后，其传统经营方式和菜品特色为后来的荣乐园所继承。

20世纪初，成都还有一家著名的包席馆叫聚丰园，人称聚丰南堂，属南堂馆子。店堂初设华兴街，不久又迁少城祠堂街，创办人为李九如。该店经营方面项目比较多，包席出堂一概操办，中菜西菜均有供应。零餐不仅以大菜为主，而且质量高，菜价昂贵（预定名菜尤贵）。这时餐厅的设施和布置已经比较齐全和精美，为蓉城当时使用雪白台布的第一家。此外，店内西餐部一律用高脚酒杯，且供应地道的威士忌、人头马，这也算是首开中菜西吃的先例了。当时给顾客上得最多的冷四道，皆为地道的法国味。后来的荣乐园（由戚乐斋、蓝光鉴叔侄二人于1911年创办）也试过这种由聚丰园开创的中菜西吃，不过，荣乐园的迅速崛起并非是因为沾了聚丰园的光，而是因为其在蓝光鉴先生的主持下，坚持走传统与正宗相结合的路子创出来的。

周慕莲谈黄吉安

新中国成立前三四年，成都几个新闻界友人，如著名漫画家谢趣生、以"丁老坎"笔名在《工商导报》专栏编辑的汤远烈等，我们有个茶会，每天在总府街涨秋茶馆吃茶聚会，周慕莲也常来品茗。有时我们也请周慕莲去提督街长春楼饭馆吃绍酒，周老善饮，可喝一两斤黄酒，酒兴来时，他就侃侃而谈。有时他也还席请我们到东玉龙街他家里畅饮一番，他家牛肉烂苍蝇头的臊子鱼、香红油菜头，算是一绝。吃到二八阑干时（注：微醺时），他的话匣子就打开了。多次听他谈川剧作家黄吉安的为人品德和写作趣事，对于了解这位作家很有裨益。现在追忆起来，有这么一些内容。周慕莲认为黄吉安对当时川剧界、曲艺界（主题是扬琴）有直接的好处：反正后到民国（1911年），戏曲界生活困难，"三庆会"也不例外，黄先生在这样困难情况下帮助艺人，写了不少戏曲唱本，无条件地送给艺人，等于雪里送炭。他的本子大多文字比较通俗易懂，容易上口，韵脚打得好，多数本子是一韵到底，很受艺人欢迎，观众也乐意接受。

慕老说，黄老先生家境清贫，我到过黄老先生的家，住皇城

·往事杂忆·

1957年11月适逢重庆川剧院来京公演,我因赴内蒙古未能观赏及学习,特赠照片以留纪念。慕莲先生惠存　尚小云

后子门那边九思巷,这条街有钱有势的人多,经常惹是生非。黄老先生很看不惯,为了出胸中一口气,写了一副对联:"国号共和,全行霸道;巷名九思,净是横人。"他家的壁头上、帐子上都贴了很多纸条条,上面写了很多剧词、俗语,他想到什么就记下来,以免忘记。

黄老先生写本子注意同艺人合作,并乐于接受意见。比他高明、有功名的如南门二巷子父子同榜得中举人的严伯谐老先生、诸葛井(地名)饱学之士王楷臣老先生,都喜欢他写的本子,也指出他一些欠妥的地方,他都一一接受、改正。

他对剧中人写得入情入理,很生动,如在《江油关》中写李氏尽节之前,要弄死亲生女儿时所唱:"才说硬起心肠我软了手,战战兢兢冷汗流……"经名旦浣花仙一唱，名震一时，后来唐广体（"三庆会"名丑）演马邈，相互配搭，把这折戏唱活了。"黄本"给艺人演唱方便，艺人也给"黄本"添了味道。

他写的《清风亭·舍子》一场戏，母亲舍弃自己亲生儿子，难割难舍，几次回旋，几次转折，扣人心弦，我很喜爱。

黄老先生有个侄女婿叫曹兰基，慕老从他那里听到一些黄老的事迹：曹兰基是黄吉安的医学徒弟，黄老在清末行医，当时住科甲巷，喜欢听成都鼎鼎大名评书艺人钟晓帆的《三国》，自己也喜欢唱扬琴，更爱川戏。他写剧本先拿旧报纸，铺在桌上，然后用土红写在上面，字斟句酌，用墨笔修改。

黄老先生有些古板，不看《西厢记》《红楼梦》，所以"黄本"中写男女相爱之事很少。

他写的剧本，艺人唱错了，他是很不满意的。川剧玩友中有个很有名、很会唱的"南方圣人"徐鉴安同他相好，徐老先生

川剧须生之王贯培之（1952年摄于成都） 　　青年时代的周慕莲 　　1925年周慕莲与康芷林（右）合影于成都华兴街有客相馆

向他建议：不能生艺人的气，何不多与艺人接近，指点他们，把戏文中费解的地方向他们讲解清楚。黄老接受徐老意见，同"三庆会"名角周名超（满族人）相交，两人处得很好。在这段时间内——大概是从民国元年（辛亥革命后）到洪宪称帝（1916年），写出的生角戏较多。

黄老先生没有儿女。他抚养的继子对他不孝顺，并且吃上了鸦片烟。黄老最恨吃鸦片烟，他在一气之下，写了新戏本《断双枪》《雷打张继保》，这都是有感而发的。

他有个邻居，是个"观仙划蛋"以封建迷信骗钱的巫婆，晚上吵闹得他不安宁，为了抨击这类现象，他写了《邺水投巫》等戏。

慕老说：黄老先生当初也喜欢钻茶房酒肆，爱唱板凳戏，他自己学扯胡琴，黄师母很不喜欢，他就把胡琴拿到街上去拉，还教人唱戏。他每年存有一笔钱，到年终腊月十六倒牙后，拿到戏

"阴风惨，黑月无辉……"行进中身段亮跷功

前排：(从右至左)车辐、周慕莲、尹叔聪，后排：周德怀、汤远烈

园子去，送给唱下四角中生活困难的艺人。

慕老还谈道：黄吉安以张献忠为题材写过《葵花井》五本，被捉去坐了几天班房，写过《浣花夫人》，以古讽今，骂一些贵妇人骄奢淫乱，忸怩作态，因而受到一些上层权贵人物的憎恨，斥黄吉安为"异端"。

慕老说：有一件事我记得清楚，民国初年成都的五老七贤（曾鉴、宋育仁、赵熙、颜楷、尹昌龄、刘豫波、邵从恩、徐子休、文龙，全是清朝有功名的人物），办了"戏曲改良公会"，排挤黄老先生，他也不甘示弱，写了《七贤下棋》，讽刺他们，后来敌不过，便跑到新都去住了几年。

"五老七贤"为什么要排挤黄吉安呢？主要是因为他写了妓女出身的梁红玉《黑虎缘》《从良配玉》、李亚仙《绣襦记》《杜十娘》等戏，歌颂了被侮辱、被损害的下层人物，触动了腐朽的封建观念，在一定程度上反映出作者的民主思想。他写的剧本，大体上可分三类：一是歌颂历史上民族英雄及民间流传的好人好事，这类作品占的比重很大；二是讽刺当时清末民初政治腐败；三是写他对当时社会生活的感受和评价。他的作品还有一大特色：不拘泥于历史真实，如《江油关》中对李氏夫人和马邈的处理；《三尽忠》中文天祥死后，安葬时灵牌子飞上天，不受元朝封赠，以及百姓的路祭等，在艺术上都有独到的创造。

　　慕老还谈了一个趣事：一天，黄吉安请他去喝酒，二人谈戏，谈得分外高兴，酒醉半酣，黄老先生无意中发现自己没有带钱；凑巧，慕老那天也没有带钱。怎么办？黄老先生风趣地说："噫，今天要顶板凳！"（笔者注：旧社会街头流浪汉吃了饭没钱给，就自动把饭馆板凳拿来顶在头上，跪在地下，求得有人施舍，代付饭钱，就可以爬起来向施主道谢一声离去。）黄老先生说后，便关照慕老说："你请等一下，我回去拿钱。"谁知他一去不返，慕老等得焦急如焚，只好向酒店老板说明情况，乃去黄老家中，见他正在墙壁上贴刚才想起的戏条子，沉醉于创作构思，忘记刚才发生的一切，真所谓"发愤忘食，乐以忘忧"乎？

· 第二章　食者与成都美食 ·

且说吃些什么

　　抗战开始，影剧人分批先后来川，1938年底先一批来成都的有：谢添、白杨、吴茵、杨露茜、施超、江村、高步霄、魏鹤龄、钱千里、沈浮等以及后来的丁聪、吴祖光、贺孟斧、顾而已、张瑞芳、张逸生、金淑芝等，我都接待过。我在《华西晚报》作记者，到牛市口汽车站去接他们，次数多了，有的还住我们报社五世同堂街编辑部，如吕恩、吴祖光、丁聪、应云卫一家、白杨、张骏祥等，朝夕相见，有空就去坐茶馆，赵慧深、李天济、陈白尘、方菁等，都爱坐茶馆，吃的盖碗茶，我们吃茶的地方是市中心的商业场二泉茶楼、春熙北段的三益公茶楼、五世同堂街报馆对门的老茶馆。我有了稿费，也请他们到小饭馆去吃一台。大家都穷，我们"打牙祭"的小馆子在荔枝巷口的正发园，是心地诚实厚重的杨师傅开的，一楼一底，楼上只能坐三桌，谢添、顾而已、陈白尘等他们五六人去楼上，打隔壁暑袜街全兴大曲一斤，酒足饭饱。有时晚上去锦华馆内卖卤肉的摊子上，拌一份兔丁，来一大碗锅贴、卤猪蹄，就算过夜了。通常我们吃的是荔枝巷的钟水饺和北方人来开的炸酱面，有一次在新集商场同吴祖光、丁

163

聪吃毛肚火锅。那时的成都火锅，是烧的泥巴炉子，上面是荥经砂锅，几张牛肚，有的有牛肉片、鳝鱼片，再加几盘豌豆尖、米粉，就这样吃了毛肚火锅。不过它的佐料倒很入味，首先有郫县豆瓣、牛油、牛卤水、花椒面，每人一个生鸡蛋，打在香油碗里，夹起烫的牛肚放在有蛋清的碗内打个滚，据说可以清火。最后吃剩下的卤水，还可再叫两份米粉倒下去煮一会儿，卤水出味，分外生香。当时吃的范围大约就是这几条街：华兴街、城守东大街、走马街、锦华馆、科甲巷、总府街、提督街。这几条街成都小吃集中，品类多，味道好，最受他们欢迎的有福兴街的竹林小餐，谢添等最喜欢的蒜泥白肉、灌汤、小盘对镶碟子的小菜、红萝卜干、香油、麻酱凉拌菜、金银肝镶香肠，价廉物美，来的外省艺术家，除辣味外，一般都很欢迎。白杨特别喜欢吃成都家常泡菜，一些影迷常主动送泡菜以待异乡客人。新中国成立后白杨来成都，还要泡菜吃，谢添极力赞扬蒜泥白肉、家常连锅子，至于回锅肉更不在话下了。新中国成立后的新客如钟灵、方成来成都前，都来长途电话告诉哪天哪时到成都来我家，我便洁樽候教，弄几样得吃的家常红烧、凉拌菜。酒以黄白两开待客，再去端点拌兔丁、肺片，也使来客满足了。如再加上五通桥的豆腐鱼，夹江的腐乳，更会使他们口齿生香。他们都赞美成都物价便宜，味又适口，得其所哉。与艰难时期的老友相会，其乐融融，况今天的情况与过去大不相同，只有"与君亦醉亦陶然"了。如柳倩，他自己也会弄菜，回成都要吃家常味，每年全国政协委员中有几位，由张西洛兄带回成都，他们住在招待所，一个下午我正从省文联宿舍出门，张西洛带领杨宪益、周而复来，我即请他们进屋子坐坐，西洛说："都是熟人，我们肚子里在唱空城计了，来找你要找一家地道成都

20世纪90年代中期曾国华（右）与车辐交谈"荣乐园"的往事

味的馆子，解解馋了。"于是由我带路，到暑袜街大同味一家极其平常的馆子去吃晚饭，去时，我先行几步找到馆子的掌瓢师傅易正元，他是竟成园来的，手上有几样竟成园的名菜——芙蓉鸡片、麻酱鸡丝、大蒜鲇鱼、炝豌豆菜叶子汤等，买了锅魁，撕烂放在鲇鱼汁里回锅，我说："请尝尝这比西安手撕羊肉泡馍味道何如？"我见宪益老人连连用筷，呷几口全兴大曲，也会其意，周而复抗战时在重庆见过，他黄白两开，今夜这番成都味，吃得他们点头赞许，特别是三大菌烧鸡拐弯，火功到家，进口骨肉分离，西洛说："我在成都多年也未吃到过这样的清淡美味的好菜。"是夜一餐，相隔8个年头，易正元师傅去世了，西洛、周而复也去世了，"毕竟百年都是梦，何如一醉便成仙"！

总的说来，我们在成都的吃，新中国成立前是在街头端冷啖杯，找小吃，大家都穷得可以，只能偶尔"打平伙"。吃得龙争虎斗，穷斯烂矣（成都土语）。作记者的，大场面也见过，自己

"荣乐园"的高足弟子特级厨师张松云（左）和其师弟曾国华（中），右为作者

吃自己各人摸包包，吃个知趣而已。

　　小吃中便是西城长顺街有一家川中特产的小笼蒸牛肉，最为省外来的影剧人喜爱，蒸牛肉（连竹笼子取下），在外加活芫荽（见外省人，免去辣椒面、花椒面），趁热吃，川西坝子的黄牛肉蒸出香味，使人大流口水，不单是省外来的"下江人"爱吃，就是从省外回来的四川人吴雪、戴碧湘、演《抓壮丁》的陈戈等，也喜吃笼笼蒸牛肉。1945年张大千也知道这个小笼蒸牛肉了，即命人到长顺街治德号去端了来吃。大千发觉牛肉的味道是好，但火功不到，还要回火再蒸，即命人到牛市口水巷子一家打锅魁的，专门打白面锅魁，拿回来回火烤热，再夹蒸牛肉吃，添芫荽，分外出味。那时张大千住骆公祠（今和平街）藏书家严谷荪先生家，治德号的蒸牛肉夹白面锅魁，由此变为"大千锅魁"，著名白案大师蓝光荣，他闻风亲自去买回加工，做出"蓝二哥笼笼蒸牛肉"，甚至在荣乐园上席。那时成都扬琴玩友有个哨期，在荣乐园楼上举行，也就吃到味比治德号更入口美妙的笼笼蒸牛

肉。当时《大公报》名记者张篷舟，成都人，回成都必吃治德号的笼笼蒸牛肉，也还为治德号写了斗方、横推，为之宣传。平心而论：治德号的蒸牛肉夹锅魁，惹动张大千到白案大师蓝光荣，品味更佳还是要推荣乐园。蓝光荣加工得最细、最好，事隔已70年了，今天想起来，尤使人回味。

曾国华（金堂人）拜名厨蓝光鉴为师，曾在成都的一流餐馆如"竟成园"、"朵颐"、"蜀风园"等主过厨，创造了很多美味佳肴名菜。在当时不论他去到哪一家餐厅主厨，他的名字便会很快成了那家餐厅的代名词。

20世纪80年代初，曾国华在美国纽约的荣乐园主厨三年，使外国朋友更加了解川菜风味特色，为祖国争得了荣誉。

·往事杂忆·

贵阳"程肠旺面"

到贵阳,听到有句话:"贵阳去公干,吃碗肠旺面。"又听说:"到贵阳不吃肠旺面,枉自到贵阳。"

究竟到哪家去吃肠旺面才能算有代表性的呢?总不能像刘姥姥进大观园,胡乱吃一通,总得找点门道、路径。

我们是去贵阳祝贵州省曲协成立,北京来的侯宝林大师要求吃到肠旺面和刺藜酒。贵阳市曲艺界中代表人物热情地为他老人家介绍了当今贵阳市第一家卖肠旺面的,他吃了回家向大家说:"贵阳人的全部性格,尽在肠旺面中了。"

与其"君之食指动",不如君之腿杆长,我们由好客的贵阳曲艺界老演员引到贵阳市第一家肠旺面店。向市中心一条高低分行的小街道内走去,不大一个单间铺子,门口挂着"程肠旺面"貌不惊人的市招一个,一大早,已食客满堂。里面有个小楼阁,座无虚席,我们是在过道上候班,才能见缝插针,紧急入座。

不久,端来一碗热气腾腾,为红油淹着的面,上有切碎的几片猪肠子,这几片猪肠却洗得干干净净,又白又嫩,这是要在头天下午洗净煮透备早堂臊子用。另有几块猪血,他们叫"血旺子"，这两样东西，本身没有味道，是取其红白二色对称，在色调上下功夫。调和中主要的是红油盖面，且以火色匀称的瘦猪肉作脆臊，铺满面上，在色调红鲜的红油上

程肠旺在两口大红锅上大显身手

与白色的肠、红色的旺配成鼎足之势，从色、香、味三方面来看，已够引人食欲了。

贵阳的碗面，一般都是分量称好，煮到一定程度，捞起放在一边，来一位煮一碗，下放佐料，上浇臊子。肠旺面之好坏，全在于臊子上，"程肠旺面"的红油不是清油，而是新鲜猪油，都是头天新煎的，在煎油时，放入生姜，使之味香而厚，他的红油用得多，将一大碗面全盖着了，他不惜一两瓢羹红油，倘若顾客说"红重"，他就再给你舀两瓢，在放佐料上，出手大方，保质保量，同样也卖五角钱一碗。——我看他的经营之道在于此，诀窍也在这里。

"程肠旺面"主人程长清，四川南充人，17岁为了逃避拉壮丁，跑到贵阳，肚子饿了，没得办法，才在旅馆里去挖炉钩灶、筛炭花、捡二炭，做些笨重活路。因为人勤快，取得店主信任，就招他在旅馆里正式干活，上灶炒菜开饭，学得一手好技术。新中国成立后，从帮丘二到自己经营，开始做肠旺面生意，他首先想

到：要在贵阳城遍地是肠旺面中杀出一条血路出来，第一，要把材料备好、备齐，缺一不可；第二，各种材料要选高质量的——要亲自挑选（过去成都矮子斋卖抄手出名的叶矮子，他本人每天早上亲自去东门市场备足货，事必躬亲），如买花椒、辣椒，不仅过看，要闻要尝；第三，货源备够，以防缺货。使每一位去吃肠旺面的顾客，感到吃一百回，回回是一个样，保质保量是重要的！对顾客的信誉是第一位！——有此三者，他在贵阳市就立于不败之地。

他在前几年，就有万元户之称了，那时对个体户还有些刁难，使他产生顾虑。他曾经从银行里取出几千元存款，携带一家人漫游大江南北。钱要光了回到贵阳，眼看政策一天天的落实下来，个体户有了保证，他才又重整旗鼓，大搞起来，从目前情况看来，已远不是万元户了，他解除顾虑，发出冲天干劲，在肠旺面中争取立于不败之地。

十几年前我到贵阳开会，抽空去找有名的程肠旺面，哪里去找呢？经友人带路寻找，终于在新建的市场中找到了，见到程肠旺程大爷。他已老态龙钟，站在买"套餐"形式的所谓肠旺面新式门前，多年不见，他老还认得我。他行动不大方便，说话有些木讷，从前那个生龙活虎样儿没有了；他现在只是站在"套餐"馆子前作个宣传广告而已。他给我介绍他的儿子，有50多岁，也就是被"套餐"套上的工作人员了，顿时我有一种失落感。地点、时间的变化，独立苍茫于新开发的闹市中……他父子二人微笑中与我告别，老人还招了招手，连手也举不起来了。别了程老！永别了！

· 第二章 食者与成都美食 ·

谢添未了成都缘

成都电视台举办"情系这方土"文艺晚会,请有白杨、秦怡、张瑞芳、谢添4位抗日战争中来四川住过的、对四川有情感的影剧艺术大家。秦怡、白杨如约而至,张瑞芳因事不能来,谢添却病倒了。

谢添,一向爱好体育、身体较好。这次应成都电视台之请,他本来是打算要来的,一个不注意,因伤风咳嗽引起呼吸系统的并发症病倒了,送去医院,照他的说法是:"在病床上发怵。"

1985年在北京电影制片厂车辐与老友谢添(左)见面,又是摆不完的龙门阵

他来信说:"我目前除自己在构思着两个自编自导自演的题材之外,四面八方强行拉性质的事也太多(做顾问、导演、做联合导演,挂个名导什么演等等,不一而足),我都推掉了。自己考虑到:咱们弟兄虽然80岁过头了,这最后的几出戏,要把老劲都使出来,我想您会同意我的意见,何况咱们的《麻辣烫传奇》,我至今还萦绕在脑际嘞!——见了恩琪请替我问候,我这里一并向你们一鞠躬、二鞠躬、三鞠躬!"我将谢老这封信拿去给李恩琪、陈铮他俩看,恩琪说:"他对朋友很热情,对工作如烈火,我们写封信去问他好,也要指出年龄不饶人,省着用,不打拼命仗了。"

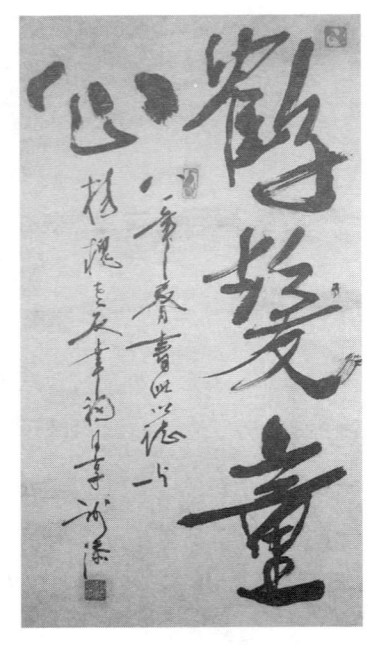

谢添书写的倒书(77厘米×41厘米)

最近他来信说:"不能同白杨、秦怡她们一同来成都,当然是一大憾事!八年抗战,成都是我的第二故乡。怎不想呢?成都冬天的蔬菜齐全,是很有名的,我就老是想念青菜脑壳、豆苗(豌豆尖)、蒜泥白肉、连锅子汤,哎哟,流口水了。北方冬天老是大白菜。这些年幸好交通方便,也把你们四川的好蔬菜运来北京,解了口福,但是哪能及得到我前几年来吃过的儿菜那样嫩得

谢添（左）和于是之正在说戏

像豆花一样的菜呢？成都还是要再来的，咱们80岁同庚的，天津只记得骆玉笙、马三立，成都我记得起的只有您了。"——友情是永恒的主题。黄苗子给我的册页上题字："白头如新，倾盖如故。"丁聪题："相交四十五年，历经折腾，居然尚在人间，大可庆幸！"

·往事杂忆·

成都人吃茶

宋代苏东坡的弟弟苏辙在《栾城集》中说"雅州之蒙顶、蜀州之味江（青城山）、邛州之火井、嘉州之中举、彭州之朋口、汉州之扬州、绵州之兽目、利州（广元）之罗村"等地都产茶。以成都为中心，数百里内给成都人吃茶提供了优越条件。过去有副对联，沿长江一带城市均可得见："扬子江中水，蒙山顶上茶。"

西晋人张孟扬《登成都白菟楼》诗"蒿茶冠六清，滋味播九区"，对于茶的赞美提高到诗里去了。鼎鼎大名的陆羽，在他的《茶经》中先后十七次写到四川茶的生产、制造、品茶等各个场面。如果再追溯上去，可以追到三千年前川茶在周武王（约公元前1058年）时，已列贡品"香茗"了。

成都人吃茶，喜欢吃花茶，由来久矣。花茶是用东郊一带丘陵地的茉莉花。花农对种花采摘很讲究：采花要在三伏天下"偏东雨"（阵雨）之后。这时候茉莉在高温天气中突遭雨湿浸润，在温度升降中、空气湿度中花特别发出一种清香，花朵也密。花只取其朵，去其蒂，放入烘锅，有专门烘茶人看火候。火候这一关很重要，如烫绍兴黄酒，一烫过火，全局皆输。花摘下后用簸箕筛在干燥土地上过凉,待水分蒸发后,铺一层花、一层茶,使茶炝花气,茶吸花香,炮制出三火熏黄芽,列为上品,别有一种沁人心脾的清香味。正如东坡说的"两腋清风起,我欲上蓬莱",达到飘然若仙的境界。

成都人喜用三件头的盖碗茶,最好是江西瓷,质地细嫩柔和,所谓"美食美器",茶碗上写"可以清心"。唐代徐寅诗:"水碗轻涵翠缕烟",是深知此中之昧。刘禹锡诗:"照出霏霏满碗花",茶还未进嘴已先从茶具上感觉到妙趣无穷。

盖碗茶有三大好处:一、碗口敞大成漏斗形,敞大便于掺入开水,底小便于凝聚茶叶;二、茶盖可以滤动浮泛的茶叶、浓淡随心,盖上它可以保温;三、茶船子承受茶盖与茶碗,如载水行

1995年3月摄于成都大慈寺。车辐学做茶博士(掺茶者),掺茶大慈寺,坐着的是葛加林(摄影家)

舟，也可平稳地托举，从茶桌上端起进嘴，茶船还可避免烫手。三件头的盖碗茶，本身就是中国茶文化历史进程中不断改进的产物。我保存的三件头有乐山嘉州画院院长李琼久老友为我画在茶盖、茶碗上的字与画；川剧名家曾荣华舞台生活60年特制的盖碗茶具，上有画家赵蕴玉题字，古色古香。得口福之余，还可以当成艺术品保存于永远。唐人徐寅早已写出："巧剜明月染春水，轻施薄冰盛绿云，古镜破苔当席上，嫩荷涵露别江滨。"至于那些薄如纸、细如绸，兼以重彩细描的明清盖碗茶，那是价值连城的古董了。

吃茶必论水，水又来自都江堰分流岷江内江之水。有人指着这流进川西平原宝瓶口的水说："这股银水流成天府之国。"这人工凿成的自流灌溉，两千年来实惠了成都平原16个县，旱涝保收，无怪岷江之滨的二王庙要将李冰父子视为神明供奉了。

鲜开水泡成都花茶，几分钟后，再用茶盖几翻几拨，蒸发出来的花茶味，清香四溢。有的茶客，还将茶盖挨近鼻尖，作几下深呼吸，未饮先自陶醉。苏东坡曾说："蟹眼已过鱼眼生，飕飕欲作松风鸣。蒙茸出磨细珠落，眩转绕瓯飞雪轻。"

有个别茶客，把茶水吃白后，还将剩下的茶叶放在口里咀嚼，不放走丝毫余味，大有食肉寝皮，决不善罢甘休的味儿。东坡则用以漱口，他在《漱茶说》中写道："每食已，辄以浓茶漱口，烦腻即去，而脾胃自和。凡肉之在齿间者，得茶浸漱之，乃消缩不觉脱去，不烦挑剔也。而齿性便漱濯，缘此渐坚密，蠹病自己。"

1985年5月在成都人民公园"鹤鸣"茶馆内吃茶,从左至右:乐以钧、巫怀毅、车辐、车玲、尹叔聪

　　成都人有吃早茶的习惯,尤其是老年人。抗日战争期中朱自清来成都写出:"入夜旋收市,凌晨即品茶。"有的茶馆黎明前饮客们就陆续来到,一种生活习惯上情谊的聚会。成都有名的特级厨师、荣乐园出来的高手孔道生从北京一回成都,一头就栽到红庙子茶馆去了。来一碗火鲜鲜的盖碗茶,久别重逢的茶友们相见之下,分外亲切,一种快乐的心情和友谊,在热乎乎三火熏黄牙中入口、下肚、融化。"此中情趣赋香茗",一言难尽矣!荣乐园特级厨师曾国华去美国纽约三年主厨,回成都第二天早上就在悦来茶园茶桌子上蹲起了。美不美乡中水,美不美香中茶,信哉斯言。

　　大清早一对老夫妻,在打扫得很清洁的铺门前安上小桌儿,泡上花茶,享受一个宁静早上的清福。这样的镜头,今天的街头以及"深巷明朝卖杏花"的小巷,仍随处可见。

电视总算是最吸引人的了,但有的茶客却宁肯牺牲电视去茶馆品茶。几个朋友相聚在价廉物美的茶会上,随意清谈。宇宙之大,苍蝇之微,无拘无束,"清茶一盏皆平等,闲坐半日可怡情"。

成都茶馆最大的特色是竹椅子,有靠背、扶手,竹篾编成软坐垫,有如土沙发,全部是成都平原上土产慈竹做成。它为法国文化使者看中,1986年10月由成都运去法国全套茶馆用具,在巴黎夏乐宫国家剧院中央大厅特设的"成都茶馆",参加了秋季艺术节,馆中大唱四川扬琴,受到欢迎。

1942年巴金回成都,我们就在商业场正娱茶园(今改作小学校)端过盖碗茶。陶雄兄80寿庆,那年12月我去上海,临行他写了几句:"时刻想念四川,时刻想念成都,时刻想念蓉城故旧、时刻想念二泉新茗……"这二泉也在商业场内,为当时文化界人士爱去的茶厅。至于少城公园(今人民公园)内的茶馆,有七家之多,曹葆华、何其芳、萧军等,也为座上之客,葆华几乎是每天必到。李璜在台北《传记文学》杂志190期《李劼人小传》记载:"成都茶馆特别多,友好聚谈其中,辄历三小时不倦。我辈自幼生长其中,习俗移人,故好吃好谈,直到海外留学,此习尚难改革。"四川人的摆"龙门阵",成都人的"冲壳子",于茶馆文化有关。

成都茶馆即在现代生活中也有它的作用。1988年12月12日《四川文化报》刊载《茶馆与现代文化》一文中调查:"成都市区有茶馆263家，光明路80%的老年人在茶馆里度过余暇。"它还是群众文化活动的聚集地，如曲艺演出、玩友清唱，热闹异常。茶馆文化是一种传统的、综合性的文化现象。一日工作之余，求得休息中的宁静，可以到茶馆去泡碗花茶，人也泡在茶中。你不走，你吃一天，掺茶师傅也不会喊你走。过去，你若把几片茶叶放在茶盖碟子上，表示你还要回来，在茶馆收堂之前，那碗茶也不会倒掉，它有一种人情味。今天不少茶馆有了电视，他们改弦更张，很能号召，但也有不少对茶有瘾之人，舍弃家里荧屏，却偏偏要到林木繁茂的公园、白果林、沿锦江一带茶馆去过他认为的真茶瘾。特别是在农村，公路两旁、柳荫树下，花几角钱，吃碗香茶，更得淡泊安宁之趣。盖碗茶、电视机、传统的与现代的又如此和谐，它里面蕴藏着成都人品茶的文化趣味、审美习惯和经济与生活的适应。正如一副茶馆对联："小小一个茶馆，大大一块天地。"

2006年10月6日下午，李济生先生、盛中国及夫人濑田裕子与车辐在成都文殊坊院内聚会

·往事杂忆·

请李济生吃家乡味

2003年11月,86岁高龄的李济生再一次回到成都,一方面是为参加巴金文学院的落成仪式,另一方面则是为探访老朋友。

在他启程前给我的来信里边,特别提到了要见流沙河先生,还有王旭东。他说,每当他在上海读到《四川烹饪》这本杂志时,就会勾起他心中的乡味乡情。他还说:我有十年未回故乡了,很想去看看,不过我好像有点儿"近乡情更怯,不敢问来人"的感觉。

11月22日这天,正好是一个冬季天空放晴的日子,我请他中午去东风大桥府河近处的锦江巴蜀味苑与几位朋友嚼一台,当然这桌"老川菜"还是由王旭东一手安排的。在与我等相聚共饮之前,李济生特意去到《四川烹饪》杂志社看了看,虽然当天正值周日放假,但他还是跟王旭东谈了许多对办好刊物的具体意见和建议。

中午齐聚锦江巴蜀味苑,李济生与老朋友坐下来边吃边谈,十分轻松愉快。

当日那一席菜我现在已记不全了,不过有几道菜倒是特别

・第二章 食者与成都美食・

李济生又一次回成都来,当然要品尝家乡味,那天几位朋友相聚嚼一台。从左至右:车辐、王旭东(《四川烹饪》主编)、李济生、流沙河

让我和李老印象深刻,像鲜辣味的蘸水兔,小鱼香味的吉利家乡鱼(过水鱼),用泡辣椒添味的银丝鳝鱼,以葱白增香的葱爆羊柳,还有用民间水豆豉为佐料的水豆豉拌鸭肠、水豆豉拌黄喉等凉菜,都属于地道的家常风味。水豆豉这东西,如今在城市里边已经很难见到了,即使现在个别乡土菜馆里有,也多见其用于小碟(蘸水)配菜。这家饭馆用水豆豉调味,以系列菜的形式推出来,的确让在座的客人开了眼界;而对我这样的老人来说,水豆豉吃在嘴里,很容易让你忆起儿时吃得最多的家常菜。

当天那一桌老川菜品类不算多,但做得很到位,吃得李济生兴致越来越高,而且话匣子也打开了。最后,王旭东请出了该店老板李仁光与大家见面。李老板当天安排的这一席看似不经意,其实颇费心思，因为李仁光自己就是一个推崇家常味的老饕客。他平常为客人安排菜单时，好像是很随意，可你要知道，他这人从来都是因人而异、灵活多变的。

餐毕，我们发现这家饭馆里仍然在打拥堂，不仅厅堂里满座，连室外露天空坝也安满了就餐客人。

济生老先生十年一归，归来就找家乡菜吃。他不仅在席间同我和流沙河等人摆饮食龙门阵，而且最后还告诉大家，回到家乡他就心满意足了。

· 第二章　食者与成都美食 ·

美食家李劼人

1919年8月，29岁的李劼人先生新婚8天之后，就应邀到法国参加李璜、周太玄主办的巴黎通讯社工作。李劼人此去法国，居停4年又10个月。当时留学生都很节省，又不习惯外国饮食，李劼人于是自己动手，从备料到煮饭炒菜，充当"全手匠人"。他先是单开伙食，感到很不划算，且占时间。如果能同蒙彼利埃、巴黎等处的中国学生在一起，办集体的大锅伙食，那就省得多了。

说到做菜，李劼人小时候跟随做官的长辈，见过一些做法，也见过一些大场面，他在家里也就学会自己做菜了。居住在成都，川西平原蔬菜种类繁多，得四季不同品种之变化，为美食提供了丰富的原料。居住蒙彼利埃两年多，他的厨技得以展开，真是大快同学、同乡的朵颐。

友人李璜说：劼人的母亲能做一手好川菜，有名于其族中，劼人观摩有素，从持刀、选料、调味以及下锅用铲的分寸与掌握火候，均操练甚熟。后来到了巴黎，劼人在四川同乡中好吃好谈，不忘成都沃野千里——天府之国的中心城市，米好、猪肥、

李劼人先生1956年摄于成都布后街2号四川省文联会议室

蔬菜多，以及川菜味厚且嫩，长于小炒，以香脆滑三字为咀嚼上品。成都菜馆也多，三几友好聚谈其中，习俗移人，故劼人好吃好谈，直到海外留学，此习尚难改掉。而劼人、太玄这两个成都青年不但会吃，而且会做，因之我们都尊之为大师傅。每聚，劼人与周太玄轮流主厨，我妹妹则为下手。我与黄仲苏因法语比较好，与小菜市场和猪肉店打交道，照单选择剔肥搭瘦，颇费唇舌。余之胞妹李琦，那时正在巴黎艺术学院学绘画，租了一所公寓，每到周末，诸学友就到公寓聚会，几个成都人，各人亮出看家本领，红烧小炒，痛饮之后，各出诗词或绘画，交相品评，一时称为文艺沙龙。徐悲鸿也来过。

李劼人操瓢时，李璜与黄仲苏就充当采买，先到巴黎菜市场去办脚货，身处异乡异国，他们也遇到一些带戏剧性的难题。李璜说：劼人要做豆瓣酱，加入调料才算入味，才够味道。做一次豆瓣酱，非去买一两斤红辣椒不可，在半个世纪以前，巴黎人都不吃辣椒，只有从西班牙输入，到处寻找，才在小菜场菜摊上看到十余根，价虽不贵，我一下买完，卖小菜的问我，家里有好多电灯罩？要这样多的红辣椒作装饰品么？我只有去找西班牙人，向他订购，特别运来，劫人一见，眉飞色舞，居然做出像成都味一样的辣豆瓣酱。于是他又突发奇想，要做成都味的烟熏兔肉，用以下酒。烟熏兔肉要挂在壁炉熏好才能吃，他做菜一点也不马虎，指定要用花生壳来熏，吃起来才香喷喷的出味道。这一购买花生的差事，又把我跑苦了，法国不产花生，我也不知其洋名称，只得画图捉拿，才在巴黎郊外吉卜赛人游乐场买到手。原来此物出自北非，吉卜赛人称之为：瓜瓜里赤，于是买了两斤，劫人一见视为异宝。由此可见，劫人精于食道，处处不苟，否则宁缺毋滥，宁缺无食。

2001年6月20日，李劫人先生诞辰110周年纪念大会特邀郭平英（郭沫若女儿）参加。她与前来参加大会的车辐合影留念

劼人先生做五十大寿时，我也参加了，我献出了一罐绍兴酒。就餐时，我正要揭去酒坛上的泥封盖子，劼人先生上前十分严肃地制止，认为万万不可，应找铜制的弯弓形的"过江滤"滤过才好。泥封盖子的黄酒，不能随意打开，随意打开会走了多年积蓄的酒气。他还举例说："铁听子装的香烟，刚刚打开听子的第一支烟，特别香！分外吸引人。又如成都的三熏花茶，泡在三件头的盖碗内，揭开盖子，不必忙于进口，宜先用鼻子去闻鲜开水蒸发出的成都三熏花茶的味，那才是一种享受，沁人心脾。品味者先在品，才品得出味来。"他还举出泡三件头的茶碗：宜用江西瓷，彭县瓷就大异其趣了。此说与美食美器相契合。食入于口，得口感之美，在感受上、情调上、气氛上大有讲究。食道、文化，前人积累、后人享受，这在劼人先生的文学以外是很耐人回味的。

　　蕴精灵于丹青内，
　　弄品技在鼎鼎中。

李劼人先生食的艺术

　　李劼人先生1891年6月20日生于成都。6岁发蒙，9岁随母在东门大桥水码头乘舟东下，到江西南昌。那时他父亲在江西捐了一个典吏指分候补。同年八国联军入侵，乃父于1906年7月病逝临川；母因腿疾残废，不能行走。国难家仇，系于年幼的李劼人一身，他四处求援，得亲友帮助，孤儿寡母随灵柩回川，艰难困苦可想！更大的不幸是船到鄱阳湖触礁沉没，母子遇救外，随身衣物损失殆尽！到汉口求得亲友帮助回到成都。寄住南门磨子街杨家大院亲戚处。此时他家仅存曾祖母、

　　2001年6月20日在四川师范大学旁，原李劼人先生的故居菱窠举行纪念李劼人先生诞辰110周年活动。李眉（李劼人先生的女儿）与车辐合影留念

祖母、母亲三代寡妇与李劼人一个15岁的男丁。家庭生活，照顾长辈，全由他——一个小小少年担任，沉重的生活担子压在他的身上，逼着他学会开门七件事（油、盐、柴、米、酱、醋、茶），自幼即能烧柴煮饭，下锅弄菜。那时成都居住人家，全烧木柴，由眉山、彭山、丹棱、青神等地运木柴来省会，故他从小即能辨识各路的规格价钱，并娴熟灶中烧柴架火等技术，以致川籍作家写作中，有关于成都住户人家用柴烧火等的描写，见之于文字记载的，也只有李劼人。对于日常生活细节与左拉的自然主义描写各有千秋，且忠实地反映了地方生活风俗习惯，成为成都平原上有鲜明地方色彩的画卷。值得注意的是：他在未从事写作之前，从本人经历的现实生活中，汲取了极其可贵的写作源泉，为他后来的名篇巨著打下了坚实的基础。写生活、写饮宴，了如指掌，俯拾即是。

从小在锅边长大

他的母亲能做一手家常味的好川菜，甚至可以做家常味的筵席，在这些家常美味的制作中，幼年李劼人随伺在侧，学得不少灶上手艺；他随舅父杨砚愚去外地看到清代末年官场的腐败没落、看到封建社会的酒食征逐、腐朽糜烂的一面；他本人以一个小科员职务，看尽一切荒淫无耻的现象。李璜在《李劼人》一文中写他年轻时："观摩有素，从选料、持刀、调味以及下锅用铲的分寸火候，均操练甚熟。"四川历史上有苏轼、杨升庵、李调元等，广泛搜集有关饮食文化资料，包括自己操作技术、心得、品味，等等，《团结报》老编辑陈曙辉女士年轻时读过《死水微澜》，说李劼人写那个蔡大嫂，热辣辣的，如同中国的阿克西妮娅，李写四川真写神了。善作、善吃，善观察，尤善品，前人把祖国饮食文化留给后人，功不可没，到了李劼人才把中西两种迥然不同的"食道"做了比较，系统地阐发了四川

李劼人及家人1936年摄于成都桂花巷

李劼人1954年参加第一次人民代表大会时与子女摄于北京

人之吃及川菜的烹饪艺术，产生了"食的比较学"。原因在于他比前人大得多的视野，留学法国，四年零十个月，深入民间，从巴黎拉丁区到外地蒙彼利埃下层社会，从两种不同的饮食文化中总结出：中国人之吃，四川人之吃，从饮宴到民间小吃，到家常味以及田间野菜，与他带有创造性的吃法，自成体系。对于饮食文化的探索，他的女儿李眉说："我认为父亲不单好吃、会吃，更重要的是他对饮食文化的探索和钻研。他最喜爱的是家常派中各

具特色的菜肴，在他的倡导下我母亲也成为做家常菜的能手。"

李劼人曾对我详细谈在成都官场见过满汉全席，设宴上菜，礼仪的全部过程及进退上下的一些细节。20世纪20年代他曾在指挥街开餐馆"小雅"。他夫人杨叔捃告诉我："小雅"经营面点，几样地方家常味的便菜，都是时令蔬菜配套，不是什么珍馐美味，每周更换一次，有番茄撕耳面、粉蒸苕菜、黄花猪肝汤、厚皮菜烧猪蹄、肚丝炒绿豆芽、凉拌芥末宽皮粉（是他老家湖北黄陂家乡菜）、鸡皮肾腰口茉汤（公馆菜），炸酱米粉、怪味鸡等，以小份出之，价廉物美。劼人先生设计出太和豆豉葱烧鱼，略加佐料，变成了佐酒好菜，而劼人与周太玄两个成都青年，不但会吃，而且会做，因之我们都尊之为大师傅，时尚产生饮食文化，产生这样的杰出人才。

在巴黎大显烹饪艺术

李劼人、周太玄、李璜等当年在巴黎留学，生活俭省，有时不惯于外国饮食，于是留学生自办起伙食来，李、周二君自告奋勇，被大家公推为"火头军"，李璜与黄仲苏法语较好充当采办买手。他们每礼拜六有个"家乡味"约会，照成都的吃法按到会人数"打平伙"。李劼人主厨，连徐悲鸿也不去卢浮宫参观，而要去吃劼人作的地道川菜，一吃乐趣，二细品其味，有麻辣味徐大师也不避讳，以致他后来在抗战中居住四川，照吃不误，安之若素。与饮食文化相关联，在李劼人长篇巨著中为我国文学史

·第二章 食者与成都美食·

2004年5月,李眉(李劼人女儿)从北京来成都,特意到家中看望车辐(右)。李眉用笔勾画小时候在后花园水缸旁边玩耍时的乐趣,至今难以忘怀

增加了分量,从行到住,从穿到吃,无一不精确,无一不生动,在他的选集中,关于菜肴烹饪的做法有二十余种,李眉统计有三十五种之多,他夫人杨叔捃说他"博大精深",信哉斯言。

马识途老人说:"读李老的小说,特别是《死水微澜》,可以说具有中国作风,中国气派,而且还具有特别的'川味'。"

1962年12月24日夜零点5分,李劼人先生心脏停止跳动,终年72岁零6个月又4天。

· 往事杂忆 ·

李劼人手稿：写给李白羽的信

李劼人手稿：关于重写"大波"

张烤鸭，成都的烧鸭子

吃过几次张烤鸭，感觉它就是老成都的烧鸭子。

在20世纪二三十年代，我还年轻时，就开始吃成都街头腌卤摊卖的烧鸭子了。那时只要家里来客，就会去砍半边烧鸭子回来。不过，像现在这种做法的烧鸭子虽然那时就比较常见，但过了内江就见不到了。

腌卤行在旧时的饮食业中是一个单独的业别，一般以作坊式加工经营为主。当烧鸭子或烤或卤制出来以后，再送到铺子上去出售（那时也有卖烧鹅的，以肥大的鹅最受欢迎）。在皇城坝和西御街口，都开有专卖烧鸭子的店，而提督街上的"耗子洞张鸭子"，鼓楼洞街口的"梵音寺烧鸭子"，还有鼓楼北一街到北大街一线，市中心华兴正街上，都临街开有各种名号的烧鸭子摊。在我印象中，那些卖烧鸭子的摊店好像味道都不错，家家砍鸭子的师傅都显得神态自如、操作麻利、刀法利索，而且那时卖腌卤的师傅对买主都显得和气谦恭。

话说回来，今日青石桥市场这家古卧龙桥张烤鸭，以崭新的面貌来迎接广大市民。我专程去吃张烤鸭时，从经理孙植军先生

・往事杂忆・

车辐与张烤鸭的首席厨师董光明（左）合影

和首席厨师董光明师傅那里了解到：张烤鸭，其实就是成都的烧鸭子，它不同于北京的烤鸭、南京的盐水鸭，因为它只选用川西坝子当年孵化放养的麻鸭为料，而且宰杀时用力扯净鸭毛（不用胶粘），以避免鸭皮被弄破而保证鸭子的外形美观。制作张烤鸭还有许多程序和讲究，比如要把晾干水汽的鸭胚表面刷上饴糖；比如要往鸭腔内放入挽成束的叙府芽菜和红辣椒段、姜块，还要把十几种碾成粉的香料抹匀鸭腔；比如要先往鸭胚上喷洒料酒，然后才逐一挂进烤炉焖烤；比如烤鸭时的燃料只选用青冈、香樟等硬杂木……这烤鸭炉看上去也没什么特别之处，可里边每只烤鸭下面都放有一只品碗，专门盛从鸭体上滴落下来的"窝子水"。其实，这才是烤鸭原汁原味的精华！烤鸭出炉的同时，取出"窝子水"，再加各种调料烧沸成卤汁，并且把此卤汁浇于已经斩成块的烤鸭上，这才算完成了最后一道工序。张烤鸭也是现斩现浇后，泡在卤汁里边端给客人的。

虽说烤鸭是这家风味餐馆的当家菜，但该店的另外一些菜品也比较有特色，比如荞麦凉面里边加有卤鸭杂切成的丝和青红椒丝；比如你吃雪白细嫩的兔子肉，还能在清爽中吃出一种温柔型的麻辣味来。此外，张烤鸭店里的餐具也颇有特点，有一种蓝色长方形盘子，四只角均往上面翘，用其盛菜上桌，给人一种悦目舒服感。美哉，张烤鸭！

·往事杂忆·

钟灵与酒

　　一次，方成对我说："十年前，不幸伤妻。春节时，钟灵和丁聪、戴浩、韩羽、白景晟、狄源沧各携菜酒，来我处共度佳节。钟灵才喝不足半斤，便烂醉如泥。我们把他抬到床上仰卧，让他怀抱一张小板凳，放上几个酒瓶，然后在一旁垂首站立，请老狄拍了一张未亡人《遗体告别图》。记得侯宝林曾来，因事早离，未参加此盛典。"

　　又一次，方成与钟灵为《邓拓诗文集》画封面，两人商议：改画加工，明天必须交稿。钟灵说："喝两杯再动手。"方成告诉他；"喝得晕头转向，可画不好。"钟灵说："一分酒一分精神，没事。"说到喝酒，他是言出必行，而且动作麻利，抓着瓶子，自斟自饮，一杯一杯又一杯。喝着喝着，桌子上面不见人了，他已溜到桌底躺下了，鼾声阵阵。方公无可奈何，只好再一次扶他上床。画也只好由他自己动手。待到早上两三点钟，钟灵醒来，见灯光通明，忙爬将起来抢过笔去，二人合作画了一个多小时，终于按时交稿。

　　再一次，方成从深圳回京，听说钟灵生病住院，得的是脑

叶浅予（右）与钟灵

血栓，嘴歪了，说不出话来。方成同谢添忙去看望他，进了病房，见他坐于椅上同病友在大声说话。他说刚做完一个疗程，嘴歪已改正。谢添郑重其事地告诉他："脑血栓，这病非同小可，要命！"而他却笑着说："拴别人，拴不倒我！"但这个要命的病对他却是一次警告：决不能再喝酒了。他指天发誓，下定决心不再喝了，并收拾了几个酒瓶，拿到垃圾箱去丢掉了。

前年，钟灵突然光临寒舍。我动员女儿为他做了几样成都家常小菜：八宝甜烧夹沙肉、油淋香酥鸭子、炖豌豆小肠汤等。等他把肚子填饱，我才开了成都大曲，由两个儿子陪饮。他见我不饮，问我原因，我说："去年得了脑血栓，几乎死去，戒酒了，不能奉陪。"他见我坐着轮椅陪他，也就饶了我。

在文学艺术上，钟灵是个天才。他能诗词，工素描，善漫画,尤擅秦篆。在为人上,他性格直爽,热情奔放,酒后犹然。他对酒的情缘,有四个阶段:一狂追,二苦恋,三敬爱,四藕断,常言"藕断丝连"。他有几回戒酒的记录,也有几次摔断腕骨和肋骨的记录,然而却"屡教不改"。他自知白酒性烈,自己无法消受,便以黄酒代替,喜饮"绍兴加饭"和"上海黄"。他说:"我戒掉烈性酒,不但是养生之道,也合乎时代潮流。先师白石老人云:'作画妙在似与不似之间。'我觉得饮酒也可以说妙在醉与不醉之间。"并作诗一首自嘲:"丝连藕不断,仍是壶中仙。举杯邀明月,管它脑血栓。"

20世纪60年代我去京,那时钟灵住什刹海边一个大院,家里养了好几只可爱的猫儿,每去闲聊,看到他不少同艺术界的照片,都是十分难得,值得保存的照片看到好的,我的占有欲发了,总想要来据为己有。他很大方,由我挑选,他的照片太多,我就选了他同叶浅予二人这一张,他突然发了"燕京多慷慨悲歌之士"的慷慨,给了我,我当时欣喜若狂,由北京带回成都,纳入我的家藏照片册中,保藏下来一放就是几十年,而今叶老已去,只有在追思中去想念老人了。听说钟灵也病了,病得怎么样了,也无法知道,叫我女儿车玲打电话去打听,也打不通,只留下我常在的回忆中。近年我病了,钟灵来成都先来电话说要来我家,我们一家大小,盼望着他的到来,为他预备吃食。现在,我家这一点希望都得不到了,真是:"常恨此生知己少,何堪老来哭人多!"我的这类老友,对于老来晚年,因病在家,不接电话,低调处理患病生活,使人更见戚戚下相望了。

附钟灵给笔者的信：

车辐兄：

　　接到你得病住院的消息，十分关切，好在日渐痊可，可望回家休养，真恨不得立即赴蓉探视。

　　也是凑巧，十二月中旬成都军区约我去作画，大约十五日左右直飞成都。约逗留数日。

　　届时将去大慈寺文联宿舍看望您。先行函告。紧握你的手！

钟灵　十一月廿日

・往事杂忆・

巴老喜吃家乡味

　　1942年夏天，抗战中成都的电力不足，常在晚上停电，我与吴先忧老兄常在停电之夜在商业场二泉茶楼相会，躲过黑暗之夜。有时也在商业场中段正娱花园茶座会面。这两个茶馆也有新闻界人士如谢趣生、巫怀毅、吴碧澄等人参加，不停电之夜那就更是热闹了。其中也有几次见到巴金，他同吴先忧是老友，闲谈之中，也就以商业场这个市中心热闹地区谈起了吃，巴金当时最喜欢吃的是商业场江楼老号的猪油发糕，以生猪油和白糖上笼，蒸好，味鲜甜油而不腻，很爽口。还有华兴正街甜食店的鲜花饼，是油炸的、皮开千层，成都一到夏天，甜食店多有出卖的。商业场北口味虞轩京味果店有卖伦敦糕的，由于是广东作法，成都人感到新奇。

　　听吴先忧谈巴金喜欢吃他们北门上的甜水面和素面，是挑着担担卖的，做面就在担前两尺不到的木板上糅和面团，分张，做成工艺程度很细致的甜水面，调和用成都北门正府街一家酱园铺特做的红酱油、熟油辣子、麻酱、花椒油、蒜泥。秋末冬初季节里还要把川西特有的豌豆尖烫熟加进去，使人感觉清香诱人。这

1993年12月在上海武康路巴金与车辐愉快交谈

1985年10月巴老在上海的家中，见到车辐送来的照片，如同见到了老朋友

种素面家常的也可做出，但不及街上卖担担面做得精细，味道鲜辣可口。那时北门白云寺楞伽庵、通顺桥一带的担担面做得最好，每天定时出现在东、西珠市街和五岳宫一带，把南门上的好吃嘴也吸引到北门去了。

吴先忧谈到北大街有一家卖卤麻雀的下酒菜，他同巴金也去吃过，他们都不喝酒的，仅仅是品尝而已。关于小吃方面，我还是从吴先忧处听来，说是在华西协和大学的红门近处有一家

·往事杂忆·

TEP、TIP的小西菜店，那里的猪排、牛排、台子饼做得特好。这家小店为一位姓杨开的，吴先忧同巴金去品尝过，认为台子饼做得不亚于上海的。附近邻街有一家小担子上做的蛋烘糕，也算成都一家卖小吃者发明的，带有创造性——以鸡蛋面粉调和，配以芝麻、花生、白糖做心子，这种小吃让所有到过华西坝的人都忘不掉，吴先忧那时担任华西坝一中学校长，在华西坝他请巴金也算是尽地主之谊了。

1960年巴金第四次回成都已56岁了，那次是由成都市市长李宗林安排在省委招待所，住了四个月，天天吃到家乡味，吃到了赖汤圆、龙抄手等。还同吴先忧等人去三洞桥带江草堂吃到邹鲢鱼的大蒜鲢鱼。10月18日巴金步行去永兴巷拜访画家傅抱石，随后去草堂、武侯祠、望江楼玩了一天，这一天午饭在望江楼吃

1987年10月6日巴老来成都参观百花潭公园，兴致颇高，特别为慧园签名留念

的。主厨是"竟成园"的凉拌菜高手易正元,是临时请他去的,拌的麻酱笋丝、糖醋油酥豌豆等小菜。12月6日,巴金在食堂请炊事员下中江挂面(打荷包蛋),随后又去街上吃了麻婆豆腐、粉蒸小笼牛肉、夫妻肺片等成都小食,吃得很过瘾,与亲属一起过了一个愉快的日子。

巴金来成都,沙汀先生还请过他吃一顿全汤席,是由名师谢海泉主厨,品尝到肝膏汤、开水白菜、鸡皮鸽蛋、清汤双脆、奶汤葵菜等。还有一次,张秀熟请吃饭,吃到了久违的家常水豆豉、连锅子汤和煎二面黄鱼香炒蛋,感觉非常不错。巴金回成都吃到最满意的家乡菜是青胡豆油酥豆泥,这是用春天的青胡豆(即嫩蚕豆)煮熟、煮透后,去皮、只取青豆瓣捣成泥油酥而成,取其春天新的可口新青味。

我最后一次与巴老见面,是在1993年12月6日,那天早上8时我同著名摄影家葛加林和赵小军去上海武康路巴老家中见到了他,我们当着巴老的面拿出一大布袋从成都带去的川西坝子特产——青菜脑壳、蒜薹、油菜薹等新鲜蔬菜,巴老情绪激动地对我们说:谢谢!谢谢!葛加林特为之照相留影,我们是专为送家乡蔬菜而去,看到巴老喜悦的面容,我们就告辞了。

·往事杂忆·

成都花会凉粉及其他

成都过去习俗：二月间赶花会（相当于阳历3月），从青羊正街进入花会正门，沿二仙庵那条老树夹道的旧路，直走进去，几乎全为洞子口的凉粉矮小摊子连接着，可长可短，小黑漆矮板凳，四四方方小桌儿，一张接一张，任君选择，坐下就吃，来得快当利索，照今天的说法，可称为"方便小吃"，确实方便可口，价钱便宜，吃后留有余味，使人难忘。

摆上凉粉的主桌，安放一排大品碗，碗为蓝花七八寸直径的大口径，装满川西平原地道土产的菜籽油炼熟的熟油辣子，红色熟油辣子上放几个大胡桃，胡桃不起什么作用，目的无非是壮其形象与色彩，勾人食欲，货真价实，使人吃得爽心而已。

花会上打着洞子口凉粉的招牌多家，哪家是真，哪家是假，很难分辨。赶花会走累了，坐下就吃，几碗凉粉，几块油酥锅魁，使游人一进到会场，便感到一种热闹的气氛，特别花会正期十五，分外人多，后面青羊宫中央的八角亭四周也有凉粉、凉面小摊儿，无处不显小吃天下。

凉粉有黄白两种，白凉粉用镟子镟下，也有黄白两种放在热锅内煮出的，放在小碗内，浇以佐料调和，一般是自做的酱豆稀卤，色味俱佳，赶花会的凉粉，还要从大核桃的熟油碗内，掏出几颗花椒，放在木制的"莫奈何"里擂烂，放入凉粉中，加麻辣味和已煎熟的菜籽油，还未入口，香气扑鼻。热煮的凉粉端到食客面前再加上一簇芹菜花子，增加了凉粉的熟，芹菜花的生，应该说矛盾的统一了，但又在味觉上产生特别味道，以后为凉拌牛肉肺片采用。龙泉驿省团校旁"继华饭店"的牛肉凉拌热吃，采取了适当的加芹菜花的做法，三月桃花开时，分外增加情趣，此法来自民间，郊外的农家乐，在懒懒春阳下，吃"异乎小道有所为"，春光明媚，美食美味，使人怀念者不仅仅是那味道，那情趣，那个调调儿，春风沉醉的花会，川西平原上的情调，菜籽花儿黄，金色的微醺中。

凉粉小吃中，名厨师曾国华创造性地设计出"凉粉鲫鱼"，这味名菜，由他同名厨刘建成老师带到纽约去了，驰名海外。凉粉作法多样，小大由之，但万变不离其宗，基本做法是四川味，合乎四川人胃口，影响到西南几省，最近成都市有近百年历史的谭豆花，由于修街扩建开拓了，他的营业从老西门口迁到八宝街，以小巧玲珑，素淡典雅的文化设备，出现原来的馓子豆花，也外加了炖牛肉臊子，加重了浓厚的色香味，在四川吃豆花是以家常味出之，百家百味，调味有干有湿，豆花加馓子、大头菜颗子、油酥黄豆、花生、烧牛肉等调而和之，则自谭豆花始。近十年来，成都凉粉不断追求进步，应是小吃中的新鲜美味。

· 往事杂忆 ·

话说"谭豆花"

　　成都卖豆花的由来久矣，1910年在盐市口、西东大街到东城门洞这条线上，每到晚上，便有挑豆花担子卖豆花的出现，那时卖豆花的放下担子，右手拿一个小蓝花碗，一个调羹，在碗内摇出声音，人们就知道豆花担子来了。来碗豆花，上面撒有油漉漉、脆喷喷的油炸馓子、油酥黄豆、大头菜颗子、葱花，再淋上红油、酱油。小蓝花碗里装满豆花，一碗不过铜圆二十文（约合今天的几角钱），吃得热乎、香脆，既便宜又好吃，供市民特别是盐市口到东大街一带的夜市、商店、摆地摊子的小贩以及夜市游人，一饱口福。这种方便食客的豆花担子又分咸甜味，有卖糖豆花的，红糖熬开，浇在豆花碗内；一种即一般馓子豆花。还有一种熬醋豆花，用铁皮做成方形铁锅熬醋，外加有茴香、八角、山柰等香味调料，在醋水中煮熬，使醋味加香料，生出一种特别诱人的香味，另外还有一大碗宰碎的葱花，调以辣味，当醋豆花舀在小蓝花碗时，再加上葱花酱辣调和，发出香味，使人馋涎欲滴。糖豆花与熬醋豆花在热天出现，甚为好卖。到20世纪20年代，西东大街（今上东大街段）几家嘉定邓杨大绸商店，入夜关了门，阶沿（那时的人行道）就被嘉定（今乐山）来的厨子，摆出了嘉定豆花摊子，一连五六张小方桌，专卖嘉定鸡丝豆花，做法比担子豆花在佐料上也更加考究，除了油酥黄豆还加了油酥花生米，馓子也炸得匀称，一碗豆花吃完时馓子还剩有余味。每碗必加鸡丝一撮，还淋上几滴黄生生的鸡油。若是熟食客，掌瓢的再加上一小撮鸡丝，并喊出"道谢了！"。这就是20世纪一二十年代成都赶夜市卖豆花的情形，它是由乐山及其他外地引进来的。

到了20世纪30年代，从1938年算起，成都出现了一家蓉城专卖豆花的小店子，店主真名叫谭玉光，资阳县小院乡人，务农为业，那时四川军阀打内战，弄得民不聊生，三十多岁的谭玉光依靠他表姐肖秀益来成都，住原劳动人民文化宫侧的三桂前街，他随同姐夫家里做豆花生意。谭玉光脑子很灵活，掌握了做豆花的关键，嫩了不成气候，老了涩口。那时点豆花用石膏，掌握好火候、分寸就操了胜算。等过了这主要一关，他又从油炸酥黄豆、花生米去下功夫，进而加了上色货的大头菜颗子、花椒面，青石桥万春园的好酱油。佐料齐备，他就在豆花中加上了水粉，用的豌豆粉，白而匀称，牵得起筋丝，吃起很欢口。

谭玉光先是在提督街、鼓楼南街、忠烈祠街挑起担子卖豆花，以其货真价实且便宜，为人又和蔼，取得信誉，于是就在中山公园（原文化宫）侧摆起摊子起来，生意越做越红火。这应该说是谭氏豆花的创始人。

抗日战争时期，1939年6月11日日本帝国主义以108架飞机来轰炸成都不设防城市，致使盐市口一带顿成火海，附近街道也受到波及，成了一片片废墟。潭玉光很快在附近的鹅市巷租了一间破烂房子，并将他的豆花摊子摆开起来。这一带原为市中心，来往的人多；加之豆花佐料好，受日本敌机轰炸后的谭豆花，有如故人久别，走盐市口过的人，都要停下来吃一碗物美价廉的谭豆花。

谭玉光1958年被评为先进工作者时照

1992年谭豆花的第二代传人谭文斌与其子谭冬生继谭玉光之后在老西门开设了小谭豆花，只有30多平方米的小店堂，仅仅摆得下6张小方桌，人打拥堂时，顾客除坐着吃的外，还有站着吃的，守着等的，火爆异常，自不待言就生意兴隆起来。小谭豆花在豆花品种上又添加了豆花面、醉豆花、酥肉豆花等，选料讲究、制作精细，收费价格大众化。

而今谭豆花的第三代传人谭冬生为应需要，在人民商场后门的宾隆街开了分号谭豆花。先前他打算去洛阳开设成都谭豆花分店，后听友人之劝，他悟到："确实没有必要舍近求远，况且谭豆花的根，还是在成都人心中，因此，洛阳之行就暂且作罢，只在人民商场后门的宾隆街开了谭豆花分号。"

"谭豆花"1956年首批由市政府命名为成都八大名小吃之一，发展到今天，已有豆花系列40余种了。

去"嚼"张大千

抗日战争胜利前两年,成都来了一位海派十足的《大公报》特派记者张篷舟。他除西装笔挺而外,还带了一条绛黄色亮毛德国狗,走哪里他都带着。有一次,成都空军招待记者在簇桥太平寺机场乘坐双座教练机,他老兄也将德国狗带去了。他处处显得异样特殊,对于成都的一些"土包子"记者,他从来没有放在眼里。

那时我在《成都快报》兼任记者,也敦聘张篷舟为特约记者。一个海派加一个特约,他更加神气了。他对《成都快报》似乎要大加整顿一番,就把在燕京大学新闻系任教的蒋荫恩约来,编排起版式来。当时青羊宫花会举行国术比赛,知道我懂点北派拳,就把我约去专门采写打擂的消息,报纸辟了一个专栏,我一稿两发,为《华西晚报》与《成都快报》写编。从打资格赛到打银章赛、打金章赛,我采访了全过程。

一个海派(张篷舟),一个洋派(蒋荫恩),把《成都快报》弄得有声有色。他两位精明能干,确实有学问。我同张谈起与住在外北昭觉寺的张大千先生联系,打算去"嚼"他一台。

一切由张办理，他约了《成都快报》罗芸荪、罗作阶、《中央日报》薛熙家、《黄埔日报》张君特、《新新新闻》谢趣生、《华西晚报》的我，人不多，刚刚一桌。张大千住在昭觉寺的最后一殿，是藏木版经书的地方。他携带徒弟、裱工、佣人、家眷及厨师等分住几间大屋子，画案上文房四宝应有尽有。

大千内室门口，拴了一条从西康带出来的长毛大狗，既肥且大，有如小狮，用粗铁链拴住，外人休想接近。那天张篷舟的德国狗没有带来，大概知道自己的狗不是藏狗的对手吧。

内室有如花似玉穿阴丹士林布旗袍的女郎进出，也许是大师的"入室弟子"了。

大千先生出来见了我们。他红光满面，美髯飘拂。大家一阵寒暄之后，看他的弟子们作画，他在一旁指点。中午开餐，大千说："随便吃吃，随便吃吃。"满座一桌，却只有几样菜，可这几样菜的分量，也可抵一桌全席了！头一道菜是葱烧海参，大青花盘子盛着，是开乌海参发的，二指宽，如凉粉之嫩，足见高明厨师的技法。葱烧海参是北方馆子明湖春的地道做法。另外配有两大碗银丝卷，银丝卷当时只有明湖春一位姓庄的北方厨师能做，一个有二两，咬开皮内条条银丝十分爽口，川厨中只有荣乐园蓝光鉴的白案可与之对手。

第二道菜是一大品碗三塔菌烧鸡转弯及鸡翅。据说张大千最喜欢吃鸡屁股。一次，在他的熟朋友家宴饮，上此菜时，他用筷子指着鸡翅说："哪儿痛吃哪儿。"宾主怔然，不好下筷，于是张大千先下筷夹进口里了。另外还有板栗烧鸡、红烧樱桃肉，颗颗发亮，火功到家。每道菜分量均大，当一般上席菜两三倍，足使座上之宾大快朵颐。

这一席过去了近50年了，而今回味，仍有清口水在齿颊间流动之感。

第三章 我和戏剧曲艺界朋友

梅兰芳会见"梅兰芳"

川剧名旦阳友鹤（艺名筱桐凤），20世纪三四十年代在四川即享盛名，素有"川戏梅兰芳"之称。

1952年冬，北京举行全国第一届戏曲会演，川剧参加演出的四个折子戏中有阳友鹤与周企何合演的《秋江》。这个演出一下子轰动京城，连梅兰芳也看得出神了。事后阳友鹤登门拜访前辈，以求梅大师指教。共同的艺术追求，使他们一见如故。阳友鹤说："梅先生，您看我们《秋江》在演出中有哪些缺陷、不足之处？"

梅大师没有从正面答复，反而问阳友鹤："陈姑赶潘本是在江南，你们的演出很有地方特点，我倒想请您说说你们的艺术处理和构思是怎样的。"

1952年冬天，在北京参加全国第一届戏曲会演时阳友鹤（右）与梅兰芳合影

·往事杂忆·

1980年在原布后街2号省文联合影。从右至左：艾芜、阳友鹤、沙汀、车辐

20世纪90年代初在厉慧良家中。从左至右：厉慧良、车辐、厉慧良夫人

阳友鹤想了想说:"这是我们川剧中的一出传统折子戏,我们的前辈把背景移在川江,使广大川剧观众更容易接受。川江水流湍急,陈姑到了秋江,急于要赶上潘郎,可老艄公死不着急。一个急,一个不急,很有点风趣。加之浪起波涛,起伏摆动,这样既把陈姑的心情烘托出来,在表演上也有动作可做了。艄公驾驭小舟,上上下下,好像有点儿风险。周老师的风趣,是他自己安的'花口'(喜剧细节),增加了演出效果。我就是在这样的情景下吸取前辈老师的身法、指爪、眉眼、念白、唱腔,把这折戏演出来的。"

梅兰芳说:"你概括得很好。你们来京演出,辛苦了。有什么不方便,需要什么,请告诉我们,大家来把工作搞好。"

最后梅兰芳在送他们出门之前向阳友鹤说:"来来,咱们合个影,留个纪念。"这就是这张照片的来历,算来已有40多个年头了。

·往事杂忆·

台上做戏，台下做人

"台上做戏，台下做人"。说的是台上做戏要过硬，台下做人要够格。川剧界过去尊康芷林为"圣人"，是指他的做戏、做人的道德。

阳友鹤在舞台上过硬的功夫，有口皆碑，那就不用说了。在目前川剧旦角表演艺术中，人称他为大师，也是当之无愧的。说到他的做人，同他交往过的人都有一个感觉：他很谦虚。

每当有人谈到他在川剧艺术上的成就时，他总是说："那算什么？我的前辈好角色可多呐！有周慕莲、陈翠屏，更早一点的还有浣花仙等等。各条河还有各条河的好师傅。"人熟一点的，他在谈话时还加上一句——"我算老几啊！"

有一位戏曲音乐家谈到当今川戏各家中，承认他是一代宗师时，他却说："不能这样看，不是我一个人就对完了，目前还有竞华、陈书舫、许倩云、杨淑英等等，更早一点的还有廖静秋，她们才是魁手，人家在唱腔表演上各有一套。一个剧种兴旺不兴旺，是看它出不出人才。是说，人才出众么？一个人算得什么？"

事实上他教过陈书舫、许倩云，为她们两个教戏，曾教到半

· 第三章　我和戏剧曲艺界朋友 ·

夜。那时候白天晚上都有戏，有时还有应酬，只有在夜戏之后，抽空时间说戏。一提到说戏，他总是精神抖擞，诲人不倦，忘记一切。有一次，李济生从上海回故乡来，我们约定用"罗汉请观音"的办法请客，他约我准11点钟去文殊院商定请客的时间。去时他正在大殿上排戏，他招呼了我，我

在20世纪初的舞台上，阳友鹤与周企何在川剧《秋江》中扮演陈妙嫦（右）、艄翁（左）

站在大殿外台阶上等他。哪晓得他越排越有劲，我却等得不耐烦，有些如坐针毡了。到了12点正，他还在比姿势、做动作。又过了十多分钟，他才出来，见了我，才恍然感觉到他让我等了整整一个钟头了。他向我致以诚挚的歉意，而我一肚皮的不耐烦也只好烟消云散了。于此，可以说明：他对工作严肃认真，一丝不苟。今年春暖花开时，我同他及周裕祥几位去大邑川剧团看他们教学示范演出。头两天他还欢欢喜喜地同我们一起生活，但，到了他演出前一天，他就不喝酒了（虽然他平时喝得很少）。他静坐一旁，凝神深思。原来他是在"默戏"。这一段时间，他不受

著名川剧表演艺术家戴雪茹邀请好友到她居住的独院小聚，前排：（从左至右）沙梅（著名音乐家）、戴雪茹、沙梅夫人。后排（从左至右）刘孝俊（川剧演员）、车辐、阳友鹤、周企何

一切外界干扰。他的相依为命的夫人廖玉清也随侍左右，关照他的生活，也有礼貌地谢绝别人再来敬上一杯。

待到第二天上场前，晚饭前他就什么也不吃了。这时候他一人静坐在一张竹椅上聚精会神地"进入角色"去了。这不禁使我想起50年前悦来茶园（今锦江剧场）后台，从西方上后台拐弯处，有一张木制太师椅；这个椅子别人坐不得，只有"戏圣"康芷林、萧楷成、贾培之几位大师才能去坐。他们都是在上戏前化好妆时，坐上太师椅，摒弃一切，培养演出情绪。我记得当时康芷林头戴燕毡帽，身穿琵琶襟铜纽子棉背心、长袍，他来了，就是萧楷成也得让位。周慕莲是崇拜康芷林的，阳友鹤又崇拜周师傅，那是很自然的了。但他也不是盲目崇拜，他只是对于好的才诚恳虚心地接受；对于不好的，不大开口，不是说他不臧否时贤，而是表明他对于在吸收教益上，是"择其善者而从之，其不善者而改之"。他在对人对事上，含蓄、包孕的功夫都是很到家的，就这一点说他的艺术修养，做人的品行，也是不同于一般。明朝有个学者何良俊说过一句话："有包涵则有余"（见《四友斋丛说》）。阳友鹤没读过多少书，但他却与大学问家的何良俊的修养功夫不谋而合，作为文学艺术上有无相通来说，他们是"心有灵犀一点通了"。有些人是书本上的，有些人是舞台上的，有些人是生活中的，殊途同归。

他对同行，从不以名角自居。他总是那么平易近人，特别是在教徒弟时，主动地启发他们，以其人之长，教其人之戏。在大邑县川剧团教戏时，他注重他们的发音和基本功，力求川剧舞台语言的规范化，避其川南重音部分。去金堂县川剧团示范演出，他就特意地请易征祥同演一出《情探》。他二人做戏极其认真，表情细腻，给娃娃们看，那是要做到一丝不苟。那夜的戏，真可算珠联璧合。他们多年没有同台演出了，一经合戏，彼此情感的交替反映，涌现了不少即兴的东西出来，内行都一致认为是近几年不可多得的好戏。他们的演出不全然是在过瘾，是为了把可取的演技传给下一代。他常说："有人说我演戏过瘾，过什么瘾，那是工作啊！"

凡是给他配戏的演员搞错时，他从不怪人，并给对方以安慰。他善于体贴人，他从旧社会来，吃尽了苦头，他说："错误又

・往事杂忆・

1980年秋车辐与阳友鹤（右）品茶时合影

20世纪80年代初，在锦江大桥边车辐与阳友鹤（右）合影

不是存心要犯的，那怎么怪得人家？"

他桃李满四川，有一位名演员向他学戏时，感激他认真教学，在通信中，提出愿意把他当作"父亲"，他回信说："啥子父亲啊，同志就是了。"另一位演员在年轻未成名时，母子二人从成都到重庆去谋生，他看见是大名家的徒弟，热情地将他们收容下来，又为之百般张罗。那时的筱桐凤在重庆已唱出名、红得烫人了，但他仍在频繁应酬为他所敬重的老师徒弟安排一切，把他的本事也传给了年轻的一代。这些人现在都成名成家了。重庆的许倩云到成都第一句话就问："我们老师好么？"乐山川剧团文武两开的旦角李跃娥还没有到成都，在汽车上就盘算着："到了成都要去扎扎实实地看看阳老师。"阳友鹤不止一次向人说："老师也没有什么了不起，只不过他在舞台上出笨出得多，他总结了出笨经验，教给学生，避免走弯路，直

川剧"打神告庙"剧照

接就拿到堂上,老师的作用,就是这么一点点而已。"——哎呀呀,这真是了不起,他这几句带有乡土气息的话,不正与韩愈在《师说》中说过的名句:"师不必贤于弟子"相似么?他的文化水平不高,但,我多次看他认真地在读《人民戏剧》及剧协送给他的学习资料。他总是那么虚心地学习,追求进步。

值此阳友鹤大师舞台生涯60周年之际,聊记点滴学习心得,以资祝贺。

·往事杂忆·

周企何扬琴鼓板

四川省第二次文代会时,举行了一个曲艺晚会,由77岁的四川扬琴大师李德才演唱《船会》。李德才自打自唱,特别邀请周企何打鼓板。

为什么要特邀周企何打鼓板呢?说来话长:周企何年轻时,曾在成都三庆会学唱扬琴、打鼓板。那时,凡唱扬琴的,有一个规定:必须每人摸一件乐器。正如行话所说:"扬琴无木匠。"意思是:不能像一块木头坐在那儿干巴巴地唱,每人手头总要玩一件乐器。

周企何的扬琴鼓板节奏感和音乐感都很强,他经扬琴老师一指点,在七眼一板极其严格的鼓板点子上,又下了功夫,不多一会,他不但能把七眼一板的板子打稳,而且能将板打出"合"字的味道来(川戏板一般是"工字板"取音)。以后他在勤学苦练中,又把鼓签子打鼓的点子,一一打在工尺上,花样百出,繁而不乱,轻重适度。该浪的如波浪翻腾,该滚的如掷地风波,鼓点匀称,韵味深长。特别是他在打〔紧中慢〕的〔快一字〕时,更如行云流水,潇洒极了。不单是给听众一种悦耳享受,他自己也

· 第三章 我和戏剧曲艺界朋友 ·

十分得心应手。

抗日战争中，三庆会成立了自己的扬琴票社，名为"嘤友会"，取《诗经》上"嘤其鸣矣，求其友声"之意。扬琴鼓板，请的专业艺人李明清、萧必大等任教。每天中午，扬琴一打响，就只有周企何的鼓板，才配得上专业艺人的手。特别是他打《香莲闯宫》中的三罪〔快三板〕过门，岂仅是关东大汉打铁绰板，有如疾风骤雨一般，而鼓点与板拍之间，快时也密不通风，打得洒脱自然。在当时业余扬琴玩友中，周企何的鼓板当推第一了。越40余年直至今天，还没有人超过他的打法呢！这使人想起两千多年前哲学家亚里士多德的名言："没有天才，学也无用；不努力学，天才无用。"周企何在扬琴中的鼓板，正同他在川剧中的丑角一样，艺术造诣都是很高的。

1978年5月欢迎李济生回成都，合影于阳友鹤家。从左至右：阳友鹤、周企何、李济生、车辐

20世纪70年代末期车辐在周企何（左）家中时与他合影

说到他的扬琴鼓板，这里又引出一段缘由：成都扬琴玩友中，前辈老先生何茂轩（1964年去世，终年89岁）有一副黄杨木扬琴板两片。这副板原本是扬琴宿老，南门大街九道门坎公馆内魏仁山所藏。据魏老先生说：最初这副板和一般黄杨木一样，色白黄，无光泽，在清代百余年中，逐渐打成浅黄色，最后变成象牙黄了。真是不知道几度春秋，几经辗转，又经若干扬琴爱好打鼓板者，你玩我打，汗渍油浸，变成黄桑桑、光滑滑、细如绸、音扣心弦的一副成都有名扬琴板！又不知道哪年哪月，这副扬琴板由九道门坎出来，为何茂轩老先生所得了。何老先生在北打金街开一家专门修理钟表的店铺，他的手很灵巧，除修理钟表外，削点扬琴上的码子，打琴的签子，胡琴上的木簪子等，都做得很精致，打磨得很光生。

凡经他手里做出来的玩意儿，工艺程度都很高，其本身就是一件艺术品，逗人喜爱。如此这般的一副年辰久远，耍成象牙色的扬琴板，何老先生自不能轻易放过的，经他仔细琢磨之后，便做一个大绸套子套着，每到热天都带在身上，坐在茶馆里时取出来，抚摸之、玩弄之，不时拿到鼻尖上、面颊上浸润着，日积月累便增加了色泽。从清朝算起，这副黄如象牙的黄木板，至少有百多两百年历史了。实事求是地说：这副板到了何茂轩老先生手里，才算焕发了青春。

何老这副黄杨木板在成都扬琴界中，很多人想得巴心巴肝，都难到手。何老当然有所察觉，他放出话说："成都这么多的玩友，哪个把这副板打好过，打出韵味来？请问哪个配得上这副板？"问得他们一个个哑然失色。

周企何是懂得何老这番话的，但是他却笑而不答。他们二位琴友在面面相觑之中，互得心领神会之意。又道是，"宝剑赠与将士，红粉赠与佳人"，琴板赠与企何，这几乎是天经地义的事了。水到渠成，就在那一天，一场扬琴刚刚打完散席时，白发童颜的何茂轩老人，突然上前把周企何的手拉着，将他这副黄杨木——象牙骨颜色的扬琴板，亲手交给企何，而且诙谐地引用扬琴唱本中《处道还姬》一句："将原物还旧主不假强为。"

周企何双手接过板，笑容满面，恭恭敬敬地向何老师鞠躬，激动得好久说不出话来。

周企何（左）在川剧《迎贤店》中饰店婆

1952年周企何（左）参加全国戏曲会演去天津，车辐参加赴朝慰问团回到天津，在天津会面时合影

以后几十年中，凡有唱扬琴的场合，只要有周企何在，他也必然带来这副板。他总是将它别在腰杆上，在鼓架旁边坐定之后，才将它取出来，打得个挥洒自如，取板上的"合"字，有如空谷回音，厚重踏实。1964年何老去世后，他更珍惜这副黄杨木板了，睹物伤情，有一种"万事伤心对管弦"的味儿。他之于何老，何老之于他，尽在不言中矣。

"文化大革命"开始后，周老感到事儿不妙，在十分困难的处境中，命他的大儿悄悄地把那副扬琴板带到渡口（今攀枝花市）乡下去，然后，如释重负地长长地叹一口气说："为良朋难把人的心猿锁，顾不得千里奔驰践旧约。"

大约在1977年冬，省政协举行的晚会上，周企何才又将他珍藏的这副板拿出来重新敲打。他当时的感想是多的！"白首相逢争战后，青春已过乱离中。"见板如见何茂轩，他总算将这份情谊保存下来了。

在省文代会举办的曲艺晚会上，扬琴大师李德才指定要特请周企何来打鼓板。那一夜扬琴《船会》的演唱，真是珠联璧合，余音绕梁。有的代表听后说："这样的盛会，听一回少一回了。"扬琴行家说："今天晚上的琴与鼓板，还用说么！上走到天灵盖，下走到脚底皮，一身舒服，至矣尽矣！"

曾炳昆和四川相书

相书，各地称谓不同，南方叫"隔壁戏"，成都人叫"说相书"等等。它是曲艺中一朵独特的花，演出方式很别致：舞台上不见演员。表演者站在高约1.8米、宽0.7米见方的帐幔中，凭着一张嘴，运用各种语言、声音描绘环境，陈述故事，表现出不同人物的活动。它是纯听觉的艺术，观众看不见演员的一切，只是通过听觉去联想，想象出现声音中的人物和事件，进入相书演员所创造出的艺术境界里去。

相书这一古老的曲艺形式，远在明代沈德符的《野获编》已有记载。到清代顺治时已传其神技，但后来衰落了。衰落的原因，是它的技术性强，不易出现大师级的相书口技演员。

四川最早的相书，据老艺人谈，约于清代咸丰、同治年间（1851—1874）由下江传来，以后由本地相书艺人用当地土语、方言说出，效果很好。《成都通览》载有相书演出图，记载："成都只有李娃说得好，名李相书"。李传艺二人：大徒弟邹明备；二徒弟曾炳昆。后来只剩曾炳昆一人。

曾炳昆（1900—1952），成都人，曾创作改编演出了一些新段子，如《霉登堂》，嘲讽国民党统治时期成都的黑暗社会。解放初期，曾炳昆仍在皇城坝演唱，还编了新词歌颂党、歌颂解放，配合宣传人民政府各项政策法令。

曾炳昆说的相书，地方色彩浓厚，语言生动、通俗，有时能收到"一语破千钧"的效果。如说穷人睡在床上翻个身，叫道："糟了糟了，铺盖落在我眼睛头了！"问："啥子铺盖会落在你的眼睛头？"答："我盖的烂油渣铺盖，翻个身，油渣铺盖上的渣渣落在眼睛头了。"

一个在大桥下为"家"的乞丐说："天晴大日头，下雨打湿楼，人走我房子上过，呵唷，水又在我床铺底下流"等等，而且多是带动作语言，虽看不见，却听得着，且有音响效果。

他创作的段子多为喜剧题材，也有悲剧题材，即便是悲剧题材也用喜剧手法处理，结尾往往是在矛盾冲突的高潮时收场。

四川人民出版社曾出版《四川传统相书选》，收集罗俊林、萧斧整理的《骗总爷》等共14个段子。这是自有四川相书以来，第一次成文印刷的集子。

罗俊林是曾炳昆的徒弟，记得有完整的相书段子25个，1961年上北京作四川相书汇报演出，1978年病故。目前四川研究曾炳昆相书的仅有一二人，其中较有成就的当推萧斧（秦志中）。最近，据访日归来的同志谈，日本有人正在研究曾炳昆的相书艺术。相书作为我们四川曲艺的一种特有的艺术形式，在振兴曲艺中希望能不被忘却，望有关部门用点力气抓一抓，不要被湮没了。

· 第三章 我和戏剧曲艺界朋友 ·

曾炳昆画像

《曾炳昆笑话集》1988年由四川文艺出版社出版发行

　　1953年一个晚上，我在布后街川西文联接到曾炳昆在医院打来电话说："我不行了，没得钱医治……"我当即与西戎商量决定：用川西文联名义，拨一笔医药补助给他，第二天一早我就把钱送到他的病床前，他的病已很沉重了，患膀胱癌，想不到这竟是最后一次见面。6月13日下午7时，名震四川的相书艺术大师曾炳昆先生与世长辞，终年54岁。

·往事杂忆·

曲艺杂谈

宋朝有个女词人李清照，对填词她说过一句话：词"别是一家"。这句话的意思是词的这一文学形式不同于诗、赋、歌等其他文学形式，它是独具一格，另外一家，在艺术规律上它们是不能混淆的。

全国曲艺据统计有四百多个曲种，请问世界上哪个国家有这样多的曲种？外国来我国专门研究曲艺的，他们感到在我们国土上盛开的曲艺鲜花，争奇斗艳，历史悠久，对此赞不绝口，说有些曲种外国根本没有记载。1982年在苏州举行的全国曲艺优秀节目（南方片）汇演期间，就有美国达慕斯大学、加拿大多伦多大学专门研究我国曲艺的留学生；还有瑞士、法国等国家派人来专门研究，录音、录像。人家十分重视，我们更应当努力搞好曲艺工作，继承传统，推陈出新，观众不同了，时代不同了，不出新是没有前途的。

四百多个曲种中，归纳起来不外两大类：说的和唱的。唱的曲艺最多（除去没有伴奏、节奏快，近于朗诵体的快板、快书等），音乐性强，有弦乐伴奏的曲种，约三分之二强。曲艺演员说评书的叫"说书",对于听众来说叫"听书"。没有说"看书的",这就说明,评书这一艺术形式主要靠"说",即磨嘴皮子的功夫,是属于听觉艺术。当然,说书人也可以有必要的表情、手势、动作等来辅助。但必须明确:说,是重要的,是第一位的。这在理论上本来没有啥问题,可是有个别的人歪曲成是"根本不要化装了",成为一种有意识的歪曲。这种学术上不正之风,源于不走正路的思想影响下派生出来的邪气。评书艺术也在不断改革中,如重庆市曲艺团的著名评书艺人徐勍,他在说书时,按其人物、故事、情节的需要,也有了大幅度的动作,离开弓马桌子,有时围绕桌子边走边说;他还适当地吸收了话剧和电影的手法。成都市曲艺团评书演员杨昌厚还加了口技及用"嘴皮子的功夫"学作其他音响效果,受到听众欢迎。他们都吸收了多种多样的艺术技法,融化在自己的评书之中,"化他为我",按艺术规律办事。因此,他们的说书给人以新鲜的感觉,有第一次听评书的青年们,听后反映说:完

徐勍从青少年时代起就是以说书糊口的江湖艺人,曾历经波折与坎坷。他倾一生心血于说书,在艺术上锲而不舍,广采博纳,形成自己的独特风格,荣获话坛"怪杰"之誉。图为我国著名曲艺表演艺术家——徐勍正精神抖擞表演评书《石头后面》

全听得懂、很感兴趣，且不说大名鼎鼎的刘兰芳了。除了按艺术规律办事以外，演出者的艺术质量也是第一位的。我们在全国曲艺中长篇评书座谈会扬州开会期中听到一种从经验中得来的说法：一个艺术团体、单位有一两个艺术质量过关的演员，就可以保得这个艺术团体单位的存在。这说法，也适用于业余演出单位，当然整个演出的高质量是最理想的。

艺术质量的问题：笔者在广播中听了刘兰芳说书，未见其人，有一年在全国曲艺优秀节目（北方片）天津演出，第一次看到刘兰芳出台。她从上马门到台子中央弓马桌子，也不过四五米的距离，刘兰芳一身素装，笃笃笃地、大大方方地，走到台前，神气十足、全神贯注。一没有借助化装，二没有硬加上的音乐，她已给人以大理石造像的感觉了。"出台亮相"，"只看一出手，就知有没有"，真所谓"功底上身，一身披金"。刘兰芳出台还没有开

1948年冬，车辐（左）与四川竹琴表演家贾树三（中）、四川扬琴表演艺术家李德才（右）在成都合影

20世纪80年代初，车辐与扬琴表演艺术家李德才（右）在他家的合影

腔，一看她那副神气，也就使人信服了。这就叫做艺术的魅力，这魅力是按照评书艺术规律表现出来，而不是附加其他。

刘兰芳一天有17个省市、63家电台广播、转播，平均每天约有1亿人听她说书，曲艺艺术魅力大矣哉！这种评书艺术不能用其他的来代替，她走的正路，加上她高质量的"磨嘴皮的功夫"。一个说书人，上下五千年，环球八万里，进得去、出得来，无事不可说。

笔者在观看苏州南方片曲艺演出中，听邢宴春、邢宴芝、杨乃珍等人的苏州评弹，这些来自天南地北的人，听不大懂苏州话和他们的唱，但，他们唱的韵味，弹的过硬的手上功夫，使人一听就心服了。以后我们又反复听录音，越听越有味，后来简直入迷了。来自美国达慕斯大学教授白素贞（汉名），对我国曲艺有多年研究，她说："评弹应该向北方以及国外宣传。"为什么？人家的艺术质量过关呀！我们对于曲艺，我看一不怨天，二不尤

谐剧创始人王永梭先生在舞台上表演《卖打药》。此剧上演后经久不衰——它给观众以笑的背后有眼泪的感受

人,我们"反求诸己",自己严格要求自己,不断提高艺术质量,才是当务之急。从事曲艺工作的,首先要弄通自己的长处,这是别的艺术所没有的,无法代替的长处。曾经在上海执教的英国友人麦克·哈韦兰最近给《中国日报》写信说:"千万别太像西方了,否则就会毁掉中国本身的迷人之处,正是这种魅力使中国迥然不同于西方……我进一步建议:决不要仿效有一种西方化癖好的香港华人,他们与内地中国人的差别,就如同爵士钢琴曲和贝多芬作品的差别一样。"这位英国友人特别强调要"珍视自己的民族特点",自己的长处。

怎样去理解曲艺的"推陈出新"呢?"推"是研究,深入地去研究,不是浅尝辄止,更不是好洋好大对民族艺术采取的虚无主义态度。"推"是批判的对待传统,如果传统的东西和我们新的创作要求相适应,就要保留并予以发扬。既要继承,又要创新,一味蹈袭古人与一味迷信洋人,都是没出息的。

我们看南方片浙江代表胡兆海的绍兴莲花落,演出时受到那样热烈欢迎,原因何在呢?绍兴莲花落这种形式的母体,同在江南一带唱卖梨膏糖的(20世纪30年代灌有唱片)有血缘关系,但是原来的内容与形式太旧了,太简单了。经过胡兆海等同志的锐意改进,在原有艺术形式的基础上去严肃认真"推"了几下,于是,浓厚的浙江乡土气息,强烈的地方色彩都突现出来,加上演员过硬的高度说唱技巧,使传统的绍兴莲花落的《回娘家》这个曲目生动地塑造出一位善良妇女形象,反映了劳动妇女的心声,写人物心理状态,思想活动,很有深度(也可以看出作者一定高度的思想性)。

在唱词行腔上,朴素优美;表演上真挚纯朴,但又大方洒脱,在古色古香的情调中透出新意。它不是原来的莲花落了,因为它出了新;它又是听众欢迎的绍兴莲花落,它没有丢掉传统的精华,按艺术规律办事。不像我们有些扬琴,听来不是四川扬琴味,表演上向剧的方面发展,硬要变"坐地传情"向形体动作、面部表情、服装道具等戏剧化方向转移,美其名曰为了青年听众,为下一代听众设想等等,实质上是扯着幌子去贩卖既洋且大的货色。

你说走正路去办曲艺团队,他就偏要去想搞成乐队乐团,动辄要搞成什么车灯群、快板群、竹琴群、盘子群与清音齐唱,把曲艺最具特点的艺术形式——轻骑兵搞成不伦不类的重型坦克部队。有的地方演出清音,一个人唱,旁边出现一大群乐队,还加上一位音乐指挥,严肃认真的工作却没有人(包括清音演员)听他的指挥(因为指挥与演员的方向相反。)十张琵琶,手上的功夫又不过硬,只有去拼凑,还要拿到专门讲究弹琵琶的苏州去演出，无怪人家一听就说："你们的琵琶是道具啊！"再如金钱板加钢琴，我们郑而重之地向省外的同行介绍，人家都认为我们在说笑话。人家却反问道："如果说你们四川金钱板加钢琴的话，那山东快书岂不也可以加电子吉他了么？"有人辩解说："允许实验嘛。"不错，允许实验，也允许犯错误。但明知是错误，老是不改，岂不是明知故犯么？唐·吉诃德一生要为他杀风车的"伟大的事业"而奋斗，看来还不只是形而上学作祟的问题，如果有人想去发明永动仪，难道也要"允许实验"么？有些问题确实是属于常识性的问题了，却偏有人要认真地去做，要去完成他们的"神圣事业"。

至于那些看脸色行事的，就值不得提了。在南、北方片会演中，有人问道："你们曲艺老前辈，老艺人能记几十百来个段子（包括大段子），上台唱得滚瓜烂熟，伴奏也十分贴切，为什么你们现在以一段长时间突出来一两个参加汇演的曲目，上台还要摆个乐谱架呢？"这种做法离"洋为中用"相去太远，不是"化他为我"，而是把自己化进去作茧自缚了。

南方片演出中，解放军曲艺队的节目，一般都是短小精悍，体现了曲艺是轻骑兵的战斗作用，受到听众的欢迎。他们还把文艺战线上这个轻骑兵拿到苏州街上去演出，演员一般是两个人，伴奏乐器演员自己拿在手上，自打自唱、轻快活泼，做到名副其实的说唱艺术。曲艺界已提出："曲艺要为八亿农民服务"，"曲艺要放下架子"，要"下农村""下茶馆"，当然并不排斥剧场的综合演出等形式。但，"下农村""下茶馆"应是它的主攻方向。

1988年4月5日《北京晚报》在《曲艺要下农村》一文中访中国曲协主席陶钝同志，他说："陈云同志前几年来南方就提出了评弹要下农村，我们曲艺界没有认识到这是具有战略意义的指示……曲艺不应该困守孤城，应该战略转移，决心走下农村的道路。"且强调指出："曲艺下农村要改变组织，下去应以单档、双档为主，最多

1952年9月18日赴朝鲜慰问演出之前，在天津渤海大楼前合影。从左至右：车辐、李少华（泸州金钱板名艺人）、邹忠新（著名金钱板艺人）、李德才

三人一档，要恢复简单轻便的特色。讲排场、搞大乐队，几十人下到一地是不足取的"。陶钝主席和罗扬副主席在接见美国和加拿大的来华留学生说："曲艺艺术也须不断革新，以适应时代的要求、人民的要求。要研究传统曲艺中好的东西，解决继承与革新的关系问题也要借鉴姐妹艺术风格和特色。现在，有的地方使曲艺戏剧化、歌舞化，这不是艺术革新的正路。曲艺艺术的革新和在说唱艺术的基础上创造新的剧种，这是两回事情。曲艺革新的

目的，是为了发展曲艺艺术。如果丢掉了曲艺的特色，就离开了曲艺艺术革新的本意，群众是不满意的，这对提高和发展这门艺术并无好处。新中国成立以来有许多著名的曲艺家如高元钧、侯宝林、骆玉笙等，在艺术革新方面有很高的成就，他们的经验应该加以总结和推广。我们正在加强这方面的工作。"这段话很重要，把曲艺艺术的总结、经验、方向、作法、目的性都说得很清楚了。

关于唱法上的革新，不能单靠传统技巧，应从乐理、视唱、练耳等方面去努力掌握科学的发声法的气息、共鸣等技巧。但也必须注意：曲艺"别是一家"，不同于歌唱，它是"唱中有说，说中有唱，有说有唱，说说唱唱"的特点。它的按字行腔，完全合乎汉语的四声及曲种产生的地方方言规律（如五音、四呼等技法；一些子音如b、p的"喷口"，母音的处理技巧，如"O""撒"等），离开地方语言，语音系统，就谈不上地方风格，地方特点了。在第一届天府书荟中，有人向我们建议："你们为什么不以普通话来说评书呢？"怎么能将以地方语言为特点的评书，去同推广普通话生拉在一起呢？

曲艺的改革上应当有闯将，鲁迅先生说过："没有冲破一切传统思想和手法的闯将，中国是不会有真的新文艺。"但也绝不是唐·吉诃德式杀风车的"闯将"，或如侯宝林斥为没有常识的"闯将"。

说唱艺术的特殊性表现在：以少胜多，以小见大，虚中见实等特点，如果硬要向别的艺术种类看齐，结果自己取消了自己。

· 第三章　我和戏剧曲艺界朋友 ·

邢宴春、邢宴芝兄妹表演的苏州评弹，他们唱的韵味、弹曲的过硬功夫，使观众为之着迷

"愈是民族的愈是世界的。"这一带有根本性的提示，值得我们认真思考！迷信"洋"，必然膨胀为"大"。其实，在外国，洋中也有小的一面，英国有伦敦"室内乐小组"；联邦德国也有一百多个甚至几十个座位的小剧场，当然用不着增声设备了。日本还有他们民族风格极强的"邦乐四人之会"由日本传统乐器尺八箫、筝、十七弦、三弦组成，经常到世界各地演出，他们虽穿了日本和服，可并没有浓妆涂抹，按照日本的"坐地传情"；并没去学洋玩意，去搞什么戏剧表演的几进几出那一套，却受到世界各国听众和音乐家的欢迎。值得尊敬的日本"邦乐四人之会"的艺术家，他们没有丧失日本民族艺术的尊严，对本民族艺术也没有采取虚无主义的态度。再看近年来法国还出现了"咖啡剧场""车

241

站咖啡馆"等,每个剧场平均接待四五十个观众,看一场戏仅花20到30法郎,低于正规剧场二分之一。有的剧场还送观众一杯薄荷茶或一杯冰激淋。现在巴黎的咖啡剧场已发展到二十多家,从1976年以来,法国已举行过三次咖啡戏剧节。法国的咖啡馆,等于我们的茶馆,人家的戏剧可以下到火车站旁边的咖啡馆(1952年成渝铁路通车时,成都市曲艺界第一流的著名演员,就到火车站下茶馆去演出过)。我们的曲艺更有广大群众基础,更应积极地理直气壮地下到茶馆去,下到农村去,更何况我们还有一个占领阵地的问题。中央电台、中国音协也联合举办了"广播音乐会",几年来他们的这一支"室内乐"走遍大半个中国。他们可算洋透顶了,但是人家有自己的艺术规律、艺术特点。布莱希特从梅兰芳的京剧艺术中汲取了一些中国传统戏剧手法,可是他的话剧并未把它"化"成中国的,或者中德的什么东西,而仍然是布莱希特自成体系的戏剧艺术。为什么我们的一些作法,就把自己"化"进去,成了"化我为他"了,看来,还要有切切实实好好学习的必要,民族的虚无主义加形而上学,也会把自己化得没有了。

在中国曲协二届理事会二次会议上,吴宗锡在其发言稿《"走正路"刍议》中指出:"走正路也可以理解为符合客观规律。走正路不仅指的政治上,也包括艺术上;不仅在思想内容上,也包括在艺术形式上……而在艺术上,也就是要符合艺术的规律,有利于保存艺术的优秀传统,发扬艺术特点。当然,走正路不是不要艺术革新,但革新也必须在和歪门邪道的斗争中得到发

· 第三章 我和戏剧曲艺界朋友 ·

1990年6月车辐与京韵大鼓大师骆玉笙（右）在成都见面

展。陈云同志指出，要用走正路的艺术去打掉那些歪风邪气。这说明坚持走正路还必须准备与各种各样的不正派的节目和演出去斗争，这斗争也包括艺术上的竞争。可能在某一特定情况下，在短暂的时间里，邪气会占上风，走正路的艺术反而不卖座。因此要坚持走正路，还必须提高我们的作品、节目的思想性和艺术质量，去赢得更多的听众。"这段话说得很清楚了，谁走正路，谁就受到人民群众的欢迎。上海评弹团上京演出，受到北京人民的欢迎，首都文艺界人士给予高度评价，认定他们"实践了陈云同志对评弹工作的指示，为我们曲艺界做出了榜样"。他们的唱腔、音乐都有很大的改进，仍以二人或四人演出，"坐地传情"（他们都不是盲艺人），也并没有立起来重彩浓妆，搞成"评弹群"或什么"综合性的艺术"之类。他们的中篇评弹《真情假意》以现代生活为内容，表现当代青年的精神面貌，逼真动人，无它，坚

1996年4月评书表演艺术家刘兰芳（左）到四川参加南方片区评书会时与车辐的合影。她的说书功夫打动了成千上万的全国听众，充分表现出评书艺术魅力

实过硬功夫，确能坐着唱出活生生有血有肉的人物来。至于要搞什么电子的、激光的，那"别是一家"，两码子事了。陶钝同志说得好："曲艺是说唱艺术，要求语言清楚，唱得动听，引起群众的兴趣。演员缺乏'嘴皮'等基本功的训练，作品思想内容，艺术技巧再好也难以表达，曲艺也就不成其为曲艺。""不适当地变曲艺为戏剧或其他东西，这种看法和做法，显然是不符合客观实际的。"甚至要搞洋搞大，那就离"走正路"更远了。有人一说到曲艺改革，首先想到的不是内容，而是大提琴、黑管、巴松；或来个什么"群"凑人多，正如省外的人批评说"你们搞的人海

战术"。被少数中外学者断言：中国战国时尚无七声音阶，中国十二律是战国末年由希腊传来而稍稍汉化了的乐理。几年前在湖北随县曾侯乙墓中发掘出来的编钟上，却明明白白地已经有了七声音阶，而且在七个音之间，还有了五个完备的中间音（铭文记载了每个音的名称和发音部位），形成了完整的十二乐音体系，不仅能演奏单旋律的曲子，而且能演奏采用和声、复调以及变调等手法的乐曲。乐师已能在编钟上奏出中国现代乐曲《洪湖水，浪打浪》及贝多芬第九交响乐《欢乐颂》等二十多支曲子。这些事已震惊中外，外国学者惊叹地认为"编钟为古代世界的第八奇迹！"我们的曲艺"改革家"在音乐方面为什么不在民族音乐中去继承、借鉴、移植，而偏偏首先去想到大提琴、巴松等外国的东西呢？不"走正路"的走法，源于不"走正路"的思想。

我们是主张"走正路"的，一点也不含糊。我唱四川扬琴是我对扬琴的听功，20世纪20年代我每天到芙蓉亭去听李德才的扬琴，从无间断，有10年之久，后又到提督街去听扬琴，听杨卓轩、石光裕的旦腔，又有10年。20年听功，我喜爱的还是李德才的旦角，他真是四川扬琴的天才：创造了自己的唱腔——"德派"。自打自唱，打扬琴也切合他自己的唱腔，行云流水，天衣无缝。难得的是他的嗓子细嫩柔和，从人物性格出发，去设计自己别出心裁的唱腔，他的代表作是《活捉三郎》《孙夫人祭江》在月调中的《踏伞》从他年轻起，嗓子就那么好，直到他晚年。我随他参加赴朝慰问团，因他眼睛有病不能过江，由团分配在东北地区慰问伤病员，后调回川。伤病员听到四川扬琴，很多人流下泪来,东北人来听过四川扬琴的,都跑到台前看他是男的还是女的,都以为他嗓音细嫩是女的,看了才明白是个男演员。我为他伴奏小胡琴,一同出川的。他把打得好的《将军令》改成《百万雄师下江南》,加了急奏打法,烘托了气氛,在东北地区慰问志愿军同志,受到欢迎。

流沙河与曲艺

流沙河说："我写诗至今还有曲艺味，例如上下句的用韵，我就讲求平仄，使之可吟可唱；当然我不要求新诗都非这样不可，我自己的诗也有不押韵，很自由的。我只是觉得20世纪50年代初涂抹过许多演唱品，使我获益良多罢了。"流沙河的话，一点也不假。

1948年他就开始在报纸上发表作品。1949年，他考入四川大学。1952年，他由报馆调到川西文联（那时不叫四川省文联。四

流沙河（左）到车辐家串门，继续摆那摆不完的龙门阵

川省文联成立于1953年1月），做《川西农民报》副刊编辑，以后又做《四川群众》编辑，那时的编辑分工没有今天细致，见啥做啥，喊做啥就做啥，带一些解放式的游击作风。他在回忆中微笑地说："编辑的同时也写稿，或主动或遵命，写演唱作品，积极配合政治任务。"

他还写过一篇长达200行的金钱板，取材于1953年在北京召开的"亚洲及太平洋区域和平会议"，洋洋洒洒，合节合辙，况且意义重大，主题鲜明，既响应政治号召，又服从于主题先行。只是有些句子是生搬硬套，例如把会议名字十二个字估倒塞进三三四的唱词句子。

通俗文艺作品，特别是曲艺唱词（包括有韵评书），首先要使人听懂，既要明白如话，又要提高到诗的境界，对此，流沙河有深刻理解。他说："首先是我写诗、散文、理论文章，都让人理解、读懂；其次，写诗、写散文时，我习惯于边写边念，便于别人读来流畅、听来明白。此外，我写新诗，在音韵、句子长短方面，也吸收了曲艺的艺术营养。"

他说："曲艺佳作有些本来就是诗，不是仅有诗味而已。传统段子《弹词·开篇》就是诗，至今我仍能背诵不误。"他的《故园别》诗集共收121首诗作，在《庐山》六首中，第一二首《乘汽车上山》同《牯岭街上的云》，基本上用唱词里的"糊涂辙"；《我看风景也看人》同《亭中看云飞》基本上用的"前言辙"，五六首用的"怀来辙"。其余的百余首，也基本上合辙，可吟可唱，尽管他用的自由诗体。他的最大自由的某些脚步也来源于他曲艺起步的基本功。

从他在曲艺里面吸收艺术营养看来，流沙河治学是很严谨的，20世纪50年代初我同他一起就在川西文联工作，以后合省为四川省文联，一直到现在（除错划右派后1966年被遣送回金堂原籍，拉锯6年，钉箱6年外）近30年我们在一起工作。他的中国古典文学修养也很深，《诗经》里植物部分，他一一弄清楚记牢；《楚辞》里的天文地理，考证周详。天文方面，我得益于他的知识，影响我也去黑夜里问苍天了。

有一年春节，成都市曲艺团邀请曲艺作家、著名诗人、新闻界的曲艺编辑对曲艺的现状和今后的发展进行了座谈，程永玲团长专门去流沙河家里请他出席这次联欢座谈会，热爱曲艺经常与群众紧密联系的夏本玉同志（曾任四川省曲协主席）问他："当前现代歌舞流行，对曲艺的看法怎样？"他说："曲艺从历史角度看，它是我国稀有的宝贵遗产，民间艺术的瑰宝，好比泡茶的九龙杯，杯上精雕细镂，代表祖国文化。我们从事曲艺的要有信心！从今天以及将来发展情况看，它正处于向古典艺术过渡阶段。从现象上看，现代歌舞流行，此起彼伏，但它只能当作一次性易拉罐饮料，喝完就丢了。今天再要求曲艺像过去那样普及，办不到了，但是不能因此认为曲艺本身降低或失去了它的价值，它是九龙杯，茶喝完可以当作一种古典文化去保存，欣赏，也是一种对祖国文化的态度。"

他举出侯宝林20世纪50年代的相声段子《夜行记》，它完全可以作为古典艺术的范本研究，王永梭创作演出的谐剧，也表

2001年5月在成都大慈寺茶园流沙河（左）与方成正开心交谈

现了很高的文化素质和艺术修养。因此，曲艺并不是可以随便拿来、随便丢掉的易拉罐，它是值得珍惜的九龙杯。曲艺本身也要在继承发展中去不断创新，特别要重视培养思想、艺术都过得硬的接班人。

他对《弹词·开篇》写杨贵妃独坐西宫夜静，等待唐明皇，"高力士来禀娘娘，今宵万岁幸昭阳。贵妃听罢解愁闷，短叹长吁泪两行！衾儿冷、枕儿凉，一轮明月上宫墙，劝世人休要嫁君王，君王他是一个薄情郎，倒不如嫁一个风流子，朝欢暮乐过时光。"这一段唱词，十分喜爱，他说：每次背诵到"一轮明月上宫墙，我就觉得一阵凄凉扑面涌来，深被感动。那位无名的作者多聪明啊！他不让月亮先出来，出在篇首，也不让月亮后出来，出在篇末，而让狄亚娜姐躲在宫墙外面趁着贵妃流泪之际，缓缓爬上宫墙，探看失眠的妹妹。一个圆笑在天，一个嗟叹在床；一个明亮亮，一个灰溜溜。情笔写景，不是泛写其景；景笔写情，不是直写其情。情景交融，这是老祖宗的绝招，我们可别丢了。"他对《弹词·开篇》给予这样高的评价，倘若他去听听李月秋唱《西宫词》，那会更使他神往入迷，听听程永玲演唱的《断桥》，准会使诗人跳跃起来。今天曲艺在继承传统中发展了传统，不断在探索中进步。

新诗（自由诗体）的形式是外来的，流沙河的诗读起来有民族的韵味和地方色彩，这与他喜爱曲艺是很有关系的。

·往事杂忆·

杂忆侯宝林大师

侯宝林大师几次来成都，特地访问了20世纪30年代入川的北京曲艺界老前辈戴质斋老先生。戴老感动得头部不断地摇摆，噙住泪珠以北京地道的京片子亲切地说出："您来了——啊？"与之同时，侯大师也忍俊不禁了。

不仅仅是有关相声方面，凡是曲艺界同行名家，侯老都要想法

1981年侯宝林从日本访问归来

去看望，他听说成都有吴氏弟兄（吴越龄、吴小楼）以四川话说相声，也在百忙之中抽空去看望；有成都"曲艺三绝"之称的曾炳昆的相书，虽然人已故去，侯老也要问其究竟。在收集有价值

的曲艺资料方面，侯老总是不遗余力。一次他向我要一本《阳友鹤川剧旦角表演艺术》，我有一本是阳友鹤送我的，那上面有很多身段、舞姿，有些舍不得送人。但想到此书于侯老说相声有用处，如果他用上了，岂不是把川剧旦角一些优美的造型介绍出去了么？于是将书送给了侯老。又有一次我从吕林处得到一张汉代拓片，有几对男女行乐图式，他看了后很欣赏，简直是硬要了，我也慨然与之。而今侯老已故去，我不知道他的后人如耀文兄弟等还保存否。

侯老说过：相声演员应当具有百科全书的知识，要广闻博见，吸收各式各样的文化去丰富它的表演，提高演出质量。侯老也是这样身体力行的。他住在北海后街，一个窄狭的小巷子里。进到他那小院，也是窄窄的小天井，阶沿上都放了不少残缺的秦砖汉瓦之类，哪怕是一小片，他也精心保存，可以说他对古董迷得很。他告诉我：哪儿在发掘这些古董，他就去捡些破烂。

他那窄窄的屋子里，陈列着不少名贵非凡的玩意儿，在紫檀木精雕的文房四宝的架子上，放着一个类似龙泉窑圆座长颈的青瓷瓶。龙泉窑继承了唐代青瓷传统，到南宋生产达到最高峰。其质地润泽，光彩照人，造型上青雅古朴，当是上品"梅子青"。另外还有一个青瓷花碗，很像哥窑轮花碗，真是令人羡慕的好古董啊！在我的赞不绝口中，他拿出一个精制的宋锦丝盒，真宗代粉定碗上面注明"四川杨氏珍藏"，胎薄而轻，是侯大师府上珍藏的上品！平时他没有拿出来，因为我是四川人，破例使我大饱眼福。

侯宝林与车辐合影

他告诉我他所藏的青花瓷器中，有几件精品使得某国大使夫人以为是近东产品，特地来到这狭窄巷子、狭窄的院子拜访他。他很有兴味地说：他的这些青花瓷藏品，都远在近东地区产品传入中国之前，"这就证明了我们有我们自己的文化，我请教过专家，说青瓷始于五代，发展于北宋，盛于南宋，算来已有千年的历史了。"我们共同在欢乐中欣赏这些值得保存的历史瑰宝。

侯老的屋子古色古香，他介绍书桌是两百年前红豆木做的，花纹棱角，精雕细镂。笔筒是乾隆年间造的，还有带共鸣箱的七弦琴琴台，处处令人发思古之幽情，我问他："钟子期来您这儿听过琴否？"他不假思索地回答："自从伯牙碎琴后没来过。"侯老反应真快！这是他说相声职业性的敏感，机智幽默。方成告诉过我："什么叫字字珠玑？什么叫语言艺术？在侯大师的语言中随时出现，妙趣天成啊！"有一年夏天，侯家院子里一个平笤晾着米，米里爬出很多黑色米虫，我随口说一句：米长虫啦！大师马上回答：这是我们家养的。又有一次在相声艺术家聚会上，侯大师在讲话中，唱了一段京戏，十分精彩，唱毕他谦虚地说：岁数大啦，唱不好献丑了，就能糊弄人！电台主持人说：我听着挺好嘛！侯老说：你让我糊弄惯啦，逗得哄堂大笑。

侯老喜欢书法，他藏有李可染、黄胄、李苦禅等大家作品，还珍藏有郭老为他写的"宝林一席话，通厅满笑飞"。他自己也能写几笔，我在扬州火花收藏家季之光家中看见他为季之光写的四个大字"季公火佛"，这真是点铁成金之妙了。

侯老兴趣广泛，他的主要精力放在有关相声著述上，他说："我从舞台演出到案头写作，是相当困难的，朋友们劝我先写舞台生涯，我考虑后还是先写《曲艺概论》《相声溯源》，以应中外要学相声者的需要——好，送你这两本"。他当即签了名送我。

于今，侯老离我们去了，他的音容笑貌使人难忘！他的为人，对同业的关怀，更令人起敬。

·往事杂忆·

俞振飞"不动肝火"

1947年5月末,著名京昆剧表演艺术家俞振飞首次来成都演出,住在骡马市街大川饭店。我深夜到饭店去采访他,把他从睡梦中唤醒,深感抱歉。他说:"我干的这一行,本来就是和新闻记者分不开的,好,咱们来谈吧。"他边扣衣服,边把到成都后的情况告诉我。第二天早晨就见报了。以后我同成都的扬琴票社"新声雅集"的朋友与篆刻家张一庵一道欢迎他,"以琴会友"。遗憾的是,我当时没有看到俞先生的演出。大约是1982年,我终于在北京西单长安剧院看到俞老与荀令莱合演的《金玉奴》,那时,他已82岁,但仍然嗓音清润、韵味深厚,连不少外国"俞派"戏迷,也看得很入神。戏毕,观众在过厅上议论俞老当夜的演出时都认为,他这样大年纪还有一副好小生嗓子,高矮调门都唱得圆润自如;身法步法,乃至下卧都非常出色,成功地表现出了一个年轻轻、活生生的莫稽。当然这是他的基本功过硬,但更由于他养生有道,才能继续保持着他的艺术青春。

最近在成都市川剧界欢迎俞振飞及上海昆剧团的会上,我第三次见到俞老,问起他的长寿之道。他说:"很多朋友都问过我长寿的原因，我总结出的四个字是：不动肝火。"他还解释说，"不动肝火"的含义是多方面的——首先是在个人修养方面，要尽量做到猝然临之而不惊，无故加之而不怒，不关原则问题的大气小气一概置之脑后；把一切寄于艺术；同时，还得常常以开心的事自娱，比如能够尝到烹调精美的川菜，这就是一件幸福的事情，值得高兴。这一高兴，反过来又能平肝润肺，于长寿大有裨益。我感到俞老的这些见解都是"不动肝火"的绝妙注释。

1986年4月昆曲艺术大师俞振飞（左）与车辐交谈来成都表演时所受到热情接待的种种感受

·往事杂忆·

初识傅三乾

1948年3月末在重庆，由李文杰介绍，我认识了83岁的川剧名丑傅三乾老先生。他戴了一顶破旧毡帽，两鬓间丝丝白发像深秋的芦苇一样零乱，下嘴皮有点向右倾斜。

傅老由李文杰搀扶着走来，有礼貌的双手打拱。他外表老态龙钟，一开口却滔滔不绝，他自我介绍说，他读过四书五经，全是读的望天书，旋读旋忘。相反，对于别的玩意儿却特别爱，学卖打药、巫卜星相，学啥像啥；学哪一个人言谈举止的特征，他都轻而易举，学得惟妙惟肖，这大概是成为名丑的因素之一吧。

他家是隆昌县城里卖糕饼的贞盛号，15岁那年生意实在做不起走了，他便进明盛科班学唱戏，拜名角岳春（一名阳春）为师，他喜欢得像鲤鱼跳龙门。科班教练舞台基本功极为严格，他说："幸亏童子功练得好，不然今天没有这样硬健。"83岁的老人走路仍稳当，可以一气登上五六层高楼，虽然眼睛坏了，但听力同胃口仍然像青年人一样。

他说第一次上成都来登台口是光绪十四年，他以《做文章》《活捉三郎》《闹街》等戏在成都打响。他说："成都是个品仙台，要点气力才登得稳。我从光绪十五年走红起,那一年正是慈禧太后60大寿,我到资阳去搭班子,以后到川南一带,走到哪里,红到哪里。说句良心话,我傅三乾唱到老也没有偷过懒,除非我在害病。上台子一出马门,简直不晓得自己是咋个的了,硬是不晓得自己姓啥子了,唱安逸了不说人家安逸,我自己也安逸。"我请教他的养生之道。他说:"我们唱戏的一年到头东奔西跑,挣钱吃饭,忙死忙活,哪有啥子养生之道,光绪二十一年到二十二年那时候我最爱打牌,熬了几十个穿夜,人亏损了,下决心戒了赌。"

他80岁生日,正值抗日战争胜利那一年,重庆戏剧文艺界为他祝寿,郭沫若、洪深等前往祝贺,郭老祝词中特地介绍傅三乾的艺术,给予很高的评价。

一晃60多年,傅老早去,文杰已死,有时想到他们的音容笑貌和他们精湛的艺术,不禁若有所失。

·往事杂忆·

王朝闻戏曲美学观简析

　　王朝闻的戏曲美学观是和他的一套艺术美学观一致的，不可分割的。他老早就提出："我们的创作水平必须提高，但提高的标准是深刻地反映生活并受观众欢迎，而不是西洋化。不要忽略创作是给中国人民大众看的，当前中国人民大众自有他的欣赏习惯。"（见《新艺术论》）他在多处有关戏曲美学文章中特别强调：人民群众的欣赏习惯，也不是一成不变的，但是不论变到什么程度，"总不能不是中国的"。这样就把广大人民群众的欣赏习惯、欣赏水平同戏曲本身的艺术规律紧紧地、有机地联结了起来。在抗日战争初期，他从省外回到成都，在民教馆工作，生活是那样穷困，但他把评剧、川剧看得那样入迷，乐在其中，不但看得认真，看了后同朋友们在少城公园茶铺吹牛，他吹得那样认真，他给人的感觉是干每一件事都认真，日积月累，积一世纪二分之一多的日子里，他的美学观，也就水到渠成，蔚然可观了。

　　关于掌握艺术规律方面，6年前在苏州举行全国曲艺（南方片）汇演期间，他发表了不少精辟的见解，他指出：曲艺主要靠说（包括唱），它是诉诸听众的听觉，是一种"听觉艺术"，当然，它也需要必要的面部表情、手势动作来辅助，评弹有"说、噱、弹、唱、演"，"说"列于首位，"演"排在尾，这很能说明问题。它的艺术特点是以小见大，起到轻骑兵的作用。他还指出曲艺这种说唱艺术的特殊性：是以少胜多、以小见大、虚中见实，如四川金钱板，演出方式与演出场合以灵活性见长，他极其通俗地打比方说："倘若嫌它的形式简陋或单调，为了充分利用现有的物质条件，硬要派钢琴给它帮个忙，结果可能是在帮倒忙。四川民间有一句反对否认事物的特殊性的俗话——泥鳅不能拉得和黄鳝一般长。泥鳅虽短，也许要比黄鳝的行动更灵活些，它何必这么妄自菲薄？拉长的泥鳅并不意味着它的品种的'发展'。"事实上在四川的曲艺中，确实出现了金钱板用钢琴伴奏，把轻骑兵硬弄成重型坦克，这本是常识性的问题，有人却偏要在常识以外乱

20世纪80年代初在成都观看曲艺表演后，车辐与王朝闻（左）在后台合影

1986年3月王朝闻在家中看报纸

来，其结果是可以想象得到的。同时他也指出：会演中有些曲目出台的人多至十人以上，"给人印象似乎是遵守着韩信点兵的原则。也许以为说唱艺术太简单，所以在规模等方面要和戏剧、舞团、交响乐队相竞赛"，但忽视了说唱艺术那种不同于非说唱艺术的特殊性……结果也许不免是自己否定了自己的独特性和独立性。"在四川实践的结果怎么样呢？拼命向戏剧发展的曲艺没有了，有的搞歌舞去了，或远走他地连曲艺的招牌也收起来了。"

他不反对曲艺借鉴姐妹艺术，还认为必须借鉴，"但是要'化他为我'而不要'化我为他'。倘若把曲艺变成了戏曲复制品，说唱艺术蜕变为表演艺术，说是'发展曲艺'，还不如说'消亡曲艺'。"他不赞成过分戏剧化与音乐化，八面琵琶，去凑成琵琶弹唱，十多人的大乐队，为了凑数，把乐器当道具。不按艺术规律，好比"火车要向前开，但不能越轨，出轨就翻车，哪里还能前进？"事实上在四川一个全武行开打的曲艺剧团首先翻车，折戟沉沙了。他听说四川早在"文化大革命"之前就出现过四人同时出场说一段书，他认为这是"令人吃惊的创造，看来唯心论形而上学这一'法宝'在艺术的改革中一直颇有市场"。

开放之前我们就提出"推陈出新"，这不是对于戏曲改革的单方，而是一剂良药，他解释"推"不是推掉了，"推"就是研究，批判地对待传统的东西，研究什么有用，什么无用，如果传统的东西和我们新的创作要求相适应，就要保留并予以发扬光大，反之就排斥、淘汰。对于"陈"也要一分为二，不能看成铁板一块。"新"的本身也是相对的，也受时间、条件的制约，也有时间、历史的差别性，从这个角度看是新的，从另一个角度看则是旧的。革新就是通过"革"得到"新"，"革"不等于打倒一切，否定一切。他说："在艺术上的探索，既要继承，又要创新，一味蹈袭古人、洋人是没有出息的。李白的诗、二王的书法、米家山水、八怪的画派，这些中国艺术史上深邃的美学思想和独特的表现手法，被日本学去，其后传到西欧，便产生了印象派，而德彪西的音乐也通过绘画的媒介，与中国的传统艺术有着千丝万缕的联系。"他的这些论断，有人说合于爱因斯坦的两面思维方式，辩证地综合对立的概念思想方法。其实就是对立的统一，抓艺术规律、艺术特点，结合中国具体情况。他希望曲艺界真正弄懂弄通自己艺术的特性，发挥自己的长处，别的艺术所没有的、无法代替的长处。几十年来他到处去看戏，甚至到四川的一些边远小地方去听川剧玩友（业余爱好者）唱板凳戏，

王朝闻登山发疯（原信摘录）：不过我并非随时都这么得意忘形的。值得一说的是这危峰（黄山天都峰）鲫鱼背，有些青年人也望峰兴叹，我不服同伴们的管制，两上黄山，两上天都峰的这个险地。看不见那些岩石柱、山上铁链条，我并一手一条，当双杠玩杂技。我在悬崖上大呼一声："我的老伴永别了。"吓得他们大喊站住。但有这么玩玩的机会，就见人（山）疯起来。王朝闻 4 月 30 日

深入下去研究。研究出口头文学不是一般小说，它和人们发生联系，总得结合着说唱形式的其他条件，而不能以其文学性为唯一的条件的。说唱技巧是塑造形象的重要手段，如何利用技巧，把形象塑造得又单纯又丰富，却是很不简单的问题。如一个人演的《周仁献嫂》，满台风云，矛盾不断，人物内心激烈斗争达于极点。不单纯不便于突出重点，不丰富只能使人感到单调，重点不突出主题的鲜明性就成了问题。演员说唱技巧是高是低，不只是看他有没有起码的字正腔圆的基本功，更重要的是要看他对于角色的性格和情绪有没有深入的掌握，能不能把听众的想象力调动起来，体会作品的内容，说唱者对于听众的反应有没有准确的预见。这里他提出说唱者必具的三个基本功：一、对角色性格、情绪的掌握；二、对表现形式的熟练，达到熟能生巧；三、调动听众作说唱艺术上的最后完成。所有高明的演员掌握火候都能对这三个问题处理得恰如其分。

他在为笔者拙作《李德才扬琴艺术》写序《盼金娃娃》一文中说："……传神一词，不局限于对描绘对象的形与神的关系，不只形体于神之中的神的关注。在我看来，在表现对象的神的同时，表现了老艺人（指文中四川著名竹琴艺人贾树三）的曹操和他的残局的生理态度（对曹操及其残败卒子的嘲笑），不仅如此，而且老艺人的这种以嘲笑的基调的态度，正是他用来调动听众的共鸣的引线，或者可以说，老艺人对听众的反应有所预见，才这么重视艺术手段，才能传神的。传神这一术语常见于绘画理论，其实曲艺表演艺术家不过以不同的艺术形式，同样达到了画家诗

1990年5月在成都锦江宾馆王朝闻（右）与车辐正在交谈

人所追求的艺术效果。对于缺乏创造性地体现这一效果的其他艺术家，琴书艺人的成就不很值得借鉴吗？"——他这段分析正可以说明本文开头两句话："王朝闻的戏曲美学观是和他的一套艺术美学观一致的，不可分割的。"他在另一篇文章《听书漫笔》中也说过："富于表现力的段子只有在修养较深的演唱者的再创造之下才能真正地完成。因而说唱技巧对于形象的再创造，具有决定性的巨大意义。"——他这一系列的戏曲美学观，是他从事艺术活动60多个年头中得来，绳锯木断，《今日生活画报》编辑说他属于艺术家型和思想家型，敏于感受，富于激情，长于完整地、全面地从整体上把握活生生的生活，是个曲迷，对中国美学，在未来将对世界美学产生深远影响。

第四章

我眼中的文化名人

"惧协"主席争夺战

"惧协"者"惧内协会"也,直言之曰炒耳朵,是怕老婆的协会,可谁会想到一些漫画大师都是"惧协"会员呢?

我曾到丁聪家,他对他的夫人左一个"家长",右一个"太君",从不敢直呼其名,毕恭毕敬,自称是孝子贤孙。丁府上事无巨细,必然向其夫人请示,妇唱而夫随,和谐而幸福。想当年丁聪"家长"身怀六甲,他又被错划,发配去那朔北荒地,一去就是20个年头,丁夫人与丁聪辛苦共尝,他说:"我们没有离婚,这已够说明问题了。"即便是夫人对其管教严格,他也满是得意。唯一遗憾的是小丁变大胖,岂仅奶油肚皮,简直是从头至足全面横向发展,老当益胖,对于肥肉油大,却照吃不误,小丁年逾70,并不显老,总是笑颜常开,作画甚勤,求画的更多,他说:"连生病的日子也挤进去了。"

他的画风谨严,一丝不苟,有人说:"你太吃力了,何不学小伙子们来几笔'现代派'、'未来派',又快又省事。"

他却笑嘻嘻地回答:"这些我都还没有学会啊!说到艺术,还是老老实实的好。"

丁聪：请小声点，"家长"就在隔壁卧室休息

方成在家中正通过电话向夫人请安

方成亦是"惧协"会员，他这门亲事是侯宝林做的媒，不消说这位漫画大师是得意的了。没有申请，自动加入"惧协"，暗中与小丁争夺"惧协"主席地位。有人劝说：都是"惧协"成员，早已驰名天下，又何必内讧？答曰："三代下无有不好名。"仍然你争我夺，尚不知鹿死谁手。过春节时，方夫人命方成去买点生菜（生财），想讨个吉利。他早早而去，空手而归，还说没有生财，直气得方夫人骂了一顿。问他："大年初一我在你枕头边放下的长生果（花生），你吃了没有？"他答："我翻身起床作画，哪看到你什么长生果？"气得夫人又骂道："你不想长生难道要短……么？"

后来有人问他是否大年初一挨了骂，这位漫画大师却回答说："岂仅大年初一，天天我都在过初一，日子好过得很呐！"他不以为"苦"，反以为乐，随时侍候于他夫人左右。夫人南下，他就赶到广州，夫人到深圳，他也寸步不离。"惧协"主席之争夺战他已无心恋战，专专心心地爱他夫人去了。

华君武谈漫画

前不久，著名漫画家华君武应邀来成都办画展，此次展出的是他在1992—1997年5年内的作品100余幅。华老已是82岁高龄，前年又得了青光眼，动了手术。可是他却以带病之身，非常勤奋地工作，不断到各地举行画展，且深入工厂、农村，在群众中引起很大的反响。他的漫画画出了群众心里想说的话，表达了群众的一些要求和愿望，因而受到群众的欢迎。

华君武为凌子风画像

他说：漫画家动笔前先要思考。从我50多年的创作来看，我认为重要的还是立场问题。现在好多人不讲这个问题了，担心人家说"左"。我们这代人经历了旧社会的艰苦、困难。上小学时，老师就带我们去日本领事馆游行，直到去延安，都是站在民族立场上

1997年10月3日在四川省美术展览馆参观李少言作品展,华君武同著名画家邱笑秋（左）、车辐（中）正在亲切交谈

在反帝、反封建。现在有不少人没立场,殖民文化乘机泛滥。改革之门打开以后,经济发展了,苍蝇蚊子也飞来了,在这样的情况下,立场问题就更为重要了。要创作出精品,首先要讲立场。因此,和旧思想、旧意识形态做斗争就是漫画的主题。回避不了怎么办？这就要看作者的立场了。我常在外面跑,就是要深入生活,没有生活怎么下笔！我们应该提倡真正地深入下去,只有这样才可能观察到基层,看到生活中的细微处。要懂得画家应该走民族化、大众化的道路。我不排斥外国的东西,但中国有自己独特的幽默,如各地方的歇后语、顺口溜以及群众熟悉的语言。

华老是1938年就奔向延安的老一辈文艺战士,多年来他总是将爱国主义精神、鲜明的爱憎情感,熔铸在他独特的漫画作品中。因此,华老及他的画都得到了人们的尊重。

嬉笑怒骂皆成文章

丁聪，上海人，他的父亲丁悚是20世纪初上海著名的画家。画讽刺社会现象的政治性漫画和一些民国初年封建、腐朽的落后生活，很受欢迎，人民憎恨的说不出口的，丁悚的漫画却代替他们说了出来。他也画月份牌上的时装美女的《百美图》。丁聪自幼作画显然是受了他父亲和家庭的影响。

丁聪自画像

他16岁开始在报纸刊物上用小丁笔名作画，19岁到他父亲好友刘海粟大师创办的上海美专学擦木炭、画素描，还画了半年人体素描。刘大师那时提倡画人体，以女性为模特儿，敢于画裸体女人，那还了得！虽说是民国了，但一些遗老遗少却跳出来大力反对，祭起亡灵，如丧考妣。画人体，作为美术创作，是造型艺术的必修基础，提倡人体美教育，使人们身心得到全面完美的发育。古希腊人的公民理想：强健、无畏、庄严、宁静、对公共事务的关心，可作我们借鉴，当时的教育家蔡元培对刘海粟的作法给予支持，壮其声势，这里体现了开明进步审美意识的反映，小丁这方面受其影响，在进步与落后，民主与倒退的斗争中，他始终站在优秀的一面。

不久他和唐瑜等编《新华》和《联华》电影杂志，开电影杂志风气之先，使人耳目一新。又和马国亮编《良友》画报，这是当时风行全国、具有权威性的大型刊物，这时青年的小丁受聘于上海有名的晏摩氏女中教图画，这是一家教会女子学校，华贵的女生风流开化，老师小丁与年轻女生年纪相差不远，小丁去上课，反而有些讷讷然、塞塞然，可算得十里洋场中一个年轻正派的教员。

日本帝国主义侵略者在上海燃起了"八一三"侵略淞沪之火，小丁随父同名画家张光宇、著名漫画家叶浅予到香港续编《良友》《大地》；参加"旅港剧人协会"，应需要做《雾重庆》《北京人》的舞台美术设计；香港《华商报》发表他在仰光画的20幅组画，为金仲华主编《星岛晚报》画连载的《小朱从军记》等，作品载誉海外。

他的代表作中画有鲁迅先生的《故事新编》、茅盾的小说《腐蚀》、老舍的长篇小说《骆驼祥子》的插图；为他的老友吴祖光的文章和剧本作过插图，为新凤霞在海内外发表回忆生活的文章作了精美细致的插图，为徐城北的戏剧文章作插图。小丁画戏剧人物得心应手，他自幼喜欢京昆、善吹笛子，是艺术上的多面手，而贯穿一根主线的是漫画。

1943年春天，张骏祥导演、耿震和张瑞芳主演吴祖光编写的话剧《牛郎织女》，请丁聪设计服装。由余克稷主持的"怒吼剧社"来到成都，住在五世同堂街北口一所古老的大院内《华西晚报》编辑部，那时我在《华西晚报》任采访主任，与他们朝夕相处，直到抗日战争胜利前夕，送走他们。

他们来住编辑部大院，一下子就把宿舍住满了，祖光和小丁两个单身汉，选择了大院的小池塘中一座水阁凉亭，请舞台美术工人们用废弃的布景片在凉亭四面装上了门窗户牖，得了一个暂时栖身之所。丁聪安下心来，在亭里做了木架画板，给大家画速写，创作出有名的《阿Q正传插图》。吴祖光在一个用木板拼凑的小凳子上进行他的创作。——这间浪漫主义色彩很浓的、不足8平方米的小屋子，成了最吸引人的地方，大院里大人小孩，男男女女往来不绝，还有不少外面来客，如华西协和大学医学院的进步学生、医生、教授和文艺界的朋友们（多是中华文艺界抗敌协会成都分会的会友），尽管来来往往，也从未影响祖光的写，丁聪的画。吴祖光说："小丁的画有他独具的特殊风格，画中每一根线条都是他小丁的，他的风格是这么鲜明和强烈、是这么与众不同！假如有一千幅画摆在我们的眼前，其中只要有小丁一张画，我一眼便能把这一张画认出来。"

《阿Q正传插图》1943年在陈白尘主编《华西晚报》文艺副刊上连载，当时茅盾评论道："二十四幅画，从头到底，给人的感觉是阴森而沉重的……我是以为阴森沉重比之轻松滑稽为更能近于鲁迅原作的精神的，在这一点上，我看到了小丁是怎样努力打算将《阿Q正传》的整个气氛表现出来了。"许景宋说："阿Q的

1996年4月30日在四川省美术展览馆举办丁聪画展,相交数十年的老友在成都见面,大家一脸高兴劲。从左至右:丰中铁、车辐、丁聪

时代没有死去,绘影绘声,从文字、从插图,我们可以更清楚地找出一大堆的脸谱。"叶圣陶老人赞词:"现象如斯,人间何世!两峰鬼趣从新制,莫言嬉笑入丹青,须知中有伤心涕,无耻荒淫,有为惕厉!"

从漫画家的艺术风格,成就到他的人品,同他一起来成都的文艺战友吴祖光的评语:"丁聪兄有着极为高贵的品质,同情弱者,正气凛然,疾恶如仇;虽然他平等待人,和蔼可亲,但从不人云亦云,随波逐流。就是这个小丁,表里如一,肝胆照人。"这是在反动统治下,患难与共的友谊,忠实的评语。就在那个时候,他以漫画为武器,与四川人民共渡难关,齐心抗敌,在他的工作岗位上，产生同仇敌忾，争取民主自由的优秀作品，除《阿Q正传插图》之外，有驰名中外的《流亡图》《昨天的事情》，搜集新中国成立前的生活，让年轻一代知道旧社会是怎么一回事，珍惜今天生活来之不易；之后，还出了《古趣一百图》《绘图新百喻》等。丁聪是漫画家中受尊敬的老前辈，20世纪30年代作画至今，一贯努力不懈，特别是十一届三中全会后，他说"事情不是越做越少，而是相反，简直连生病的自由也给剥夺了"。他的作品，工笔线条，一丝不苟，他多年从事戏剧舞台设计和报刊编辑工作，多方面艺术实践，使他在绘画上显出细腻、具有装饰美和民族特色，画风接近写实。由于功底深厚，创作态度谨严、以漫画手笔、着力于内心刻画，形成了他自己的艺术风格。他的画经得看，一代大家，当之无愧。

> 夏衍对丁聪的画如此评价："每一幅画都会使读者得到会心的苦笑，这也就是佛家所说的'一针见血'。"

·往事杂忆·

方成老而健老而乐

方成年过古稀，精力仍旺，作画之余，一年中有好几个月在外，很少伤风咳嗽。他是铁打的金刚么？否，主要是他从小到老坚持锻炼。他告诉我："年轻时身体并不好，读高中才开始学打篮球、排球，练长跑、双杠；以后条件好了，才学打网球，学过溜冰、游泳。"巴波也说过：新中国成立前他们在香港住在一块儿，方成天天到大海里去游泳。巴波也是水鸭子，巴县人，靠长江边长大的，但还不及出生广东的方成爱水，游泳是他的常课。

我在青岛听人说：方成去青岛参加全国相声作品讨论会，住黄海饭店19层，他上下楼从来不搭电梯，一气而上，不喘气，不脸红，真是如履平地。为什么？是他持之以恒的锻炼。

他认为锻炼身体最好的方式是骑自行车。他来成都要我为他找辆自行车，于是我们一同骑"洋马儿"于川西平原之上，从马家场、踏水桥、金花桥兜了一大转进城，回到他住的四川日报社招待所，一点儿也不显累。我心中暗自佩服，此人真有几手，在他面前只好认输。

他不仅爱好运动，更重要的是乐观，想些办法来自找乐趣与

2001年5月方成(左)来成都,特意和车辐到大慈寺茶园内喝茶。环境不错,好摆龙门阵

人同乐。可举一事为例:十多年前他的夫人去世了,恰逢春节,他的老友钟灵、丁聪、戴浩、韩羽、白景晟、狄源沧,各带酒菜来到他家,照北京的说法是为他"收泪节哀"(好文雅的词儿),陪他共度佳节。爱酒如命的钟灵,喝65度的二锅头不到半斤便烂醉如泥。于是,方成等人将钟灵扶到床上,朝天仰卧,然后他们几人列队恭恭敬敬地垂首站立,请狄源沧拍一张未亡人假死状况,钟灵大画家的《遗体告别图》。那天侯宝林大师也去了的,因事早离,未能参加"盛典"。

由侯大师又引出姜昆一段事情来。他说有一次姜昆请客,进姜府一看,范曾和王景愚已在座,起眼一看,都是朝阳区团结湖的邻居。原来是别人送他一瓶价值120元的白兰地酒,姜昆舍不得喝,便拿出来请客,举行开瓶大典。事情本属平常,但又限定每人只喝三杯,说"三杯通大道,一醉解千愁"。酒味如何,方成早已忘记,他说那吃酒、限酒的味儿法则,至今油然为之神往。他的喝酒是因老伴去世,常常整夜失眠,又不愿吃安眠药,怕坏心脏(医生这样说),便以酒浇愁,微醺入睡。现在喝酒是度数很低的黄酒,饮量也严加限制,取其利避其弊,是合乎老年人养生之道,也合乎我的两句断语:"书到读透处,酒于微醺时。"

2006年10月方成来成都看望车辐,老友相见激动心情溢于言表,不尽在吻中

步履神州作画图

郑午昌说:"一峰学弟年少志远好游,以益其画。东南名胜游览殆遍,乃溯江入蜀,峨眉、剑门、夔峡、离堆、窦圌山、青衣江、嘉陵江诸胜,无不登其极,而涉其深。"少年就有这个天性好走,乃有"浙西大走客"之称,连张大千也要叹息了:"一峰道兄既穷天目天台之胜,复将裹粮入蜀,青城、剑阁,雄丽甲天下。予生长蜀中,竟不得一游,却被远人所收,宁不愧死!安得谢绝尘事,青鞋布袜,一筇相系与君徜徉于山巅水涘耶?"刘海粟题:"一峰读万卷书,作万幅画,更行万里路,壮哉斯行!"当代同学陆俨少记其游踪:"君随黄宾虹先生跋涉万里,看尽神州风景,经历险阻,深入穷乡僻壤,高山大野,远村平楚,江流之湍急,云物之凄迷,以及通都大邑,关隘津梁,皆可按图索骥,指名而得。于是画风丕变,而君之名亦大噪。今君年逾八十,精力未衰,精进不已,于传统中独辟蹊径,侧其所诣,讵可量哉。"——从这些大名家的题词中可以看出吴一峰老画家生性好游,游历有方,拿今天的话说:是有计划、有目的地去深入生活,体验祖国伟大壮丽河山。他与陆俨少于1918年同学于上海有名的澄衷中学,陆对明代著名地

方成作品：神仙也有缺残

理学家、旅游家徐霞客研究深厚，知一峰当时喜读地理杂志。从1918年算起，大走客与世纪同步，一峰大我7岁，他整整在神州大地画了七八十年，风风雨雨，为艺术献身精神，矢志不渝。

吴一峰1924年入上海美术专科学校首届国画系，受黄宾虹、朱天梵、潘天寿、陈筱庵、马公愚诸位名师指导，临摹刘海粟存天阁珍藏历代名画，打下了深厚的基础，刘海粟大师赞为高才。他早年在"题襟馆"结识了任堇叔、吴昌硕、王一亭，与张善子、张大千、昆仲、谢玉岑、谢稚柳、昆仲、方介堪、贺天健、王个簃、顾坤伯等为师友，把清末民初这一时期的大画家、大师们都见到了，耳濡目染，画艺猛进。加上他自己的努力，他读中学时，绘画从高晓山，篆刻从翁子勤，得《十钟山房印举》，忘其所以，浸浸乎其中，到废寝忘食的地步。

当时富饶的杭嘉湖三角洲地区这样多的名师大家，他为什么又专从黄宾虹大师在1932年溯长江而上四川来了呢？在认识问题上，决定了他入蜀的开宗明义第一章。陆俨少说:"当时中国画坛,摹古成风,于故纸堆中讨生活,上溯四王,陈陈相因,鲜有新意,而黄宾虹先生独排众议,力挽狂澜,倡为出外写生之举,打破千家一面,奄奄无生气之弊。"这一了不起的论点,恰恰与一峰老兄好游性格,对上了口径,郑午昌说:"事于是,学益进,名益盛而兴益高,将欲走索飞栈,西探康藏边地之秘,爰江蜀中所得,择其善者寿诸璃版甚盛事也……

五百年来能发天地自然之奥秘而重见于楮素者有几人哉。一峰之行不止万里,其所得于自然,而有足以振起画苑者,亦岂仅此区区限哉!"

吴一峰1932年溯长江而上,到岷江与金沙江的汇合点宜宾,历51天,终点到达成都,受到成都艺术界人士欢迎。吴一峰受聘于冯建吾等创办的东方美专教授国画,以其新画法、新作风,受到热烈欢迎,报刊亦广为介绍。春季他在成都举办个人画展,其作品使人耳目一新,结识了蜀中绘画界名流书法家林山腴、向楚、余中英、张霞村、江梵众、段虚谷、陈子庄、黄稚荃、伍瘦梅、朱竹修、朱佩君、林君墨、施孝长等。

1933年秋,吴一峰偕学生川北写生,他在江油见窦圌山奇景,只身飞度两山之间的铁链,一个文人,居然临此前所未有的大险,居然平安地飞度过去,就其具体情况而言,只身徒手而过,实不亚今飞渡壶口。以后且从"窦圌天下奇"写生、作画,轰动蜀川远及海内外。漫画家谢趣生在报上赞为别号"吴窦圌"。继游广元千佛岩,一览嘉陵八百里山水归来后,在省内举办展览。

1935年吴一峰与骆禧懋结婚于三台。在闭塞的川北举行新式婚礼的，开风气之先。翌年，定居成都。受聘于成都南虹艺专，西南美专教授国画。抗战军兴，1942年在重庆举办"吴一峰四川名胜国画写生展览"，李可染、黄君璧、郭沫若等前往祝贺，郭老题诗："绝地通天阁道雄，至今人感武侯功，山灵点点酬知己，白云峰青一望中。"

1945年抗日战争胜利，他从青城山回一峰草堂，1946年春，裹粮徒步跟随马帮，风餐露宿，追寻徐霞客游踪，过滇池，经大理、苍山到达中缅交界畹町。一路辛苦备尝，日晒雨淋，蛇惊虫咬，但自号"浙西大走客"的艺术家吴一峰，勇往直前，全身心投向大自然，饱览祖国伟大山河的壮丽，以己身的审美情趣，写生作画，历时大半年，乐在其中，忘其所以。因昆明逢国民党反动派暗杀李公朴、闻一多，一峰与广大群众、学生上街游行，结识了方毅同志以汉法治印相送。

从1932年算起，吴一峰入蜀历15年，脚迹遍西南。刘海粟说他"作画万幅"，一位艰苦朴素，从事谨严的艺术工作，黄宾虹语其成就"当必有与古人相沆瀣者"。

一峰老矣，且在病中。犹忆他五十岁之日，成都画家沈省庵、高少安、谢趣生、车辐往一峰草堂恭祝寿庆，我随"新声雅集"特为之清唱扬琴，《处道还姬》，一晃半个世纪，仿如昨日。

新中国成立后吴老焕发艺术青春创作《岷山胜概》手卷，长19米。《黔灵夕照》为故宫博物院收藏，1955年应中国美协、四川美协邀请，沿修建中的宝成铁路及嘉陵江流域南下重庆，写嘉

1974年夏，吴一峰重游昆明有感而作此画送老友杨槐（即车辐）（68厘米×34厘米）

陵山水，书法大师谢无量题诗："嘉陵江水下渝城，秦岭千盘接上京。画出百工开物手，今吴生胜古吴生。"

1956年吴一峰由四川省文联美术工作室调文化局美术工作室，并应省军区邀请赴大巴山根据地体验生活，参观红军遗迹，创作出震惊画界的《进军大巴山》《红军造币厂》等气势磅礴的大画。省里选出《进军大巴山》送北京军事博物馆收藏。是年秋重庆美协主办柯黄、钟道全、吴一峰、杨济川、王渔父五人画展。

1958年吴一峰在省文化局美术工作室担任国画组组长，不久便错划"右派分子"，长期蒙受不公正待遇。"文化大革命"中下放到西昌湾丘五七干校劳动，我同他分在三营八连，每天在安宁河边抬石头。两个老头，头顶苍天，脚踩石头，得大自然之长虹浩气，受祖国大好河山的抚育，一峰老兄在那样艰苦的条件下，创作出《五七干校全景图》，让作品说话，让作品回答了问题。1981年4月我参加笔友关山月来成都画展，一峰同我均动笔为文，表达对老友艺术上的成就的钦佩之情。

近几年我每去广州，必看望山月老兄，他总是要我问候一峰，祝一峰身体健康，且以"一百岁相约在广州"。值得一提的是：1981年4月方毅同志来成都画院与吴一峰相会，取出35年前吴一峰在昆明为方毅所刻的汉印一方，足资纪念了。他们互赠墨宝，其乐融融。

1985年四川省诗书画院成立，吴一峰受聘为艺术顾问。后应邀赴新加坡、日本举办画展，享誉欧、美、日本、东南亚，并受到高度评价："以大自然为师，走向生活，开迪新的画风，并在优秀的传统中国画基础上开拓新的境界。"如画柳，善于捕捉"二月春风似剪刀"，蛾黄嫩柳的柔弱飘逸动态，近视之则如唐人句"柳条吐新绿，柔絮溢莺歌。感此青青物，为我护朱颜"，摇曳于春风送暖中，远视之，则善用淡黄浅绿烘染，蒙茸细嫩，在《金陵玄武湖》《浙江平湖九峰山泖》《西湖春色》诸作可见，出手不凡，表现出柳的风韵。柳为陪衬，衬出画图上的意境，他是平湖人，得江南画派的意趣，不仅在含有泥土气息的山水，对于"樗柳枝枝弱"那个"弱柳迎风"的动态，也为吴一峰大师运用于笔端了。他一生从事美术活动70年，在那人为的坎坷长途中，我们的艺术家"不为外物所扰"，潜心艺事，"有过于国家社会有益的艺术活动，更创作了不少精彩的书画名作，对美术作出了可贵的贡献"。

· 第四章　我眼中的文化名人 ·

新凤霞的写作与绘画

有人问新凤霞的文章,是不是吴祖光代她写的?

"不必为贤者讳",我得说实话:1980年深秋,我到北京去看吴祖光和新凤霞,并代川剧艺术大师阳友鹤求一幅画、一篇文章,以供四川出阳友鹤舞台生活六十年纪念演出专刊用稿。新孃(朋辈中都这样尊称新凤霞)对我说:"三天后你来取,另外,你同祖光在抗日战争中就是老朋友了,我画一幅画送您。"代人求画,却得到意外收获,真叫人喜出望外!

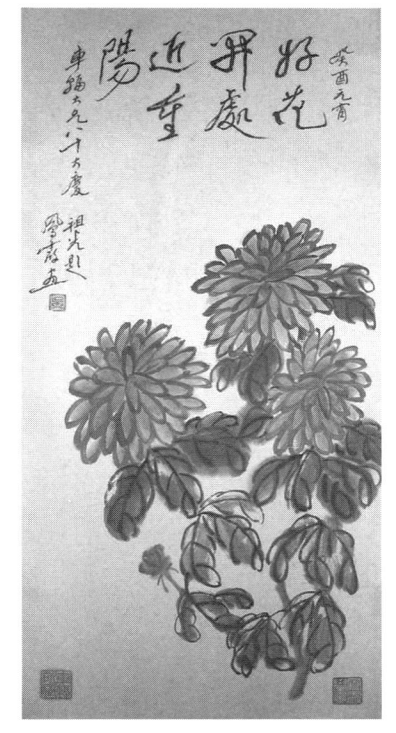

新凤霞作画,吴祖光题字的作品(68厘米×34厘米)

三天后我去拿画与文章,她说:"给我的老师阳友鹤画六个桃子,他老人家舞台生活60年,请你代我问候他老人家。另外给您画四个桃子;您要的东西已写好,实在不像话儿,请您就别客气地动笔改一改吧!"她说到此,态度严肃、诚实,至今使我记得很清楚。我看她写的原稿,确实发现了不少错别字,但她的文理是通顺的,把要说的话说得清楚,言简意赅。技术上的问题,那毕竟是次要的了。

　　至于说吴祖光为她代笔,老实说,吴祖光本人已是一个大忙人,除写作外,还有社会活动乃至出国访问等等,在今天,他确实没有时间来关照我们新嫂的文字了。

　　新凤霞写作的历程是艰苦的,比起一般人要艰苦十倍!旧社会她过的什么样的生活就不必说了,新中国成立后她担负了繁重的演出任务。星期天加演日场,累得在舞台上吐血。1950年同吴祖光认识,一个演员,一个导演、剧作家,能志同道合。但他们的婚事在当时不是一帆风顺的,在"风波浩荡"中,同祖光结了婚。以后才开始学文化,从生活方式和精神感受上,大大地不同于从前,特别是认识了很多文艺界知名人士,如最早在天桥发现她的赵树理、老舍、老舍的夫人胡絜青;进怀仁堂演戏后,认识了有"燕赵多慷慨悲歌之士"美称的漫画家钟灵,那时钟灵负责怀仁堂的内部演出;还有为人"忠厚诚实,讲义气、重感情",对凤霞在艺术上帮助很大的漫画家丁聪等好友。这里特别要提一提的是:1953年的一天,周总理和邓大姐在家里请了三对夫妇吃饭:老舍夫妇、曹禺夫妇、新凤霞和吴祖光。席间老舍向总理介

1991年合影于北京吴祖光家中，从左至右：新凤霞、吴祖光、车辐

绍她的戏路子宽，难得是这么年轻。总理同意老舍的看法，对祖光说：要好好帮助凤霞学文化。她把总理的话铭记在心，后来由于她自己的努力，1957年《人民日报》曾发表她第一篇习作《过年》，以后来了"反右"，因吴祖光被错划，她受株连，一个初学写作的有成就的作者就被运动扼杀了！

后来得到祖光、丁聪的鼓励，她又提起笔来，即使1975年一次新的迫害使她病倒，左手左脚失灵了，她也并未失去学习写作的勇气，一个劲儿地写下去，写得最多一天，竟达到一万字，连吴祖光也惊叹地说："我从事写作超过了40年，也从来没有一天写过这么多！"诗人艾青说："她发奋图强，以坚贞顽强的性格，陆陆续续写了一百多篇文章。"她的文章在粉碎"四人帮"后先

1995年10月吴祖光（左二）同女儿吴霜（左四）来成都看望车辐（左一）及夫人老碧梧（左三），同时要求车辐介绍流沙河，想见他一面，当年流沙河被错划为右派，吴祖光是最先在怀仁堂听到念文件的。这是吴祖光最后一次来成都与大家的合影

在海外发表，然后才在国内传开了。

关于新凤霞的学画，也有其天才。她从小就会绣戏衣、枕头、鞋面，都是她自己设计画花样，她对绘画也特别爱好。同祖光结婚后，认识了祖光很多画家朋友，如张光宇、张正宇兄弟，徐悲鸿、丁聪、黄永玉、郁风、黄苗子、尹瘦石、叶浅予等。1975年我到和平里他们旧居看望她时，她对我说："我学画是拜齐白石老师，磕了头的，对丁聪也磕过头的。"

解放初他们家里举行一次敬老会，恭请了齐白石、于非闇、欧阳予倩、梅兰芳、夏衍、老舍、阳翰生、洪深、蔡楚生、于伶、陈白尘、盛家伦等，当天由黄苗子、郁风提议拜齐白石老人为师，凤霞行礼如仪。白石老人题了几句："桐花十里丹山凤，雏凤清于老凤声。名为新凤霞，字为桐山，九十二岁白石老人。""桐山"就是给凤霞起的外"号"了。

新凤霞说："齐白石老人细心地教我画画，他告诉我似像非像才是艺术的道理，画梅要画好枝干，画藤要丰满但不能乱。他叫我每天都要画，一张纸铺在桌上，好好看一下，要有整个的布局，要做到心里有数。""一次我当场画了几棵大白菜、萝卜，老人可高兴了。"

她得病后，遵照医生嘱咐多学画画，利于心平气和，这样她就画将起来，目前国内外求画得多了，有应接不暇之势。一般是她作画，祖光题字。朱丹说她的画"好在不俗"，吴祖光说她的文"一片天籁"，艾青认为"美在天真"，说"这太难得了"。

艾青问过祖光："凤霞写的东西，是否经过你的加工？"祖光笑着回答："完全是她自己写的，我只是改改错别字。"说到新凤霞写作中的错别字，还有段笑话：他们有个朋友，外号叫"胖子"，祖光要找"胖子"的电话号码，在凤霞的记事本上怎么也找不到。后来她找到了电话号码说："这不是吗？"祖光一看大笑，原来她把"胖子"错写成"肚子"了。

一个旧社会目不识丁的江湖艺人，成为今天的文艺工作者，叶圣陶老人十分赞赏她的文笔，填了一首《菩萨蛮》书赠："家常言语真心意，读来深印心里，本色是才华，我钦新凤霞。人生欣与戚，自幼多经历。尝颂闯江湖，文源斯在乎？！"由叶老同严文井二位老作家介绍，她被吸收为中国作家协会会员，成为第一个参加作协的戏曲演员。

新凤霞50岁时光荣地被批准入党,党给她以生命的活力。她虽然不能登台了,但仍坚持写作、作画,收了二十几个省市的几十名学生,努力不懈。一个杰出的艺术家的生命,在执着追求的事业中会闪烁出灿烂的光彩,人们会念念不忘她登台时创造的那些感人的艺术形象;现在又因为文学上的成就而祝贺她和赞许她,但她始终是谦虚谨慎,像春蚕吐丝一样将心血的劳作全部交给人民。她的确像老舍先生曾称赞她的那样,有一颗金子般的心。

叶浅予杂忆

我认识叶浅予是在1945年端阳节前后，有一天我去走马街的转角、督院街法比瑞同学会的楼上关山月住处，关山月就把他介绍给我了。他大我7岁，视我为小老弟，钥匙投合开了锁，门也就打开了，以后的会见，也就无所不谈，他还为我画了一幅速写。惜乎已遗失于几次搬家中。

以后我们在骆公祠（今和平街）严谷荪家、在昭觉寺都会见过。从赵完璧先生处，他知道我在赵校长办的西川艺专、岷云艺专教过两天，我们对于一些当时艺术上的问题，观点又接近，不但要得来，而且也谈得来。当时谢趣生同我是鸭子的脚掌——一连的，趣生又在走马街一家很有名的"乡村"寄伙食，我也请叶浅予去品尝了成都味，还特别给红锅上的师傅先打招呼，菜免辣味，叶吃后甚为赞赏，每吃少不了我点菜。

在同叶浅予交往中，我只知道他是以漫画、速写驰名中国、享誉海外，可他为什么又画起中国人物画来呢？我只断断续续听他说：画速写、漫画用的炭笔、钢笔，出来的线条直杠杠的，只有粗细之分，可不及中国画的线条、笔法、用墨等等，具有其表

1992年9月15日，北京东坡餐厅主人张达设宴祝贺叶浅予84岁创作回顾展与文艺界友人合影留念。从左至右前排：丁聪、吴祖光、叶浅予、车辐、华君武、沈峻，从左至右后排：钟灵、范用、记者、车玲、叶明明、张达

现方法，特别是线条的滋润、厚重，那才是中国画的特色。后来他到贵州，看到苗族妇女穿着打扮以及色彩等等都很美，很想表现她们。用漫画的画法，却有一定局限，于是很自然地想起了张大千。

张大千也知道叶浅予的速写人物的功夫以及漫画技法，为人聪明过人，不是一般。他们在鱼雁往还中，大千欢迎他来成都，来了就住在他家，以便朝夕切磋。他打从心里感谢，他向国内外记者说：张大千是当前中国画界学识修养和手上功夫最深厚、最具有创造性的大画家。以后他从漫画转向国画，确也是在大千作品引导下成熟起来。他同他的夫人、舞蹈专家戴爱莲女士，一同来到古色古香的成都。

他一进到大千画室，便看到大千作画时喜欢有人在旁摆龙门阵；去拜访的人也多，来来往往，作画不受干扰，没有客人时，自有男女学生在旁看画问答。叶浅予去是以画友关系，无拘无束，在亦友亦师之间，敬而求道。于是他在张大千画案旁足足站了一个多月，学到不少手上功夫。比如用笔用墨之法，层层着色之法，重复勾线之法，衬底晕染之法，喷水浸润之法等等，在他专心致意、心领神会之后，用到他的人物造型中去，确实获得不少益处。有时浅予画印度舞蹈人物，请大千指点，大千都反过来借用他的画稿，用他自己的敦煌造型方法，画成大千式的印度舞蹈人物，并题上字句，说明画稿来源，这种坦荡虚心的态度，更增加了他们之间的友谊，如切如磋，如琢如磨，各其增加的画技、互相渗透，共同提高。他临大千的画，大千也临他的人物画，艺术交流，相得益彰。之后，他同戴爱莲去康藏，又画了

著名漫画大师叶浅予1992年4月9日在北京中国画研究院隆重举行"叶浅予创作回顾展"，车辐（左）特地去京祝贺。叶浅予（中）及女儿叶明明（右）

很多穿戴民族服饰的各族妇女，这些人物画从笔墨、敷色到形象神态的刻画，都有着深厚的传统根基，是纯粹的中国画，有着强烈的地方色彩，民族特色，东方文化独特的气质。他常说，中国画家如果有中国文化的基础，即使吸收很多外来的东西，也会化成我们民族自己的东西。

20世纪30年代初叶浅予作品《新秋之装束》

在成都这段时间，叶浅予同大千及其友人，常去华兴正街悦来茶园（今锦江剧场）看川剧著名表演艺术家周企何的戏，他画周企何表演的《请医》，大千则题字，周亦珍视二位大师合铸的珍品，一时在锦城中传为美谈。

叶浅予绘画的变法，是他常感到那种外来画法之不足。当他早年游黄山，认识了张善子、张大千弟兄后，他说："我的艺术事业出现了一个新的起点，在漫画和速写之外，接触到山水画的写意境界，虽然创作《富春山居新图》的时间还在1940年之后，可是对中国画的艺术特征却已有所认识。在漫画和速写中运用中国画笔墨，也有了个起点。"

他在游黄山时对如何描绘直上直下的玉屏峰石级有过设想：总感觉这样的山径，难以和山水画的回环、曲折、虚实相协调，而要画黄山，又不能违背这一道直上直下的直线。这使在他千回作念万般思索中，彷徨不前，探索艺术的道路被挡住了！后来他在北京琉璃厂画店中看到张善子一幅扇面，只见满纸峰峦，玉屏居中，天都、莲花分居左右，那条云梯般的登山小道嵌在玉屏岩危石中，不避艰险，摒弃常规，独具匠心，带有创造性，把最难下笔的黄山正面形象，画得淋漓尽致，美不胜收！他十分感动地说："我真佩服张善子有此异乎常人的胆量。我自从和张氏兄弟结识以来，对二人的艺术风格略有所见，善子务实，大千务秀。只有务实的工夫，才能对任何实景无所畏惧。在我画《富春山居新

在悼念叶浅予大师会上，（右起）方成、华君武向叶浅予女儿及亲属表示亲切问候

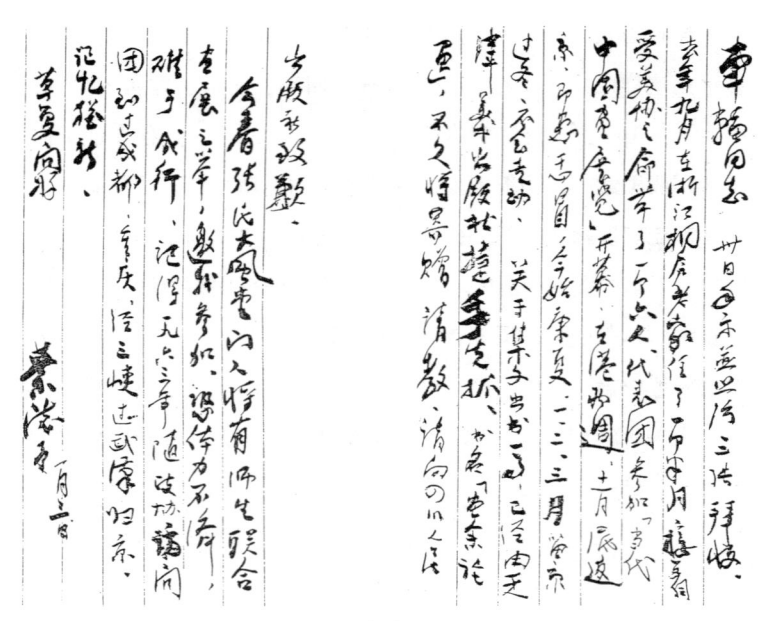

叶浅予给车辐的信

图》的那几年，善子这件黄山扇面，时时盘踞在我的脑海里，遇到难处，我就打开回忆之窗，向它请教"。在初级阶段去"搜尽奇峰打草稿"，到眼前又艺术处理再现自然，"外师造化，中得心源"的更高阶段，到这个时候，才算是悟得其中之道，才能使自己的创作有了新的境界。1992年9月我去京祝贺他的"叶浅予创作回顾展"后，去他的画室，扯到这些问题，他捋须微笑说："当初弄得我好苦啊！"从摄取素材到他画过的对象，就他驾驭的画法而言，那是不成问题的，但神韵呢？中国人画中国画的味道呢？"学而不思则枉，思而不学则殆"，其中的苦修苦练，那就非一朝一夕之功了。

叶老晚年迁入京西郊三环北路中国画研究院后，闭门作画，很少社会活动，每晨同漫画家丁聪在海运昌紫竹院一带散步，近年附近修了立交桥后，早晨就见不到老人的脚步了，先前他有打算，准备回浙江桐庐老家定居，有了这个打算，北京东坡餐厅主人张达得知，在欢宴黄苗子、郁风自澳洲归来，请有谢添、吴祖光、王蒙、杨宪益、沈峻等，张达居然把88岁的叶老请去了，且合影留念。据说当是叶浅予老人最后一照了。

老人在5月8日病逝，终年88岁。一代宗师，艺术永存。

  浅予安息题句

  横绝六合，一代宗师。天然妙趣，基功如石。

  一创画风，高山仰止。半世老友，望若云霓。

·往事杂忆·

百岁相约在广州

1993年11月18日午后,我同几位这次来穗参加"首届中国美术博览会"的艺术家们,拜访了老友关山月。

1999年,关山月在中国美术馆举办画展,关山月(中)与女儿关怡(左)特意在美术馆的大门前和笔者女儿车玲合影留念,并特别叮嘱我女儿将这张合影照片交给我,见照片如见人……

我代成都几个老画家向他问好,他频频点头于沉思的回忆中。我感谢他从美国给我寄了画片,初秋我儿子去穗,他还送我5本山水速写图以及台湾为他精印出版的画册,更早以前他还送我《情满关山·关山月传》。

1999年6月9日在北京中国美术馆举办"关山月近作画展",关山月(中)和他女儿关怡(左)、作者委托在北京的女儿车玲(右),一起参加这次盛展

・第四章　我眼中的文化名人・

1991年5月作者到广州走访老友关山月（右），他将为我画的册页取出，我即高举双手作接册页状，他也就将画好的册页高举起，送到我头上来。这一私人交往的赠画册仪式用珍贵镜头保存下来了

1993年11月车辐在关山月（左）老友家的客厅，又谈起抗战期间在成都生活的那些往事……双方紧握着手共同祝福，相约百岁广州见

我们又有5年不见了，他今年83岁，红光满面，他同我说话也夹杂了四川话，我完全能听懂他的"青蓝广东话"，我知道这是他对于我这个成都人的照顾，使我倍感亲切。他问我多大岁数，我向他说："年方80"。我取出柳倩为我题字的册页《堆金砌玉桌》，求他为80老弟留点纪念，他翻开册页看到刘开渠、黄苗子、吴祖光、周而复、俞振飞等老友的字画，他谦逊地说："这些大名家在上，我能画些什么？"——由于我们相交在半个世纪以前，他老兄也就收下了册页，我也就不胜雀跃之至了。他还说："我到一百岁时你要来为我祝寿啊！"这是美好的祝愿，我敢不来么？算来人共梅花老，其中相隔17年，那时我来广州祝他期颐

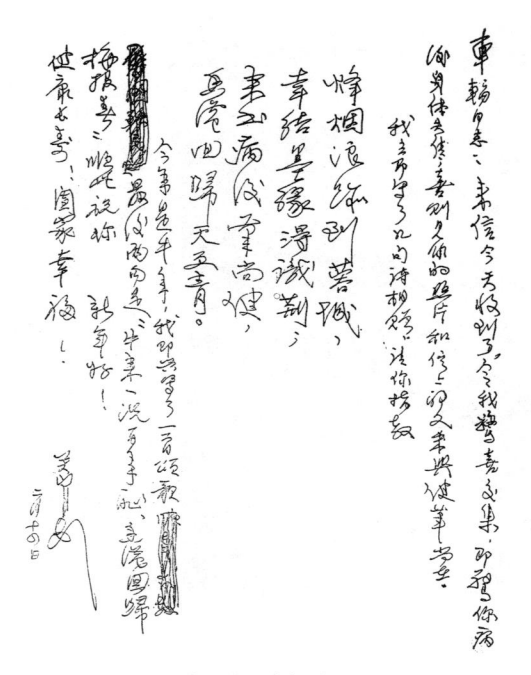

关山月给车辐的信

大寿,我也到九十七高龄了。"恨不发如青草绿,笑成花似面颜红",这真是怪有意思的!

向他介绍了参加此次展览的青年画家《中国川剧脸谱艺术》的作者叶久明,他看了作品,欣然为他题字。

我们来时已有人来会他,我们还未走,又有人来见他。我们不敢久留,为了疼惜他的精力,同他告辞。

我不让他送我们下台阶,他仍握着我的手移步,白发人对白发人啊!过了园林直到大门,心情十分激动,他再说:"我活到

·第四章 我眼中的文化名人·

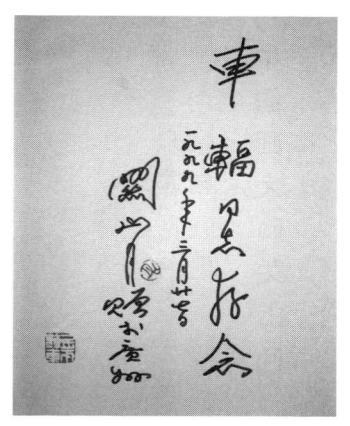

关山月送给车辐这本精美画册《中国画大师关山月》并在书内（右）签名留念

一百岁的时候要来为我祝寿啊！""谨遵台命，小弟这儿有礼了。"他又补上一句："你要来啊！"

我问到李小平大嫂，说在医院中，我合十为她祝好！不见她又快10年了，算来人共梅花老，怅怅珠江送激流。

关山月为车辐作画"梅花图"（68厘米×25厘米）

303

·往事杂忆·

吴茵与成都花茶

此茶的花是在三伏天雨后，烈日照射，水汽蒸发，空气湿度大的情况下，采撷的成都东郊龙泉丘陵地带的茉莉花，加以人工烘制而成，有三熏黄芽、特级花茶等。

抗战初，吴茵来成都演剧，常同有女才子之称的赵慧深，导演沈浮、谢添等坐茶馆，吃成都人喜欢的三件头的盖碗茶。所谓三件头，即上有茶盖子，可以调节鲜开水冲入茶碗后的温度；碗口大成漏斗形，使茶叶入底，聚散适宜；下有茶船，可以托举盖碗，又不烫手；也可手捧茶船敬客。这种茶具，以江西瓷为上，彭县瓷次之。

50多年过去了，我每次到上海去看吴茵大姐，都送她一些成都花茶。当她一品尝到茶时，就感伤地想到赵慧深之死！沈浮的病，病到连多年老友也认错了。对于谢添，她则抱怨说："他对故人老友很热情，一见就拥抱；可是他一去之后，就连信也没有了。"她还想着成都的名茶铺二泉，有楼台亭阁水榭的三益公茶铺，想到这座古香古色锦官城的休闲味道，尽管是在敌机轰炸下，只要空袭警报一解除，爱吃茶的人仍然坐在茶馆里照吃不

1985年初夏,作者儿子车新民到上海,来到吴茵家中,送上作者特意在成都准备好的花茶,她双手捧起对着花茶深深呼吸,好像在回忆那时成都的二泉、三益公茶铺……

误,为了吃茶,仿佛连生死也置之度外了。

最近我打算从成都去上海,预先为吴茵大姐买了成都花茶。我想,当茶送到她手里时,她该又是像每次一样很高兴。——突然,晴天霹雳!途经北京见到谢添,他第一句话就对我说:"昨天石羽告诉我吴茵死了!"真的么?我几乎不大相信,但马上便陷入怅惘中了。谢添眼睛润湿了,他说:"沈浮的三部曲:《重庆二十四小时》《小人物的狂想曲》《金玉满堂》,我同白杨、吴茵都同台演出过,特别是《金玉满堂》在成都上演,白杨演我的妈,吴茵演我的婆婆,我演她们的儿子孙子。那时我们在舞台上演得真够默契,在那个时代,那样颠沛流离的生活中,台上台下,患难与共,演员在演出中情感交流十分真诚……"谢添几乎说不下去了,他指着我说:"你是见证人。"

我们相对无言。

后来在绒线胡同四川饭店的餐厅里，每呷一口成都三件头盖碗花茶，心里都不禁叫着"大姐"，谢添则说："她是你的婆婆，婆婆哟！"

回到住所，打开行囊，取出原预备送吴茵大姐的花茶，默然久视——茶在，吃茶的人却永远不在了。这是一包永远没送到的茶叶，我将它默默收起，不再打算转送任何人。室内有淡淡的花茶香。我想到吴茵大姐的一生，她是非分明，忠厚善良，"身既死兮神以灵，魂魄毅兮为鬼雄"。她献身艺术，一生专攻老旦，在银幕和舞台上塑造了许多感人的中国老年妇女形象，被誉为"东方第一老太婆"。人们是不会忘记她的。

4月10日为吴茵大姐谢世之日，想大姐此去未远，借这缕悠悠茶香，以作老友之心祭。

"东方第一老太婆"吴茵

伟大与讨厌的晚年

上海余庆路以西住宅区一带,阳光透过行道树投下绿色的光波,走在阔叶的法国梧桐树下面,有如钻进了林荫隧道。就在这幽静的环境中,一所古旧的西式楼房,上面住着我国电影界老前辈、有"东方第一老太婆"称号的吴茵大姐。

凡是看过《一江春水向东流》影片的观众,谁不记得她那精湛的表演艺术,虽然她因在劳动中伤腿,告别影坛20多年了,但在今天世界影坛上仍然得到很高的评价。

她现在白发苍苍,走路得用拐杖,很吃力地蹒跚其步,但她的性格开朗,仍然很风趣幽默。托尔斯泰在《马的故事》中说过:"有伟大的晚年,有令人讨厌的晚年,有悲惨的晚年;有令人讨厌和伟大混在一起的晚年。"这位七十开外的"东方第一老太婆",她是后者,即伟大与讨厌兼而有之。她的电影表演艺术驰誉中外,难道不伟大么?但她残废了腿,当然是令她讨厌的。她的晚年却很幸福,得到各方面的关怀与照顾,讨厌的就是这个腿。既来之则安之，久了，由于她那乐观直爽的性格，也就安之若素了。现在她坐下来为各地报刊写稿，笔耕她的晚年。

腿是怎样残疾的

大家知道1957年她被错划，而且是点了名的"大右派"。为了要挖所谓"思想根子"，她搜索枯肠"彻底交代"，还是被戴上"右派分子"的帽子，去农场劳动，决心要在劳动中改造自己。那时她身体很好，况劳动可以减肥，岂不是"祸兮福所倚"么？最初她挑泥巴可以挑30公斤，受到夸奖，从30公斤加到35、40公斤。在那悠长的日子，越是劳动，心里越好过，没完没了的劳动，也使人在极度疲乏中忘掉一切也容易睡着。后来她增加到50公斤，出了大关了呀，突然！不知哪个关节上"嚓"地响了一下——完了，她从此站不起来了，头昏眼花、四肢无力，痛起来大汗淋漓。她说："我很悲伤，认为从此残废，思想上真正感到痛苦。"

到了1962年，左腿开始坏了，到1974年大关节以上都不行了，每况愈下，在家里移动脚步也困难，以后不得不用上了拐杖，否则寸步难移。

她否认"东方第一"

对于"东方第一老太婆"的称号，她郑重其事地说："我对这雅号，老实说很不喜欢，和我同时演老太婆的有胡朋，现在出来

吴茵在家中正在看作者从成都带来的信

一位欧阳儒秋也不错。所谓'第一',我想可以解释为当时没有人愿意在脸上画皱纹,而我先画了,正当30多岁的年纪,便演了不少老太婆。如果当年以此称呼首先扮演者为'第一',还马马虎虎说得过去,现在再这样称呼就不对了,把别人演老太婆都否定了。"

38岁的老太婆

20世纪40年代由地下党领导的昆仑影片公司,拍了《万家灯火》《一江春水向东流》《希望在人间》《乌鸦与麻雀》等进步影片,揭露了当时国民党反动派要打内战,伪法币贬值,通货膨胀,民不聊生。《万家灯火》里的小职员胡志清借来三万万元钞票,就是用麻袋装回家的,当天还可以买五斗米,过了一夜,只能买几升米了！这个小职员一家三口，挤在一个小小的亭子间，晚上拉上丁字形的被单一隔，勉强睡觉。这就是当时上海一般老百姓的悲惨生活。这部影片新中国成立后反复放映，仍然能够得到观众喜爱。吴茵大姐说："主要是编导有正确的立场，深入的观察；剧情完全是依据现实生活的发展变化进行创造的，毫无半点牵强附会和主观臆断的虚假成分。我演那个戏里的老婆婆时才38岁。老婆婆是一个心慈肠柔，非常关心儿孙的老人。生活中无处不寓有戏剧性，我从电影上创造人物的经验中深深体会到，凡是脱离了生活的'戏'，是没有生命的。"

剧坛三杰

1980年10月我到上海去看吴茵时，正得赵丹在京病逝噩耗，彼此都以沉痛心情怀念阿丹，大姐说："抗日战争中在四川话剧舞台上有三杰：赵丹、袁牧之、金山，真是了不起的人才！"说完她沉默了。隔两天我去看她，她拿出《哭阿丹》的诗作给我：

> 从事影剧五十年，
> 并肩战斗友谊坚。
> 《马路天使》传绝艺，
> 《十字街头》喜相联。
> 《乌鸦与麻雀》展才智，
> 《武训传》奇艺云天。

十年内乱庆未死，

何处招魂哭屈原。

她认为赵丹演得最好的片子是《武训传》，从表演艺术上说，值得一看！

战斗入四川

1937年7月，日本帝国主义侵华的炮火逼近上海，在党领导下，吴茵、白杨等组成36人（有12位女演员）的"影人剧团"，冒着敌机轰炸、几乎翻船、受尽种种苦难，终于到了重庆，演出了《卢沟桥之战》《流民三千万》《汉奸》《黑地狱》四个戏，宣传了抗战救亡的爱国思想，使四川观众第一次看到话剧（以前是幕表戏、文明戏一类的旧形式），打开了闭塞的空气，而且是第一炮就打响了。

到了成都，演出场所热闹异常，他们的住地也川流不息。特别是白杨、谢添、路曦等，被热情的观众包围。新闻记者和救亡学生们同他们建立革命友谊，剧团负责人孟君谋、沈浮、陈白尘等忙于接待。特别要提到的是抗战前在上海长期经营影片业务的夏云瑚，他在经济上、人事上拼挡一切，卫护他们入川救亡。

成都的风波

他们在成都仍然是演出四个抗敌救亡戏,受到热烈欢迎。正在此时,成都警备司令严啸虎三下"请帖"单独要"请"白杨"赴宴",这位司令官打的什么主意,怀的什么鬼胎,也就不问可知了。——这场司令官"请客"以失败而告终,可是他的狗腿子伪装组织剧团,高价收买演员,分裂"影人剧团"。不久,便一分为二,真正爱国的、不为金钱所诱、愿献身艺术的十多位同志,团结在夏衍同志周围,计有:沈浮、孟君谋、陈白尘、白杨、吴茵、谢添、施超、燕群、路曦等,继续战斗。

皖南事变后,他们组成民间剧团"中华剧艺社",在重庆、成都演出郭老的《屈原》、夏衍的《法西斯细菌》、阳翰笙的《天国春秋》,这些戏的内容,像排炮一样对准了反动统治者,当然他们是恨之入骨了。但在党的领导下,剧艺社的同志们采取了曲折、坚毅、机智的斗争,终于争得演出顺利完成。

一江春水向东流

抗日战争胜利后,周恩来指示:必须在上海建立文化阵地,坚持文化工作。吴茵大姐这时也同大家一道欢欣鼓舞地回到离别8年的上海。可是国民党利用其统治势力,抢先接收了上海所有的电影制片厂。战前,联华公司不是敌产,有理由不让国民党接收,原联华制片处处长孟君谋(吴茵大姐丈夫),经过曲折复杂的斗争，将厂址收回，建立昆仑影业公司。诸事齐备，只欠东风，正在一筹莫展的时刻，夏云瑚又出来提供了大量资金，拍摄出《八千里路云和月》《一江春水向东流》等十大影片，轰动全国。新中国成立后放映多次，卖座不衰，并得到国际电影界的赞扬。回忆往事，吴茵大姐感慨良多。她正动手写回忆录，还挤出时间为报刊写稿。她脚不出户，有一颗火热的心，纵横驰骋；她的心胸开阔，包容得下几座大山，几江河水。她否认她是"东方第一老太婆"，但，无论如何她是第一流的"东方老太婆"。

· 往事杂忆 ·

被误诊致残的新凤霞

　　1992年9月16日，新凤霞早起下床时，跌断了左臂，骨头露出皮肉之外，痛苦可想而知。旋即送进医院，经两个多月医治，创伤基本恢复，已回家休养。最近我们去看望她，她已能由人搀扶到客厅小坐。我对她说："大家最关心你的手臂伤势，会不会影响你今后作画。"她说："我今后仍然可以作画，没关系。"她的精神面貌及气色都是令人放心的。她不止一次跌伤。据吴祖光谈：1985年，他同新凤霞出席中国作协第四次代表大会，她在宾馆午眠时从床上摔了下来，头撞在床头柜上，起了一个大包。原因是她做了一个噩梦，梦见吴祖光被几条大汉用绳子捆走了；接着听见枪声——实际是电话铃响，吓得她摔下了床。

　　吴祖光不禁唏嘘。片刻，又继续说下去：中午我出去了，屋里只她一个人，她再也爬不起来，在地上差不多躺了两个多小时，后来服务员小岳和对门陈冰夷同志救她起来。我回到宾馆时问她为什么不叫喊。她说一怕让人看见形象太难看，二是等我回来让我看看她的可怜相。

　　"文化大革命"十年，她挖了七年防空洞。她从小在贫民窟

新凤霞（左）与作者合影。此时她左肢瘫痪行动不便，坐在沙发上接待客人，既方便不累且又不显不便。

里成长，从不怕吃苦受累，但是她得了严重的高血压脑血管病，血压达到200以上，医生开休假条，领导却不准她休息，终于在1975年10月16日突然晕倒，送医院急救，又被误诊，把脑血栓当作脑溢血做了恰恰相反的治疗。住院两个月之后出院，左肢瘫痪不能行动。凤霞就这样结束了她大半生全心热爱的舞台生涯。剧院一直到现在，还有人说是由于剧院宣布解放她，让她演戏，她一高兴，过度激动病倒的。真叫人无法容忍。

· 往事杂忆 ·

读新孀遗作:《我叫新凤霞》

吴祖光送我一本北京出版社新近出版的《我叫新凤霞》,并题写"车辐仁兄留念,凤霞遗作,祖光赠1998年10月"。手捧遗作,再看祖光在遗作之后的跋语,顿时感到有些沉重:"凤霞从1951年大约26岁时和我生活在一起,经过将近半个世纪的时间,其中有一段可称为雷霆风暴的漫长历程,但她处变不惊,临危不惧地安然走过来了;在多大的威胁之下从无丝毫动摇,即使累倒、病倒、误诊而半身瘫痪也安之若素,而在这种景况之下,她居然写了四五百万字,出版了30本书,最近出版的两本40万字的厚册,还有两本即将付印成书,而在前两天又发现一大批未编的存稿,除著作之外,还有水墨画作不下数千幅。这样的人,这样的现象,她绝对是古今中外绝无仅有的一个奇女子。"事实如此,新凤霞的确是一个奇女子。

翻开沉甸甸的书,我读到新凤霞的《自序》:"我在天津贫民窟长大,生于穷苦家庭,一家靠父亲卖糖葫芦生活,姐弟七个,加上父母九个人吃喝。艰苦使我从小学戏……我演戏唱戏先想为一般的穷苦人看,如《祥林嫂》《刘巧儿》《花为媒》等等,都是

1990年11月作者登上四楼，来到新凤霞（右）的家，在客厅又一次的见面，又一次的合影

中国的传统女人形象，她们都有中国妇女的贤良、坚贞、忠厚的品质……我和新中国同命运，在唱腔上形成了新派唱腔！感谢老舍先生介绍，我选对了祖光。"

新孃（朋友们都这样对她尊敬的称呼）这本遗作共分五章：一、我和祖光；二、我的家人、师长和朋友；三、我和我的评剧艺术；四、我和天桥；五、我的人生感悟。篇篇真话，字字珠玑。她说："我是一个老百姓，我叫新凤霞。"这本书约有五六十幅十分珍贵的照片。其中有1998年4月新凤霞与吴祖光在江苏常州的最后一张合影，还有与冰心、艾青、邓颖超、曹禺等人的合影。1998年4月12日，新凤霞在常州大酒店突患脑溢血，经医务人员全力抢救，历一个礼拜之久，这位一代评剧艺术大师，最后还是去世了！

·往事杂忆·

秦怡从来不觉老

不久前,秦怡来成都,头发是染黄了的。她本来很美,还经得这一烫么?她回答说:"来成都前,去了浦东给他们烫成这个样儿了。"

秦怡这一烫,却烫出了老年人快乐坦荡的心情。她对"年龄不饶人"那类说法,置之度外。有什么因袭的观念,陈旧的看法,能阻挡得了不老心境的老年人?"人老心不老"这点太重要了。

20世纪90年代初秦怡摄于上海家中

人所共知,秦怡一生是在苦难中长大,她比更多的女人受了更多的折磨和痛苦,原因在于她比其他女人长得更美,"世间尤物皆祸水",这句话在她身上应验了。她遭受过半个世纪的苦难,可在今天,从她的精神面貌、心理状态乃至生理上,却焕发了老而不老,青春常在的崭新面貌。从前她来成都演出时,也同

·第四章 我眼中的文化名人·

大家一起坐茶馆，漫步于锦江之滨，浣花溪畔，但有一种年轻貌美羞涩的感觉。今天来成都，秦怡大方自然，充满生命的活力，遇着老朋友，侃侃而谈。在成都市电视台的化妆室里，她谈笑风生地说："人生不如意的事十之八九，回避不了，要处之泰然，平心静气地去接受它，万万不要把它当成负担。这样做有利于问题的解决，有利于自身的健康。"她的话正是谚语所云："苦难磨炼了自己！"

1994年1月合影于成都百花潭公园。从左至右：孙滨、白杨、秦怡、车辐

1994年1月合影于成都饭店。从左至右：秦怡、车辐、白杨

秦怡说她从小就喜欢运动，对球类、田径都能来几手，还得过跳高奖。近几十年来，她动过多次手术：切除甲状腺和胆囊，同时因脂肪瘤和直肠癌被送上手术台，真是祸不单行。但她病一好，又逐渐试打起乒乓、羽毛球、蹬腿或者原地跳跃。她早睡早起，几年前她来成都住五福村，天刚亮我就去看她，她早已起来

梳过头准备做运动了。除运动以外,秦怡有一个老而不老的好方法,即"要保持新鲜的感受,清新的心志"。她说道:"我闲在家里,也要把屋子打整得干净、整洁、清爽。对一幅新换了的画,我静坐下来仔细观看,看画家的构图用色,研究画家要达到画面追求的意境等等,够你欣赏;再如一张字,看它的书法、结构、用神,在同一个空间,不断地给自己创造出新鲜的感受,增加生命的活力。这样才能永葆年轻人那种跳跃的美景。运动不可少,调节心灵舒畅对于一个老年人大有好处。"

秦怡一家三口。她要照顾一个终身未嫁的老姐姐,一个得了精神病的儿子,还有不少社会活动,生活担子重,压力大,但她处之泰然。她说:"问题不断地来,而你就得从容不迫地认真对待,回避不了,躲也躲不开,唯一的办法只有正面迎接。人的生命力强得很,就看你怎样去对待,几次要命的重病,几次开刀,可我从来不背包袱,而是采取积极态度,战而胜之。直肠癌手术,一天要解十几次大便,身上插满了输液的管子,当然很痛苦,但在精神上我很乐观,要顽强地活下去。思想上不受任何威胁。病一好我就抓紧锻炼,我从来没有老的感觉。"

同她闲聊中,她对老龄人的看法是:要保持年轻人的心境,要注重自己的外貌,化妆是必不可少的,要装扮自己。秦怡说:"人毕竟老了,要老得自然大方,衣服大方,要有时代感,不断为自己创造新鲜感受,自我感觉良好。我不吃药,也没有什么养生之道,有,就是锻炼。"

白杨、秦怡重游成都

春节前夕,老影星白杨、秦怡联袂飞回成都。白杨一拢成都,就像回到了自己的老家一样。她说:"我要看看智育电影院(现王府井百货)和隔壁那家小旅馆;要看五世同堂街《华西晚报》;还要到华西坝、南虹游泳池等地寻找旧日的梦……"

白杨满怀深情地说:"1937年冬天,我们影人剧团从重庆来成都,一见成都就陶醉。成都像个小北京。少城那些幽深的街

1953年《屈原》演出后,从左至右:魏鹤龄、赵丹、白杨、张逸生与郭沫若(中)留影纪念

巷，活像北京的胡同，像得很。成都人的风俗，习惯，那味道，那些小吃一下子就把我们迷住了。成都的蔬菜又好又多！我最喜爱吃青菜脑壳。别处好像没有这种菜呀！成都的泡菜风味也很独特……"我陪白杨来到蜀都大道红旗剧场凭吊当年的智育电影院。白杨东看看，西瞧瞧，渐渐陷入沉思之中。因为她们当年下榻的那间小旅馆，今天已成大道上最后一处旧房而被夷为平地了。巨型打桩机正在那里轰鸣，一座新的高楼将拔地而起……

白杨掐指算，回忆道："抗战时期，我先后来成都演过两次戏。第一次是1937年，距今已有57年了。那次演《流民三千万》，旨在宣传抗日救亡。剧终落幕时，象征抗战胜利的红太阳冉冉升起，而当局竟指责说：'红日都升起了，还抗啥子日嘛！'下令禁止演出。想来真令人啼笑皆非。今天故地重来，大道宽阔、高楼林立，旧貌换新颜，如果没有老朋友指点，我什么也认不出了。"

到达成都的第二天，白杨与秦怡同游百花潭的慧园。大门外有块巨石，上刻冰心手书"名园觉慧"，觉得很有意思，便合影留念。二人入园仔细观看了巴金对文学事业的追求、创作成就等，各个部分的文学史料和照片。游览了园内楼台亭阁和花园。

白杨和秦怡，这次是应成都电

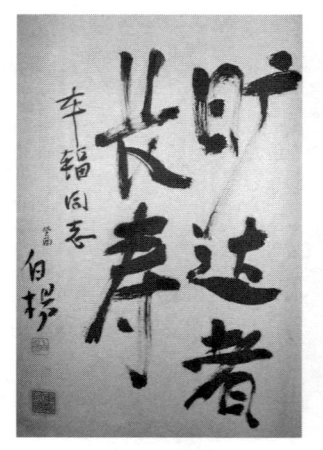

白杨为作者题字

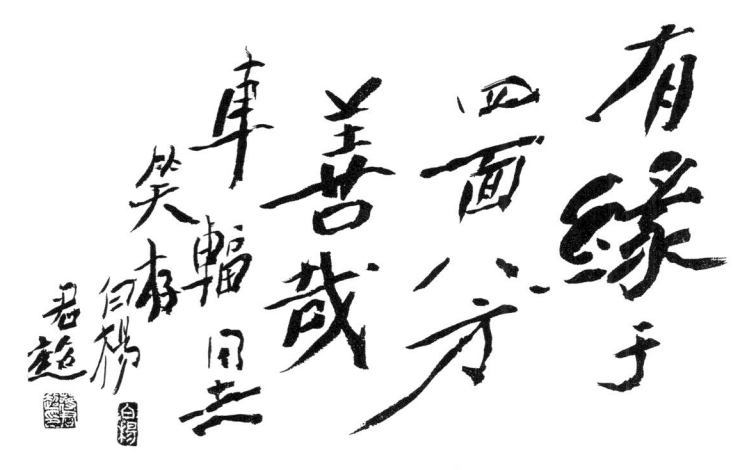

有缘于四面八方 善哉 车辐同志 笑存 白杨 君超

白杨、君超夫妇为作者题字

视台"情系这方土"晚会邀请故地重游的。白杨抗战时第二次来成都曾在提督西街国民电影院（现军区影剧院）演出过巴金原著《家》。她演贤淑温良的瑞珏，给蓉城观众留下了深刻的印象。今天，年过古稀的白杨漫步在慧园中，仿佛重见故人，倍感亲切。

从慧园牡丹亭到紫薇堂的矮墙之东，浮动着阵阵蜡梅的芳香，好沁人呀！于是，白杨和秦怡寻香步出了晚香楼来到水榭曲廊，在盛开的蜡梅树下，与大家合影。

归程来到人民南路广场。秦怡说："成都颇有大都市的风貌了，真热闹啊，遍街都是五颜六色的广告。城市建设很好。有些街巷还保持了原来样儿，但很干净，清爽。"

为冯亦代、黄宗英补礼

9月4日,北京炎黄美食苑总经理宝世宜女士宴请冯亦代、黄宗英夫妇,我辈老友数位作陪。略有清闲的黄宗英仍然很美,我赞她气色红润,没想到她挺实诚地说:"全靠化妆。"女人的这类诚实实际上很了不起,我忽然有点儿感动了。她的"外子",翻译家冯亦代81岁,望之若70岁上下,书生一表,风流潇洒。他说最近有个年轻人几次三番打电话给他说要见黄宗英,理由是他要看《赵丹传》。几次纠缠后,冯亦代终于发话了:"黄宗英是我的太太,你看《赵丹传》却向我问黄宗英……"这本有些情绪的话,却让我们这些饱经世事的老人体味出一种类似《金色池塘》悠然、温婉的意蕴,大家不禁莞尔。

我同黄宗江后到,我心想:黄宗江今天是理所当然的大舅子,且看他如何表现。黄宗江见了冯亦代与黄宗英,伸出双手的同时与之分握,可谓双管齐下,左右逢源。之后,两兄妹就像以往一样,一见面就说个没完。宗江之健谈为朋辈所共知,动辄妙语连珠。他说近来太忙,其一,忙于拍戏,演丰子恺这位大画家,感慨:"年逾古稀,重施粉墨矣!"其二,有人为孙道临出书,请他

1994年9月在北京留影，从左起为：黄宗英、冯亦代、车辐

写序。我女儿车玲一向嘴快，插话说："我父亲也要出书了，也请您写序。"宗江说："我若为车辐写序，第一句就写抗战初期诗人江村、剧人施超死在成都时，是他将他们义葬在自己祖母的墓地里。"他告诉我们："白杨瘫了，已被儿女接至东京疗养。大家都不如你车老精神，真是天官赐'辐'也。"

正说着，90高龄平日很少出门的胡絜青老人，由宝世宜女士亲自驾车接来。宝女士喊胡絜青是"奶奶"，我问胡老，方知她自小在老舍家读书，喊老舍之子舒乙为"叔叔"。她经营的位于细管胡同的美食苑，也有胡老的一番心意，以京菜为主，服务于文化界，融饮食、文化于一苑。

胡老被搀扶上楼，冯亦代上前打躬，黄宗英双膝微弓、双手叠于右胸前摇动，行老北京女人请安之礼。这个动作多年不见，令人想起她在电影《家》中饰演的梅表姐。黄宗江做欲"纳头便拜"之势，我作舞台象征性的跪拜之礼，众人如此一番参拜后，将胡老扶之上坐。

舒乙后至，有说，有笑，有手势，他说后天将去台湾岛访问。

一席饮宴除主菜外，北京小吃达十余种之多，有著名的小窝头、麻豆腐、香椿豆、焦圈、羊霜肠等。最牵人情怀的还是豆汁。那酸酸的难以形容的口味，丰富、复杂而又协调，令人一言难尽。我想起当年在六部口喝豆汁的情景，多年不见了，数不尽的相思，想不到今夜又在这细管胡同细细品来。

宴毕，摄影留念后，大家恭送胡絜青老人至大门口，由冯亦代、黄宗英送上汽车。今夜之宴，实际上是为冯亦代、黄宗英婚后补行一种北京风味的礼仪。13日，东坡餐厅的主人张达，又请冯、黄夫妇品尝川味。当天客人有凌子风、韩兰芳、方成、钟灵、丁聪、周而复、黄宗江等。广东电视台文艺部来拍摄了人物专访。所请的客人唯谢添未到，事后问之，支吾其词，说什么"已凉天气未寒时"，这真叫"天晓得"了。谢添向有急智，一贯有问有答，此番答非所问，实出大家意外。今且按下不提，来日见面，必向他追究"已凉未寒"之所谓。

· 第四章 我眼中的文化名人 ·

好个黄宗江

抗日战争期中——1943年重庆话剧舞台的"四大名丑"该怎样排列？有的书上写着："蓝马、黄宗江、沈扬、谢添"，有的将他排在第三，这些文献资料已载入史册了。黄宗江本人的自我鉴定呢？他老是笑而不答，有些谦虚。

为黄宗江写传的作者许国荣，根据史实和剧坛评论家的评定，重新排列"四大名丑"。他们是"谢添、蓝马、沈扬、黄宗江"。

黄宗江一身是艺，仅丑角一类范围不属他。他的正业是电影编剧，《海魂》《柳堡的故事》等已为观众所赞誉，他早已在影坛登稳了。京

黄宗江于2006年4月13日来蓉访友，车辐与黄宗江（站立者）一道参观望江公园的崇丽阁、薛涛古迹及大片多品种竹林。他感到成都的名胜古迹保护得很好，特意在薛涛井前合影纪念

327

剧是他自幼儿所学,且以杂家、散文家纵横于世。不仅此也,他还是"文化使者",今日巴黎,明朝柏林,四年前到美国圣地亚哥加州大学讲学,得到好评,载誉而归。我问他:"你去美国讲学,一年拿得到好多教书费?"

"两万美金。"

他见我有些惊愕,马上补充说:"别看数字大,一年房租就去了八千美金。"除了其他用费,所剩无几了。哪里挣来哪里用,全都付与一笑中。他总是笑嘻嘻地,有极其旺盛的精力,他同你谈天说地,口若悬河,而且使你愿意听。他驾驭语言的艺术十分高明,能把一个平凡的事儿说得津津有味,话剧舞台上又常有戏曲韵味。他在吴祖光的《正气歌》里,扮一个没有姓名的老头

1983年在重庆参观画展,从左至右:黄宗江、车辐、黄宗池(川剧编剧)合影

黄宗江（右三）和三个妹子：军中妹子王晓棠（右一）、血胞妹子黄宗英（右二）、海外妹子卢燕（右四）

儿，又只是在序幕、尾声里出现，但他几句台词说得慷慨激昂，顿挫有致，生出无限韵味。他不因为戏少而突出自己，或如戏曲舞台的行话"中飞洋"，这些于他无丝毫关系，他是忠实于人物，追求的是艺术。许国荣说他："在塑造的角色里，常有发自他个性色彩的点题之笔，从而使角色别有风采。"

宗江对朋友真挚而热情，去年"蝉鸣哀暮夏"时节我给他打电话，说我要去看他。他迟疑了说"有朋友正在我这儿写东西"，有些为难，但马上又回我电话说："要来就快来，都认得你，不是外人。"我去一看，原来是许国荣正在为他写传，我一去他的话匣子就打开了，他那热情溢于言表，他的夫人阮若珊大姐，也忙于安排一顿北京地道的午饭。

饭后，疲乏想睡，加之蝉鸣柳梢，倍增倦意，而他却来了兴头。他的家门外就是什刹海边，新恢复后的荷花市场正开市，我们在烈日之下，听他如数家珍似的说道：这荷花市场清末民初已有了，每年从端阳节到中秋节，在前海西边小海中间的一条南北大堤上兴起，依水建棚，有北京著名小吃，有清凉新鲜藕、菱角、鸡头米、荷叶粥、八宝莲子！你看，还有茶馆酒楼。"再吃一点好么？"他问道。

"我们在你府上都吃成'齐颈（景）公'了，实在装不下去了，谢谢！"

他不管，见一处小吃都说好，要我们尝尝。他说这里有曲艺、戏法、杂耍，恢复后搭的仿古牌楼、仿古商亭，突出地道的北京风味，并问我们：坐不坐茶馆，看看字画……北京城本来已够味了，经他那一说，味道更浓、色彩更重，好一个充满生命活力的黄宗江，一个永远不知道疲倦的人。

能够随遇而安，
便是天下神仙。
东坡随缘自适，
宗江无处不欢。

· 第四章 我眼中的文化名人 ·

黄宗英笔耕不辍

1992年7月下旬，上海是够热的了，由"上海土地爷"魏绍昌老人引路，我们去淮海路拜访黄宗英。她下楼去买西瓜，抱了两个平湖的大西瓜，我们随着她上楼，都汗流浃背了。这几天气温在摄氏40度上下，街上不时有救护车急救中暑的病号到医院里去，我们一到上海，就有些不安了。

作为主人的黄宗英热情地接待我们，端冷饮，切西瓜，忙个不停。我们在闲谈中发现这样热的天气，可以说全上海的人都赤脚穿凉拖鞋了，黄宗英穿的却是白色厚厚的棉袜子，而且是双粗线织的袜子。我当时不放过她的脚，拍了照，她谈吐自若，并无什么感觉，而我们同去造访的人，都感到这么大热的天，她竟然穿了如此这般的粗线袜子，总感到有些异样！听她说她天天还去游泳池游泳。大热天游泳是正常，大热天穿粗线袜子就不大正常了。后来我才弄清了一些缘由。

她当年写《小木屋》时，一心投入创作中，没有考虑太多。在现实生活中，她看到草原沙化，铺天盖地毁灭性地扩大，真是天苍苍野茫茫，家园变得特荒凉，乱伐滥砍多猖狂！环境保护的

黄宗英摄于上海赵丹家中

意识就突然明确起来,她强烈地感到环境文学的旗帜一定要扯开来。她进一步感到:爱您身边的人、爱人类、爱大自然,她觉得写《小木屋》这个题点对了。而且掉进去了,爱上了它,非它不可了。黄宗英执着于她的心愿、事业,她发誓说:"人活着是为了给,而不是为了取。"她为电视纪录片《望长城》做主持人,1984年获"首届全国环保妇女百佳"荣誉,我们在大热天拜访她时,她取出这部片子给我们放映。她忘我地工作,她病了;去西藏留下高原反应症,静脉严重曲张,影响了毛细血管循环,导致下肢肿胀不到半年竟换了七个鞋码。

黄宗英为病魔所缠,有时也使她的乐观性格受到折磨。但她说:"我还要跟后遗症赛跑。我已经被高山开除了,'海龙王'还不会拒绝我。我好了还要去写。生命究竟有没有意义,并非我的责任；怎样安排此生，却是我的责任。"

病也缠着冯亦代，朋辈都尊敬地叫他冯二哥。他得的脑血管意外，已五次反复了，实在令人担心！也令小妹子黄宗英随时不安，她叹息道："我该怎么办？年纪和时间一样，不听人指挥。是该认真考虑什么事情是上了年纪不该去做的，什么事情是上了年纪应该赶快去做的，能扔进去的时间不多了，要甘于寂寞，并勇猛进取，选定了则从一而终，再来个十年八年，至少不做一个讨人嫌的、无事生非的老太太"。

我写此文落笔时，收到黄宗英给我寄来她的近著《平安家书》，在书的扉页上题了"病久故人惜，民俗：病久故人稀，赠车辐大侠，宗英二〇〇〇年春"。书中有她一照十八头，白头仍风流。有她与冯亦代举杯问好，童年的七零八碎生活记趣，与季羡林书信往还，快乐的阿丹（赵丹），闲说亦代等篇，可看出她的文风、文趣。她与冯二哥的黄昏恋虽然为老病所扰，但仍以乐观态度照常写作。冯亦代五次患脑梗死，之后还出了五卷文集，真是老当益壮。宗英说："他是赵丹、黄宗江的至交，亦代他老了，偏瘫了，身边没伴儿，我属牛，他比我大一轮，二牛抬杠耕耘绿格田，相伴走人生最后一程吧。"

去年黄宗英又发病进了医院，昏迷了好一阵子，查出她也脑梗死了。可是她稍好一点，又振作起来，笔耕不辍。

·往事杂忆·

"刘三姐"黄婉秋

　　黄婉秋以电影《刘三姐》而扬名天下，在东南亚以及远到太平洋彼岸，凡有华侨的地方都有人知道黄婉秋的大名，由于她的表演艺术精湛，使得海外千万华侨对她喜爱，特别是东南亚，在华侨聚居的地方，还成立了"黄婉秋小组"，就是现在华侨家里过年过节，还要拿出《刘三姐》电影出来放映。各国旅游归来的华侨，也多到桂林阳朔河边那株大榕树下拍照留念。

　　那年我去南宁附近风景绝佳的大王滩水库，经广西制片厂朱导演介绍，认识了大名鼎鼎的黄婉秋，我的女儿车明也在，她们早已认识。我对黄婉秋艺术表示敬佩，她尊称我为"伯父"；我叫她三姐。他们正在化妆，准备在这风景宜人的大王滩拍片。她化妆出来，47岁的人，也只像二十几岁的少女。她拍《刘三姐》时才16岁，妙龄少女，像只小鸟儿。如今她快70岁了，有些发胖，却坚持减肥运动，仍然有她年轻时的美貌，仍保持天真无邪的那颗童心。她曾任广西歌舞团副团长，她的丈夫在团里是她的部下。如果说黄婉秋是娇小玲珑的小妹子，她的丈夫则是昂扬七尺的阿牛哥。"三姐"很健谈，她说她的儿子自费在桂林旅游专科学校攻读，女儿在广州美术学校读书。她在1984年与名小生石维坚合演《春兰秋菊》，1986年参加香港电影《长城大决战》演出，1980年拍了三集黄梅戏《黄山情》，拍摄时住在黄山大厦，拍摄那几天天色很黄，人说"天黄有雨，人黄有病"，碰上黄梅雨季节，她笑眯眯地说："黄梅戏、黄山情、黄婉秋、黄山宾馆、黄色天、黄梅雨、哎呀呀真是黄到一块儿了。"

她又回桂林了，筹组桂林刘三姐集团公司，上路快而胆子大，有刘三姐旅行社、刘三姐广告公司。离开南宁回桂林文化局工作，主要仍从事演出，还组织了一个义演团，随时待命。从黄婉秋身上可以看出广西多数妇女确实很能干，女性的社会地位也相应地提高了，女性自主婚姻占70.94%，女性拥有经济自主权达70%，这些数字说明了广西壮族自治区妇女的实际地位。回桂林后黄婉秋邀请《刘三姐》的原班人马欢聚一堂，然后到各地去演出。刘三姐的故事来自民间，她决心又把它还到民间去。

·往事杂忆·

"拼命三郎"凌子风走了

凌子风送我一本《缪斯的眼睛》,是记凌子风和他的电影的专著,为研究凌子风必不可少的一本书。他在书的扉页上题了:

"车老夫子大人惠存　凌子风　一九九六年八月十二日"

车辐为凌子风画像

吓了我一大跳,几乎使我昏厥!他还在书上签题中尊称我为"夫子大人",连掷两个手榴弹,罪杀我也?

他说:"我是川南合江人,抗战初期我在北方从几个友人口里就知道你了,你们在1936年办的《四川风景》、抗战中在重庆出的《人物杂志》上也看到你写的文章,还听到有关你不少笑话,你大我两岁,称呼老夫子大人是十分恰当的。"后来他在他三里河的家为我画了泼墨荷花,另外还写了一个大"寿"字,祝贺我八十岁生日题款更吓人了——"车辐吾师",他对我又丢了一个重磅炸弹,几乎使我魂不附体了,又一想:我这人命途多舛,子风大导演以其"拼命三郎"随手"拼"我两三下,我得敬而受之,梁山兄弟不打不亲热,也就处之泰然了。凌公待人有礼,虚怀若谷。他来省文联我家看了我收藏的石刻拓片后,又看到我从解放初保存的天桥资料,他对我说出:为了天桥的重建,他"拼"了很多精力,到处搜集资料,想不到我的资料又与一般不同,说到京韵大鼓,我保存有鼓王刘宝全同白云鹏、张一民三人合影于同春会的老照片。中国电影中最初的滑稽笑星周空等乃至天津北洋军阀时代的《菊谱》等。他正需要这些世上早已不见的资料。与此同时,他也将他的新建天桥蓝图给了我。

新中国电影的奠基人之一,著名电影艺术家凌子风(1917年3月—1999年3月2日)

凌子风作品(53厘米×43厘米)

有段时间,他竭尽全力醉心于旧天桥的新建设,他请专家设计,重观天桥旧居市民、艺人等,搞得细致深入,当地老居民也

·往事杂忆·

主动出谋献策，助其完成。可是好事多磨，突生意外，天桥地区的少数人出来摘桃子了，扬言他们是地区上的人，修建天桥，应由天桥人来做，百般阻挠，激怒了"三郎"，去另找出资的友人、建筑专家等，再在北京机场附近，选地、绘图、设计等工作，要大干一番，要在新北京另建一个新天桥，他满怀信心，"三郎"仍然拼命。

他要做一件事，不做则已，做则一鼓作气。他80岁做过肺部切除大手术，医生告诉他是良性，他大喜，口中念念有词："良性良性，还可拼命。"

一个法国姑娘追求过凌子风，遭到他姐姐凌成竹的反对："到外国去，不去延安啦？"思索再三，他毅然决然放弃了与法国姑娘的热恋，去到延安干他的戏剧与电影，后来他结识了石联星。

1984年9月（从左至右）凌子风、韩兰芳、车辐、黄宗英、冯亦代在北京聚会

石对他的大名早有所闻，经艺术家沙蒙介绍，丘比特一箭射中二人的心，他俩便结为夫妻，新中国成立后到北京拍了《赵一曼》。但石联星这位功勋演员，在后来的运动中不幸被迫害去世，凌子风孑然一身，成了一个孤寂的老人。但他仍献身于他的电影事业，丝毫不颓丧，凭"三郎"一股子劲，拍出了《骆驼祥子》，获得中外观众好评，他选中斯琴高娃的

1992年4月20日，凌子风、韩兰芳夫妇参加在香港举行的第16届国际电影节会场上

老朋友在成都相会（从左至右）韩兰芳、车辐、凌子风

演技，也是老导演的眼力和对于事业的专注。后来他结识了中国新闻社的中年编剧兼电影导演、毕业于山东师范大学外文系的韩兰芳，山重水复，峰回路转，他二人终于双双挽手进了街道办事处去登记结婚。

80高龄的凌老，曾表示要拍一部反映二战远东战场的片子。言出必行，他紧张地随北影去加拿大、美国进行合作洽谈，一切进行顺利，可是他在北京三里河的家被小偷入室盗走他收藏多年

的许多珍贵名家字画，其中就有他客厅常挂的八尺宣李可染老人的水墨大写。他曾向我指着这幅杰作说这是李可染老人特别为他所作得意之作，他们还沾一点亲。"他家里似艺术之宫，另一间屋子作为他的画室，壁箱上陈文房四宝。室门可折叠，可作为裱褙画纸之用，他自己就是装潢裱褙能手，大小套间中分陈木雕、塑像、字画、照片、绿叶植物，有些零乱，但错落有致，他导演电影中的道具，刘晓庆在《春桃》中戴过的破烂草帽，从河沟里捞起的一根木头，树皮制作的镜框，一经大艺术家凌子风加点工，制作一下，就出现了一件美术成品，加点工，就成了仿非洲人崇拜的图腾，拣来的破烂，一经他镶好涂上色彩，那不是毕加索的作品么？"化腐朽为神奇，镶破烂为完整的艺术，他夫妻二人合作，又将侧室一部分装成童话世界，专为他们的爱女凌谷非作的少年宫。贼人偷了他的宝藏，还放火烧了他的家，他夫妻共同创造的艺术之宫毁于一旦，艺术老人叹息地说："做贼也要讲道德嘛，不应该放火啊！"

凌子风的艺术创作中，京中友人有一共同的说法："凌子风的'活法'比他的艺术还棒！"一走进他的家，那猩红色的地毯，暗蓝色的墙壁，琳琅满目的字画与拙中见雅的各种摆设，红木雕花的书柜，黄杨木的屏风，墙上高悬李苦禅、黄永玉的洒脱大笔，一个典型的中国式的书斋，临窗的大书桌上摆满了中外名著，横框上整齐地排满了大大小小的图章……一个西欧人说："我们像进了琉璃厂了。"

他的夫人韩兰芳说过："子风最大的特点是不服老，不服病，在家里什么活都干。他常说他要争取活到100岁。"

凌老前年去美国，检查出是患了癌，在他病发于昏迷状态醒来时对韩兰芳说："我爱这个美丽的世界，更爱我的观众，告诉他们，我快要走了。"后来他鼻孔里插着管子，他用很微弱的声音说："我得的是癌，不要拼命了！"一代伟大的电影艺术家最终走了！遥望北国天空，巨星陨落了！陈强说："我和他从抗日战争时期到西北战地服务团、延安鲁艺、华北联大文工团，一直到北影都在一起。我们在战争年代流血战斗中、在各种难以想象的环境中演出；新中国成立后我们的'拼命三郎'对电影事业作出的杰出贡献，人所共知，功绩不可磨灭。"

·往事杂忆·

《鲁迅、许广平所藏书信选》及其他

1987年5月作者去长沙见美术家卢鸿基之孙卢家荪,从他的藏书里发现一本32开本的《鲁迅、许广平所藏书信选》,湖南文艺出版社出版,封面是翡翠色,书名字底配浅绿色,拓孙伏园、徐悲鸿、茅盾的字迹,益增其雅典厚重。书名右下侧为"周海婴编",左侧下"北京鲁迅博物馆注释",仅凭书的装帧设计,已够使人注意了。

该书的编辑说明:"鲁迅和许广平生前都曾收到过大量来信,然而保存至今的已为数不多。周海婴将迄今收集得的三百封鲁迅与许广平藏信编辑整理公开出版,其目的,即为鲁迅研究工作者进一步提供有关背景材料,以适应鲁迅研究不断深入的需要。"书以鲁迅逝世时间为界,分上下两编,按写寄日期先后编排,"谨以此书纪念鲁迅逝世50周年"。

该书共搜集信函525件,周海婴在后记中说:"我父母亲生前收到的书信,数量相当可观,但在白色恐怖下,为了避免祸及亲友,阅毕就大部分销毁了。有些有价值的,母亲特意保留,秘存于亲朋家中。1941年底日寇捕捉母亲之前,她提防敌人再次

1982年周海婴（左）在北京家中与车辐合影

搜查，夜以继日地烧了些书籍、信件和资料，但有关研究鲁迅的材料并没有触动。她的考虑是：以鲁迅家属保存遗物，作为纪念，是无可指责的。基于这种情感和信念，硬是使这批材料保存无恙。"

书分上下两编，上编从1909—1936年；下编从1937—1958年。书信人有章太炎、周作人、钱玄同、孙伏园、青木正儿、章衣萍、蹇先艾、厨川白村、许钦文、施蛰存、章锡琛、蔡元培、李霁野、陈烟桥、曹靖华、郑振铎、田汉、萧三、孙用、何家槐、宋庆龄、徐懋庸、张春桥、内山嘉吉等；下编有许寿裳、台静农、茅盾、黎烈文、郭沫若、斯诺、黄源、郁达夫、胡风、萧红、陈白尘、内山完造、徐悲鸿、萧三等。也有一部分普通人士去信，海婴说："父亲有意借助普通读者通信来了解社会各个方面的缩影，所以有些议论或稍有故事的信件，也就被他郑重地收藏起来。"525封信的时间跨度从1909年起至新中国成立后1958年止，中间相距近半个世纪，其中绝大多数是第一次发表，具有重

2004年4月周海婴（左）在北京家中与车辐再次合影

要的史料价值。

根据历年来一些报上零星的记载中，凡有关鲁迅先生的，只要我能见到的，都剪贴保存下来，在《鲁迅先生的信》一文中不完全的统计，总数在三千五百多封。我在另一则笔记中记有："1976年鲁迅先生逝世40周年近时，石西民同志接受唐之告，抓鲁迅书简、全集、传记。西民同志决心很大，先让注释本《鲁迅书信集》问世。先生书信集曾被'四人帮'抢走，许广平急得心脏病发作，突然逝世，唐又要西民同志采纳周海婴建议，把当时已搜集的一千二百八十余封书信（不包括给日本友人的信），先作为白本（不加注释）印出。"在人民文学出版社王仰晨等同志协助下出版了上下两册《鲁迅书信集》。1985年作者在渝开全国新闻学术讨论会中，曾与石西民同志谈及此事。

· 第四章　我眼中的文化名人 ·

海婴在后记中说，"1941年底日寇捕捉母亲之后"，我在一则文摘中记下了（摘自《羊城晚报》）："许广平是于1941年12月15日，即太平洋战争发生之后一星期被捕的。她被囚于日本宪兵队，鞭刑、电刑不断，昏迷多次。敌人问她关于上海进步文化人的情况，她宁死不屈，坚不吐实。至次年2月27日，被送往"七十六号"，这是汪伪特工总部，设在极司菲尔路（今名万航渡路）。"七十六号"这个名称，在那时足以使人谈虎色变。不料，当天下午，一个特务头目却要她取保，她提出内山书店主人内山完造先生作保，3月1日就由内山保释。原来许广平的获释，是由当年奉党的指派打入汪伪江苏省政府的袁殊同志在苏州遥相援救的结果。其时汪伪的江苏省主席是李士群，伪省府驻苏州，袁殊同志曾在李的下面当伪省府教育厅长。李士群兼任设在上海的

1948年8月车辐在上海万国公墓鲁迅墓旁留影

汪伪特工总部主任。袁殊利用他与李这种特殊关系，把许广平引渡到了七十六号，很快就被释放了。"

事情就有如此离奇、复杂、曲折，今天我们能读到《鲁迅、许广平所藏书信选》，真是来之不易，书只印了3300册，当然不能满足广大读者的需要，我走了好几个省的图书馆，都说没有，但在今天希望那些向钱看的出版机构重版，无疑是缘木求鱼，书店、书亭，一个时候连鲁迅的书也看不到了。先生遗诗"心事浩茫连广宇"，其有信之？

这本书里面432页有一封《车辐致许广平》的信，字数不多，全抄在这里：

景宋女士：

　　关于鲁迅先生生平所用物件，大而至于心爱者，小而至于衣履等，务望永久珍护，俾后世人所敬仰。处此黑暗年代，一切固说不上，但百年后之鲁迅先生，又未尝不是今日之果戈理、普希金么？斯时先生所用各物，自有莫大用处了，专此，近好！

车辐
1937年7月10日

　　原书注：在《作家》悼鲁特辑图片上见海婴身体不健旺，希努力锻炼，注意健康。

事情过了一个世纪二分之一强的时间，我完全记不得了，要不是这个注，简直忘个干净了。

几年前我到北京对周海婴谈及此事，他更是一点印象也没有了，但他在书的后记中都写下："父亲有意借助普通读者通信来了解社会各个方面的缩影，所以，有些议论或稍有故事的信件，也就被他郑重地收藏起来。"时间相隔五六十年，当然谁也记不得了。唯我见海婴时，他的身体仍然不十分健旺，高高的个子，有些瘦削，我为之打气，希望他运动运动，他的夫人马新云老师送我下楼时，我也向她提及，要想法使他多运动。又隔两年我去京看望他夫妇，马新云说海婴在打网球了，闻之十分欣愉！这两年去京，他均不在，我想他会继续打下去的。

学者毛一波二三事

20世纪30年代初,成都文化界颇有名气的有"三波",即穆济波、卢剑波、毛一波,他们都是研究安那其主义的,如今穆、卢均已作古,毛则去了台湾,在台治学教书30余年,近年来因老耄而退居美国新奥尔良。

从作家到报人

毛一波是四川自贡市人,20世纪20年代曾留学日本,回国初便以文学创作步入文化界,出版了随笔小品集《时代在暴风雨里》(1928年上海现代书局)、短篇小说集《少女之梦》(1929年上海合作出版社)、小品文集《秋梦》(1931年上海新时代书局)和《文艺评论集》等多种集子。

这些作品,在当时曾有过一定的影响。巴金读了《时代在暴风雨里》一书,对该书反映青年呼声、富于多元性的特点甚感兴趣,曾拟代为改编粹选,后因故作罢。《少女之梦》中的"政变的一幕"由武田译为日文;朱雯、赵景深的评论文章称:"小说中的对话,有如剧本上的漂亮台词。"

后来毛一波回到四川,在重庆《巴蜀日报》主编副刊,从而进入了新闻界。1937年他来到成都,在《华西日报》工作,仍主编副刊,既当记者,业余又从事写作。

抗日战争爆发后,1938年1月,毛一波参加了中华文艺界抗敌协会成都分会的成立大会,从此积极投入了抗战活动。他在成都一大批新闻、文艺界的作家、文人进行的抗日救亡宣传活动中,在对群众进行爱国教育中,做出了贡献。他回忆当时成都学者文人云集的盛况时写道:"当时在蓉的老作家有李劼人、吴先忧、卢剑波、穆济波、陈竹影、舒君实、张拾遗、黄朋其、陈翔鹤、王怡庵等,而叶菲洛、车瘦舟、刘盛亚等,还算是文学青年……我就在蓉和老舍同席过……萧军后来编《新民报》副刊,倒有相见之日。"

一直到1981年,他到美国旧金山,我们又见面了,但他杖而后行,亦垂老矣……成都在抗战八年中,先后有杨人(死在北大)、马宗融(死在上海复旦)、罗淑(死在成都),《华副》为他们出过专刊。周文、沙汀、任钧、巴金、叶圣陶、易君左、曹葆华、陈敬容、谢文炳、胡健民、陈学昭、苏雪林、王余杞、瞿冰森、范朴斋、罗髯渔、顾颉刚等,他们或留或去,都是一瞬间过客。总之,在抗战期中,文人荟萃,成都既对抗战文化有功,也热闹过一阵子"。(《1986年3月25日寄自美国新奥尔良》)1943年毛一波便回家乡自贡主编《川中晨报》去了。"当年他主持《川中晨报》,政治上算是公正的,为人也是正派的。"

·往事杂忆·

在台治南明史和台湾史

当年在成都时，杨人教授就勉励毛一波专攻历史学。1947年毛一波到台湾后即从事明清史、台湾史的研究工作，历经20余年。虽不能说著作等身，确也成就斐然。他研究台湾历史，始终贯注了爱国主义精神，并把历史放进国际环境和朝代的嬗替中考察。他说："台史与日本殖民主义有关，郑成功研究与明清史相连。因此，我有许多论文，均写这些故事。"他著的《南明史谈》以反清复明的历史为中心，旁及各方面，也撷取了抗日战争中柳亚子在桂林写南明史的一些材料。在《清史补编》中他还写了《郑成功载记》《郑成功研究》以及关于郑成功生平的论集。他认为，明清两代衔接，要研究台湾历史的演进重在"南明与台湾的关系"。他在研究南明史中指出："南明之称，初不见于辞书，只散见于清末倡导民族革命诸人的文字。"理着这条历史的脉络，说明台湾与祖国的关系，充分肯定了郑成功收复台湾的历史功绩。他认为，由于郑成功收复了台湾，使海运复兴，舟师畅通；使台湾成为中国首次有计划建制的海上大岛，完整了祖国疆土；中国人第一次在太平洋沿岸（以前只是海内）设立郡县，使中国开启了大洋的窗户，并由于郑成功"奉明正朔"，以明属臣自居，使代明而兴的清朝中央政权顺利地接管了"台湾"。毛一波希望"今后宜如何好好地编一部真正的《南明史》，确实是一件不容易的事……而这项大事业，恐怕要新起的史学专家多人前来从事的，企予望之。"这样的鸿篇巨制不仅要靠多人努力，尤其需要海峡两岸的史学家们共同努力，携起手来完成这一学术功业。想必这位老人的殷殷期望，不久的将来当可实现吧。

关于台湾史方面，毛一波还编写有《古今台湾文献考》，将原有文献史料，辨其实际，加以评论。这项工作非常重要，因为日本帝国主义占领台湾时期，对台湾历史大加伪造、篡改，以乱其真。

《台湾文化源流》一书，分文化内涵、自然环境、史前文化、移植史略各章，是横的叙述，也涉及纵的史迹。他还著有《台湾史谈》《台北市志学艺篇》《文化事业篇》《风格篇》等共约10部。有的已为国外翻译，日本尤为注意。毛一波对于治史，态度严谨，具有强烈的民族责任感。他引元朝欧阳玄的"国可灭而史不可灭"一语来表明自己的治史精神。他在他著的带有文史总汇性质的著作《文史存稿》中，专门用一章来论述这种精神。他认为："史不可灭"一语，不但用爱国主义思想教育了社会大众，也教育了成千上万的学生。

老年诗兴韵无穷

毛一波旅居美国最初几年间，写了四百多首古近体诗，以五律最多，汇成《旅居诗草》。他来信说："不能随家人步行、串门，既没有好地方，也没有什么朋友。事逼处此，动弹不得。"他生活在这种不大称心的环境里，仍寄托了自己的希望与祝福。对于故乡的怀念，在他的诗中、文中不断出现。他在美国参加"四川同乡春宴"时所写的一诗中道："明日成人日，乡心爱国心。"还在一篇《人日诗抄》中引卢仝诗《人日立春》："春度春归无限春，今朝方始觉成人；从今克己应犹及，颜与梅花俱自新。"毛一波认定："成人、克己俱是自新之义，我则从成人而想到乡国。"他的心情、态度是十分鲜明的。

巴金同志之弟、上海文艺出版社的李济生来信说，"毛之夫人高一萍，1981年曾回国小住，也到过成都，住锦江宾馆"。并说她参观了祖国新貌，还在沪与巴老叙旧。

千里海外，万里风霜，春回大地，共举飞觞。祝一波康乐！

应云卫九十冥诞纪念

应云卫、陈白尘等率领的中华剧艺社由渝来蓉前，《华西晚报》的部分同事早已知道一些缘由：1941年国民党反动派制造皖南事变后，大批文化界人士撤退到香港、延安；留下来的同反共顽固派的反共阴谋做斗争。戏剧

六十寿诞的应云卫先生

界是其中主要的方面，开展了新的局面、新的斗争。首先成立了中华剧艺社，有白杨、舒绣文、秦怡、顾而已等一大批明星。历史的账算得清楚的，从《大地回春》到《屈原》的上演，三四十个话剧演出中，在中国话剧史上树立了丰碑。顽固派们搞不出什么，拿出《野玫瑰》也救不了他们的命，于是就图穷匕首见，从戏剧审查到禁止演出，后来连剧本原稿都扣下来，妄图使进步的话剧在抗日战争期中的舞台上断绝。

在南方局领导下，中华剧艺社作了战略的转移，1943年来

20世纪30年代的应云卫先生　　丁聪为应云卫画像（1904—1967）

到成都。是以《华西晚报》名义请来的，也还利用了地方势力与他们那个"中央"不协调的矛盾。这些消息，编辑部得到后，我们分析国内外时局变化，《华西晚报》与中华剧艺社同在一条战线上，共同战斗。中华剧艺社一到成都，他的领导人中的应云卫一家、贺孟斧一家、陈白尘一家、加上白杨与张骏祥，都在编辑部住下来。陈白尘一家、贺孟斧一家中间夹了报馆总编辑李次平（李衡）一家，甚是热闹，且亲密无间，相濡以沫。

　　三四十人的班底，吃、住、行生活各个方面（包括对外）得亏大导演应云卫清醒的头脑，灵活运用，巧于对付，取得效果。应导演身体瘦削，穷于应付，但他有个有力的精神支柱——在南方局指导下行事。他无时无刻不在绞尽脑汁中想方设法，为话剧事业贡献一切。他不断地抽纸烟，一天要抽一听（50支），我不得不提醒他注意身体，他却一笑置之，照抽不误。并说他们去榆林拍《塞上风云》，到过延安，见了毛主席，他向毛主席说："我抽纸烟，可能敢与主席相比。"

应云卫不得不靠纸烟去维持，刺激他对付事物的诀窍了，可是他的精力也消耗在尼古丁的损害中。张逸生说"应云卫有一套应付恶势力的本领"，他通九流三教，而又能脱化其中，运用来对付反动派，展开他的雄才大略乃至微末细节，战而胜之。这在知识分子中是少有的。

为了全社人员要吃饭，通过关系找银行借钱，我看他到"比期"（即到期）还钱焦头烂额的情况，至今还使我一想起来就难受。对于他那随和善处的笑容又使我对他无限尊敬。

应云卫还善于利用成都这个封建落后的地方势力与顽固派的内部矛盾，而与之斗法。

我们报馆是请他们来募捐演出的，每次演出都打出一个募捐的名义与单位，并将前排座位包给募捐单位，避免恶势力来白看戏，增加了一定的收入。还要对付恶势力中提劲打靶的无赖，他还请了一位军长的副官在新戏开场前两天，亲临戏院（那时在总府街国民电影院），来陪着走几遍过场，起到了"老虎在此，尔等休得胡闹"的作用。

1943年11月15日由中华文艺界抗敌协会成都分会陈翔鹤等及总会的陈白尘等发起，为叶圣陶祝50寿庆，在成都新南门外锦江之滨的竟成园餐厅举行盛大的祝贺会，参加的文艺界人士计有：贺孟斧、杨村彬、陶雄、刘开渠、程丽娜、白堤、谢冰莹、李济生、王少燕、李华飞等。

原有几十人,后来由应云卫率领的中华剧艺社著名艺术家沈扬、张逸生、金淑芝、赵慧深、程梦莲等齐来拜寿。叶圣老一家人举杯答礼。这次祝寿,实际上是抗战中在大后方文艺界展示团结、进步势力的一次盛大的集会。应云卫在简短的祝词中说:"敬祝叶老长寿,您领导我们直到抗战胜利,与民主自由齐步前进!"(祝词为王少燕当场用速记记下来。)

谨以拙文纪念应云卫九十冥诞:

> 肩负重任系一身,
> 但凭只手运乾坤,
> 剧影先驱功昭著,
> 白云深处吊先生。

1999年中秋于成都

萧军重访成都

老作家萧军去仪陇参加朱德诞辰百年纪念后回到成都，79岁的老人，一点倦意也没有，鹤发童颜，谈笑风生。

抗日战争初期他来成都，算来距今已54个年头。这次到成都，忙着看中华文艺界抗敌协会成都分会的老友；也忙着到川师、川大讲话。

萧军来成都时留影

有人提出青年中不少人对鲁迅的看法问题，他综合了大家意见答复说：要评鲁迅，首先是先读鲁迅著作，读他重要部分，同时要了解鲁迅先生所处的时代、环境等。为什么他在战斗中要横起站看两边、观前后？除正面与敌人作战外，还得防自己阵营里有人去搞他，在那样复杂尖锐的急剧变化的形势下，不容许他坐下来长篇大著，逼着他只有用匕首、用杂文这一犀利的武器去对付敌人。唯其如此，才更显得鲁迅杂文的力量，鲁迅之伟大也在此！

有人问：造神这一问题，是否也有人对鲁迅造神？萧老说：

· 往事杂忆 ·

这张"中华文艺界抗敌协会成都分会成立大会"照片摄于1939年1月14日，内多重庆文艺家。摄影地点在今成都春熙路青年会旧址后面，墙外是锦华馆。成都分会是在1938年春天就开始向国民党当局申请立案成立，被其推、拖、卡、压。直到1939年1月14日趁总会理事冯玉祥、老舍来蓉，才告成立。参加摄影的人员如下：前排（从左至右）：冯玉祥、萧军、萧雅芬、记者、王志之、来宾、罗念生、周文、老舍、车辐、陈翔鹤、李劼人、叶石荪、刘开渠；二排：任均、文启蛰、记者、女来宾、女来宾、杨波、江农、刘梦痴、陈思苓、苏爱吾、王隐之、苏子涵、毛一波、来宾、来宾、？、萧蔓若、周煦良、黄葆华、方敬；后排：戴碧湘、吴雪、？、李竹铭、王少燕、？、刘延年、孙文石、朱孟引、邓均吾、蔡天心、钟绍锟、刘盛亚、王白野、陈敬蓉、谢文炳。照片内注有"？"的不清楚是谁，此照作者保存有一张，后因搬迁几次弄失，涉及文史，作者寻找了六十多个年头，均无下落，忽于1997年萧军夫人王德芬大姐自京寄给作者。总之，来之不易呵！就算"出土文物"，也找了六十余年。

358

· 第四章 我眼中的文化名人 ·

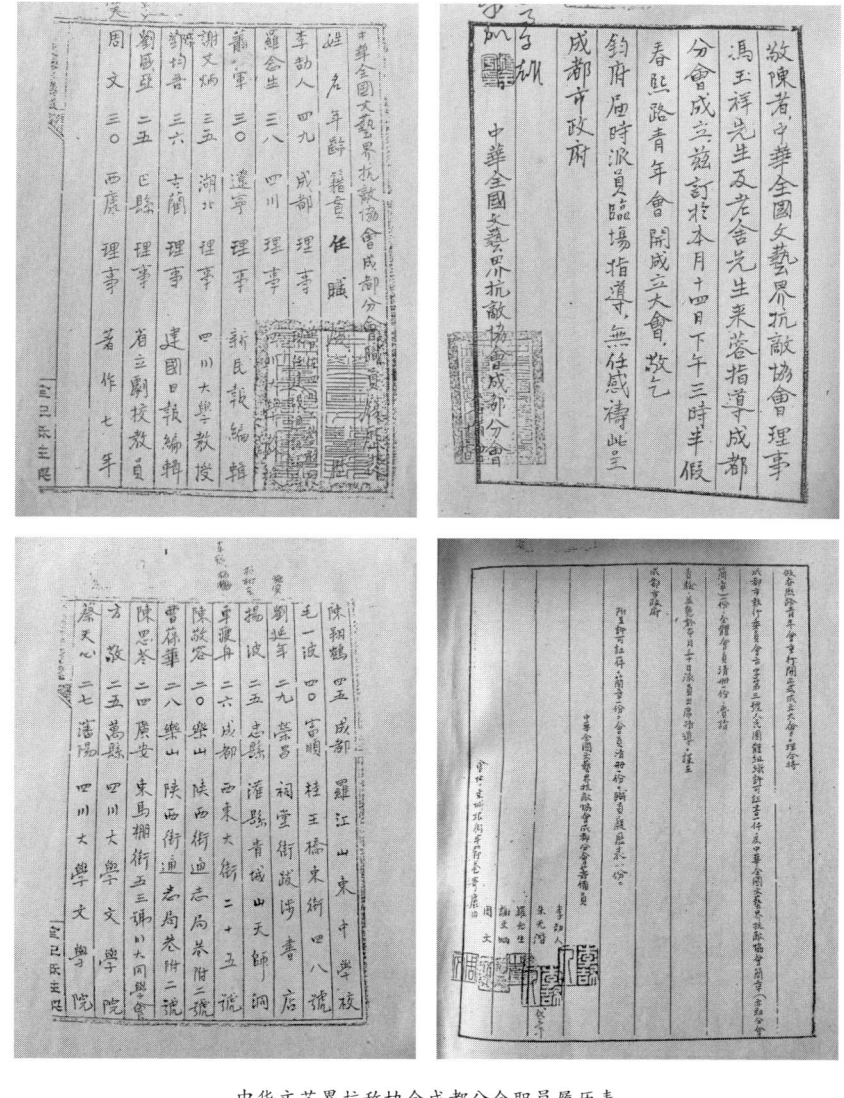

中华文艺界抗敌协会成都分会职员履历表

不可否认有人造神，大造其神，当然也要牵扯到鲁迅先生头上去。可是鲁迅是人，不是神。要把他造神，那是他们别有用心，另有打算，与真正相信鲁迅先生战斗精神是两码事。存心把人当神造，最后人神两亡，包括造神者本身。马克思主义、唯物论者，根本不相信你那造神。萧老的答复，言简意赅，同他本人直爽的性格一样。他还说："我们应该从鲁迅那里继承什么？如何继承？如果不懂得自己本国之中的世界伟大人物的精神、事业、价值……那是很可悲的，也是很可耻的！鲁迅先生的精神是战斗的；思想方法、人生态度是现实主义的；处理任何事情是负责、认真、不苟的，从来不马马虎虎。"

萧老的头脑灵活清醒，回答问题反应快，且有幽默感。当他进入川师大讲堂时说："我不能多讲，让大家看看萧军。"在川师与川大讲话之间，有短时间的休息，他却利用了这个间隙去望江公园散步、舒展身体，看看久别的锦江。省作协请他到省文联会议室座谈，此老一气登上五楼，如履平地，陪他来的同志说："他刚才到街上去找成都小吃，吃了三碗甜水面。"一碗净重100克，快80岁的老人啊！由于他坚持锻炼，身体很好，一无高血压，二无心脏病，三无关节炎，虽然"横向发展"很够格，但没有奶油肚子。他希望作家们多锻炼身体，持之以恒，并举出杜甫"胡马挟雕弓，鸣弦不虚发"，陆游"上马击犯胡，下马草军书"，孔子"足蹑郊兔，力招城关"（跑步能追赶兔子，力能推城关大闸门）。他们没有结实的基本功，能教学能创作吗？

· 第四章　我眼中的文化名人 ·

关于艾青题字及其他

　　1993年9月19日下午3时作者偕大女儿车玲去东四十三条见了艾老，他正坐在皮椅上看电视。与几年前相比，脸变形了，一身也臃肿。眼向左看如常，向右边看，右眼小了，左眼显得大，看去有些异样。高瑛说：因他的身体发胖，行动迟缓，五六年前已不写诗了。平时在家临窗的大书桌前阅读报纸杂志，老花眼，用放大镜看字。

　　几年前他已发胖，得过脑血栓，右边半身行动不便。我们在太平桥大街全国政协礼堂纪念郁达夫烈士会上见过面，那时虽有人随行照顾，但还能走到卫生间去，现在可不行了。一个极其偶然的情况，他在书房里没有扶稳凳子，手一滑就摔倒在地上了。家人扶起后当晚有些发烧，第二天送医院检查，医生诊断为：尾椎压缩性骨折，非住医院不可了。艾老最不喜欢住院，这回却住了两个多月，真是度日如年；他最讨厌打针，但又不能不打，病折磨着他的身体。我本来是去看他的病，虽然稳住了，与几年前相比，大大地不同了。于是我向他说："您不要说话，听我说：到北京，少来看您，听说您有恙，实在怕来惊动，让您好好养病。"

1993年9月19日车辐看望病中的艾青（左）

他频频点头，我们的手就握着了。

高瑛说艾老平时不注意自己的身体，也不大锻炼。儿女们从外国为他买回来的健身器材，他从来没有用过。少运动身体就发胖了，他的跌倒可能也是原因之一吧？身体发福不方便，但更主要的是根据医生诊断、照了片确诊为尾椎压缩性骨折，老年人这样的情况多（关于发胖，我在此——题外要写几句：老友晏明在京，早已发胖，四川的木斧兄，既胖且常醉，敬希注意！彼此都是七老八十的人。这次在京，临走那天听说沙鸥住院了，想去看他也来不及了！天乎！哈尔滨的巴波因发胖，加上腿的肌肉也萎缩，早已足不出户了）。

我向艾老说：他的《火把》照亮了抗日战争期中不少年轻人奔向民主自由的路，在中华文艺界抗敌协会成都分会组织的一次晚会上，丁又文朗诵《火把》令众人激动。丁又文被错划后死去了，陈白尘为他十分难过。我说白尘身体也不行了，行动迟缓

（有些像艾老的症状）！他转过他那硕大的头颅，鼓鼓眼睛看我，但没有说话，我也就马上转了话题。我说四川——那时的大后方受您诗的影响太大！不少年轻诗人因此干革命去了，影响是深远的，直到今天，我们四川灌县，现在名字改成都江堰市了（他当时说了另外一个地名，现在想不起来了），成立了玉垒诗社，其中有老教育家，有写诗的中青年，有好几百人吧，他们从未放下写诗的笔，新老诗人团结得很好，他们自筹资金，编印了民间同人诗刊，不断有作品问世，发行诗刊、诗集，很热闹，路子也很正派。还有些诗人如流沙河、王尔碑、木斧、曾伯炎等等，他们常聚于"门泊东吴万里船"的锦江之滨一个茶馆中，每周聚会一次，谈诗看稿，来去自由，但作品不断出现。川西平原上，来自民间的诗人们走他们自己的道路。我请艾老为他们写几个字，他问我："写……"

我说："我请您写'玉垒诗刊好'几个字鼓励大家吧！"

高瑛拿出了笔，只见艾老用他那颤颤抖抖的手写下弯弯曲曲几个惊人醒眼的字：

"玉垒诗刊好　艾青"

当时我如获至宝，喜出望外。

匆匆地告别了艾老、高瑛。我先去将求得的墨宝复印，用挂号信寄给玉垒诗社老诗人陈道谟老友，我总算为玉垒诗人们做了一件有意义的事吧！我心里头好喜欢啊！

瘦削而带病的陈道谟兄9月25日来信说:"你为《玉垒》立了大功,艾老的题字,'玉垒诗刊好'太叫人鼓舞了。明春号首页胶印刊出,并附你来信。——你要多多保重啊!年岁不由人啊!你不能倒下去,你是文学界最重情感者之一啊,多数人敬爱你。"

只要多数人认可,也就是了。至于那些少数人,今天不是有的虚弱得来变味了么?看看报上流沙河写的"Y先生语录",可以发人深省,他们先前一向耍的棍子,现在已变成司迪克了。

沙汀与乡土文学

沙汀1904年冬月十三日出生在四川安县。原名杨朝熙，沙汀是他的笔名。

沙汀6岁时发蒙后听过老师讲《聊斋》，他很感兴趣，对里面一些人物、故事、情节，到老来都还记得。幼年时，沙汀随他的舅父郑慕周出外跑摊，到过川西北不少小场镇，坐茶馆、听玩友唱板凳戏、看过杀人，看到一些淘金老板、工匠，去金矿玩耍，感受社会底层生活，对于一个幼小者，一切都是新鲜的。

1922年，18岁的沙汀进入四川省立第一师范学校，老师中有五四革命前辈张秀熟、袁诗尧等；同学中有爱好社会科学的张君培，爱好文学的艾芜。他接受了新文化思潮影响，1926年参加革命活动，1927年在白色恐怖中参加共产党，1929前往上海，与川籍同志创办辛垦书店，传播革命思想。

1931年沙汀在上海与南洋归来的艾芜会见，相约从事文学写作，是年冬与艾芜联名写信给鲁迅先生请教革命文学创作、题材方面的问题。并问能不能写"现时大潮流中的冲击圈"（指土地革命、武装斗争）以外的、自己所熟悉的小资产阶级的生活。

沙汀及其子孙合影

    他们得到鲁迅先生的回信说："作者首先必须是一个战斗者。只是这样，他（现在能写什么，就写什么）不必趋时，自然更不必硬造一个突变式的革命英雄，自称'革命文学'；但也不可苟安于这一点，没有改革以致沉没了自己——也就是消灭了对于时代动力和贡献。不过选材要谨严，开掘要深，不可将一点琐屑没有意思的故事便填成一篇，以创作丰富自乐。"

    回信使沙汀坚定了他走文学道路的方向与决心，直到他去世。

    沙汀从1931年开始，写了短篇小说100余篇，中篇小说3部，散文等60篇以上，长篇报告文学1部，各种形式的文艺评论90余篇，电影文学剧本1个，总字数在200万字以上。大量的创作杂记和记录日记等还没有计算在内。把1966～1976这10年除外，平均每年写6万多字。沙汀在中国文学史上短篇小说创作方面，是有成就、有特色的作家之一。

1939年冬到1949年，沙汀从延安回川，除几度去重庆工作外，一直在他的家乡安县山区从事写作，这十年是沙汀创作的黄金时代，文思泉涌，产量丰富。在乡村小镇，山沟茅屋中，在三条腿的米柜子上写作，作家庄严神圣的笔，揭露了快要灭亡的那个腐烂透顶的封建军阀统治下的社会。十年中，他创作了短篇小说《在其香居茶馆里》，中篇小说《闯关》，还有三部长篇小说（即著名的三大记）:《淘金记》《困兽记》《还乡记》。沙汀的文章风格突出，把讽刺文学提高了一步，特别是短篇，跟现实结合得很紧密，打上了时代鲜明的烙印。沙汀注重写人、人物的思想、感情、刻画人物性格，从那些人的只言片语中突现出性格，掌握了语言艺术。作家成熟了，下笔如有神，《在其香居茶馆里》进一步揭露反动派的兵役给老百姓带来的家破人亡的悲惨灾难！穷人家的男子都被抽壮丁抽光了，后来由流氓徐烂狗出主意，去捕捉两个盐巴客，不但两个老头受害，而且还倒了奶狗娃母子赖以生存活命的幺店子的生意，从此再无人敢去住那倒霉的幺店子了。反动派用计之毒辣，都是千真万确的

1980年在原布后街2号省文联处（从左至右）沙汀与阳友鹤合影

事,充分揭露了那个快要彻底完蛋的社会。茅盾评价说:"用了写实手法,很精细地描写出社会现象——真实的生活图画……他的对话部分,是活生生的四川土话,是活的农民和小商人的话,他的农民和小商人的嘴里没有别的作家硬提来的那些知识分子所有的长篇大论,以及按着逻辑排得很好很整齐的有训练的词句。他的描写……假若你耐心读了一遍,你闭眼默想,你就能够感到那真实的生活的图画,如同你亲身经历过。"

1935年沙汀写了一篇使人触目惊心、感人至深的短篇《兽道》。关于这篇小说的成因,他说:"当时国民政府散布这样的谣言,说红军过境,人民受苦,其实是国民党军队经过的地方,人民才遭受深重的灾难。我决定要写一篇作品来表现这个主题。不久我听当地人说,在某个地方有个产妇,碰上一个国民党'剿匪'部队的军官要强奸她,她的母亲再三哀求都不答应,这位老太婆不忍心产妇受害,最后痛心地说:'我来可不可以?'这个事件很

1987年在李劼人故居菱窠留影,从左至右:沙汀、张秀熟、巴金、马识途

动人，因为它充分地说明了国民党'剿匪'的本质。有这个具体的、能恰当地表现主题的事件后，就想人物，在自己生活中去找熟悉的人物。我必须找一个受尽苦难而性格倔强的老太婆，我觉得这个老太婆必须是个劳动人民，于是我就在我接触过的劳动人民中去寻觅这样一个典型。这个人物渐渐在我脑子里形成了，于是我就把这个人物放在一定环境中，去让她表示态度，我把我综合出来的这个老太婆形象地放在那个悲惨的事件中去让她现身说法，去让她说该说的话，做该做的事，这就写成了小说《兽道》。"在特定环境中找出特定人物，既要描写，又必须源于生活，不能臆造，忠实于沙汀他自己立定了的"我长期倾向于现实主义"。又说："找故事容易，找零件难。"现实主义大师巴尔扎克说过："小说的故事情节可以'庄严'地说'谎'（虚构），但在细节上必须是真实的。"

　　他的第一本短篇小说集《法律外的航线》1936年问世，10篇作品，几乎全部取材于他的故乡，有着浓郁泥土气息和地方色彩的川北乡镇的图画。他说："喜欢写得含蓄些，自己从不轻易在作品中流露感情，发抒己见。"这是沙汀作品在艺术表达上的一条准则。故其写出的人和事是真实的、可信的，也是作者的良心与正义。他年轻时在成都读书打下的社会科学的底子（包括当时"科学与人生观的论战"科学与玄学之战），使他受到哲学的启蒙教育，对他日后观察生活，认识生活、从事文学创作起了决定性的作用。尽管生活上颠连困苦，疾病的缠绕（长期胃出血）等等，但他一贯坚持创作上的现实主义，在中国现代文学史上，沙汀是以写小说和报告文学而著称的，作为一个左翼文学运动中成长起来的作家，从1931年算起，其代表作有：短篇《在其香居茶馆里》以及长篇小说《淘金记》《困兽记》《还乡记》等。沙汀是四川风味很浓的乡土文学作家。鲁迅先生曾誉之为中国最优秀的左翼作家之一。抗战起他回到四川任教，并与周文一道从事文艺界团结救亡工作。他常穿白布长衫戴罗宋帽，慈祥和蔼，得到进步文艺界人士的尊敬。后来他又赴延安，任教鲁艺，并随贺龙同志去晋西北和冀中抗战前线，写出了《随军散记》《记贺龙》等优秀作品。1940年他在南方局领导下从事文化界联络工作。皖南事变后，经组织安排沙汀回安县隐蔽。

新中国成立后沙汀先后担任川西区文联副主任、西南区文联副主任，西南文协主席，一、二、三届全国人大代表。为人民的文学事业贡献了一生，他因劳成疾，于1992年12月14日逝世，终年88岁。

谨严的现实主义老作家沙汀，离开我们先去了，我们回忆他那慈祥和善的面容，穿的葱白布衣服，戴的罗宋帽，往来于文艺界友人之中，或在祠堂街的书店里，或在少城公园的茶馆里……使人久久不能忘。在成都他去菱窠找李劼人对饮，到上海，巴金为他开一罐陈年绍兴花雕女儿红，两个文艺老友、老同乡在"草草杯盘共笑语，昏昏灯火话平生"下那种真诚的友谊，不仅仅是文艺界一段佳话了。

痛悼陈白尘逝世

著名剧作家、南京大学教授陈白尘，于1994年5月28日病逝于南京。

先生为江苏省淮阴人，1908年3月2日生。幼读私塾，1927年起曾先后在上海艺术大学、南国艺术学院学习，参加了"鱼龙会"

1985年陈白尘在南京医院病房中写作

等多次话剧演出。陈白尘1928年秋开始文艺创作。1932年参加反帝大同盟，加入共青团，同年9月被捕，狱中创作独幕剧《街头夜景》《虞姬》等。出狱后发表《石达开的末路》和《太平天国》《金田村》等，名声大振。抗日战争爆发后，陈白尘任上海文化救亡协会理事，演出《保卫卢沟桥》等爱国救亡剧等。1937年秋他组织上海影人剧团入川进行抗战宣传。1941年参加中华剧艺社来成都，1943年任中华文艺界抗敌协会成都分会领导工作，主编成都《华西晚报》副刊，先后任教于四川省立戏剧学校、国立戏剧专科学校、中央大学等。其间他创作了《魔宫》《乱世男女》《大地回春》等剧。1941年皖南事变后他创作了大型历史剧《大渡河》、在戏剧结构上展示才华的《结婚进行曲》。1945年创作著名讽刺喜剧《升官图》，在上海等地及解放区内普遍演出，轰动一时！他所写剧本十之八九为反动派查禁，1949年上海解放前夕创作的电影剧本《乌鸦与麻雀》被迫停拍，新中国成立后才拍摄完成。

《乌鸦与麻雀》剧本构思巧妙，情节流畅，风格活泼有力，讽刺辛辣，获得文化部优秀影片一等奖。1951年陈白尘参加了电影剧本《宋景诗》的创作，1960年创作电影剧本《鲁迅传》。1977年创作历史剧《大风歌》，又改编鲁迅小说《阿Q正传》为

1980年全国文联访川，陈白尘（左二）与孙跃冬（左一）（从左至右）葛一虹、车辐、戈宝权、陈越山、洪钟合影留念

电影和舞台剧本，分别获一等奖和1980年、1981年全国话剧、戏曲、歌剧优秀剧本奖。他的主要著作有四川人民出版社出版的五卷本《陈白尘选集》。

陈白尘一生勤奋写作，还创作了不少小说及散文杂文。此外还进行了不少文艺活动：1943年在成都发起叶圣陶五十寿庆；为著名电影演员施超、江村在成都病死安葬等事；为刘开渠塑造抗日殉国英雄王铭章将军雕塑于少城公园（今人民公园），举行成都文学艺术界集会纪念。为支持援助贫病作家活动，他在报上呼吁、宣传。当时，他住五世同堂街《华西晚报》内，出色地完成了南方局布置的一些活动，戏剧界他的学生们一直尊称他"陈老师"，每年元旦他的学生们纷纷给陈老师寄一片真情去慰问。

陈老逝世的消息，由上影李天济先以电话告知刘沧浪，后沧浪留条告诉我，写上两个沉沉的字："痛哉！"李恩琪得到噩耗时，哭出声来，"悲莫悲兮伤别离"！

他将永远活在人们心里。

痛悼陈白尘逝世

·往事杂忆·

茅盾手稿与丁聪画的《阿Q正传》

茅盾手稿《读丁聪的〈阿Q正传〉故事画》共五页,每页约二百字。其为珍贵者,是茅公在1944年寓居重庆唐家沱时,用当时极其纤柔的铜梁(县)土纸写的,这样的土纸,几经折叠,就连纸的灵魂也没有了;要想保存下来,实在是太不容易。这份手稿遭受抗日战争中的敌机轰炸;抗战胜利后国民党反动派发动的战乱烽火;新中国成立后十年内乱的破坏。真是得之不易,存之更难,又经东藏西藏的转移,失而复得,终于将它找到。现在将它重新发表,以纪念茅公。

1943年贺孟斧、应云卫、陈白尘等率领的中华剧艺社,应成都《华西晚报》之约,来成都演出,丁聪与吴祖光同来,住五世同堂街编辑部一小池塘的凉亭内。白尘编《华西日报》《华西晚报》副刊,请丁聪作美术方面的设计。当时他同祖光等有个"通盘计划",即画鲁迅先生的《阿Q正传》插图。他们白天在古铜色的成都作"少年游",晚上则在凉亭内作画,每晚画一张发一张,由成都有名的木刻工人胥叔平,把原稿贴在木板上(梨木板),刻成木刻。胥叔平是报馆刻字工人,刻木技术精到,可以在老五号字型上刻出繁体"福禄寿喜"四字；又可以将钢笔画的笔触刻出来；插图、漫画上的阴影加网，也可刻出，达到乱真的地步，其刻木艺术之高明，素为美术界所推重。

丁聪共画二十五图，发表完后，由陈白尘把木版寄给重庆郭老、刘盛亚、屈楚等办的群益出版社印成集子，请茅盾写篇序言；吴祖光、黄苗子分别也写了序和跋。

茅公写了一份给出版社排印外，又另写一份寄给了成都的陈白尘转交《华西晚报》发表。——这件事的经过，在陈白尘1945年6月24日《华西晚报》上发表的祝茅盾创作二十五周年纪念一文里有所说明（见后面丁聪给作者的信）。

当时这两份珍贵的手稿都在丁聪的手里，从敌机轰炸的重庆带到成都，其中一份由作者保存。丁聪一份，则装裱成一个手卷，1976年后，在发还抄家物资中退了他，他于是将裱就的手卷拿到茅盾家里去给他老人家看看，茅公看时很高兴，且愿意题诗在上面。丁聪来信说："这一年来（1980），他眼睛不好，每天找他写东西的人不绝，我不好意思去催他，所以至今尚未取回。最近又病了，我更不好意思去催他了（文代会他头两天还是去的，以后就病了）。想等些时候再去拜望。"

作者这一份，在茅公逝世后终于像发现新大陆一样被找到，真是不幸中之大幸，赶忙将它静电复制下来，请成都第一流的裱工师傅黄次威精裱，目的在保存于永远。丁聪也有这个意思，他来信说：将"两份放在一起，更可看出老人家一丝不苟的严谨精神，更足为后世所尊敬和作为可学的楷模"也。

读丁聪的《阿Q正传》故事画　茅盾

退诚丁聪兄,是在「太平洋战争」爆发之前四个月。那时候,一千吨的事月刊「笔谈」正待出版,丁聪兄刚从上海到了香港。我们一听到「老丁」来了,立刻就拉他来担任「笔谈」的「美术设计」。承他慨然允诺,于是在八月和其天的傍晚,一一(笔谈社在这以前,我还是在他们作品中见过他的丰采,长而且扎的双臂,苍白脸,凡此太颇结,未想你未识的「小丁」,这丁「小丁」这以前,我是在他们作品中瞻他他的丰采,长而且扎的双臂)我第一次会见了那报上已以大字标题栏告舒昂从军且延,而北非战事亦随严重的时候,在皇后道的某师大楼,我把或向未见过的艺术家的仪表,长而且扎的双臂,苍白脸,凡此太颇结,未想你未识的「小丁」,这丁完全全失败了。「小丁」给我的第一眼的印象是一任运动员,直到现在,我每逢读到丁的画,我眼前

矛盾手稿《读丁聪的〈阿Q正传〉故事画》1

便跳出一个短小精悍,天真快乐的运动员。

「笔谈」如果有值咨询的地方,其中之一便是我们这位「美术设计」的「专员」。除了一般的设计外,他又事必多重的文章转绘插画,古时倚板即刷寺多体件还都方便,我们颇有高非这小型刊物立得堂亮,同为据说这也是当时南洋的大多数读者一看便爱国爪(徨而刊物的)所喜欢的Q正传。

然而当时我们兄弟曾提到应该请小丁来一个连载的故事画,比方说,画画的阿Q正待。

十八天的战争著卷陷后,又十有四日,我们从这血腥的岛逃回祖国。中连在笔处果飘,我又看见了小丁,原来他刚巧也走了同一条路,那时,他的运动健将们

矛盾手稿《读丁聪的〈阿Q正传〉故事画》2

376

矛盾手稿《读丁聪的〈阿Q正传〉故事画》3

矛盾手稿《读丁聪的〈阿Q正传〉故事画》4

· 往事杂忆 ·

茅盾手稿《读丁聪的〈阿Q正传〉故事画》5

陈白尘、丁聪对茅盾手稿书法的评价，都是中肯的，特别是："更足为后世所尊敬和作为可学的楷模"，在今天尤为重要！

前些年，该手稿被一熟人"借"去观阅，至今未还。

丁聪给作者的信：

车辐兄：

我欠了你的信债，越积越重，实在不好意思，这次不管怎样，先写几个字给你。

先说正经的。你问的茅公手稿事，是这样的：

1944年，我与祖光同住在成都华西晚报的凉亭里。陈白尘为晚报编个副刊，要我画点东西。我就选了鲁迅的《阿Q正传》来画插图。当时还是我们的"少年游"时代。白天到处玩，晚上爬在床上画画（祖光写剧本），每晚画一张，事先也没个通盘计划,画一张发一张,由胥叔平老先生把原稿贴在木板上,刻成木刻,上机器印在报上。发表完后,白尘把二十五块木版寄给重庆郭老办的群益出版社印成集子,请茅公给写个序言(吴祖光、黄苗子分别写了序和跋)。没想到茅盾除写了一份给出版社排印外,又另抄了一份寄给了白尘交晚报发表。这里,我抄一段白尘祝茅公创作二十五周年纪念的文章来说明这件事:

"说到手稿,我又想起一件事:去年丁聪兄作《阿Q正传》插图二十五幅,交群益出版社出版,嘱我向茅盾先生求序。我信上说明:除了交群益出版社出版外,并打算在我编的一个副刊上发表。这意思只是请允许这个刊物有这么个光荣。可是当我接到茅盾先生序文时,打算再抄一份给群益,而群益来信说,他们已经收到另一份稿子了。后来这两份稿子都到了我的手里,我才发现那都是他亲笔原稿,而两份稿子几乎像是一个版子印下来的。

"作品是一个作家整个人格的表现,我便于此理解到茅盾先生的创作之所以亲切、明快、简练而谨严了"。

在这段文章之前,还有一段,不妨也抄给你:

"……凡是读过茅盾先生的原稿的,除了赞美于他的娟秀的手笔之外,一定会同意我所说的'无比的整洁'的。在那每格的中国竹纸上,均匀地、几乎每行字数相同,而且是从头到尾,都一笔不苟。这不仅是任何一个编辑、一个排字工人所欢迎的原稿,而且是被任何一个文艺工作者所宝贵的珍藏品"。

（注：该文章载"中华民国"三十四年六月二十四日的华西报，报刊名被剪掉了）。

丁聪在信中接着写：

怎么样？够清楚了吧！这两份原稿都到我手里时，被你当堂"抢去"一份。我手里的一份，经过"文化大革命"之后，居然在发还抄家物资中。我装裱了一个手卷，拿给茅公去看了，他说要给我题首诗在上面，我就留在他家里了。这一年来，他眼睛不好，每天找他写东西的人不绝，我不好意思去催他，所以至今尚未取回。最近他又病了，我更不好意思去催他了（文代会他头两天还是去的，以后就病了）。想等些时日再去拜望。你的那份，如已拍照，请把照片放大给我一份，我也可将这里的一份同样照相给你。两份放在一起更可看出老人家一丝不苟的严谨精神，更足为后世所尊敬和作为学习的楷模也。

这两年来，我出版了一本《鲁迅小说插图》集（1978年底）。老舍的《四世同堂》小说，我为天津百花印的版书，画了二十幅插图，也将于近日出版了（《骆驼祥子》再版书，我画了八幅插图，居然得了个荣誉奖，看来是对我老头儿的鼓励）。平时要稿的报刊极多，实在应付不过来。回想当年在"干校"时的闲散日子，已经一去不复返了！

来日不多，要抓紧时间了。近来常感时间不够用。相信你也有同感吧！

你要我的照片，手头没有，待找到后寄你。

匆复即祝

近安

小丁　五日晨

（另附）找到照片一张先寄你，是揪出"四人帮"后在我家楼下院子里拍的。人物介绍如下：丁聪、沈峻（我爱人）、桑弧（我岳母）、吕恩唐（是我儿子照的所以没有他）

·往事杂忆·

给王朝闻带个口信去

一天,易征祥对我说:"你给王朝闻带个口信去,川剧《打红台》,因为他老人家那篇文章(我不知他是不是指的《生活不就是艺术》一文),以后川剧艺人不敢再演《打红台》了。"

"为什么不敢呢?百花齐放嘛,你有写的自由,我有演的自由。"

"那年进京演出,王朝闻写了彭海清,以后影响所及,可以说一语定调,哪个老艺人还敢再演,怕挨骂"!

我问:"哪些老艺人呢"?

"多嘛,演得好《打红台》的老艺人川北有岳池的王新孝,他工武生,演萧方不亮刀,亮刀是耍魔术变戏法。彭海清的亮刀,也就是萧方的亮刀,亮刀时金大用、庚娘都眼见的,起个什么作用?王新孝演萧方以人物取胜,不靠外加上一些多余的东西。资阳还有董月清、曹大王,也还有马昆阳、成都的魏祥林,康芷林也演过,从人物性格出发,没有哪一个亮刀。

"不是说亮刀或变魔术、耍杂技要不得,而是说在戏的进行中,人物性格、故事开展上需不需要,用得得体不得体。前辈老人演萧方，都很讲究，以白面书生出场，斯文一表，穿鸳鸯折子、朝靴，他的性格变化是逐步发展，有层次的，不是给人一眼看穿。"

我说："既是如此，老一辈的也可以演出，通过舞台实践，比较嘛。老一辈的大多不在了，他们的艺术总留了下来，况且各条河有各条河的路子，为了不致埋没，正可大显身手。"

他说："实践过了，不行不行，现在的观众是受王朝闻评论彭海清之后的影响，这个影响太大了，没得王朝闻肯定那些东西（如亮刀之类），要挨骂。"

我又说："我看没有那样凶，王朝闻在评价《打红台》那个戏里也还指出不足之处，如说戏的结构不严密，特别是下半本戏；有些情节还牵强了一些，语言方面还要加工，更重要的是还有相当浓厚的封建正统观念，韩虎和萧方的关系也写得草率，正面人物韩虎的性格，远不如昏庸昌平王的写得生动等等。彭海清演这个戏，在表演上也有他独到之处，正如各家都有他们的路数。我看王朝闻的意思是：肯定他在表演上有一些可取之处，同时把川剧向省外介绍出去，扩大影响，用心还是好的。——说句题外的话：今天你要想挨骂也挨不成，演出场地几乎没有了，有的去演电影录像去了；有的租给人家做别的生意去了。从一花独放到百花齐放乃至彭海清式的演出和老艺人演出怕挨骂等等，一切四大皆空。至于王朝闻本人，他忙着校他出全集的稿子，校稿堆积如山，话我给你带得到。——其实他怕挨骂的。"

他问："谁骂他？"

我说:"1982年全国曲艺南方片在苏州演出,我们的曲艺拿去比赛的琵琶,十张琵琶上台,有的弹奏技术欠佳,硬要拿到专门讲究弹琵琶的老窝子,唱评弹的苏州去亮相,人家一听便说:'你们的琵琶有的是道具啊!'一杆竹琴扩大为八杆竹琴,还要搞什么金钱板加钢琴,把曲艺艺术特点——轻骑兵变成坦克部队。王朝闻从曲艺美学观点写了《不要把泥鳅强拉成黄鳝》,于是有人出来说他'保守',当然他们避开曲艺特点与艺术规律。时间、实验的证明:凭常识也说不通的金钱板加钢琴,在他们的实验阶段也自行消亡了。要写文章,挨骂的事难免,尽管那些是没道理的骂。但是,川戏就不同了,如你所说的一切,首先恐怕是自己要破除迷信,真金哪怕火来炼!应当有这个信心和看法。"

辞别易征祥下楼,我走到深巷里却有不少想法:王朝闻的文章影响是很大的,但艺人中也不必拘泥于一些细节和情节上,1984年四川人民出版社发行了根据彭海清、王国仁演出本改编、陈维明执笔的《打红台》,也还在不断改进中加以修改,使其日臻完善。我认为应当破除迷信,百花齐放,我演我的,怕甚!

钟灵与"中国人民银行"六个字

最近，中国人民银行发行20元票面的人民币，使我想起了钟灵。

1940年初夏，钟灵从八路军西安办事处调回延安，担任中共中央财政经济部的美术秘书。部长兼银行行长的曹菊如给钟灵一个任务：书写"陕甘宁边区银行"七个字，要在陕甘宁边区银行的钞票上使用。当时他想：这是一件重大的事情，可以说是特殊任务，用美术字写不合适，于是他去边区政府图书馆借来许多碑帖，经过反复考虑，他选择了魏碑的字体细心临摹，最后写成了七个字。按照当时惯例，字的后面不署名。新出的边区银行钞票就采用了。

1950年需要印新钞票，新钞票的图案已经设计好了，只是上面的"中国人民银行"六个字还没有写，曹菊如行长忽然想起了钟灵，便派秘书用车接钟灵去人民银行总行商谈，嘱咐他多写几种字体供自己和南汉宸同志挑选。钟灵说："这个任务比从前的任务还大！还重！"他回家后，用了一个礼拜时间，设计三种魏碑体，又从许多魏碑字帖中找到"中、国、人、民、行"五个字，唯独找不到"银"字，于是他又仔细思量后，把"根"字和一个"金"字偏旁的字各取一半，凑成一个"银"字，然后用双钩把六个字写了出来，再用墨填实在，使其比原帖略加变化（如"人"的一捺略加长，让其笔力走势加重），他总算把三种

1992年10月在北京电影制片厂宿舍钟灵（左）与车辐合影

不同的字体的样稿完成了。把原稿送到曹菊如行长那里，如释重负。三天后曹行长给钟灵打电话：选定用第三稿魏碑体，南汉宸同志还夸奖他魏碑写得好。

钟灵告诉我，长期以来他很少向外说这件事情，更没有写过文章，他怕有单位请他照样为他们题牌匾，他无法再用碑帖拼凑。没想到后来社会上出现不少误传，有文章说：人民币上的字是董必武主席写的，也有文章说是山西一位马姓书法家写的……但有一点钟灵十分自信，作为设计人，当时他在原稿上签了字的，这在银行档案中保存了。

一位老书法家曾向钟灵开玩笑说："你我都是中国书法家协会会员，我们书协几千会员，发表的作品都没有你多……我们用的人民币一分、二分、伍分、一角、二角、伍角、一元、二元、

伍元、十元、五十元、一百元都有你的作品，发行总数，无法计算了。"

钟灵还说：我为"中国人民银行"写了这六个字，不但被采用了，而且流通这么久并将永远流通下去，我把这看做是我的殊荣。像我参与设计中国人民政协的会徽和中华人民共和国国徽一样，我从没有想到要向国家索取稿酬或知识产权，我连一分钱的报酬都没有拿过。我这样做觉得心安理得，因为我为国家做了一件有意义的工作，我做这些事时从中获得愉快和幸福，是用多少金钱都买不到的。

·往事杂忆·

罗淑、巴老友情人格的力量

这里有一张女作家罗淑的旧照，载于2003年5月1日成都《华西都市报》"川渝老照片"专栏，下注："原名罗世弥"。罗淑1903年生于成都，1921年进入简阳县立女子学堂，1923年转入成都省立第一女师，1930年到法国里昂中法大学学习。1936年她以四川农民遭遇为题材的处女作《生人妻》，由巴金署名"罗淑"，在文季月刊发表，使她一举成名。1938年2月27日罗淑因病去世，终年35岁。巴金称赞她是"社会革命的斗士，中国的一个优秀女儿"。

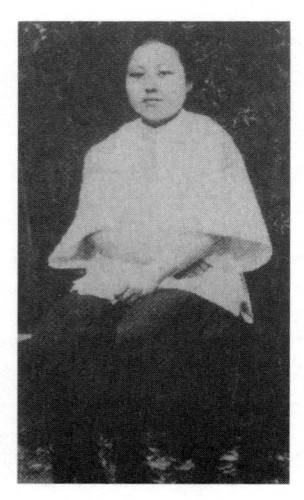

女作家罗淑

1961年《中国文学》英文版刊登了她的《生人妻》《橘子》《刘嫂》。这张照片是1925年罗淑在成都省立第一女师就读时拍摄的，由徐基伦、罗则弥（罗淑的侄女）供稿。

1990年10月在杭州灵隐寺，车辐与巴老（左）高兴地摆龙门阵

见《华西都市报》刊登的这幅照片与巴金有关，一想到巴老此刻在病中，且目力衰减，种种不便，于是我就原件复印，放大后寄李济生兄。他在看后回信："奉得赐寄的罗淑的青年照片复印件，实珍宝也！谢谢。"第一次见到，小弥真体现了母亲的因子，我即于周六午后携去华东医院给巴兄看。他仰望之，开床头灯，熟视久久，看清了。他应认得的。马大哥第二次伴她赴法于上海，巴兄与之相会在咖啡店吧？巴有文记述，我借来见过。她1938年在成都生下绍弥后，因产褥感染而误于医去世了。当时他们家住三槐树，后迁外东一西式小楼，我倒常去看望宗融大哥，他正在川大教书，即去重庆在复旦任教了。好人啊！

绍弥，又名少弥，是马宗融和他妻子罗世弥的儿子。马老生前是复旦大学教授，著名的抗日斗士，他和妻子罗世弥早年留学法国，抗日战争爆发，他们带着6岁的小女儿马小弥回到祖国，积极投身于抗日救亡运动，与巴金、冰心、老舍等结下深厚的战斗友情。但，不幸的罗世弥在成都生她第二个孩子马少

1980年11月，巴老在上海武康路家中客厅休息

弥因产褥感染而亡！马宗融带着16岁的女儿马小弥和不满一个月的儿子马少弥回到上海。由于沉重的负担和繁忙的抗日救亡工作而病倒，不久，在上海解放前夕马宗融去世，马小弥、马少弥姐弟二人成为没爹娘的孤儿。

马宗融去世时，身边没有一点积蓄。朋友送葬之后，面临一个最大的难题是：两个孩子谁来抚养？开始有人建议大家募捐抚养，正在筹划时，中国人民解放大军即将解放上海，一时间募捐的事便暂时搁置下来，但是两个可怜的孩子怎么办？事已至此，刻不容缓。

在紧急关头，巴金和萧珊商量，只有马上伸出充满友谊的爱手——他俩将马小弥姐弟领到自己家中，像对待自己亲生儿女一样。

新中国建立后，巴金在自身家庭、生活、工作等多次遇到

困难的情况下,将两个孩子抚养成人,一直到他们到北京上了大学,参加工作。

多少年来,人们渴望真情,呼唤爱心。多少年来真情和爱心就在我们的身边。可是有谁表扬过,宣传过呢?特别那个荒唐的年代,不但没人表扬与宣传,反而受到所谓的"批判"。呜呼,"士穷乃见节义!"我们在心的深处向快到百岁的巴金老人致敬,您在人们心中,永远不老!友情、人格的力量,高山仰止。

·往事杂忆·

出版家范用

这是一张明信片式的"迁帖":

　　来北京在东城一住四十五年,而今搬到城南,住进高楼,冒充上层人士,室高两米五;好在我俩都是小尺码,倒也相称。再也不用烧煤炉换煤气,省心省力。却是在高处看落日,别有一番感受。

　　北牌坊胡同那个小院,将不复存在,免不了有点依恋,为什么?自己也想不清楚,许是丢不下那两棵爷爷奶奶辈的老槐树,还有住在那一带的几位长者,稔知。

　　新居地址(从略)

范用　丁仙宝

1994年6月

　　范用何许人也?三联书店前任总经理、人民出版社副社长,创办了全国一流的《读书》和《新华文摘》,单凭这两个月刊,国内外也早知名了。问题不在此,问题在于一位出版家的品格与风貌。

他接到《傅雷家书》原稿时，惊叹道："竟有这样为儿子写信的父亲！我们应当让天下的人想想，应该怎样做父亲？怎样做儿子？"在右派问题还未改正、傅聪还戴着"叛国"的帽子，马思聪、傅聪还不敢踏上祖国大地的时候，范用已经为

2002年4月车辐在北京方庄芳古园范用（左）新居合影

《傅雷家书》出版事忙前忙后了。范用做事有他的个性：要做就做到尽善尽美，有始有终。《傅雷家书》出版后，他又紧接着忙上"傅雷手迹展"，因为他要用手迹去说明傅雷的人格。

叶浅予自传体的《细叙沧桑记流年》，真实地写了自己的四次婚姻以及时代背景，想不到一代大师艺术生涯的真实记述，也为不要真实的帷幕阻拦！范用能力排众议，承担风险，出版了这部极有分量的好书。天下出版家多矣！"敢于直面惨淡的人生"，且能有见地、有胆识如范用者，可就太少太少了！范用今天"进住高楼"却非"上层人士"。离休后，他有很多想法受到阻碍，有时不免苦闷，"炎凉迁次速如飞，又脱生衣著熟衣"（白居易）。但他在出版好书上，却有他的深谋远虑，远交近攻的一套，王昆仑的《红楼梦人物论》是他磨了几十年才出版的。他学到鲁迅先

1992年9月在北京紫竹院合影，从左至右：车辐、范用、胡絜青（老舍夫人）、丁聪

1992年9月在北京紫竹院车辐与老友胡絜青大姐告别

生的"韧"，为出版事业奋斗了整整半个世纪，北京有名的女记者韩金英说他是"无名大人物"。范用身材小尺码，形象却高大，他今天"出自幽谷，迁于乔木"（《诗·小雅·伐木》）。他在北牌坊满满几屋子的书和他收藏的各式各样的酒瓶，将随他"登高楼以四望"，在"乾坤容我静，钱财任人忙"中过他安静、勤奋、"随缘自适"的生活。在生活中也自有他的一份情趣，如这个带有创造性的迁帖，既悦己又乐人，这情趣隽永而生回味，有如陈年花雕，够人消受。

· 第四章　我眼中的文化名人 ·

我收藏的一张珍贵照片

先得介绍这张珍贵的照片上面的知名人物：从楼梯而上，左边手扶栏杆的第一人是剧作家吴祖光，依次而上是漫画家、80岁老翁丁聪，把《红楼梦》翻译成英文的杨宪益教授，从澳大利亚回来的84岁的书法家黄苗子、郁风夫妇，丁聪夫人沈峻；右边挂手杖第一人乃前人民出版社副社长、三联书店总经理、创办了全国一流的《新华文摘》和《读书》月刊的老编辑范用，漫画家华君武，香港《明报》编辑潘先生，华君武夫人，邵燕祥以及作家姜德明，《人民日报》记者李辉等，"十八罗汉"聚会于北京东坡楼。这一天，东坡餐厅的川菜，硬是把他们吃安逸了。杨宪益快到90高寿，仍可吞半瓶五粮液；丁聪前不久开刀取零件之后，不能喝酒，假托他夫人沈峻管着，不敢举杯；范用跌伤断腿，大概是接骨欠佳，又动二次手术，东坡餐厅恭请，此老挂杖由人搀扶上楼，去吃了东坡肘子、东坡蒸肉双喜。东坡餐厅在北京白石桥北京图书馆内北侧，是京城中文人常聚之所，看了图书，便进餐厅吃饭，加之该厅主人张达（楼上最后左边第二人）广交文化界知名人士，喜藏名家书画，故此地常是高朋满座。张君秋过去吃

· 往事杂忆 ·

这张珍贵的照片，乃《解放军画报》名摄影记者车夫（与车辐发音近似，幸勿误会！）拿手杰作，把文化人的气质、文化气氛、其乐融融的心情，全都表现出来了。这次聚会，实为难得，故留此存照，永远珍藏

了东坡肘子后大为赞美；"我身体发胖，不吃肘子。这回尝了点东坡餐厅的名菜东坡肘子，也不觉得油腻，有点辣味，承受得了。"原来东坡肘子进北京，以红油代豆瓣，取其色彩，意思意思而已。连不吃辣味的新凤霞、胡絜青（老舍夫人）到了东坡餐厅，也大开辣戒。人问华君武大师吃不吃辣味？华大师答曰："那还用说，请看《华君武漫画》便可知矣！"

· 第四章　我眼中的文化名人 ·

情系陈若曦
—— 第一次拥抱礼

"物欲不高，宁可家徒四壁，也懒得添置东西；喜欢了无牵挂，天涯海角，说走就走。……我一向念旧……不仅对台湾人感兴趣，也对住大陆的台湾人感兴趣……我在南京、成都和北京时，便通过台湾同胞联谊会认识了很多同乡……恋爱容易排斥，但友谊难以抗拒。"陈若曦送我一本散文集《无聊才读书》（借用鲁迅先生诗句），我在里面读到这些，很见她的性格。听其言而

从左至右：陈若曦、曹禺、车辐在北京饭店

·往事杂忆·

观其行,在多次接触之后,确也证实了她是个重友情超过爱情的人,至少在两者间要画个等号。我是怎样认识她的呢?

1985年8月,一个凉爽的黄昏,黄苗子、郁风夫妇,吴祖光、新凤霞夫妇,联合请客于北京朝阳门外义利餐厅。客人中有陈若曦,联邦德国专门研究中国戏曲的布海歌女士,新近丧妻(话剧演员欧阳红樱)的美术家秦威及我。陈若曦一听我是四川口音就说:"我刚从你们四川来,参加一个欢迎会,会上谈话中说得到上面好多补助,培养了好多作者等等,是欢迎会还是工作报告会呢?我真不愿意听下去了。不过天府之国是可爱的。像一个大花园,将来我还要去的。"

祖光指着我向陈若曦说:"他是成都的土地爷,你去要找他。"同时也把我介绍给联邦德国的布海歌。

1994年6月送别陈若曦,两岸为一吻,友谊树长青,龙的传人醒于成都窄巷子小观园

1995年5月车辐到北京，来到曹禺（右）家里，继续摆未摆完的龙门阵，曹禺夫人也参与其中

在觥筹交错间，却也体会到友情超越一切，"难以抗拒"，包括海峡两岸，海洋那边。

宴罢，她要回北京饭店，找不到路，由我女儿车玲带路引回饭店，她对我们说："不要走，曹禺要来。"

落座不久，曹公果然来到，那夜我们从一些有趣味的文人轶事谈到张大千，我谈了大千如何认识周企何、筱鹤卿，后来上青城山等，谈到11时，曹公家里打电话来催问，才告辞了。曹公说："你这龙门阵没有说完，到我家里来说下去好么？"——因为要等车票等问题，第三天我就到乌鲁木齐、敦煌去了。

陈若曦送到四楼电梯门口，与我和我女儿握手，她与曹公拥抱而别——他们在国外早已见过面，曹公到美国访问，伯克利加利福尼亚大学中国研究中心派陈若曦去迎接的。

第二年炎热的7月，她应全国台联之请，飞来成都。刚到锦江宾馆，就给我挂电话来，她要看川戏，当夜我们在西御街新声剧场看了叶述尉的《包公赔情》，她看得很专注，且说："这个戏是吉剧移植过来的。"休息时引她到后台，看望演员并留影。她赞美川剧的键鼓对剧情发展烘托气氛很出色，为他剧所不及。

她来四川参观完毕，起飞前几小时来我家告别，因天气热，要求喝点绿豆汤，我用成都过去名小吃店稷雪绿豆汤的做法，去皮煮透，冰镇后招待远方来客。巧得很，这时老友李华飞、王余、诗人沙鸥及其夫人邓芝兰来访，即为之介绍陈若曦女士。文艺界同行，一见如故，无拘无束地畅其所谈，来的四位客人中，年龄都六七十岁，一个个笔耕甚勤，有说有笑，"不知老之将至"。

时间到了，送她出文联宿舍大门，上汽车时，她竟然拥抱了我，我也泰然自若地拥抱还礼，这是我生平第一次行拥抱礼，洒脱自然，我是从北京饭店曹禺同她分别下电梯前同她拥抱学来的礼节。两岸同胞情谊，又岂仅拥抱而已哉。——人是去了，情谊永远留了下来。

著名声乐家郎毓秀

郎毓秀原籍杭州，1918年出生于上海。父亲郎静山，由于婚姻由双方家长包办，造成分离，郎毓秀自幼即跟乃父和哥哥在上海生活。

郎毓秀失去了母爱，但她是为父亲所最钟爱的亲骨肉，她的童年是在金色的音乐王国中度过的。

1982年8月在郎毓秀家欢迎张篷舟先生归来。从左至右：车辐、张巧凤、朗毓秀、刘克俊、刘夫人、张篷舟、周企何

郎静山毕生酷爱摄影艺术，在上海《申报》工作，20世纪30年代不断在国际上展出作品，1980年为美国纽约摄影学会评为世界十大艺术摄影家。他喜爱西洋音乐，收集了一些世界著名音乐大家的照片以及器乐曲等唱片，还有丰子恺的《西洋音乐十二讲》之类的书，欣赏和学习这些唱片及书籍，已成为父女俩必修的音乐课了。

日积月累，她不仅能记住曲调，学唱片中的歌词，不论日语、意大利语，反复琢磨，体会出其中的韵味及各国的风格。她每有成就，必得到她父亲的称赞与鼓励。

父亲经常带她去看外国音乐片，如当时流行的珍妮特·麦克唐纳主演的《璇宫艳史》《风流寡妇》等。

12岁的郎毓秀在一所美国人办的教会学校读书，她开始选修钢琴。1934年，她父亲把她送入当时国内仅存的一所高等音乐学府——上海国立音乐专科学校主修声乐，随俄籍苏石林教授学习。进校第二年，正遇上贺绿汀写的一首四重唱《湖堤春晓》排演，选上郎毓秀担任女高音。百代公司很赞美她的演唱，当即请她录制三十多张唱片，如《大军进行曲》《杯酒高歌》《鸾凤和鸣》等外国歌曲，中国歌曲如《乡愁》《满园春色》《早行乐》《飘零的落花》《天伦》等，都是黄自、刘雪庵、贺绿汀等大家作品，这些作品至今仍风行国内外及东南亚等地区。每有外国著名音乐家的演出，她父亲必带她前去学习。世界著名的苏联男低音歌唱家夏里亚平演出，他父女是全身心投入了的。

1936年冼星海到上海，力主郎毓秀出国学习，郎老为此花了不少心血。郎毓秀深知父亲为她筹措学费来之不易，下决心刻苦学习，努力攻读，一定要为祖国争光。她在第二学期时，成绩出现飞跃，在全校38名乐理视唱练耳的基础课结业考试中，为唯一满分的学生。发榜时，她的名声震惊了全校七八十位师生，友好地为她欢呼"中国万岁"！

1937年初，为了学习法语，她认识了上海广慈医院的住院医生萧济。七七事变后，日本帝国主义侵略军滥施轰炸，她去广慈医院参加护理伤兵工作，完成了她的光荣任务。8月30日出国留学手续办齐，她就赴欧深造。1941年，郎毓秀从马赛乘船，取道非洲，回到上海。萧医生参加野战医院工作，千回万转，有情人终于会面，1942年春，他们在北平结婚。她在给一位朋友的信中说："我走上音乐的道路是父亲的指引和培养，婚后没有爱好音乐的丈夫支持，我的事业也不可能继续，女人要干家务又要工作，十分劳累。而他总是在我困难时鼓励我。"他们相濡以沫，妇唱而夫随，琴瑟调和，使她取得了更高的成就。

1949年郎毓秀在成渝两地举办音乐会。人民战争的胜利，她唯一满足和享受就是让自己

郎静山为郎毓秀题写的对联

能够尽情歌唱,一吐胸怀!中国人站起来了!

她参加了全国文代会,去朝鲜前线慰问最可爱的人。1954年她又同小提琴家张季时和钢琴伴奏石中强赴西南三省演出。在深入生活中,她逐渐改变以西洋为主的风格,先后学习我国的传统及民间的京韵大鼓、四川清音、京剧、评弹、粤剧一些唱法。她感到愈是民族的愈是世界的观点是正确的。

1956年中央对外文委组织9人文化代表团访问欧洲国家,郎毓秀教授是代表之一。她在罗马拜访了意大利男高音歌唱家吉利,到法国会见了画家毕加索。在瑞士访问了名作曲家汉斯·赫格,还赶练了汉斯写的歌曲,在首都伯尔尼独唱会上献演,汉斯高兴极了,特送她不少乐谱留作纪念。1957年她被选为全国人大代表。

1999年11月,车辐到郎毓秀(左)家做客。提起父亲郎静山参加在纽约举行个人摄影展的情况,老友的往事历历在目

1958年是四川音乐学院安排艺术实践的一年。这年春季在青羊宫花会搭了台子，让艺术走向民间，师生一道演出100多场，郎老师挑了重担，有时还要抓紧时间赶回学校上课。不论街头、农村、工厂、部队演出，郎教授从不缺席，忙得不亦乐乎，乐在歌唱中。

1974年她恢复工作后，每天不断练唱，不到一年，终于又能歌唱自如了。1981年初，她在重庆和她的大女儿练习了一个多月，开始了她的"告别舞台音乐会"。从昆明开始，经成都等17个城市，共17场，得到文化界及广大听众的热烈欢迎。为什么要告别舞台呢？她认为年龄、条件不允许了，她想多花一些时间搞翻译、总结演唱方法、培养下一代。她说："音乐是我所钟爱的，我永远不会与它告别。"——是年年底，她与分别30余年的父亲郎静山在美国重逢，父女相见，仿若隔世，悲喜交加。以后她两次去美国纽约出任罗莎·庞塞尔声乐比赛评委时，两次都见到她的父亲。

1993年6月，郎毓秀以76岁高龄，在美国休斯顿登台演唱60年前唱红的《天伦歌》，演出时由其子萧楫指挥、女萧桐钢琴伴奏，还有她的学生由汉堡赶来同台演唱，在休斯顿乐坛上创下了一台母子、师生同台演唱的纪录。郎毓秀还唱出《摇篮曲》及美国音乐剧选曲《奥克拉荷马》、法国歌曲《你可记得》，全体听众听后，起立报以热烈鼓掌致敬。她的留德学生古幼玲演出了《我爱您中国》《春天来了》，音乐会一个高潮接一个高潮；合唱团演唱的史诗《长恨歌》，由其子音乐家萧楫首次搬上舞台，近100

人同台演出，再次把休斯顿海华音乐会推向高潮，为祖国争得了荣誉，当地报纸《国际日报》等作了报道。

8月，休斯顿传来喜讯：摄影艺术大师郎静山老先生自中国台湾来美，应邀在纽约为举办的个人摄影展剪彩，这次与女儿郎毓秀、女婿萧济及孙辈团聚，四代同堂共享天伦之乐。

今年83岁的郎毓秀生有9个子女，全已成家。其中6个在成都等地工作，绿叶满枝，儿女成行。1995年4月13日，摄影艺术大师郎静山老先生因肺炎病逝于台北市，享年104岁。

· 第四章 我眼中的文化名人 ·

好花开处近重阳

北京东坡餐厅主人张达来信告之：丁聪、沈峻、黄苗子、郁风将于近日来成都。10月11日上午接魏明伦电话谓：已在机场会见四位君子，他在下午6时恭请他们于少年宫附近酒楼吃火锅。也约了我及流沙河夫妇。

2001年10月丁聪夫妇、黄苗子夫妇等人从北京来成都。流沙河夫妇、魏明伦夫妇及车辐聚会一堂。从左至右前排：黄苗子、丁聪、车辐、郁风，后排：魏明伦、吴茂华、流沙河、魏夫人

· 往事杂忆 ·

丁聪手拿着57年前用炭笔画的速写原件给大家观看，一位是作画者、一位是被画者。这幅画是历史见证，怎么能不使我们变脸

宾主准时而至，先进入茶室，与苗子黄公、郁风、丁聪、沈峻及东道主魏明伦夫妇握手、品茗、叙旧，在座以苗子年龄最大，89岁，人略瘦，但红光满面，永远是那一副笑脸，郁风曾有文写他："你将来会笑死的。"真能笑死，还用安乐死作甚？此公心境开阔坦荡于此可见。郁风老了一些，满脸刻画了坎坷生活的皱纹。郁风与丁聪，我们在抗日战争中会于成都五世同堂街的《华西晚报》大院里，算来已有57个年头了，我儿子车新民带了一幅丁聪在这里为我用炭笔画的速写，上面留有"小丁1944"。那时正是我31岁生日。后页有我题记，用毛笔写：是日也，有谢趣生、叶浅予、关山月、丁聪，相会于关山月寓所（法比瑞同学会地址，今已建成高楼大厦矣），小丁为吾画像后，由我招待去走马街吃香村川菜馆。一九四四年秋于《华西晚报》。

大家看了这幅珍藏的画像后，丁聪补写了几笔："五十七年

·第四章 我眼中的文化名人·

丁聪为作者画的画像及背面题字

后重见此画，感触颇深，故人先后离去，我们尚能在成都重聚，感触颇深！小丁今年八十五。"魏明伦题："童颜变老脸，童心依然！"流沙河题："岁月使我们变脸。"黄苗子、郁风夫妇题："车爷半老丰韵犹存，二〇〇一年十月十一日相会成都。"苗子说："徐娘半老"为"车爷半老"略添一点来川的麻辣味，使得今夜相会情趣更浓。他还送我一本《荣宝斋画廊书画家·黄苗子专集》，题："吾兄以轮椅出入，大有诸葛安车平五路气概，老境亦弥堪慰也。"我说："岂敢岂敢，武侯当年是否有大汉族主义行霸王的味儿，我不知道也不敢学，宁放弃轮椅开爬。"黄爷笑而未答。

魏明伦今夜之火锅盛设，分隔调红白二味名鸳鸯火锅。丁聪与郁风抗战中入川，见火锅的麻辣烫，举箸若飞。反之，倒是流沙河与鄙人只有看的份儿，敬陪末座，吴茂华曾为文介绍："吾

409

家先生，素食清淡。"此即阃教严格成果也。丁聪则不然，平时在家，为吾嫂沈峻严加规定，这次出来，他有些"将在外"的放肆，举箸若飞，施其开放性动作。"主不吃，客不饮"，东道主的魏明伦也就起了带头作用，一席畅饮，满座生趣，故人旧交，难得的会面，五十七年为一别，"好花开处近重阳"（吴祖光语），他这次没有来，病了，还有谢添、钟灵、范用兄等，均在病中。

流沙河杂记

流沙河本名余勋坦，1931年11月生于成都市忠烈祠南街。他的老家在离成都市四十余公里的金堂县。他自幼体弱多病，7岁发蒙后读过贾谊《过秦论》、司马迁的《李斯列传》等，写出了《过秦论书后》的读书笔记，得了满分。旧时中学国文课，多选读《古文观止》《经史百家杂钞》一类古书。他说："文言文结构谨严、条理分明，极少废话，对我日后从事文字工作大有好处。"后还师从一位老秀才学《诗经》《唐诗三百首》，又自学《声律启蒙》《千家诗》等，懂得了平仄音韵学做旧体诗，"偷写了一些可笑的五言七言……那时候我做梦想做个诗人"。

1944年入中学读到吴芳吉的《婉容词》，对他"影响很深"。1947年入成都中学高中部，"那时正是国统区进步学生运动如火燎原的年代，罢课抗议，游行示威，风起云涌，我卷入其中。一位姓雷的同学领着我们上街游行……意气昂扬，心向延安。顺便说一句，这位姓雷的同学在新中国成立前夕被国民党逮捕，险遭杀害，后得救出狱，在20世纪60年代做了我的故乡金堂县县委第一书记……当时我无心读书于课堂，有意探求于文学，狂热地

车辐（左）在朋友家与流沙河交谈（20世纪70年代末期）

阅读巴金的小说、鲁迅的杂文、曹禺的戏剧，特别是艾青、田间、绿原的诗，抄录厚厚的一本，认为《向太阳》是古今中外最伟大的一首诗，而唐诗宋词我弃之如敝屣。我已经意识到自己是一个叛逆者了"。

1948年秋，流沙河在进步的《西方日报》发表短篇小说《折扣》，受到鼓舞，"此后便有志做个作家了"。于是他又读20世纪二三十年代的小说，以及苏联的《铁流》《夏伯阳》《静静的顿河》《在人间》等，还读美国小说《飘》等。

他在《西方日报》上写消息揭露学校生活的阴暗面，激怒了三青团学生，联名贴大字报威吓，"叫我出来答辩，幸以笔名发表，不知是我写的，得免罹祸。我胆小，再不敢乱写了"。

1949年12月成都解放后，回金堂教书1个月，学了毛泽东的《在延安文艺座谈会上的讲话》,"眼界顿开,立即照办,为了和工农打成一片",志愿上山去教村小,在《川西日报》上发表演唱作品和短篇小说,引起副刊主编西戎注意,去信约他参加工作。1951年他编《川西农民报》,同时发表许多演唱宣传品,"工作很努力,在随后思想改造运动中,我勇于批判自己的旧观念,并在思想上与地主阶级划清界限,努力树立革命的人生观,觉得自己大有进步,于1952年5月加入中国新民主主义青年团。不久以后,调至四川省文联工作,做创作员"——后来他调到文联《四川群众》编辑部,我们在一起了,那时早上准时上班,准时下晚班,晚上还有两个钟头夜自习,10个钟头挤得满满的,各人埋头工作,奉命写作,主题先行,快马加鞭,显出"革命"的冲天干劲,他说,"用社会主义与资本主义两条道路激烈斗争的套子去套量生活,主观地从概念出发,这样能写出像样的东西来吗"?

"1953年在批判胡风文艺思想的运动中,我也写文章发表,并写宣传提纲,各有强词夺理之处,歪曲了人家的本意,然后又把人家臭骂一顿。在此谨向胡风同志致歉!"流沙河向胡风赔礼道歉,说明他是一个善良正直的文艺工作者。

流沙河1956年写出《草木篇》五首小诗,并参加《星星》诗刊的筹备工作。1957年1月《星星》在《四川日报》受到指责,《草木篇》受到省市两报大规模的轰击。流沙河为此受牵连。因认罪尚好,幸获宽大,开除公职,留在省文联机关内监督劳动。到崇庆县山中去炼铁。劳动之余,他研读《诗经》《易经》《屈赋》。还读了摩尔根的《古代社会》与恩格斯的《家庭、私有制和国家的起源》。1961年他到省文联已停工的建筑场地种菜，夜守菜地，"由于恪尽职守过分积极，反被偷菜者打了顿，还被扭送派出所，哭笑不得。"1962年回文联图书资料室协助工作，"利用方便，阅读大量古籍。我一贯爱读书，相信开卷有益，三教九流，来者不拒。被孤立了，无人同我往来，免除干扰，正中下怀。不回寝室睡觉，在图书室夜以继日地狼吞虎咽地读；在沙发上过夜，先是研究古代天文学，从此成为一个历久不衰的天文爱好者。后来搜集有关曹雪芹资料。我研究了四书五经，先秦诸子、中国古代史、民俗学、古人类学、唐宋明三代野史笔记、古代天文学、现代天文学，做了大量的摘录索引。我对汉字最有兴趣，钻透了东汉许慎的《说文解字》，做了上10万字的笔记，并在此基础上写成一部颇具趣味性的解说古汉字的普及读物——《字海漫游》。"一波未平，一波又起。1966年春天，流沙河被押回金堂城厢镇监督劳动改造。"我在故乡12年，前6年拉大锯，后6年劳动之余暇，温习英语，为小儿子编写英语课本十册，译美国中篇小说《混血儿》，通读《史记》三遍，写长诗《秦火》一千行，此稿自焚了。"

"22年的艰难日月给了我有益的锻炼。我一直朦胧地眺望着未来的光明，不怨天尤人，不自暴自弃，努力求学，正派做人，相信将还有为人民服务之日。保尔·柯察金说得好：'我得到的仍然比我失去的多。'"流沙河与我在省文联同事，长时间在一个办公室工作。我感到他确实努力求学，如饥似渴地读书，一个正正派派的好青年，难得的好同事。我在私塾读过《诗经》，背过通本，那是读的望天书，而他对《诗经》中的动植物，了如指掌，其苦学精神，做到"一字不可放过"。在静夜里，对古代与现代天文学，做了大量的摘录与索引，十分认真。早在1981年他已加入研究飞碟现象的中国UFO四川分会。最近成都地区天空出现了异常光带，记者去专访，他谈得头头是道。他以唯物观点去论证："哪怕十万件类似事件中有一件可能是真的，那就值得我们去探寻，这是真正的科学的态度。"三中全会后，四川省委下达正式文件，为1957年的《星星》新诗月刊平反。至此他被错划为右派的结论才得到改正。同年10月，他被调回原单位四川省文联"做一名普通的编辑人员"。他从未自称是"诗人"，他也不承认《草木篇》是好诗，"1975年秋真正黑云乱翻之际，他（姚文元）又打我，欲置之死地而后快。这哪里是跟我这个'死老虎'过意不去，他那时候明明是想搞一场《草木篇》再批判，并以此为由头，再一次大残大害良心未泯的广大知识分子而已"。中年以上的人，记得他的《草木篇》；青年人又读他的《故国六咏》。前者使作者罹祸（1957），后者使他再享优秀诗人的荣誉（1981）……十年来他出版了《流沙河诗集》《十二象》《台湾诗人十二家》，又完成《庄子现代版》（35万字）。身体渐弱渐虚，工作却片刻难停。他过去的光阴，被虚掷得太多！不该受的苦都受过，该做的事还没有来得及做完。

书法家刘云泉说他的脸形是甲字脸，很形象。因为他幼年身体孱弱，青年、中年遭受折磨，几次因病与苦累，濒于死亡。居然又活下来,"天道酬勤",这就是对他的回报,晚年受到读者的敬重。他于1992年重组家庭,得到温暖与幸福。在妻子的精心照顾下,甲字脸变成了丰腴而红润的两颊,面庞儿"红霞尚满天"。他潇洒地,自信地走他的路。他厌恶应酬,喜说笑话,既不正经,也不严肃。好结善良友人,人亦爱其德才,特别同情他遭受的迫害。吴祖光、吴霜父女,话剧名家吕恩,美术家丁聪、钟灵等,一到成都,都去他家拜访。他们从未晤面,却一见如故。钟灵与丁聪异口同声地告诉他:"给你戴帽子的消息,我们知道最早,那是在怀仁堂里宣布的。"祸兮福所倚,他已快到古稀之年,一株饱经风吹雨打的幼苗,今天已长成高大的大树了。他要的不是名与利,要的是问心无愧,如斯而已,岂有他哉!

怀念版画家张漾兮

我国已故名版画家张漾兮（又名国士），成都人，1912年生，家贫，出生后不久父母死去，寄养于叔父家中。叔父家里贫穷，加之那时四川军阀连年混战，民不聊生，省会成都也成了打内战的战场，他从小就辍学去当了几年学徒，拿烟倒茶，为主人小孩洗屎倒尿，只能在那个悲惨的黑暗社会里求得一饱。这些生活经历使他

张漾兮（1912—1964）

看到了那个社会的众生相，也锻炼了他吃苦耐劳的坚强性格。我曾多次在他潦倒困难时刻听他说："最穷莫过讨口（伸手要钱当叫花儿），不死总要出头。"他在我们朋辈中生活最苦，也最能刻苦自励，他是一个铁铮铮的人。

他年轻时就喜欢美术，每年成都花会期中，卖绵竹画那个地方，少不了他的足迹。当他第一次看到石印的《点石斋画报》时，如发现了新大陆一样喜悦；以后又看到成都昌福公司铜版印

的《三国演义》的绣像插图，很欣赏那里面的曹操。一般人画曹操是个胖子或大胖子，昌福公司《三国演义》中的曹操是个瘦子，瘦得两手举不起大于腰围两倍的玉带，构图上的夸张，表现出奸雄性格来。

张漾兮在亲友资助下，进了四川美专普通师范科，打算毕业出来，当个美术教员维持生活。

他1931年毕业。毕业等于失业，长期得不到工作，当临时工、当小学校代课教师，后来濒于饥饿的境地，他又去当兵，去搞舞台美术画挡子，在北新街口开过小小商业广告店，当然又敌不过那些大广告公司。他不止一次引罗丹的话说："生命是无尽的享受，包括痛苦在内。"最穷的时候，把他心爱的油画颜料也拿去卖了。

抗日战争开始后，1937年，张漾兮同苗渤然、谢趣生、乐以均、洪毅然、车辐、冯桢、牟康华等在成都筹组了四川漫画社，并担任理事。他自费画宣传抗日漫画、彩色幻灯，无偿地分送各电影院放映；给各报刊供给抗日漫画，不取稿酬，并出漫画专刊，举行了"救亡漫画展览"，共展出漫画、木刻160余幅，举行义卖、义捐。以后又下乡在成都附近各县举行巡回展览。后应中苏文化协会征求，选出社员作品十余幅，参加莫斯科举办的国际"反法西斯漫画展览"。这一系列的抗日宣传活动，漾兮是不遗余力地参加了。

1939年他同王大化、王朝闻、秦威、何以等成立了中华全国木刻界抗敌协会成都分会，举行过三次抗战木刻展览。直到1949

年解放以前,他的作品都是在成都创作的,所取的题材,也是以成都市和川西农村为主。抗日战争胜利后,他同几个友人办了《自由漫画》,主张民主与自由。他曾画了一幅漫画:画的是周恩来同蒋介石坐在桌上举行国共谈判,桌子下面蒋介石脚边坐着一条凶恶的狗。说明蒋介石以谈判拖延,实际上准备大打内战。这个画报不到三期就在国民党的压力下停刊了。

在鲁迅先生提倡木刻的影响下,1938年,漾兮也开始从事木刻创作,在成都地下党领导的通俗刊物《星芒报》《国难三日刊》以及《新民报》等报刊作木刻,兼作漫画,用民歌民谣这一通俗形式配画,揭露日本帝国主义侵华暴行,反映劳动人民苦难生活,抨击反动统治下不合理的社会现象。

最初他学习苏联木刻方法,侧重于单纯、简练的刀法。同时,他学习了麦绥莱勒、珂勒惠支的有力刀法。节衣缩食买了《士敏士之图》《铁流之图》和印刷精美的《死魂灵百图》。就是在敌机疯狂轰炸下,他也将这些书带在身旁跑警报。

当他学习了《在延安文艺座谈会上的讲话》和鲁迅先生有关木刻的文章后,给他很大的启发,他研究、探索、学习,在这一段时间,大约有一年多没有动过刀。他专注于速写和水墨画,从石涛、八大山人到《芥子园画谱》,也对砖刻、蜡染,川西坝子的挑花,成都牛皮灯影等,进行了研究,他要在民族化中找到一条出路来。这样终于形成了他自己的风格。如1947年《人市》。作者说:"创作《人市》这幅木刻时,曾先后酝酿了半年多时间,最后有一个多月,我经常到成都两个人市(后子门与南门一巷

张漾兮1947年作《人市》（40厘米×30厘米）

子）去观察了解，才认识到这里并非如表面上看见的，是为没有工作的劳动妇女介绍工作的场所，而是在暗地里买卖拐骗幼女，勾引贫苦老实的青年妇女，以作家庭佣人或奶妈为名，使其落入圈套。尤其是农村来的青年妇女，更难逃脱这吃人的虎口。《人市》这张作品，就是为了揭露这吃人的社会制度而创作的。"

同年作的《抢米》，是画成都复兴门（即今新南门）前饥民们自发起来抢米的情形。1946年，中国发生了饥荒，奸商乘机囤积粮食，哄抬粮价。一般贫苦市民不堪忍受，铤而走险，抢米事件时有发生。在报社上班的张漾兮听说成都南门外正发生抢米，他骑车赶到现场去看，只见数以百计的饥民拿着各种不同的盛具，惊慌混乱地将到手的米背走。不久，大批军警赶来包围现场，开始抓人。张漾兮趁乱逃走，赶回家立刻开始构图，第二年避居乡下期间，将其刻制完成。

版画家张漾兮用铁笔刻出了饥饿人民的力量，同时又有浓厚的中国气派、中国作风。

他的创作活动早已引起反动派的注意。根据新中国成立后有关部门得到的资料，张漾兮早已列入敌人的黑名单。《人市》是揭露那个社会制度；《抢米》则是向那个社会进攻了。他的个人展览在成都遭到查禁、破坏，几乎被捣毁。1947年"六一全国大逮捕"时，他在地下党的通知和掩护下，化装到成都老西门外乡下

张漾兮1948年作《抢米》（40厘米×30厘米）

洞子口鲁绍先家里隐藏起来。

张漾兮学习了毛泽东《在延安文艺座谈会上的讲话》，又看到大量解放区木刻作品以后，给他的艺术思想增添了新的启发。他开始到工农群众中去，下农村、入砖瓦窑、下煤矿。这时他的代表作有《薅秧归来》（1942）、《运炭工人》（1944）等。在深入工农生活的同时，他也揭露旧社会中极其尖锐的问题，如《擦皮鞋的孩子》（1945）、《饥饿的愤慨》（1946）。他避居在乡下将近一年的时间里，深深感受农民那种渴望解放的心情，直到1949年年初，才酝酿出《我们自己的队伍来了》这幅木刻。

漾兮出走后，他的妻子雷兴琮被特务抓去，神经遭到刺激，以后不断受到特务威胁，她带着5个儿女，生活难度，加之张漾兮悄悄地画的一幅油画（画中的蒋介石双手沾满鲜血，面目狰狞、像个喝血的野兽。这幅油画藏在他当时疏散的老西门外谢家店乡下，我们几个朋友都亲眼看到过）突然不见了，雷兴琮一惊，神经从此失常，病情折磨她三十多年，直到不幸去世。

1948年，漾兮由地下党帮助逃往香港。1949年北平解放后，到京参加第一届全国文代会。会后被聘为杭州国立艺专（浙江美术学院前身）副教授，担任版画教学工作。"为了想使自己的作品与教学结合起来，作为教学示范，因此，经常在探索一些新的表现手法和更适合于内容的各种艺术形式，以便给年轻的同学们一些启示"，进而"在民族传统艺术各方面去学习些东西"。他在1956年创作的《送饭到田间》，就学习了民族传统的石刻、砖刻艺术的手法。

1955年他出国访问罗马尼亚、匈牙利达半年之久，创作出《匈牙利陶器工人》与《罗马尼亚农村》(1956)，各有不同的表现形式和处理手法。尽管他在国外观察、感受、体验等煞费苦心，但他作品的探索方向是一致的。如《罗马尼亚农村》，远出近岬，云雾隐现，有些倪云林的味道。其实张漾兮早在20世纪40年代就注意到明朝万历以后的版画技巧。他从《西厢记》十多种插图中吸取了很多营养。他还注意到明代出现的极其精彩的套色木刻《十竹斋画谱》，对其中的"短版""拱花"等技法特别喜爱。他也画了不少水墨画，目的在于汲取多种技法之长。他更从鲁迅先生辑印的《北平笺谱》、成都《诗婢家笺谱》里，找到版画艺术相同的单纯明快、简练有力的特点。他强调黑白运用是一种艺术处理方法，木刻不是素描的复制，是黑白艺术。他在教学中着重引导初学木刻的学生在构图构思上，要先安排黑白在版画上的总设计、黑白决定画面的总情调，因此，麦绥莱勒、石涛、倪云林、齐白石、毕加索等艺术大师，都有可以吸取之处。

　　他在1956年光荣地加入了中国共产党，这更增添了他艺术生命的活力。

　　旧社会的穷苦生活影响了他的身体；妻病、家累也影响到他的精力方面。他在20世纪50年代回到成都接他家眷去杭州，当时精神充沛，精力旺盛，但不断地抽烟，说"就靠这个熬夜，思索"。不久，听说他气管有什么毛病，朋友们写信去劝他注意，他风趣地回答蜀中友人："马克·吐温说过：'纸烟最好戒，我戒过一万次了。'"后来又听说他的气管炎严重了，走几步也要喘，且随身带了药物注射,后来终于进了医院。在一段长时间音信中断之后,突然噩耗传来:张漾兮同志于1964年6月17日"因长期患肺气肿,医治无效,与世长辞,终年52岁"。

张漾兮同志的《漾兮木刻选集》及他的漫画、水墨画作品,是中国现代美术和当代版画的组成部分。从他作品的艺术形式和风格上,可以看出鲜明的个性及强烈的地方色彩;看出他学习外国"化他为我"和吸取自己民族、民间传统艺术之长的可贵努力和显著成果。

点点滴滴道真情

华君武说："我不愿搁笔，我还学画。"华老今年八十又五，他自己承认："虽然近两年我已感到我在漫画创作上已在走下坡路了，原因是人老就会迟钝。"迟钝是漫画之天敌，虽然"迟钝"，少画可也。

车辐在华君武家中

华老续说："少画也说明我不想落后。"落后是要挨打的！去年世纪末，他说："环顾世界，强敌还盯着我们，亡我之心不死；我们的地球人口与资源的矛盾，环境污染危及生存问题，为我们孩子们想想，我想下个世纪的人会比我们活得更累，负担更重。望他们懂得居安思危，不要只图休闲。"这是从老年人的观点，谆谆告诫下一代，其实对老年人也有教益的。

他在另一篇文章中说："老头已老，一炒必糊。"这确是至理名言。我蠢长华老两岁，还未滚蛋之老朽，我每天仍坐在书桌上

·往事杂忆·

作我应做的事，我并非勤于学习，只是为了兴趣，自己的喜爱。读与写，疲乏了就闭目假寐一会儿，养养神，恢复了又照样搞起来，自得其乐。自从在几年前脑血栓后，又遇上骨折，二罪归一，一共折腾了5年，身体已不如从前，靠轮椅外出，走路必须拄杖，成了半残，要有人照顾，因之社会活动也自动取消了，爱坐茶馆的习惯也随之取消。现在我说话也有些吃力，过去唱扬琴的嗓子也根本坏掉了。人到老年，确实可怕，这就叫做自然规律。所以，我还能看能写，还可作点什么，但已是强弩之末，说不定有朝一日就不辞而别，因此，得抓紧时间，做想要做的事，做自己力所能及的事。发挥余热，固然可敬，而我之病弱残身，余热欠佳，这就更要加把劲读书，读好书，明事体，没有多余的时间了，还敢浪费么？最近翻翻所存旧照片册子，老友快去完了，有的合照只剩我一人了，而社会又如此逗人爱，提笔写真情的又如此诚恳，好人多的是，要不是好人多，能活下去么？

华君武给车辐的来信

画家伍瘦梅

伍瘦梅，成都人，父伍润生业医，兼营药铺。瘦梅六岁丧母，十五岁丧父，为了生计，自己开始在坎坷的人生道路上跋涉。先是到成都昌福印刷公司当排字工人，也能作格律诗，为伍瘦梅之父生前好友梁中光看中，设法允瘦梅入成都有名的最后一家孔家店——大成学校。后为生计从事文教及家庭教师工作，结识著名中医王镜缘并拜王为师，学医兼学画，执着于书山学海，后拜识文教前辈刘咸荣、向楚、芮敬于、方鹤斋、林山腴诸大家，艺道精进，得以参加《蜀艺书画社》和《蓉社》。1943年在成都举办书画展览，作品三百余件，各体皆备，一时轰动锦城，赓即在重庆、雅安、广元、内江等地展出，其中书法尤为人所重，声名远及省外。

瘦梅作画，早年追求"四王"，尤以王时敏、王鉴为宗，得其清腴闲运，含蕴开华。伍老长于人物，一时停滞花鸟，后写生于人，从形体入手，运国画笔法勾勒，自得其趣，同时在书法上，碑帖并举，川大名教授周菊吾，尤喜其碑体，评其"放旷而谨严"。大成同学刘君惠也欣赏他的北魏一派行笔，谓其"格调高致笔法谨严"。名医卓雨农说:"我开门行医,他也行医,但他关倒门写字,是个用死功的有心人。"

伍老作诗别具风格,风格即人,于斯可见,如《郫县道中偶感》:"力量自占腰脚健,风流优似少年狂。"《留别青城》:"漫许小游身似鹤,携将三十六峰回。"《将

1948年伍瘦梅与夫人李信筠及幼女合影

别峨眉》:"牵肠挂肚事,何事最销魂?此地难为别,如君忒可人。非关秀色美,总为情性真。絮絮枕边语,终宵不暂停。"他早在20世纪30年代即与当时诗坛名家如林山腴、周菊吾等论诗,平时登高必赋,临水吟诗,"我诗爱野战,我画本无方。观物先穷理,探珠费扼黄。艾藏三载储,弓挽去钩强。打破旧壁垒,旌麾耀日光"。

瘦梅先生一生醉心于艺术,生活道路坎坷,但他心胸旷达,自治印"安素堂"以乐观态度对待。遗有《山水画论稿》数十万字、《再续画品》《瘦梅诗草》《从望都汉墓画像谈汉代人物画像和石刻》《谈发掘整理使用中国药物的另一方面》等著作,伍老身材矮小,自治"蔼公"印一方,学以自谦,对上门求教后辈,

扶掖后进,对老弱病残,送医送药,无私奉献,故为人所敬重。

新中国成立后他参加"革大"学习,投身新中国生产建设,为工人疗养所工人诊病,为市美协首批会员,1957年起当选为成都市第三、四、五届人民代表。后奋力从事书画艺术,1956作《锦江春色》《草堂春嬉》入选全国美术作品展览,后获1956年四川文艺创作一等奖,由四川人民出版社出版。书法作品送日本展出,收入《书品》等刊物中。后年老生病,休养在家,于1971年除夕夜悄然而逝。

· 往事杂忆 ·

马悦然二三事

我在1936年夏同好友蔡定志兄去峨眉山一游。蔡兄有一位熟人姓姜，由成都邮政总局派往峨眉山报国寺开办一个邮局，是专门为蒋介石那时要在峨眉山开办军官训练团设立的。我们去时，正遇到军训团开办时期，见了姜先生，旋即由他给我们介绍了报国寺主持、当家大和尚果玲——年龄在50岁左右，人清瘦，近视眼，抽大烟。能言会道，左右逢源。姜先生介绍我是记者（我在成都《西南新闻》），果玲对我显得有些好感，我亦以礼恭敬。他后面跟了一位穿便衣的洋人，介绍为马悦然。果玲说"是向我学习《易经》"。马也能说几句应酬的四川话，但很少开腔。这是我所见马悦然的第一次。当时我看他同我的年龄差不多，（我生于1914年，去峨眉山时也才20多岁。今见《参考消息》12月9日载王浩明《专访诺贝尔文学奖评委马悦然》文中说："记者在瑞典文学院对这位80岁的汉学家进行了专访。"我今年91岁，难道他那时不到二十岁就向果玲学《易经》，他读得懂、了解么？《中华读书报》2004年7月8日刊载的《马悦然的另一种乡愁》中指出："小说家李锐说：马悦然阅读的不少，但不管怎么说，他一个人阅读十三亿人口大国的作品,是不能详尽的"。)就年龄说,那时(1934年)他在峨眉山向果玲学《易经》,恐怕也有些天方夜谭,要么就是果玲和尚凭他的能言会道,信口随说。

第二次会见马悦然,大约在20世纪40年代中期他同果玲和尚来成都我家,那时抗战胜利了,国共两党势见分晓,他们来,自然谈到国内局势,物价飞涨、民不聊生、人心向背等尖锐问题,果玲和尚语迟了,可马悦然谈到共产党态度十分鲜明,认为没有前途。这个观点给我的印象最深!

第三次会见在1949年初,马悦然同果玲和尚同来我家,我即请他们到署袜街燥春园对门,彭幺爸开的一家小馆子,这家店以卤味见长,如卤猪蹄、肚、豆腐干等,铺子对门是卖重庆允丰正渝绍酒的,马悦然同果玲这位五荤和尚吃得很合胃口,酒醉半酣,自然而然地谈到战局。马悦然一听态度照样鲜明,认定人民解放战争绝无前途,我细听至此,也未与之争辩。

新中国成立后大约在20世纪80年代一个下午,我信步到王建墓(今永陵博物馆),墓园中仅有两个人,乃老友国画家吴一峰同马悦然,马悦然已认不得我,走近一见,我自告我是车辐,马给我一张名片,他在瑞典驻中国大使馆任职,成为外交人员了。这张名片我保存很久,后来也弄失了。这次会见是第四次。马悦然给我的印象很深,根据四次会面他的政治态度鲜明,这些都是他的过往,我记得一个哲人说过:"看一个人看他的现在,也要看他的过去。"

《中华读书报》李国涛说他与中国的关系也有点传奇色彩,

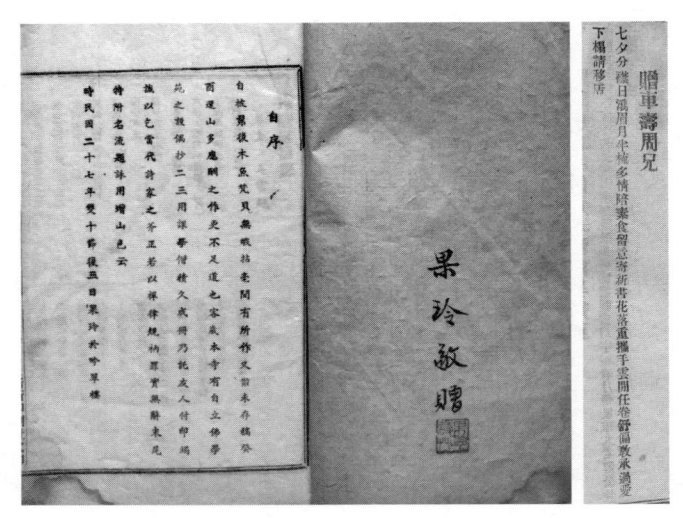

1938年新新印刷社代印《果玲诗钞》，其中写"赠车寿周兄"（即车辐）

2007年12月马悦然应邀到成都参加吴一峰先生百年诞辰画展［马悦然（左）用一口成都话与车辐（右）摆龙门阵，中立者为吴一峰先生的女儿吴嘉陵］

他1924年生于瑞典，1946年才跟瑞典学者高本汉学习古汉语，启蒙本就是《左传》（此点又使我想起他学《易经》，尽管不是他亲口对我说的，果玲和尚对我说出时，他确实在旁）。于是他到峨眉山拜高僧为师，继续学习四书、五经，同时在成都做方言细查——那是他的主要业务。他在峨眉山当小和尚八个月，……然后下山，看到成都的解放。1949年他去过西北，到过塔尔寺，拜见12岁的活佛班禅额尔德尼，他也见过军阀马步芳。中国上上下下的生活他大体都看过了。

近来写马悦然的文章多了，这位传奇式的特殊人物、学者展现在我们面前，我仅能凭记忆写出马悦然的点滴真实，供人参考。

· 往事杂忆·

赵完璧百岁诞辰

赵完璧老先生是一位修养全面的艺术家。

他是四川南充县大通镇人，生于1904年，卒于1994年。今年6月份是老先生百岁诞辰。

先生自幼喜爱书画，16岁考入张澜先生主办的南充建华中学艺术班，1927年进入上海新华艺术大学，得潘天寿、诸闻韵等传授，并从江浙两省名师，绘画方面，人物、山水、花鸟，工笔写意兼到，其中特别是青绿山水，成就特大！先生成名早，20世纪90年代有"齐虾、赵鸭、张山水"之誉，张大千评论："此人在蜀中有大发展。"1957年全国第二届国画展，他的《蜀道而今不再难》为《新观察》选作封面，另一幅《朱德同志故里》被北京朝花社特用彩色版发表。

他1939年任成都复兴高级艺术学校国画教授，1980年转为四川省文史研究员，1985年增补为四川省第二届政协委员，晚年作品为潘天寿评："巨幅《铁骨寒梅》《青城八百里》，山水大障，气势逼人，构图浑然一体，寒梅铁骨笔更健，赵老夕阳树丰碑。"

赵老毕生从事美术教育事业。1941年在成都琉璃场岷云艺

1992年9月中国画研究院在北京中国美术馆举办《叶浅予回顾展》，赵完璧、车辐应邀前来参加

术学校任教，是艺术教育家，为国家培养出一批书画专业人才。1988年在北京举行个人画展，张爱萍将军、董寿平、潘絜兹、何海霞、王朝闻等，参观后评价甚高。赵完璧先生，离开我们十余年了，纪念他是为了继承和发展他对艺术的奉献精神。

·往事杂忆·

黄苗子谈吴祖光的诗

吴祖光写有"十丈红尘，千年青史；一生襟抱，万里江山"。这次他同新凤霞出版的诗书画集中，在吴祖光书法部分选入了这首诗。

从澳洲归来的书法家黄苗子读后，十分感动，他说："这是祖光总结了几十年来酸甜苦辣，而以豪宏沉郁的书法写出来，这种滋味，他有、我有、许多人都有。真个是'别是一般滋味在心头'。个人哀乐常微不足道，但'千年青史'，'万年江山'，我想任何一个中国人，对之却不能无动于衷。艺术家没有真切的爱国心，自然写不出上述这些无限含蓄的作品，引起大家的共鸣。不能否认中国人有丑陋的一部分。但也应该看到有性情坦率，人品高尚，为国家民族前途、为全人类幸福奋斗的一部分。我们将看到中华儿女在今天世界上，对人类和平建设，团结进步作出应有贡献。世界将四海一家，书画艺术将愈益生辉。"

苗子分析祖光这首诗很有深度，从内容、涵蕴中道出精髓。吴祖光的父亲吴景洲早年在故宫考订书法，与书法大家沈尹默又是挚友，这于青年时的吴祖光打下了烙印，但他过去很少作诗，

众多文化老人相聚实属不易，深情悠悠令人难忘！（照于1999年9月25日）从左至右前座：王世襄、唐瑜夫人、黄宗江夫人、吴祖光、唐瑜、高集、高汾（二高夫妇是人民日报、经济日报资深记者）；中排：沈旦华（夏衍之子）、袁鹰蒇、许觉民、邵燕祥、黄宗江、范用、郁风、黄苗子、丁聪、沈峻；后排：餐厅服务员、东坡餐厅老板张达夫妇。

他正业是话剧创作，抗战中来成都演出的《牛郎织女》等剧，就是他的力作。他写诗在20世纪70年代后期了，是旧体诗（因为他对格律诗很有根底），出过一本《枕下集》，他声明："我和书法家协会也毫无联系，因此对诗书画专业界来说，我们只能属于'野生动物'。"

·往事杂忆·

陈翔鹤与沈从文的友谊

沈从文与陈翔鹤的友谊始于20世纪20年代初期。那时他们住在北京沙滩附近的小公寓里，往来是很密切的。1925年至1926年间，沈从文在香山慈幼院图书馆做了一名小职员，陈翔鹤知道他的新住地后，就去香山访问，成为沈从文在偏僻幽静的住所中第一个来访的客人。

20世纪80年代初，沈从文写了《忆翔鹤》，其中一段写道："翔鹤在香山那几天，我还记得，早晚吃喝，全由我下山从慈幼院大厨房取来，只是几个粗面冷馒头、一碟水疙瘩咸菜。饮水是从香山饭店借个洋铁壶打来的。早上松树的香味，和间或由双清那个荷塘飘来的荷花清香，主客间所以并不感觉到什么歉疚或生活上的不便，反而充满了难得的野趣，真是十分欢快。"这种真诚深挚的友谊，新中国成立后他们仍然保持着。——这之前，他们各自东西，相隔一长时间的中断。

陈翔鹤解放初任川西文教厅副厅长、川西文联副主席，1952年合省后任四川省文联副主席，后调北京任中国作家协会理事，并先后任《文学遗产》和《文学研究季刊》主编和《文学评论》

常务编委等职。

20世纪60年代初，陈翔鹤因以历史题材写了两篇小说《陶渊明写挽歌》和《广陵散》而遭诬陷，在"四人帮"迫害下，于1969年4月22日含冤辞世。我在拙文《采访人生》中《从嵇康之死想到陈翔鹤》一文有所说明。

翔鹤以魏晋时历史题材为文，不止这两篇被诬陷的文章，他在创作安排中，涉及汉魏六朝人的生活、服饰等细节，也十分谨慎的处理，这是他们那个时期文学前辈治学的谨严的态度。1937年后，我在他的住处成都慈惠堂街住过一段时间，在他书房里饱看了他的藏书，其中有不少汉魏六朝的文集、书信集，都是坊间不容易买到的版本。

大约从20世纪50年代起，沈从文一直在故宫博物院搞文物服饰的研究，但他的身体又不好，"每次上街，已很少遇到像我这样满头白发的人。目前走路虽还得力，消化力还正常，但心脏总是常痛，一恶化，即将完事。出门已经几次头眩，脑血管迟早会出问题，若再遇较大冲击，必然即完事"（1967年沈从文家书）。"近来血压还是在200上下，心脏供血不良，每天经常心痛，头有时沉重不能使用。"他在1968年下半年的家书中写出："一切总还是尽个人努力学习下去，向好处想，好处作。万一冲击下来也是事理之常。年岁到一定程度，出事故是不可免的。年来给你的信，可注意一下，不必要留的，即处理一下，免得反而在另外一时引起是非。可留的即作个纪念，因为什么也没有给你们！"

沈从文在1968年12月中写的《我为什么始终不离开历史博物馆》中谈道："我是新中国成立后才由北大国文系教授陶瓷。……在午门楼上穿堂风吹动，经常是在零下十摄氏度以下，上面是不许烤火的，我就在午门楼上和两廊转了十年。一切常识就是通过实践学来的。有些问题比较专门，而且是国内过去研究中的空白点，也还是从实践中学来的。比如说，看过了十万绸缎，又结合文献，我当然懂得比较落实了。"不多久，他来四川参加土改，还参加文物行业的"三反""五反"。当时北京市约有120多家古董铺，他参加检查80多家，在工作中"得到初步收获，使我死心塌地在博物馆做个小螺丝钉了。我同时也抱了一点妄想，即从文物出发，来研究劳动人民成就的'劳动文化史'、'物质文化史'，乃以劳动人民成就为主的'新美学史'和'陶'、'瓷'、'丝'、'漆'及金属工艺等等专题发展史。这些工作，在国内，大都可说还是空白"。沈老在这段话里指出：博物馆还是个新事，新的研究人员不多；老一辈玩古董方式的也不顶用，新一辈从外来洋框框考古学入手的，也不顶用。这是他在几年从事工作中看出来的问题，何况大学博物馆系、史学系毕业的，也不顶用，不安心工作。在这样现实严峻的情况下他在午门楼上冷风中，冷静地工作了十年，他说："我再辛苦，也觉得十分平常，而且认为自然应当，十分合理了。"他甚至认为有一种赎罪的心理使其更认真对待，由于他自己认为他的历史，对一个旧知识分子的改造的认识，以及在解放初期到历次运动中的亲眼所见、亲身经历中，他已领会得够多了。沈从文本人的素质、文化修养和他的聪明睿智，在文艺创作上早已为人们所公认，从文学作品的体裁上，那种"文体派"的笔法，早为20世纪二三十年代知识界所敬重了，也特别受四川的读者欢迎，以他的《湘行散记》为代表，有口皆碑。至于到了他在北风穿透骨的午门楼上，以他治学的顽强精神，还写出了有关锦缎的论文。其中举出博物馆建馆时，花了1500元购买由商人担保是北宋原装原拓的圣教序，这部帖据说还是经由专家鉴定——他拿来一看，断定有问题："因为封面小花锦是18世纪中期典型锦。"再如《洛神赋图》，全中国教美术史的、写美术史的，都人云亦云，以为是东晋顾恺之作品，从没有人敢于怀疑。其实若其中有个人肯学学服饰，有点历史常识，一看曹植身边侍从穿戴，全是北朝时人制度；两个船夫，也是北朝的劳动人民穿着；二驸马骑士，戴典型北朝漆纱笼冠；那个洛神双鬟髻，则史志上经常提起出于东晋末年，盛行于齐梁。到唐代则绘龙女、天女还使用。从这些物证一加核对，则《洛神赋图》，最早不早过展子虔等手笔，比顾恺之晚许多年，哪宜举例为顾的代表作？

"东北博物馆藏了一批刻丝，是全国著名而世界上写美术史专家也要提及的。因为在伪满时即印成了一部精美图录，定价400元。新中国成立后在国内竟卖到3000元一部。1963年人民美术出版社还拟重印，业已制版。东北一个鉴定家在序言中说得天花乱坠。其实年代多不可靠。有个《天宫》刻丝相，一定说是宋代珍品，经沈从文指出，衣上花纹是典型乾隆样式，即雍正也不会有，才不出版。骑士内中还有许多幅清代作品当成宋代看待。"

"故宫……曾花了六七百元买了个'天鹿锦'卷子，因上有乾隆题诗，即信以为真。我当时正在丝绣组作顾问，拿来一看，才明白是明代衣上一片残绣，既不是'宋'，也不是'锦'，后经丝绣组一中学毕业同志，作文证明是明代残料。那么多专家还不如一个初中学丝绸的青年知识扎实。为什么？故宫藏丝绸过十万，但少有人考虑过'要懂它、必须学'的道理。至于那个青年，却老老实实，看了几万绸缎，有了真正的发言权。"从沈从文谨严治学的精神，提出了一些带有根本性的问题，如"故宫以前花了几百万两黄金，收了幅乾隆题诗以为隋代展子虔手迹，既经过鉴定，又精印出来，世界流传，写美术史的自然也一例奉若'国宝'，其实若懂得点历代服饰冠巾衍变，马匹装备衍变，只从这占全画不到一寸大的地位上，即可提出不同的怀疑，衣冠似晚唐，马似晚唐，不大可能出自展子虔之手。此外如著名的《簪花仕女图》的时代《韩滉五牛图》的伪托，都可提出一系列物证，重新估价"。沈老很谦逊地说："过去若肯听听我这个对于字画算是'纯粹外行'提出的几点怀疑，可能根本不必花费那样以百两计的黄金和十万计的人民币了。"他的要旨指出："专家知识，有时没有常识辅助，结果就不通。而常识若善于应用，就比专家得力。因为封建帝王名人收藏题字，和现代重视的鉴定权威，还是占完全势力，传统迷信深入人心。"但是他自信新的文物鉴定研究工作方法，提出一些唯物观点的试探，由于种种限制，尽管不可免有各种错误，总之，工作方法是新的，而且比较可靠。不是凭空猜谜人云亦云的，将来必然会发展为一种主要鉴定方法。

第四章 我眼中的文化名人

20世纪80年代初沈从文写了一篇《忆翔鹤》,写他两个挚友会于香山,20世纪50年代沈从文一直在故宫博物馆搞文物服装研究,20世纪60年代翔鹤创作历史小说《陶渊明写挽歌》和《广陵散》。翔鹤之子、北京作家陈开第回忆说:"陈翔鹤在小说写作过程中,每遇古人服饰、习俗等问题,他都积极求教于沈从文,并同沈从文去参观了故宫,看了午门楼上大量文物,加强了小说细节的真实性。作品写好后,又送交沈从文阅读,直到他俩都认为细节上没有疏漏为止。"

沈从文提的建议也很特别,先用一寸多长、二指宽的纸条贴在陈的手稿上,字迹写得密密麻麻,一丝不苟,几十条宝贵意见,至今完好地保存在我的集邮册里,纸条上写着:

"当时无缎子,可能是当时穿的贵重的绯色罗或越布等。"

"后来才诵佛号,表示散会。"

"照晋人在这里称'新妇'即小媳妇意。不会叫家庭姑娘的。称呼措辞似值得研究一下,免得不今不古。"

……

陈翔鹤儿子陈开第给作者的信中写道:"60年代沈从文在历史博物馆当解说员,正是我父亲理解沈从文处境和心情,才多次进劝沈从文把他对于一些冷门的研究心得写成文章,这才有后来沈从文发表在陈翔鹤任主编的《文学遗产》上。后来'文革'中沈从文在干校劳动,回来后我去看他,把父亲惨遭迫害致死的经过告诉他时,他为老友遭遇涕泪纵横,当着我这个晚辈,泣不成声。"

"有关我父亲和沈从文的交往情况,您那里有白鸿寄您的《文学遗产》纪念文集,内有我一篇《陈翔鹤与文学遗产》,在该集152页上,可参看。"

陈开第在《陈翔鹤与沈从文的友谊》一文中指出:"从文物研究入手,从文批评:史学研究另辟蹊径,达到一个新的美学境界;从文物研究入手,使戏剧、小说等文学艺术的创作呈现出新的突破;正是这种文化理论观念的一致,陈翔鹤和沈从文在文学与文物的边缘契合了。大概也正是这种理论指导的正确,陈翔鹤60年代创作的历史小说,才具有那么大的可读性,取得成功。他们二位友人的交情,是从文字交始,七八十年来不断,这使我想起一句'最难风雨故人来'。不是文人相轻而是文人相重,用于文艺事业,在各个不同岗位上做出成绩来。'岂不罹凝寒,松柏有本性。'"

· 第四章　我眼中的文化名人 ·

巴老的赠书

从书橱取出巴老的《讲真话的书》，打开硬壳子的封二，上面有："车辐同志　巴金　九一年五月十日"。书是四川文艺出版社1990年9月第一版。我还用毛笔写了小楷题记："一九九一年九月十二日济生偕女国粿来蓉出席巴金国际学术研讨会，带来巴老亲笔签名，此书作为双重纪念。五天会期中，快何如之。问于国粿，言巴老恐不能回故乡了，济生亦有此看法。明年，与济生父女约去上海看望巴老。车辐题记"。并在厚厚的书中发现两封济生惯用旧纸写的："槐兄：又得来函，敬悉一切，友鹤的艺术传记，已付印，是件大好事，但愿能如期出版，一代艺术大师，应有此荣誉。我考虑到会期住金牛坝，难与友朋联系，将提前飞蓉住红照壁政协招待所。阁下的书（即巴金《讲真话的书》）也在那时候携来，望能便中来取，实在太重。为此书影响我带其他东西，将无法以赠亲朋之小品了。匆此，一切见面详谈，阖府康乐。济生八十五"。

又在书中发现巴老亲笔信："车辐同志，谢谢您带的青菜脑壳，我们全家都高兴。我从北京回来，病了好些天，不久又要上京去。

445

祝好！请代问候雪如、友鹤、企何、兢华诸同志。巴金　三月六日"。

这封信，我已复印四份——送交他们了，而今雪如、友鹤、企何、兢华早已故去，巴老与川剧艺术家们的友谊永存。济生曾告我："巴老有时放录音机听听川剧名家们的唱腔。"

周文在成都片段

——纪念周文同志诞辰80周年

"八一三"后,周文只身回到成都,找到他的老师刘伯量(刘盛亚的父亲),刘老不但留他住在家里,还把他介绍到成都市政府,当上一名职员。从此,他的生活有了保障,抽出时间完成党交办的"活跃成都文坛,团结文艺工作者,成立文艺组织"的任务。

1939年"6·11"敌机轰炸成都,市政府疏散在外东望江楼,他在那里办公,由赵其文、陈翔鹤的介绍,我认识了周文。

周文工作踏实,态度严谨,为繁荣成都的文坛,先后在《新民报》编辑副刊《国防文艺》,在《四川日报》编辑副刊《谈锋》,在《捷报》编辑副刊《文岗》工作。他为了成都抗战文艺的繁荣,力争多办几个副刊园地,即办好一个就交给他人接办下去,他立刻又去创办另一个副刊。同时又与沙汀、任钧合办《战旗》《战潮》,与刘盛亚、王白野合办《文艺后防》,支持我们办的《四川风景》,引导它走上抗战的道路上来。为了当地作家和外地作家的共同团结、一致抗日,又于1938年元旦,成立了文艺界联谊会，经常举行茶会、座谈会、聚餐会等活动。聚餐常在车耀先开办的努力餐餐馆（其时车耀先是以餐馆来掩护工作的）。周文除每天到市政府办公之外，其余时间，全部投入文艺界的组织活动与编副刊的写作之中。我多次见到他是在少城横通顺街，临池塘坐西向东一家小楼上的住所，夜深人静还伏案工作，不久，文艺青年成立的成都艺界抗敌协会全体成员，也参加了文艺界联谊会的活动。在联谊会的组织基础上，周文、孤萍（杨波）、蔡天心等50余人，筹组文艺界抗敌工作团，推马宗融、朱孟引、沙汀、水草平、任钧、毛一波、陈思苓、张宣、方白非、蔡天心、周文11人为筹委。周文主持会议，并拟定两周内召开成立大会，向国民党市党部申请立案。但国民党市党部压制抗敌文艺活动，不予成立。以后用推、拖、拉的办法阻挠广大文艺工作者参加抗战。

5月间，中华全国文艺界抗敌协会在武汉成立，周文立即与全国文协茅盾等老前辈联系，汇报成都文艺界情况，要求协助成立成都分会。于是总会来信指定朱光潜、罗念生、沙汀、李劼人、谢文炳、周文等为分会筹备员，但仍需向省、市国民党党部立案。但是，多次申请，仍是推托不予答复。其后又多次筹商。罗念生教授最近来信说："事先曾在李劼人先生家里吃饭，商定由川大的朱光潜先生和我这样不惹人注目的人也作为成立文协的发起人。第一次会，是在王家拐我家里屋内开的。……各色人物都有。"形成旗帜鲜明地统一战线，一致抗战！

在这一些筹组活动中，周文是尽力与各方洽商联系，还完成发通知、送信等等事务工作，同时还要起草报告等。他在成都两年多的时间内，写的论文、杂文、散文等在百篇以上，另外还写了中篇小说《救亡者》等。他那瘦削的身材，深度的眼镜，令人替他担心！

除了为成立文协成都分会的活动外，1938年夏，他还担任中共成都市文艺支部书记的职务。他在团结党内外的工作，做得精细而踏实，以至40年后的罗念生教授尤能记忆。当初周文与老一辈作家教授商量工作时，都是本着党的文艺政策的精神，以谦虚与尊敬的态度，请教一切。使老作家们认识到：这是他们自己应做的事，非做不可。

反动派使用"拖"的方针，不予成立分会，周文便写成通讯在《抗战文艺》上揭露，甚至亲自到重庆向总会汇报、请教，另一方面积极从事成立分会的一切准备工作。1939年1月11日冯玉祥同老舍来蓉，周文前往探望并要求协助分会成立。经同意，立即与成都分会筹备同人研究后，决定次日14日举行中华文艺界抗敌协会成都分会成立大会立即呈请市政府与市国民党党部派员指导，并向各报发出消息。当时周文领导的文艺支部全力以赴，分头通知各位会员，而他自己也骑一部自行车四处奔跑，一天之内他就去东大街崇德里嘉乐纸厂找李劼人两次，达到废寝忘食的地步。

14日在春熙路青年会举行成立大会，冯玉祥、老舍代表总会出席，市府、新闻界、会员百余人参加盛会。由周文主席报告筹备经过，冯玉祥、老舍发言讲话祝贺，并拍照纪念。推选出理事：

熊佛西、叶麐、李劼人、罗念生、萧军、谢文炳、陈翔鹤、邓均吾、刘盛亚、周文等十人。大约十天以后又召开了第一次会员大会，我记得通知也是靠能骑自行车的我和他去分发，于是他和我分担了通知任务，争取在开会前两天全部发完。会上公推罗念生、萧军、周文三人为常务理事（在对外报纸上发消息，周文的名字总是列在最后）。周文同刘盛亚负责总务部；罗念生、谢文炳负责研究部；萧军、陈翔鹤负责出版部。文书由车辐负责，诗歌组由任钧负责，理论由周煦良负责，戏剧由章泯负责，通俗文学由张履谦负责，出版由赵文其、陈翔鹤负责。其他任务从编辑委员会李劼人、毛一波、顾绶昌、曹葆华、叶菲洛、王影质、王含沙等人中安排。他在公布前都与有关人员反复研究，多方征求非党负责人意见，才提交大会讨论。大会通讯地址是成都少城横通顺街13号何寓（即周文的住所）。不久在少城租到房子，作为文协办公与集会的场所。

这次会议上提出创办会刊《笔阵》，同时展开各种活动，与反共投降日本帝国主义的反动派进行斗争。在举行高尔基逝世三周年纪念大会上，周文报告了高尔基战斗的一生，举出他的名著《海燕》，要求文艺工作者向高尔基学习，特别指出：学习"他能在极恶劣的环境中奋斗""与摧残妨害人类自由幸福作斗争到底"的精神！当汪精卫逃跑投靠日本帝国主义后，周文连续写了揭露大汉奸罪行一组杂文《漫谈汉奸》；联络萧蔓若发表《略谈苍蝇》，号召人们对于小汉奸要注意，对出卖民族与国家、挑拨离间、破坏团结的大汉奸更要提高警惕！在统一战线共同对敌上，工作得很好。周文以身作则，彼此尊重，会员们都能遵循党在当时的方针政策，在各自岗位上独立作战。他在任何一种场合，都是以普通一分子出现，他对人尊重，人们对他尊重。在相互尊重相互信任中共同前进。这是周文给人印象最深，使人难忘的地方。特别是在今天，更使人在难忘中追念他了。

1941年周文在延安杨家岭大众读物社（时任大众读物社社长）窑洞前

1952年周文在北京［时任中央马列学院（今中央党校）秘书长］

图书在版编目（CIP）数据

往事杂忆 / 车辐著. -- 成都：四川人民出版社，2025.6. -- ISBN 978-7-220-13848-5

Ⅰ.I251

中国国家版本馆CIP数据核字第2024M1E034号

WANGSHI ZAYI

往事杂忆

车辐　著

出 版 人	黄立新
策划统筹	封　龙
责任编辑	陈蜀蓉　封　龙
装帧设计	周伟伟
版式设计	张迪茗
责任印制	周　奇
出版发行	四川人民出版社（成都三色路238号）
网　　址	http://www.scpph.com
E-mail	scrmcbs@sina.com
新浪微博	@四川人民出版社
微信公众号	四川人民出版社
发行部业务电话	（028）86361653　86361656
防盗版举报电话	（028）86361661
照　　排	四川胜翔数码印务设计有限公司
印　　刷	成都国图广告印务有限公司
成品尺寸	140mm×210mm
印　　张	15
字　　数	310千
版　　次	2025年6月第1版
印　　次	2025年6月第1次印刷
书　　号	ISBN 978-7-220-13848-5
定　　价	68.00元

■版权所有·侵权必究

本书若出现印装质量问题，请与我社发行部联系调换

电话：（028）86361653

壹卷
YE BOOK

洞 见 人 和 时 代

官方微博：@壹卷YeBook
官方豆瓣：壹卷YeBook
微信公众号：壹卷YeBook
媒体联系：yebook2019@163.com

壹卷工作室
微信公众号